Frau Einstein

Das Buch

Zürich 1896: Mileva Maric, aufgewachsen in ärmlichen Verhältnissen in Serbien, ist eine der ersten Frauen, die am Polytechnikum studieren dürfen. Gegen alle Vorurteile und Widerstände gehört die ehrgeizige junge Frau bald zu den Besten ihres Faches. Ihr großes Talent für Mathematik bleibt auch einem ihrer Kommilitonen, dem charismatischen Physikstudenten Albert Einstein, nicht lange verborgen. Die beiden tauschen sich über ihre Arbeit aus, verlieben sich und werden ein Paar. Zusammen arbeiten sie an der Relativitätstheorie, zunächst weitgehend gleichberechtigt. Doch als Mileva schwanger wird und ihre gemeinsame Forschung die erste öffentliche Aufmerksamkeit erhält, wird sie immer unsichtbarer im Schatten ihres Mannes, der als strahlendes Genie bis heute weltberühmt ist.

Die Autorin

Marie Benedict, geboren 1973, studierte am Boston College Geschichte und Kunstgeschichte und an der Boston University School of Law. Ihre Bücher über starke Frauen der Weltgeschichte haben Bestsellerstatus. Ihr Roman »Frau Einstein« verkaufte sich über 100.000 Mal allein in Deutschland. Sie ist Anwältin und lebt mit ihrer Familie in Pittsburgh.

Die Übersetzerin

Marieke Heimburger, geboren 1972, hat in Düsseldorf Literaturübersetzen für Englisch und Spanisch studiert. Seit 1998 übersetzt sie englischsprachige Literatur, u. a. Stephenie Meyer, Rowan Coleman, Kiera Cass, Sally McGrane, seit 2010 auch aus dem Dänischen, u. a. Jussi Adler-Olsen, Anna Grue, Mads Peder Nordbo.

Marie Benedict

Frau Einstein

Roman

Aus dem Englischen von Marieke Heimburger

Kiepenheuer & Witsch

FSC
www.fsc.org
MIX
Papier | Fördert gute Waldnutzung
FSC® C083411

1. Auflage 2023

Titel der Originalausgabe: *The Other Einstein*

Aus dem Englischen von Marieke Heimburger
Covergestaltung: Barbara Thoben, Köln
Covermotive: © akg-images George Mann (Frau);
© ullstein bild – histopics (Zürich)
Gesetzt aus der Minion
Satz: PrintCSS
Druck und Bindung: CPI books GmbH, Leck
ISBN 978-3-462-00599-8

Prolog

4. August 1948
Zürich
Huttenstraße 62

Bald ist es überstanden. Das Ende kommt näher wie ein dunkler, verführerischer Schatten, der mein Licht auslöschen wird. Meine Zeit läuft ab, und ich blicke zurück.

Wie bin ich von meinem Weg abgekommen? Wie habe ich Lieserl verloren?

Die Dunkelheit wird dichter. In der kurzen Zeit, die mir verbleibt, grabe ich in der Vergangenheit nach Antworten wie eine Archäologin. Ich hoffe, herauszufinden, dass die Zeit – so, wie ich es vor vielen Jahren vermutet habe – relativ ist.

Mileva »Mitza« Marić Einstein

Teil I

Ein Körper verharrt im Zustand der Ruhe
oder der gleichförmigen Bewegung, sofern er
nicht durch einwirkende Kräfte zur Änderung
seines Zustands gezwungen wird.

– Sir Isaac Newton –

Kapitel 1

20. Oktober 1896
morgens
Zürich

Ich strich meine frisch gebügelte weiße Bluse glatt, richtete die um den Kragen liegende Schleife und schob eine lose Strähne zurück in meine Hochsteckfrisur. Ich hatte den Weg durch Zürichs Straßen zum Eidgenössischen Polytechnikum zu Fuß zurückgelegt, und die feuchte Witterung war dabei eine Herausforderung für meine sorgfältig gepflegte Erscheinung. Mein widerspenstiges dunkles Haar, das sich weigerte, an seinem Platz zu bleiben, ärgerte mich. Ich wollte, dass heute alles perfekt war.

Ich straffte die Schultern, stellte mir vor, nicht ganz so klein geraten zu sein, wie ich es leider war, und legte die Hand auf die massive Messingklinke zum Seminarraum. Das darin eingravierte griechische Schlüsselmuster war von zahllosen Studentenhänden abgegriffen, und auf der riesigen Klinke wirkte meine Hand so winzig wie die eines Kindes. Ich zögerte. *Nun drück sie schon herunter. Öffne die Tür,* ermahnte ich mich selbst. *Du kannst es. Über diese Schwelle zu treten ist nichts Neues für dich. Du hast schon so oft die Kluft überwunden, die sich überall für lernbegierige Mädchen auftut.* Dennoch zögerte ich. Ja, der erste Schritt war stets der schwerste – aber der zweite war in der Regel auch nicht viel leichter, das wusste ich nur zu gut. In diesem Augenblick, kaum mehr als einen Atemzug lang, konnte ich förmlich hören, wie Papa mir auf Serbisch flüsternd zuredete: »Trau dich. Du bist eine *mudra glava.* Ein weiser Kopf. In unseren Adern fließt Banditenblut, unsere slawischen Vorfahren waren Räuber, die sich mit allen Mitteln holten, was ihnen zustand. Hol dir, was dir zusteht, Mitza. Hol dir, was dir zusteht.«

Ich durfte ihn auf gar keinen Fall enttäuschen.

Ich drückte die Klinke herunter und öffnete die Tür. Sechs Augenpaare richteten sich auf mich: fünf von in dunklen Anzügen steckenden Studenten und eines von einem Professor in schwarzer Robe. Verständnislos bis feindselig sahen sie mich aus ihren blassen Gesichtern an – offenbar waren sie vollkommen unvorbereitet auf eine weibliche Kommilitonin. Sie sahen fast schon ein bisschen komisch aus mit ihren aufgerissenen Augen und den offen stehenden Mündern, aber ich verkniff mir ein Lachen. Ich zwang mich, nicht auf die achtzehnjährigen Spunde, ihre teigigen Gesichter und die stark gewachsten Schnurrbärte zu achten, mit denen sie wohl hofften, älter auszusehen.

Ich war am Polytechnikum, weil ich Physik und Mathematik studieren wollte – nicht, um neue Freunde zu finden oder anderen zu gefallen. Das rief ich mir in Erinnerung, als ich mich für die Begegnung mit meinem Professor wappnete.

Professor Heinrich Friedrich Weber und ich sahen einander an. Mit seiner langen Nase, den buschigen Brauen und dem akkuraten Bart entsprach die imposante Erscheinung des berühmten Physikprofessors ganz seinem ihm vorauseilenden Ruf.

Ich wartete darauf, dass er das Wort an mich richtete. Alles andere wäre als Impertinenz aufgefasst worden. Einen solchen Fauxpas konnte ich mir nicht leisten, da alleine meine Anwesenheit am Polytechnikum für viele bereits eine Unverschämtheit war. Es war ein Balanceakt: Einerseits war ich fest entschlossen, diesen bislang unbeschrittenen Weg zu gehen, andererseits wurde von mir erwartet, mich anzupassen.

»Ja, bitte? Wer sind Sie?«, fragte er, als erwartete er mich nicht, als hätte er noch nie von mir gehört.

»Fräulein Mileva Marić, Herr Professor.« Ich betete, meine Stimme möge nicht zittern.

Ausgesprochen langsam studierte Weber die Klassenliste. Natürlich wusste er genau, wer ich war. Er war der Leiter der Studiengänge Mathematik und

Physik, ich hatte meine Bewerbung direkt an ihn geschickt, und er selbst hatte mir die Zulassung erteilt. Ich war die fünfte Frau, die je zu diesem vierjährigen Studium an der Abteilung VI der mathematischen Sektion zugelassen worden war. Mit dem demonstrativen Suchen nach meinem Namen auf der Liste wollte er seinen Studenten wohl signalisieren, was er von mir und meinem Vorhaben hielt. Und ihnen seinen Segen erteilen, sich seiner Haltung anzuschließen.

»Das Fräulein Marić aus Serbien oder einem anderen dieser österreichisch-ungarischen Länder?«, fragte er, ohne aufzusehen, als könne es in Sektion VI noch ein anderes Fräulein Marić geben, das womöglich aus einer respektableren Gegend stammte. Mit seiner Frage machte Weber deutlich, was er von Menschen slawischer Abstammung hielt: Wir waren Ausländer, die den in der neutralen Schweiz ansässigen alemannischen Volksstämmen unterlegen waren. Noch ein Vorurteil, das ich würde widerlegen müssen, wenn ich es hier zu etwas bringen wollte. Als wäre der Umstand, die einzige Frau in Abteilung VI zu sein – und die fünfte, die je zum Studium der Physik und Mathematik zugelassen worden war –, nicht schon Schwierigkeit genug.

»Ja, Herr Professor.«

»Setzen Sie sich«, sagte er schließlich und zeigte auf den einzigen freien Platz. Mein Glück, dass er schön weit von seinem Pult entfernt war. »Wir haben bereits angefangen.«

Wie bitte? Unterrichtsbeginn war erst in fünfzehn Minuten. War meinen Mitstudenten etwas mitgeteilt worden, von dem ich nichts wusste? Hatten sie sich gegen mich verschworen und verabredet, früher anzufangen? Ich hätte sie gerne gefragt, unterließ es aber. Eine solche Auseinandersetzung wäre Öl ins Feuer meiner Gegner gewesen. Und es spielte ja auch keine Rolle. Dann würde ich morgen eben eine Viertelstunde früher kommen. Und übermorgen noch früher und am Tag darauf noch früher, wenn nötig. Ich würde mir nicht eine Minute von Professor Webers Vorträgen entgehen lassen. Wenn er glaubte, ich würde mich von einem frühen Unterrichtsbeginn abschrecken lassen, hatte er sich getäuscht. Ich war schließlich die Tochter meines Vaters.

Ich nickte Weber zu und warf einen Blick auf den Weg, den ich von der Tür zu meinem Platz würde zurücklegen müssen. Wie üblich überschlug ich sofort, wie viele Schritte er wohl erforderte, und überlegte, wie ich diese Strecke angehen sollte. Zunächst versuchte ich, mich so aufrecht wie möglich zu halten und mein Hinken zu verbergen, doch das Nachziehen meines einen Fußes war deutlich im ganzen Raum zu hören. Spontan beschloss ich, meinen Makel nicht zu verstecken. Meine Kommilitonen sollten meine angeborene Behinderung ruhig sehen.

Ein schwerer Schritt, nachziehen. Ein schwerer Schritt, nachziehen. Immer wieder. Achtzehnmal, bis ich meinen Platz erreicht hatte. *Da bin ich, meine Herren,* hätte ich am liebsten bei jedem Nachziehen meines schwächeren Fußes gesagt. *Sehen Sie her, dann haben wir es hinter uns.*

Ich geriet vor Aufregung ins Schwitzen, um mich herum war es mucksmäuschenstill. Peinlich berührt von meiner Behinderung oder meinem Geschlecht oder beidem, hatten alle den Blick von mir abgewandt.

Alle bis auf einen.

Der junge Mann mit dem wilden dunklen Lockenschopf sah mich unverwandt an. Völlig untypisch für mich begegnete ich seinem Blick. Doch selbst als ich ihn direkt ansah und förmlich dazu herausforderte, über mich und meine Mühen zu spotten, wandte er den Blick unter den schweren Lidern nicht ab. Stattdessen bildeten sich Fältchen in seinen Augenwinkeln, als sich der Mund unter seinem dunklen Schnurrbart zu einem Lächeln verzog. Es war ein verwirrtes, bewunderndes Lächeln.

Für wen hielt er sich? Was wollte er mit diesem Blick sagen?

Diese Frage musste ich für den Moment unbeantwortet lassen. Ich setzte mich neben ihn, holte Papier, Tinte und Füllhalter aus der Tasche und war dann bereit für Professor Webers Vorlesung. Ich würde mich von dem frechen, unbekümmerten Blick eines

Mitstudenten, der das Glück hatte, ein Mann zu sein, nicht ins Bockshorn jagen lassen. Ich sah nach vorn, während ich die Augen meines Sitznachbarn zwar noch immer auf mir spürte, aber ignorierte.

Ganz anders Professor Weber. Er richtete einen strengen Blick auf den jungen Mann neben mir und räusperte sich, und als der immer noch zu mir statt zu seinem Lehrer am Katheder sah, sagte er: »Dürfte ich um die Aufmerksamkeit aller Anwesenden bitten. Dies ist Ihre erste und letzte Verwarnung, Herr Einstein.«

Kapitel 2

20. Oktober 1896
nachmittags
Zürich

Ich betrat das Vestibül der Pension Engelbrecht, schloss leise die Tür hinter mir und reichte dem wartenden Dienstmädchen meinen nassen Regenschirm. Vom hinteren Salon war Gelächter zu hören. Ich wusste, die anderen Mädchen warteten dort mit vielen gut gemeinten Fragen auf mich, aber mir war jetzt einfach nicht danach zumute. Ich musste erst eine Weile für mich allein sein und über den Tag nachdenken, und wenn es nur für ein paar Minuten war. Ich schickte mich an, die Treppe hinaufzuschleichen.

Knarz. Verdammt. Diese eine lose Holzdiele.

Helene tauchte unter dem Rascheln ihrer kohlengrauen Röcke und mit einer dampfenden Tasse Tee in der Hand aus dem hinteren Salon auf. »Mileva! Wir warten auf Sie! Haben Sie das etwa vergessen?« Sie nahm mich bei der Hand und zog mich mit sich zum hinteren Salon, den wir unter uns inzwischen das Spielzimmer nannten. Wir fanden, wir konnten dem Raum gut einen anderen Namen geben, da wir die Einzigen waren, die ihn nutzten.

Ich lachte. Wie hätte ich die letzten Monate in Zürich bloß ohne die anderen Mädchen überstanden? Milana, Ružica und vor allem Helene, die mit ihrer Schlagfertigkeit, ihrer gütigen Art und seltsamerweise einem ganz ähnlichen Hinken wie eine Seelenverwandte für mich war. Warum hatte ich sie nicht vom ersten Tag an in mein Leben gelassen?

Als mein Vater und ich einige Monate zuvor nach Zürich gekommen waren, hatte ich mir solche Freundschaften überhaupt nicht vorstellen können. Ich war es aus meiner gesamten Schulzeit gewohnt gewesen, mit meinen Mitschülern nicht gut auszukommen – im besten Fall gingen sie einfach nur auf Abstand, im schlimmsten verspotteten sie mich –, und hatte mich ganz auf ein der Wissenschaft geweihtes, einsames Leben eingestellt. Doch es kam anders.

Papa und ich waren ein bisschen wacklig auf den Beinen, als wir nach zweitägigem Durchrütteln ab Zagreb in Zürich aus dem Zug stiegen. Der Rauch der Lok breitete sich in großen Wolken im Hauptbahnhof aus, ich musste auf dem Weg über den Bahnsteig die Augen zusammenkneifen. In jeder Hand eine Tasche, die eine ziemlich schwer von meinen Lieblingsbüchern, bahnte ich mir leicht schwankend einen Weg durch die Menschenmenge, dicht gefolgt von meinem Vater und einem Träger, der sich unserer größeren Gepäckstücke angenommen hatte. Papa eilte an meine Seite und wollte mir eine der Taschen abnehmen.

»Papa. Ich schaff' das schon«, sagte ich und versuchte, ihm meine Hand zu entwinden. »Du hast deine eigenen Taschen und auch nur zwei Hände.«

»Bitte, Mitza, lass mich dir helfen. Mir fällt es leichter, noch eine Tasche zu tragen, als dir. Ganz zu schweigen davon, dass deine Mutter entsetzt wäre, wenn sie wüsste, dass ich dich überhaupt etwas von unserem Gepäck quer durch den Züricher Hauptbahnhof schleppen lasse.«

Ich setzte die eine Tasche ab und versuchte noch immer, ihm meine Hand zu entwinden. »Papa. Ich muss das hier alleine können. Schließlich werde ich ja auch allein hier leben.«

Er betrachtete mich lange, als würde ihm erst jetzt richtig aufgehen, dass ich ohne ihn in Zürich bleiben würde, als hätten wir nicht gemeinsam auf genau dieses Ziel hingearbeitet, seit ich ein kleines Mädchen gewesen war. Finger für Finger ließ er meine Hand los. Mir war klar, wie schwer das für ihn sein musste. Zwar wusste ich, wie ihn mein Streben nach einer höheren Ausbildung freute, und dass ihn mein Weg an seinen eigenen hart erkämpften Aufstieg vom Bauernsohn bis zum höheren Beamten am Obersten Gerichtshof in Zagreb und Gutsbesitzer erinnerte, aber manchmal fragte ich mich, ob ihn nicht auch ein schlechtes

Gewissen plagte, weil er mich auf dieser schweren Reise ständig antrieb. Er hatte jetzt so lange immer nur die Kosten für mein Studium im Blick gehabt und darüber vermutlich ganz vergessen, sich auszumalen, wie es wohl sein würde, sich von mir zu verabschieden und mich allein in der Fremde zurückzulassen.

Wir verließen den Bahnhof und gelangten auf die belebten Straßen Zürichs. Die Nacht brach gerade an, doch dunkel war es nicht. Ich begegnete dem Blick meines Vaters, staunend lächelten wir uns an. Wo wir herkamen, wurden die Straßen mit schummrigen Öllaternen beleuchtet. In Zürich gab es elektrische Straßenlaternen, die für uns ungewohnt hell leuchteten. In ihrem Licht konnte ich sogar einige Details an den Kleidern der vorbeigehenden Damen ausmachen: Ihre Tournüren waren viel raffinierter als alles, was ich in Zagreb gesehen hatte, wo die Mode deutlich dezenter war.

Mein Vater winkte eine Droschke heran, die sich mit lautem Hufgetrappel auf dem Kopfsteinpflaster der Bahnhofstraße näherte. Während der Fahrer vom Bock sprang und unser Gepäck hinten auf den Wagen lud, wickelte ich meinen Schal etwas enger um mich. Mit Tränen in den Augen hatte meine Mutter mir dieses mit Rosen bestickte Umschlagtuch am Vorabend meiner Abreise geschenkt. Erst später begriff ich, dass dieser Schal so etwas war wie ihre nicht nachlassende Umarmung zum Abschied – etwas, das ich bei mir haben konnte, während sie mit meiner kleinen Schwester Zorka und meinem kleinen Bruder Miloš in Zagreb zurückblieb.

Der Fahrer unterbrach meine Gedanken. »Sind Sie hier, um sich die Stadt anzusehen?«

»Nein«, antwortete mein Vater für mich. Er sprach fast akzentfrei Deutsch und war schon immer stolz gewesen, die Sprache der Machthaber in Österreich-Ungarn praktisch fehlerfrei zu beherrschen.

Das sei der erste Schritt zu seinem sozialen Aufstieg gewesen, hatte er stets gepredigt, wenn er uns mit dem Erlernen dieser Sprache triezte.

Papas Brust schwoll ein wenig an, als er erklärte: »Wir sind hier, um meine Tochter an der Hochschule einzuschreiben.«

Die Augenbrauen des Fahrers wanderten überrascht nach oben, seine Meinung dazu behielt er aber für sich. »Universität, ja? Dann vermute ich, dass Sie zur Pension Engelbrecht oder einer der anderen Pensionen in der Plattenstraße möchten«, sagte er und hielt uns die Wagentür auf.

Mein Vater wartete, bis ich in der Droschke Platz genommen hatte, dann fragte er: »Woher wissen Sie, wohin wir wollen?«

»Da bringe ich ganz viele osteuropäische Studenten hin.«

Mein Vater grunzte leise, als er sich neben mich setzte. Er wusste nicht, wie er die Anmerkung des

Fahrers interpretieren sollte. Hatte er damit das osteuropäische Erbe verunglimpfen wollen? Man hatte uns gesagt, die Schweizer sähen auf die Menschen aus den östlichen Gebieten der österreichisch-ungarischen Monarchie herab, obwohl sie so vehement an ihrer Unabhängigkeit und Neutralität inmitten der um sie herumwachsenden europäischen Reiche festhielten. Trotzdem waren die Schweizer in anderer Hinsicht sehr tolerant, zum Beispiel was die Zulassung von Frauen an Universitäten betraf. Für mich war das verwirrend widersprüchlich.

Der Fahrer ließ die Peitsche schnalzen, und schon rumpelte die Kutsche mit regelmäßigem Hufgeklapper los. Ich versuchte, durch die schlammbespritzten Fenster etwas von Zürichs Straßen zu erkennen, und sah eine elektrisch betriebene Trambahn die Droschke überholen.

»Hast du das gesehen, Papa?«, fragte ich. Ich hatte über Straßenbahnen gelesen, aber noch nie eine gesehen. Ihr Anblick beschwingte mich, sie war mir ein handfester Beweis für die Fortschrittlichkeit dieser Stadt – zumindest, was den Verkehr anging. Ich konnte nur hoffen, dass die Gerüchte stimmten und ihre Einwohner weiblichen Studenten gegenüber ebenfalls aufgeschlossen waren.

»Gesehen nicht, aber gehört. Und gespürt«, entgegnete mein Vater ruhig und drückte dabei meine Hand. Ich war mir sicher, dass er ähnlich aufgeregt war wie ich, aber den Mann von Welt geben wollte. Vor allem nach der Bemerkung des Fahrers.

Ich wandte mich wieder dem Fenster zu. Hohe grüne Berge umgaben die Stadt, und ich hätte schwören können, Immergrün gerochen zu haben. Dabei waren die Berge doch sicher viel zu weit entfernt, als dass der Duft ihrer Wälder bis in die Stadt wahrzunehmen war.

Wo auch immer diese Frische herkam, die Luft in Zürich war viel besser als die in Zagreb, wo es stets nach Pferdedung und abgebrannten Feldern stank. Vielleicht wurde die frische Luft ja vom Zürichsee südlich der Stadt hergeweht.

In einiger Entfernung, am Fuß der Berge gelegen, erkannte ich vor dem Hintergrund zweier Kirchtürme ein paar hellgelbe, im neoklassizistischen Stil errichtete Gebäude. Sie ähnelten den Zeichnungen des Polytechnikums, die sich in meinen Bewerbungsunterlagen befunden hatten, aufs Erstaunlichste, waren aber viel größer und imposanter, als ich sie mir vorgestellt hatte. Das Polytechnikum war eine der neuen Hochschulen, die Lehrkräfte innerhalb diverser mathematischer und naturwissenschaftlicher Disziplinen hervorbringen sollten, und es war eine der wenigen Hochschulen in Europa, die auch Frauen zum Studium zuließen. Obgleich ich in den letzten Jahren kaum von etwas anderem geträumt hatte, fiel es mir nun schwer zu begreifen, dass ich in wenigen Monaten tatsächlich dort ein und aus gehen würde.

Mit einem Ruck kam die Droschke zum Stehen. Die vordere Klappe öffnete sich, und der Fahrer verkündete: »Plattenstraße 50.« Mein Vater reichte ihm ein paar Franken, dann schwang der Schlag auf.

Während der Fahrer unser Gepäck ablud, eilte ein Bediensteter der Pension Engelbrecht die Treppe vor dem Haus herunter, um uns mit unserem Handgepäck zu helfen. Ein sehr gepflegtes, gut gekleidetes Paar trat aus der von eleganten Säulen flankierten Haustür des vierstöckigen Stadthauses.

»Herr Marić?«, rief der korpulente ältere Herr.

»Ja. Und Sie müssen Herr Engelbrecht sein«, entgegnete mein Vater, verneigte sich kurz und streckte die Hand aus. Während die Männer sich begrüßten, trippelte die rüstige Frau Engelbrecht die Treppe herunter, um mich ins Haus zu begleiten.

Nach Austausch der Förmlichkeiten lud das Ehepaar Engelbrecht meinen Vater und mich zu Tee und Keksen ein, der Tisch war uns zu Ehren bereits gedeckt. Wir folgten den Engelbrechts vom Eingangsbereich in den vorderen Salon, und ich sah, wie mein Vater einen bewundernden Blick auf den Kristalllüster und die dazu passenden Wandleuchten warf. Fast konnte ich ihn denken hören: *Hier ist meine Mitza gut aufgehoben*.

Auf mich wirkte die Pension steril und sehr förmlich, verglichen mit meinem Elternhaus. Kein Waldgeruch, kein Staub und keine Küchendüfte. Wir Serben fanden den von den Schweizern adoptierten Ordnungssinn der Deutschen durchaus erstrebenswert, aber ich musste erkennen, dass unsere Versuche in Sachen Sauberkeit noch weit hinter der schweizerischen Perfektion zurückblieben.

Bei Tee und Keksen wurden diverse Höflichkeiten ausgetauscht, mein Vater stellte eine Frage nach der anderen, und die Engelbrechts erklärten uns die Regeln und Abläufe in ihrer Pension: Es gab einen festen Plan für die Mahlzeiten, für Besucher, für die Wäsche und für das Reinigen der Zimmer. Mein Vater, der früher beim Militär gewesen war, erkundigte sich, ob die Mieter in der Pension auch sicher seien, und seine angespannten Schultern senkten sich mit jeder positiven Antwort und jedem prüfenden Blick auf die getuftete blaue Stofftapete sowie die aufwendig geschnitzten Stühle rund um den großen marmornen Kamin. Doch die Schultern wollten sich nicht völlig entspannen. Papa wünschte sich dieses Hochschulstudium für mich genauso sehr wie ich, aber sich tatsächlich von mir verabschieden zu müssen, fiel ihm offenbar viel schwerer, als ich es je erwartet hätte.

Ich nippte an meinem Tee, als ich Gelächter hörte. Das Gelächter von Mädchen.

Frau Engelbrecht entging mein Aufmerken nicht. »Was Sie da hören, sind unsere jungen Damen bei einer Runde Whist. Möchten Sie, dass ich Sie den anderen Mieterinnen vorstelle?«

Andere Mieterinnen? Ich nickte, obwohl ich doch viel lieber den Kopf geschüttelt hätte. Meine Begegnungen mit anderen jungen Damen nahmen für gewöhnlich kein gutes Ende. Gemeinsamkeiten zwischen ihnen und mir waren selten. Viel häufiger hatte ich leider erlebt, wie Mitschüler – männlich wie weiblich – mich erniedrigten und auf mir herumhackten, zumal wenn ihnen aufgegangen war, dass ich nach sehr viel Höherem strebte.

Doch die Höflichkeit gebot es, dass wir uns erhoben, und Frau Engelbrecht führte uns in einen kleineren und ganz anders als der Salon eingerichteten Raum: Lüster und Wandleuchten aus Messing statt aus Kristall, Eichentäfelung statt blauer Seide an den Wänden und ein Spieltisch in der Mitte. Als wir das Zimmer betraten, meinte ich das Wort *krpiti* zu hören und sah zu meinem Vater, der ähnlich überrascht wirkte. Es war ein serbischer Ausdruck, den man benutzte, wenn man enttäuscht war oder verloren hatte, und ich fragte mich, wer dieses Wort wohl benutzt hatte. Bestimmt hatten wir uns verhört.

Um den Tisch saßen drei Mädchen, alle etwa in meinem Alter, Anfang zwanzig, alle mit dunklen Haaren und dichten Augenbrauen wie ich. Selbst ihre Kleidung ähnelte meiner: steife weiße Blusen mit hohen Spitzenkragen, dazu dunkle schlichte Röcke. Sehr seriös, keine Spur von den verspielten, zitronengelben oder pinkfarbenen Gewändern, die so viele junge Frauen – zum Beispiel jene auf den schicken Straßen in der Nähe des Bahnhofs – bevorzugten.

Die Mädchen sahen auf, legten schnell ihre Karten beiseite und erhoben sich. »Fräulein Ružica Dražić, Fräulein Milana Bota, Fräulein Helene Kaufler, ich möchte Ihnen unsere neue Mieterin vorstellen, Fräulein Mileva Marić.«

Wir machten alle einen Knicks, und Frau Engelbrecht fuhr fort: »Fräulein Marić ist hier, um am Eidgenössischen Polytechnikum Mathematik und Physik zu studieren. Sie werden hier in guter Gesellschaft sein, Fräulein Marić.«

Frau Engelbrecht zeigte zunächst auf ein Mädchen mit breiten Wangenknochen, einem offenen Lächeln und bronzefarbenen Augen. »Fräulein Dražić kommt aus Šabac und wird an der Universität Zürich Politikwissenschaften studieren.«

Dann wandte sie sich an das Mädchen mit den dunkelsten Haaren und buschigsten Augenbrauen und sagte: »Das ist Fräulein Bota. Sie hat Kruševac verlassen, um am Polytechnikum Psychologie zu studieren.«

Dann legte sie die Hand auf die Schulter des letzten braunhaarigen Mädchens mit freundlichen graublauen Augen unter schrägen Augenbrauen. »Und das ist unser Fräulein Kaufler, sie ist aus Wien zu uns gekommen, um am Polytechnikum Geschichte zu studieren.«

Ich war sprachlos. Studentinnen, die wie ich aus östlichen österreichisch-ungarischen Provinzen stammten? Und ich hatte immer gedacht, ich wäre eine absolute Ausnahmeerscheinung! In Zagreb war jedes zweite Mädchen um die zwanzig bereits verheiratet oder bereitete sich darauf vor, indem es geeignete junge Männer traf und im Elternhaus übte, einen Haushalt zu führen. Der letzte Schulbesuch der allermeisten Mädchen lag bereits viele Jahre zurück, manche hatten noch nie eine Schule von innen gesehen. Ich war stets davon ausgegangen, die einzige osteuropäische Studentin inmitten westlicher Studenten zu sein. Vielleicht die einzige Studentin überhaupt.

Frau Engelbrecht sah die Mädchen nacheinander an und sagte: »Wir wollen Sie jetzt nicht länger bei Ihrem Kartenspiel stören und setzen unsere Unterhaltung nebenan fort. Ich hoffe, Sie werden Fräulein Marić morgen ein wenig durch Zürich führen?«

»Selbstverständlich, Frau Engelbrecht«, antwortete Fräulein Kaufler stellvertretend für sie alle und lächelte herzlich. »Vielleicht hat Fräulein Marić ja sogar Lust, morgen Abend mit uns Whist zu spielen. Wir könnten sehr gut eine vierte Spielerin gebrauchen.«

Fräulein Kauflers Lächeln wirkte aufrichtig, und ich fühlte mich zu den Mädchen und ihrem Spiel hingezogen. Automatisch erwiderte ich ihr Lächeln, doch dann rief ich mich zur Räson: *Pass auf,* ermahnte ich mich selbst. *Denk dran, wie gemein andere Mädchen sein können: die Sticheleien, die Beschimpfungen, die Tritte auf dem Spielplatz. Du bist hier, um am Polytechnikum Mathematik und Physik zu studieren und dir deinen Traum zu erfüllen, eine der ganz wenigen Professorinnen für Physik in Europa zu werden. Du bist nicht so weit gereist, nur um neue Freundschaften zu schließen, auch wenn diese Mädchen durchaus dazu geeignet scheinen.*

Auf dem Weg zurück zum vorderen Salon hakte sich mein Vater bei mir unter und flüsterte: »Das scheinen mir ein paar sehr sympathische Mädchen zu sein, Mitza. Und klug müssen sie auch sein, wenn sie hier sind, um zu studieren. Vielleicht findest du endlich ein paar Gefährtinnen, die ähnlich intelligent sind wie du. Wäre doch schön, wenn sich ein Mädchen fände, dem du die vielen kleinen Witze erzählen könntest, die du dir normalerweise für mich aufhebst.«

Er klang so merkwürdig hoffnungsvoll, als würde er sich geradezu wünschen, dass ich den Mädchen, deren Bekanntschaft wir soeben gemacht hatten, die Hand reichte. Was wollte Papa mir sagen? Ich war verwirrt. So viele Jahre hatte er beteuert, Freunde seien nicht wichtig, ein Ehemann sei nicht wichtig, das Einzige, das wirklich zähle, seien unsere Familie und eine gute Ausbildung. Wollte er mich auf die Probe stellen? Ich wollte ihm zeigen, dass all das, wonach die meisten anderen jungen Frauen strebten – Freundinnen, Ehemann, Kinder – mich wie üblich nicht interessierte. Ich wollte seine Prüfung mit Bestnote bestehen, so wie alle anderen Prüfungen bisher auch.

»Papa, ich bin hier, um zu lernen, nicht, um Freundschaften zu schließen«, sagte ich mit feierlichem Ernst und nickte entschieden. Ich wollte ihm damit versichern, dass ich das, was er mir bereits vor vielen Jahren als mein Schicksal vorausgesagt – oder gar gewünscht – hatte, als meine Bestimmung betrachtete und annahm.

Doch meine Worte erfreuten ihn nicht, im Gegenteil, seine Miene verfinsterte sich. War er wütend? Oder traurig? War ich nicht deutlich genug gewesen? Oder hatte er es sich anders überlegt, weil diese Mädchen so anders waren als all die, denen ich bisher begegnet war?

Er war ungewöhnlich still. Als er endlich sprach, klang er ein wenig niedergeschlagen: »Ich hatte eigentlich gehofft, du würdest beides machen.«

In den Wochen nach seiner Abreise ging ich den Mädchen aus dem Weg, hielt mich meist in meinem Zimmer auf und vertiefte mich in meine Bücher. Doch durch die von den Engelbrechts festgelegten Tagesabläufe war ich täglich zu den Mahlzeiten mit den anderen Mieterinnen zusammen, und die Höflichkeit verlangte es, bei Frühstück und Abendessen ein paar Worte mit ihnen zu wechseln. Sie luden mich immer wieder ein, mit ihnen spazieren zu gehen oder sie zu Vorträgen, ins Café, ins Theater und zu Konzerten zu begleiten. Sie schimpften freundlich mit mir, ich sei viel zu ernsthaft und zu still und zu fleißig, und sie luden mich einfach immer wieder ein, ganz gleich, wie oft ich ablehnte. Die Mädchen legten eine Beharrlichkeit an den Tag, die ich sonst nur von mir selbst kannte.

Eines frühen Abends in jenem Sommer saß ich, wie ich es mir zur Gewohnheit gemacht hatte, in meinem Zimmer und bereitete mich auf die im Oktober beginnenden Kurse vor. In den Zimmern der Pension war es stets unangenehm kühl, ganz gleich, wie warm es draußen war, darum hatte ich mir den Schal, den meine Mutter mir geschenkt hatte, um die Schultern gelegt. Ich arbeitete mich durch einen Text, als ich die Mädchen unten eine Version von Bizets *L'Arlésienne* spielen hörte – relativ schlecht, aber mit Gefühl. Ich kannte das Stück sehr gut, ich hatte es oft mit meiner Familie gespielt. Die mir so vertraute Musik ließ mich melancholisch werden, und auf einmal fühlte ich mich einsam. Ich sah zu meiner verstaubten Tamburizza, schnappte mir die kleine Mandoline und ging nach unten. In der Tür zum vorderen Salon blieb ich stehen und sah den Mädchen dabei zu, wie sie sich mit dem Stück abmühten. Ich lehnte mich gegen die Wand, die Tamburizza in der Hand, und kam mir plötzlich sehr einfältig vor. Wie konnte ich erwarten, dass sie mich aufnahmen, nachdem ich sie so oft abgewiesen hatte? Ich wollte schon wieder nach oben eilen, als Helene mich bemerkte und ihr Spiel unterbrach.

In ihrer üblichen warmherzigen Art fragte sie: »Möchten Sie mitspielen, Fräulein Marić?« Mit gespielter Verzweiflung sah sie zu Ružica und Milana. »Sie sehen ja, wir können jegliche musikalische Unterstützung gebrauchen.«

Ich sagte Ja. Und binnen weniger Tage katapultierten mich die Mädchen in ein Leben, wie ich es nie gekannt und für möglich gehalten hatte. Ein Leben mit gleichgesinnten Freundinnen. Papa hatte sich geirrt – und ich auch. Freunde, Freund*innen* waren doch wichtig. Jedenfalls solche wie diese, hochintelligent und ähnlich ehrgeizig wie ich, die ähnlichem Spott und ähnlicher Ablehnung ausgesetzt waren wie ich und sich dennoch durchboxten, mit einem Lächeln auf den Lippen.

Diese Freundinnen brachten mich nicht wie befürchtet von meinem Vorhaben ab, Erfolg zu haben. Diese Freundinnen bestärkten mich darin.

*

Jetzt, Monate später, ließ ich mich auf den freien Stuhl im Salon sinken und Ružica schenkte mir eine Tasse Tee ein. Ein köstlicher, frischer Duft stieg mir in die Nase, und mit einem selbstgefälligen Lächeln schob Milana mir einen Teller mit einem Stück meines Lieblingskuchens zu: Zitronencremetorte. Die Mädchen mussten Frau Engelbrecht extra für mich darum gebeten haben. Eine ganz besondere Geste an einem ganz besonderen Tag.

»Danke.«

Wir nippten an unserem Tee und schmausten den Kuchen. Die Mädchen waren ungewöhnlich still, und ich konnte an ihren Gesichtern und den Blicken, die sie wechselten, ablesen, wie viel Beherrschung sie das kostete. Sie warteten darauf, dass ich als Erste das Wort ergriff und mir mehr über die Lippen kam als Dank für ihren liebevollen Empfang.

Doch dann hielt Ružica, die Übermütigste, Hartnäckigste und Ungeduldigste von ihnen, es nicht länger aus. »Wie war der berüchtigte Professor Weber?«, platzte sie heraus und imitierte den für seine Ehrfurcht gebietenden Lehrmethoden und seine ebenso Ehrfurcht gebietende Brillanz bekannten Ordinarius, indem sie die Augenbrauen tanzen ließ.

»Wie erwartet«, antwortete ich seufzend und genehmigte mir einen weiteren Bissen des gleichzeitig herrlich süß und herzhaft schmeckenden Kuchens. Ich wischte mir einen Krümel aus dem Mundwinkel und erklärte: »Ich durfte mich erst setzen, nachdem er die Teilnehmerliste geprüft hatte. Als hätte er nicht gewusst, dass ich daraufstand. Dabei hat er mich doch selbst zugelassen!«

Die Mädchen kicherten.

»Und natürlich hat er kommentiert, dass ich aus Serbien komme.«

Den Mädchen verging das Kichern. Ružica und Milana stammten ebenfalls aus entlegenen Winkeln der K.-u.-K.-Monarchie und waren bereits ähnlichen Demütigungen ausgesetzt gewesen. Selbst Helene aus der etwas akzeptableren Region Österreich hatte bereits Erniedrigungen seitens ihrer Dozenten am Polytechnikum hinnehmen müssen – weil sie Jüdin war.

»Klingt ganz wie mein erster Tag bei Professor Herzog«, sagte Helene, und wir nickten. Helene hatte uns die Geschichte ihrer Kränkung bis ins letzte qualvolle Detail erzählt: Nachdem Professor Herzog laut angemerkt hatte, Helenes Familienname klänge jüdisch, kreiste er in seiner ersten Vorlesung zu italienischer Geschichte lange und ausgedehnt um Venedig und seine Gettos, in denen die venezianischen Juden vom sechzehnten bis zum achtzehnten Jahrhundert leben mussten. Wir glaubten nicht an einen Zufall.

»Als wäre es noch nicht genug, fast die einzige Frau unter Heerscharen von Männern zu sein. Nein, die Professoren müssen uns noch mehr Makel andichten und weitere Unterschiede unterstreichen«, sagte Ružica.

»Wie sind die anderen Studenten?«, fragte Milana im offenkundigen Versuch, das Thema zu wechseln.

»Das Übliche«, antwortete ich. Die Mädchen stöhnten solidarisch auf.

»Selbstgefällig?«, fragte Milana.

»Ja«, sagte ich.

»Mit dicken Schnurrbärten?«, fragte Ružica und kicherte.

»Ja.«

»Von sich selbst überzeugt?«, fragte Helene.

»Oh, ja.«

»Offen feindselig?«, legte Helene nach, ihre Stimme nun ernst und wachsam. Sie hatte etwas sehr Mütterliches an sich und wollte uns anderen immer beschützen. Vor allem mich. Seit ich ihnen erzählt hatte, was mir an meinem ersten Tag im Königlichen Obergymnasium in Zagreb passiert war – eine Geschichte, die ich bis dahin stets für mich behalten hatte –, war Helene ganz besonders vorsichtig, wenn es um mich ging. Die anderen waren bisher noch keiner so offenen Gewalt ausgesetzt gewesen, aber sie alle hatten schon mehr als einmal das bedrohliche Brodeln unter der Oberfläche gespürt.

»Nein. Noch nicht.«

»Das klingt doch gut«, meinte die ewig optimistische Ružica, die selbst in der schwärzesten Nacht noch einen Silberstreifen am Horizont sehen konnte. Wir zogen sie schon mal deswegen auf, aber sie beharrte darauf, nur mit dieser Einstellung im Leben weiterkommen zu können, und empfahl uns dringend, es ihr nachzutun.

»Irgendwelche Verbündeten in Sicht?« Milana dachte eher strategisch. Im Laufe des Physikstudiums mussten die Studenten hin und wieder gemeinsam an Projekten arbeiten, und wir hatten uns bereits besprochen, wie ich das gegebenenfalls bewerkstelligen könnte. Denn was sollte ich tun, wenn niemand mit mir zusammenarbeiten wollte?

»Nein«, antwortete ich automatisch. Aber dann hielt ich inne und erinnerte mich an Ružicas Rat, etwas optimistischer zu sein. »Oder vielleicht doch. Einer der Studenten hat mich angelächelt. Vielleicht ein bisschen zu lang, aber aufrichtig, kein spöttisches Lächeln. Ich glaube, er heißt Einstein.«

Helene hob besorgt die Augenbrauen. Sie war stets auf der Hut, was unwillkommene romantische Annäherungsversuche anging. In ihren Augen boten diese genauso viel Anlass zur Sorge wie offene Gewalt. Sie nahm meine Hand und ermahnte mich: »Sei vorsichtig.«

Ich erwiderte den Druck ihrer Hand. »Keine Sorge, Helene. Ich bin immer vorsichtig.«

Als ihre Miene finster blieb, zog ich sie auf: »Also wirklich. Ständig werft ihr drei mir vor, ich sei viel zu vorsichtig und würde mich viel zu sehr zurückziehen. Und dass ich nur euch mein wahres Ich zeige. Glaubst du wirklich, da wäre ich gegenüber Herrn Einstein nicht vorsichtig?«

Helenes besorgter Blick wurde von einem Lächeln abgelöst.

Wenn ich mit den Mädchen zusammen war, kam ich aus dem Staunen kaum heraus. Ich staunte, weil ich plötzlich Worte fand, um meine lange in mir vergrabenen Geschichten zu erzählen. Ich staunte, weil ich ihnen mein wahres Ich zeigte. Und ich staunte, weil sie mich trotzdem akzeptierten.

Kapitel 3

22. April 1897
Zürich

Ich richtete mich an meinem Arbeitsplatz in der Bibliothek des Polytechnikums ein. Die großzügigen holzvertäfelten Räumlichkeiten waren sehr gut besucht, und doch herrschte Ruhe. Die Studenten befassten sich mit einer an Religiosität grenzenden Hingabe mit dem einen oder anderen Lehrfach – manche mit Biologie oder Chemie, manche mit Mathematik und manche, wie ich, mit Physik. Durch die Trennwände meines Arbeitsplatzes abgeschirmt von der Welt, hinter meinen Büchern verbarrikadiert, von meinen eigenen Gedankengängen und Theorien bestärkt, kam ich mir fast vor wie ein ganz gewöhnlicher Student.

Ich hatte meine Seminarmitschriften, diverse angeforderte Texte sowie einen Artikel aus meinem eigenen Archiv vor mir ausgebreitet. Sie alle verlangten meine Aufmerksamkeit, und als handele es sich um eine Reihe geliebter Haustiere, fiel es mir schwer, mich zu entscheiden, welchem ich nun meine Zeit widmen sollte. Newton oder Descartes? Oder vielleicht einem der neueren Theoretiker? Die Luft am Polytechnikum, ja, in ganz Zürich, war wie aufgeladen vom Diskurs über die jüngsten Entwicklungen in der Physik, und ich fühlte mich direkt angesprochen. Die Welt der Physik war meine Welt. All die verborgenen Kräfte und unbekannten Zusammenhänge, die so komplex waren, dass ich glaubte, nur Gott konnte sie geschaffen haben. Eingebettet in geheimnisvolle Regeln, wie die Welt funktionierte, lagen die Antworten auf die größten Fragen zu unserer Existenz. Und ich wünschte mir nichts sehnlicher, als diese Antworten zu finden.

Hin und wieder, wenn ich mich von dem fast verbissenen Ernst löste, mit dem ich sonst studierte, und etwas lockerer an meine Lektüre und Berechnungen heranging, erhaschte ich einen Blick auf die göttlichen Muster, nach denen ich so verzweifelt suchte. Aber nur am äußersten Rande meines Blickfeldes. Und sobald ich genauer hinsah, lösten sich die Muster in Nichts auf. Vielleicht war ich noch nicht bereit, Gottes Meisterwerk zu erkennen. Vielleicht würde er es eines Tages zulassen.

Ich war meinem Vater dankbar dafür, dass er mich an diesen von Bildung und Neugier durchdrungenen, ja flirrenden Ort gebracht hatte. Nur leider sorgte er sich immer noch sowohl um meine tägliche Sicherheit in Zürich als auch um meine Zukunftsaussichten. In meinen Briefen gab ich mir große Mühe, ihm zu versichern, dass mir, falls ich keine Laufbahn als Forscherin einschlagen sollte, nach Abschluss des Studiums reichlich Stellen als Lehrerin offenstünden, und dass mein sehr geregeltes Leben an der Hochschule und in der Pension keinerlei Gefahren barg. Und doch spürte ich bei seinen ständig wiederkehrenden Fragen, wie besorgt er um mich war.

Interessant, dass meine Mutter mit dem Weg, den ich in Zürich beschritt, anscheinend besser umzugehen wusste. Nachdem ich mich mein ganzes Leben lang gegen ihre Missbilligung meines unorthodoxen Drangs nach Bildung hatte behaupten müssen, schien sie meine Entscheidung jetzt, nachdem ich mich in Zürich niedergelassen hatte, endlich akzeptiert zu haben – vor allem, seit ich ihr in meinen Briefen von Ausflügen mit Ružica, Milana und Helene berichtete. An den Antwortbriefen meiner Mutter konnte ich ablesen, wie sehr sie sich über diese neuen Freundschaften freute. Meine ersten Freundschaften überhaupt.

So einfach war es normalerweise nicht, den Segen meiner Mutter zu bekommen. Bis zu dieser jüngsten Wiederannäherung war meine Beziehung zu ihr stets überschattet gewesen von ihrer Sorge um mich – ihr lahmes, einsames, aus dem Rahmen fallendes Kind. Und von den Konsequenzen, die mein Wissensdurst für ihr eigenes Leben gehabt hatte.

Eines kühlen Septembernachmittags vor fast zehn Jahren in meinem entlegenen Geburtsort Titel ließ sie ihren Widerstand gegen meine so unweibliche Entwicklung offen zutage treten. Das war ungewöhnlich, weil mein Vater mich in genau dieser Entwicklung bestärkte und meine Mutter ihm sonst nur selten Widerworte gab. Wir befanden uns auf unserer regelmäßigen Pilgerwanderung zu dem Friedhof, auf dem mein großer Bruder und meine große Schwester begraben lagen, meine noch vor meiner Geburt an Kinderkrankheiten verstorbenen Geschwister. Der schneidende Wind ließ das Tuch um meinen Kopf heftig flattern, ich griff nach dem schwarzen Stoff und zog ihn fest. Ich wollte mir die Standpauke meiner Mutter ersparen, die ich mir einhandeln würde, falls mir das Tuch davonflog und ich also die geweihte Erde mit unbedecktem Kopf betrat. Das Tuch schützte meine Ohren, es dämpfte das leise, traurige Stöhnen des Windes. Ich war dankbar dafür, obwohl ich wusste, dass das Klagen des Windes zum Ziel unseres Marsches passte.

Ich roch *tamjan*, den süßen, durchdringenden Rauch des Inzenses, der im Vorbeigehen von unserer Kirche zu uns herüberwehte, und unter meinen Füßen knirschte das Laub, während ich versuchte, mit meiner Mutter Schritt zu halten. Der Hügel war felsig, es fiel mir schwer, ihn zu erklimmen, und meine Mutter wusste das genau. Aber sie nahm keine

Rücksicht auf mich. Fast schien es, als sei die Anstrengung des Marsches zum Friedhof Teil meiner Strafe. Dafür, dass ich überlebt hatte, mein Bruder und meine Schwester aber nicht. Dafür, dass ich lebte, nachdem die anderen beiden von Kinderkrankheiten dahingerafft worden waren. Und dafür, dass ich meinen Vater auf die Idee gebracht hatte, die neue Regierungsstelle in Zagreb anzutreten, einer größeren Stadt mit besseren Ausbildungsmöglichkeiten für mich. Eine Entscheidung, die bedeutete, dass Mama in Zukunft weit weg sein würde von den Gräbern ihrer erstgeborenen Kinder.

»Kommst du, Mitza?«, rief Mama, ohne sich umzudrehen. Ich rief mir in Erinnerung, dass ihre Strenge nicht ausschließlich ihrer Unzufriedenheit mit dem Umzug nach Zagreb entsprang. Strikte Disziplin und hohe Erwartungen waren ihrer Ansicht nach nötig, um rechtschaffene Kinder zu formen. Wie oft zitierte sie die Sprüche: »Rute und Rüge geben Weisheit, aber ein sich selbst überlassenes Kind bringt seiner Mutter Schande.«

»Ja, Mama«, rief ich zurück.

Zu Ehren meiner toten Geschwister trug meine Mutter wie üblich Trauer, einschließlich einem dunklen Kopftuch. Wie sie so vor mir herging, war sie vor dem grauen Herbsthimmel kaum mehr als ein ebenholzfarbener Schatten. Völlig außer Atem erreichte ich den höchsten Punkt, aber ich unterdrückte mein Keuchen. Ich empfand das als meine Pflicht.

Auf die Gefahr hin, dafür getadelt zu werden, drehte ich mich um. Ich liebte die Aussicht von dieser Stelle. Titel breitete sich vor uns aus, und über der Kirchturmspitze schien sich die Stadt an die Ufer der Theiß zu klammern. Ich fand die kleine staubige Stadt mit nur einem Platz, einem Markt und wenigen Verwaltungsgebäuden in ihrer Mitte, wunderschön.

Doch dann hörte ich, wie meine Mutter auf dem Kies in die Knie ging, und bekam flugs Gewissensbisse. Das hier war kein Spaziergang, ich hatte mich nicht zu vergnügen. Dies war auf unabsehbare Zeit unser letzter Besuch auf diesem Friedhof. Nicht einmal Papa vermochte es heute, mich fröhlich zu stimmen über den Umzug.

Ich nahm meinen Platz neben Mama vor den Grabsteinen ein. Der Kies bohrte sich mir in die Knie, aber heute wollte ich Schmerz verspüren. Das schien mir eine gerechte Strafe für den Schmerz, den ich meiner Mutter dadurch zufügte, dass der Umzug nach Zagreb vor allem wegen mir stattfand. Ich hatte in Titel und der näheren Umgebung die Grenzen meiner Bildung erreicht, und Papa wollte, dass ich das Königliche Obergymnasium in Zagreb besuchte. Wir würden sicher nur noch selten nach Titel kommen. Ich sah zu ihr. Sie hatte die Augen geschlossen, und ohne das lebhafte Blitzen in ihnen sah meine Mutter viel älter aus als Mitte dreißig. Die herben Verluste und der schwere Alltag hatten sie altern lassen.

Ich bekreuzigte mich, schloss die Augen und betete still für die Seelen meiner längst verstorbenen Geschwister. Sie waren mir stets unsichtbare Kameraden gewesen, ein Ersatz für die Freunde, die ich nicht hatte. Wie anders wäre mein Leben verlaufen, wenn sie noch lebten. Mit einem großen Bruder und einer großen Schwester an meiner Seite wäre ich vielleicht nicht so einsam gewesen und hätte mich nicht so sehr danach gesehnt, mit den anderen Mädchen auf dem Schulhof zu spielen – selbst mit denen, die gemein zu mir waren.

Ein Sonnenstrahl wanderte über mich hinweg, und ich öffnete die Augen. Die bogenförmigen Marmorgrabmale meines Bruders und meiner Schwester starrten mich an. Die Namen – Milica Marić und Vukašin Marić – glitzerten in der Sonne, als seien sie gerade erst eingemeißelt worden, und ich musste mich beherrschen, um nicht mit dem Finger über jeden einzelnen Buchstaben zu fahren.

Normalerweise sorgte Mama dafür, dass unsere Besuche schweigsam und nachdenklich vor sich gingen, doch an jenem Tag war es anders. Sie nahm meine Hand und rief die Jungfrau Maria an – noch dazu in unserer selten benutzten Muttersprache Serbisch:

Bogorodice Djevo, radujsja
Blagodatnaja Marije …

Meine Mutter sprach so laut, dass sie den Wind und die raschelnden Blätter übertönte. Und sie wankte. Mir war es etwas peinlich, dass sie so laut sprach und so dramatische Bewegungen machte, vor allem, als zwei andere Trauernde in einiger Entfernung den Blick auf uns richteten.

Und doch stimmte ich ein. Die Worte des Ave Maria hatten sonst stets beruhigende Wirkung auf mich, aber an jenem Tag fühlten sie sich fremd an, sie klebten fast an meiner Zunge wie eine Lüge. Auch klang das, was aus Mamas Mund kam, anders als sonst, nicht wie ehrfürchtige Anbetung, sondern wie eine Verdammung. Meine Verdammung natürlich, nicht die der Jungfrau.

Ich versuchte, mich auf den Wind zu konzentrieren, auf das Knacken der Äste, das Rascheln der Blätter, das Klappern der Hufe vorbeigaloppierender Pferde, auf alles andere als die Worte aus Mamas Mund. Ich musste nicht noch einmal daran erinnert werden, wie viel davon abhing, wie ich mich in der Schule in Zagreb schlug. Ich musste es schaffen. Nicht nur für mich und Mama und Papa, sondern auch für meine verstorbenen Geschwister. Für ihre hier zurückbleibenden Seelen.

*

Ich hörte das Kratzen der Füllhalter der anderen Studenten in der Bibliothek um mich herum, aber ich interessierte mich nur für einen Mann: Philipp Lenard. Ich nahm die Abhandlung des renommierten deutschen Physikers zur Hand und begann zu lesen. Eigentlich hätte ich die Texte von Hermann von Helmholtz und Ludwig Boltzmann lesen sollen, die der Professor uns als Lektüre aufgetragen hatte, aber ich war fasziniert von Lenards jüngster Forschung zu Kathodenstrahlen und deren Eigenschaften. In luftleeren Glasröhren hatte er die metallischen Elektroden der Röhre mit elektrischer Hochspannung beschossen und anschließend die Strahlen untersucht. Lenard beobachtete, dass wenn das der negativen Ladung gegenüberliegende Ende der Röhre mit einem phosphoreszierenden Material bestrichen war, ein winziges Objekt in der Röhre zu leuchten anfing und sich im Zickzack durch die Röhre bewegte. Das führte Lenard zu der Annahme, dass Kathodenstrahlen aus negativ geladenen Energiepartikeln bestanden, und er nannte sie Quanten der Elektrizität. Ich ließ den Aufsatz sinken und überlegte, inwiefern Lenards Forschung wohl die viel diskutierte Frage zu Natur und Existenz von Atomen beeinflussen würde. Aus welchem Stoff hatte Gott die Welt geschaffen? Würde uns die Antwort auf diese Frage mehr darüber verraten, was der Sinn und Zweck der Menschheit auf Gottes Erde war? Manchmal konnte ich zwischen den vielen Seiten Text und in meinen aufblitzenden Gedanken dazu erkennen, wie sich in den physikalischen Gesetzen des Universums Gottes Muster entfalteten. Und genau dort konnte ich auch Gottes Gegenwart spüren – nicht in den Kirchenbänken meiner Mutter und nicht auf den Friedhöfen.

Die Uhr im Turm der Universität schlug fünf. War es wirklich schon so spät? Ich hatte nicht eine einzige Zeile der als Hausaufgaben aufgetragenen Texte gelesen.

Ich reckte den Hals, um aus dem Fenster zu sehen. Zürich verfügte über zahlreiche Uhrentürme, und deren Zeiger bestätigten mir die fortgeschrittene Stunde. Frau Engelbrecht war sehr streng, was Pünktlichkeit zum Abendessen anging, ich musste mich beeilen. Zumal die anderen Mädchen mit den Instrumenten in der Hand auf mich warteten, um noch vor dem Abendessen ein wenig zu musizieren. Dieses gemeinsame Musizieren vor dem Essen war zu einem unserer Rituale geworden, und zwar zu meinem liebsten.

Ich räumte meine Papiere zusammen und begann, sie in meine Tasche zu stecken. Lenards Aufsatz lag ganz oben, und einer der Sätze zog meine Aufmerksamkeit auf sich. Wieder begann ich zu lesen und war so in den Text versunken, dass ich erschrak, als jemand mich ansprach.

»Fräulein Marić? Darf ich Sie stören?«

Es war Herr Einstein. Seine Haare standen ihm noch mehr zu Berge als sonst, als hätte er sich mit beiden Händen in die dunklen Locken gefasst und sie absichtlich durcheinandergebracht. Sein Hemd und sein Jackett sahen auch nicht besser aus, sie waren stark zerknittert. Sein unordentliches Auftreten passte so gar nicht zu dem untadeligen Äußeren der anderen Studenten in der Bibliothek. Aber im Gegensatz zu ihnen lächelte er.

»Gerne, Herr Einstein.«

»Ich hoffe, Sie können mir bei einem Problem helfen.« Er drückte mir einen Stapel Papiere in die Hand.

»Ich?«, fragte ich ohne nachzudenken und ärgerte mich dann selbst über meine offenkundige Überraschung. *Selbstvertrauen zeigen,* schärfte ich mir ein. *Du bist genau so intelligent wie alle anderen Studenten der Sektion VI. Warum sollte ein Kommilitone dich nicht um Hilfe bitten?*

Doch es war zu spät. Meine Selbstzweifel waren enttarnt.

»Ja, Sie, Fräulein Marić. Meiner Meinung nach sind Sie in unserer kleinen Gruppe nämlich die Klügste – in Mathematik sind Sie sogar mit Abstand die Beste – und diese Dummköpfe da« – er deutete zu zweien unserer Mitschüler, Herrn Ehrat und Herrn Kollros, die zwischen zwei Bücherstapeln standen, flüsterten und wild herumfuchtelten – »habe ich bereits gefragt. Sie konnten mir nicht helfen.«

»Selbstverständlich«, antwortete ich. Seine Worte schmeichelten mir zwar, aber ich war auf der Hut. Wenn Helene hier wäre, würde sie mir zur Vorsicht raten, aber auch dazu, eine kollegiale Allianz zu schmieden. Im nächsten Semester würde ich einen Laborpartner brauchen, und Herr Einstein war womöglich meine einzige Option. Seit der Aufnahme meines Physikstudiums vor einem halben Jahr hatte ich täglich mit denselben fünf Studenten zusammengesessen, aber bis auf Herrn Einstein waren mir alle nur mit der nötigen Höflichkeit begegnet und hatten mich ansonsten weitestgehend ignoriert. Herr Einstein dagegen war freundlich zu mir, er grüßte mich stets und fragte hin und wieder nach, was ich über Professor Webers Vorträge dachte. Herr Einstein war meine einzige Hoffnung.

»Lassen Sie mal sehen.« Ich warf einen Blick auf seine Papiere.

Was ich sah, war ein heilloses Durcheinander. Arbeiteten alle meine Kommilitonen so unorganisiert? Wenn ja, musste ich mir über mein eigenes Fortkommen im Studium jedenfalls keine Gedanken machen. Ich überflog seine hingeschmierten Berechnungen und fand schnell den Fehler. Geschuldet nichts anderem als Herrn Einsteins eigener Faulheit. »Hier, Herr

Einstein. Wenn Sie diese beiden Zahlen austauschen, sollten Sie zum richtigen Ergebnis kommen.«

»Ah. Verstehe. Vielen Dank für Ihre Hilfe, Fräulein Marić.«

»War mir ein Vergnügen.« Ich nickte und fuhr damit fort, meine Sachen zu packen.

Ich spürte, wie er mir über die Schulter sah. »Sie lesen Lenard?«, fragte er und klang überrascht.

»Ja«, antwortete ich und packte weiter.

»Aber der steht doch gar nicht auf unserem Lehrplan.«

»Da haben Sie recht.«

»Sie erstaunen mich, Fräulein Marić.«

»Wieso, Herr Einstein?« Ich drehte mich zu ihm um und sah ihn herausfordernd an. Dachte er etwa, ich könnte mit Lenard nicht umgehen, weil der Text viel schwieriger war als der Lehrstoff für das Grundstudium? Weil Einstein etwas größer war als ich, musste ich zu ihm aufsehen. Meine geringe Körpergröße war ein Nachteil, den ich genau so sehr verabscheute wie mein Humpeln.

»Sie scheinen mir der perfekte Student zu sein, Fräulein Marić. Im Unterricht sind Sie stets aufmerksam, halten sich an alle Regeln, machen sich gewissenhaft Notizen, und am Nachmittag schuften Sie in der Bibliothek, statt sich in einem der vielen Cafés zu vergnügen. Und doch sind Sie ein Bohemien wie ich. Das hätte ich nicht gedacht.«

»Ein Bohemien? Ich verstehe nicht ganz, was Sie damit meinen.« Ich schlug einen scharfen Ton an. Für mich war ein Bohemien ein Böhme, ein Bewohner der österreichisch-ungarischen Region Böhmen, und ich fragte mich, ob er mich und meine Herkunft beleidigen wollte? Von Professor Webers diversen Witzen im Unterricht musste Herr Einstein wissen, dass ich Serbin war, und die Vorurteile der germanischen und anderen westeuropäischen Völker gegenüber Osteuropäern waren bekannt. Ich wusste nicht viel über Herrn Einsteins Herkunft. Ich wusste, dass er aus Berlin kam, aber mit den dunklen Haaren und Augen und dem ungewöhnlichen Familiennamen entsprach er nicht dem Bild des typischen blonden Deutschen. Vielleicht stammte seine Familie aus einer ganz anderen Gegend und hatte sich lediglich in Berlin niedergelassen?

Er musste meine latente Verärgerung bemerkt haben, denn er beeilte sich zu erklären: »Ich meine das im französischen Sinne: *bohémien.* Was so viel heißt wie freigeistig. Fortschrittlich. Ungebunden. Unkonventionell. Nicht so spießbürgerlich wie die meisten unserer Mitstudenten.«

Ich wusste nicht, welchen Reim ich mir auf dieses Gespräch machen sollte. Ich hatte nicht den Eindruck, dass Herr Einstein mich verspottete, im Gegenteil, fast kam es mir vor, als wolle er mir ein Kompliment machen. Ich fühlte mich von Minute zu Minute unwohler.

Ich wandte mich wieder den letzten Papieren an meinem Arbeitsplatz zu und sagte: »Ich muss gehen, Herr Einstein. Die Pension Engelbrecht wird mit strenger Hand geführt, ich darf nicht zu spät zum Abendessen kommen. Guten Abend.« Ich schloss meine Tasche und knickste zum Abschied.

»Guten Abend, Fräulein Marić«, antwortete er und verneigte sich. »Und vielen Dank für Ihre Hilfe.«

Ich verließ die Bibliothek durch die große Eichentür, durchschritt den kleinen gepflasterten Hof und trat auf die Rämistraße, die belebte Straße gleich neben dem Polytechnikum. Sie war ein Boulevard voller Pensionen, in denen Zürichs viele Studenten nachts schliefen, und Cafés, in denen dieselben Studenten am Tage, wenn sie nicht in den Hörsälen saßen, große Fragen debattierten. Meinen verstohlenen Blicken zufolge befeuerten vor allem Kaffee und Pfeifentabak diese hitzigen Debatten dort. Aber das war nur eine Vermutung. Ich wagte es nicht, mich dazuzusetzen, obwohl ich auch Herrn Einstein schon einmal dort entdeckt hatte, wie er mit ein paar Freunden an einem der Außentische saß. Er hatte mich sogar herbeigewinkt, aber ich tat, als hätte ich ihn nicht gesehen. Es kam nur äußerst selten vor, dass Frauen zwischen diesen Männern saßen und sich an den freigeistigen Cafégesprächen beteiligten, und für mich verlief hier eine Grenze, die ich noch nicht bereit war zu überschreiten.

Ein leichter Nebel bildete sich, und ich zog mir die Kapuze über den Kopf, damit meine Haare nicht feucht wurden. Der Tag hatte sonnig angefangen, doch jetzt begann es zu regnen, und es fiel mir immer schwerer, mir einen Weg durch das Getümmel auf der Rämistraße zu bahnen. Ich war mit Abstand die Kleinste in diesem Gedränge. Der Regen nahm zu, bald war ich durchnässt, und die Kopfsteine wurden gefährlich glatt. Sollte ich meine eigene Regel brechen und in einem Café Zuflucht suchen, bis der Schauer vorüber war?

Völlig unvermittelt hörte es wieder auf zu regnen. Ich sah auf in der Erwartung, ein Stück blauen Himmels zu sehen, aber alles war schwarz, und um mich herum lief das Wasser in Bächen herab.

Herr Einstein hielt einen Regenschirm über mich.

»Sie sind klitschnass, Fräulein Marić«, sagte er, und aus seinen Augen strahlte der übliche Humor.

Was machte er hier? Gerade noch, in der Bibliothek, hatte er nicht ausgesehen, als sei er bereit zum Aufbruch. War er mir gefolgt?

»Ein unerwarteter Regenguss, Herr Einstein. Vielen Dank für den Schirm, aber ich komme zurecht.« Ich musste unbedingt an meiner Selbstständigkeit festhalten. Ich wollte auf keinen Fall, dass irgendeiner meiner Kommilitonen mich als hilfloses Weibchen sah, Herr Einstein zuallerletzt. Ganz sicher würde er mich nicht als Laborpartner wollen, wenn er mich als schwach erlebte, oder?

»Nachdem Sie mich durch die Korrektur meiner Berechnungen vor dem unvermeidbaren Zorn des Professor Weber bewahrt haben, ist es doch wohl das Mindeste, das ich tun kann, Sie in diesem Regen nach Hause zu begleiten.« Er lächelte. »Denn wie es aussieht, haben Sie Ihren Regenschirm vergessen.«

Ich wollte ihm widersprechen, aber ich war in der Tat auf Hilfe angewiesen. Die rutschigen Kopfsteine waren zu gefährlich für jemanden, der humpelte. Herr Einstein legte die Hand auf meinen Arm und hielt den Schirm hoch über meinen Kopf. Eine sehr weltmännische, wenn auch etwas kühne Geste. Ich spürte den Druck seiner Hand auf meinem Arm, und mir wurde bewusst, dass ich – von Papa und ein paar Onkeln abgesehen – noch nie einem erwachsenen Mann so nah gewesen war. Obwohl zahllose Menschen den Boulevard bevölkerten und wir alle mehrere Lagen Stoff am Körper trugen, fühlte ich mich seltsam exponiert.

Herr Einstein eröffnete einen munteren Monolog über Maxwells Theorie zu elektromagnetischen Wellen und Licht und warf mit ein paar recht ungewöhnlichen Gedanken zum Verhältnis von Licht und Strahlen zur Materie um sich. Auf meine gelegentlichen Kommentare reagierte Herr Einstein aufmunternd, aber im Großen und Ganzen hielt ich mich zurück, lauschte seinem unbändigen Geplapper und dachte nach über seine Intelligenz und seine ganze Art.

Als wir die Pension Engelbrecht erreichten, brachte er mich die Treppe hinauf bis zur Haustür. Ich war sehr erleichtert.

»Noch einmal vielen Dank, Herr Einstein. Das war zwar unnötig, aber sehr zuvorkommend, und ich weiß das zu schätzen.«

»War mir ein Vergnügen, Fräulein Marić. Bis morgen«, sagte er und wandte sich zum Gehen.

Unzusammenhängende Fetzen eines Vivaldi-Stückes wehten durch das leicht geöffnete Fenster des Salons auf die Straße. Herr Einstein kam die Stufen wieder herauf und spähte durch das Fenster, hinter dem die Mädchen sich zu einem zwanglosen Konzert zusammengefunden hatten.

»Ich muss schon sagen, eine sehr lebendige Truppe!«, rief er. »Hätte ich doch bloß meine Geige mitgebracht. Mit Streichinstrumenten klingt Vivaldi immer etwas besser. Spielen Sie auch ein Instrument, Fräulein Marić?«

Hätte er doch bloß seine Geige mitgebracht? Was für eine Anmaßung! Das hier waren meine Freundinnen und meine Freistatt, und ich hatte ihn nicht eingeladen. »Ja, ich spiele Tamburizza und Klavier. Und ich singe. Aber das ist unerheblich, denn die

Engelbrechts haben sehr strikte Regeln, was Herrenbesuche angeht.«

»Ich könnte Sie als Kommilitone und Mitmusiker besuchen, nicht als Herr«, schlug er vor. »Würden die Engelbrechts das akzeptieren?«

Ich errötete. Wie dumm von mir, ihm auf diese Weise gewisse Absichten zu unterstellen. »Vielleicht, Herr Einstein. Ich werde mich erkundigen.« Ich hoffte, er möge mein Zögern als sanfte Abweisung verstehen.

Anerkennend schüttelte er den Kopf. »Sie haben heute großen Eindruck bei mir hinterlassen, Fräulein Marić. Ich dachte, Sie seien einfach nur eine brillante Mathematikerin und Physikerin. Aber Sie sind auch Musikerin und Bohemien.«

Sein Lächeln war ansteckend. Unwillkürlich erwiderte ich es.

Fasziniert sah er mich an. »Ich glaube, das ist das erste Mal, dass ich Sie lächeln sehe. Bezaubernd. Ich würde Ihren kleinen ernsten Mund gerne noch öfter zum Lächeln bringen.«

Unendlich verlegen und ratlos, wie ich darauf antworten sollte, wandte ich mich ab und ging ins Haus.

Kapitel 4

24. April 1897
Sihltal bei Zürich

Zum ersten Mal, seit wir aus dem Zug gestiegen waren und den Weg durch das Sihltal eingeschlagen hatten, schwieg unser Grüppchen. Wir verstummten andächtig, fast, als hätten wir eine Kathedrale betreten. Denn so fühlte sich dieser vorzeitliche Wald, der Sihlwald, gewissermaßen an.

Uralte Baumriesen flankierten uns, während wir über die Stämme ihrer gefallenen Brüder stiegen. Der Moosteppich dämpfte den Klang unserer Schritte – das Quaken der Frösche, das Klopfen der Spechte und der Gesang der Vögel waren dadurch nur noch lauter zu hören. Mir war, als sei ich in die urwüchsige Wildnis eines der Märchen geraten, die ich als Kind so geliebt hatte, und aus Milanas, Ružicas und Helenes Schweigen folgerte ich, dass sie ähnliche Ehrfurcht empfanden.

»*Fagus sylvatica*«, flüsterte Helene und unterbrach mich damit in meinen Gedanken. Ich verstand das, was vage nach Latein klang, nicht – eigentlich seltsam, da ich doch Deutsch, Französisch, Serbisch und Latein in Wort oder Schrift beherrschte, also zwei Sprachen mehr als Helene. Ich war nicht sicher, ob sie mit sich oder mit mir sprach.

»Wie bitte?«

»Entschuldigung. Das ist die Gattung und die Art dieser bestimmten Buche. Früher in Wien haben mein Vater und ich lange Waldspaziergänge unternommen, und er hatte eine Schwäche für die lateinischen Bezeichnungen von Bäumen.« Sie spielte mit einem herabgefallenen Buchenblatt.

»Was für ein wunderschöner Name für einen wunderschönen Baum.«

»Ja, mir hat er auch schon immer gut gefallen. Er ist so poetisch. *Fagus sylvatica* können bis zu dreihundert Jahre alt werden. Wenn sie genügend Platz haben, erreichen sie eine Höhe von bis zu dreißig Metern. Aber wenn sie zu dicht stehen, verkrüppeln sie.« Sie lächelte geheimnisvoll.

Ich verstand, was sie meinte. Auf unsere Art waren auch wir *Fagus sylvatica.* Ich erwiderte ihr Lächeln.

Ich sah zu Boden, auf den Wanderweg. Ich achtete sehr darauf, wo ich hintrat, obwohl ich bisher noch keinen einzigen Fehltritt gemacht hatte. Ich war so auf die Bodenbeschaffenheit konzentriert, dass ich mit Milana zusammenstieß, die unvermittelt stehen geblieben war. Ich blickte über ihre Schulter, um zu sehen, was vor uns lag, und verstand ihr abruptes Anhalten.

Wir hatten das Albishorn erreicht, den höchsten Punkt in diesem Wald, mit seiner legendären Aussicht. Vor uns lagen der strahlend blaue Zürichsee und die Sihl vor einem Panorama weißgipfeliger Berge und sattgrüner, mit Höfen gesprenkelter Hügel. Das Blau schweizerischer Gewässer strahlte viel mehr als die schlammige Donau meiner Jugendtage, die Lobeshymnen auf das Albishorn waren berechtigt, vor allem, weil die Luft durch die weitläufigen, immergrünen Gehölze so frisch und klar war.

Ich fühlte mich wie neugeboren.

Ich atmete tief durch. Geschafft. Ich hatte meine Bedenken gehabt, denn eine solche Wanderung hatte ich noch nie mitgemacht. Doch die Mädchen hatten mich bekniet mitzukommen, und als Helene erzählte, sie sei trotz ihres Humpelns schon öfter durch den Sihlwald gewandert, war mir im Grunde keine Ausrede mehr geblieben. Helenes Humpeln rührte zwar nicht von einem angeborenen Hüftschaden her wie meines, sondern war die Folge einer Tuberkuloseerkrankung in der Hüfte, aber im Ergebnis glichen unsere Gangarten sich sehr. Wie hätte ich also behaupten können, aufgrund meiner Behinderung nicht mitkommen zu können?

Und nun hatte ich etwas Neues über mich selbst gelernt. Die ungleiche Länge meiner Beine fiel auf unebenem Waldboden weniger auf als auf ebener Erde. Ich konnte genauso gut klettern wie die anderen Mädchen. Was für ein Gefühl von Freiheit.

Ich sah zu Helene, die mich anlächelte. Ich überlegte, ob sie wohl ähnliche Selbstzweifel gehegt und dann auf diesem Pfad dieselbe Erkenntnis gehabt hatte, obwohl sie als Kind oft mit ihrem Vater wandern gewesen war. Als ich ihr Lächeln erwiderte, nahm sie meine Hand und drückte sie leicht. Sie ließ sie erst los, als sie sich wieder in Bewegung setzte, um der Spitze des Albishorns noch näher zu kommen und eine noch bessere Aussicht zu haben.

Die Sonne war bereits untergegangen, als wir zur Pension Engelbrecht zurückkehrten. Der große Flur wirkte eng und dunkel im Vergleich zu der klaren, hellen, schlichten Schönheit der Natur, und auch der Frau Engelbrechts gründlichsten Reinigungsversuchen trotzende muffige Geruch fiel jetzt viel mehr auf. Das Dienstmädchen nahm uns unser Marschgepäck ab und half uns aus den zerknitterten Mänteln. Das Ganze ging so umständlich vor sich, dass wir uns ein Kichern nicht verkneifen konnten.

»Na, Sie sind ja vielleicht ein Anblick, meine Damen!«, sagte Frau Engelbrecht, als sie hinzukam. Der Tumult hatte ihre Aufmerksamkeit erregt, und obwohl sie normalerweise großen Wert auf Ruhe und Ordnung in ihrer Pension legte, musste auch sie lachen.

»Es war ein ganz wunderbarer Tag, Frau Engelbrecht!«, verkündete Ružica in ihrem üblichen Singsang.

»Der Sihlwald war also so atemberaubend wie immer?«

»Oh, ja«, antwortete Milana für uns alle.

Frau Engelbrecht wandte sich mir zu. »Und Sie, Fräulein Marić? Wie hat Ihnen unser Schmuckstück gefallen?« Sie hatte mir vor unserem Aufbruch vom Sihlwald vorgeschwärmt und von den Wanderungen berichtet, die sie und Herr Engelbrecht in ihren frühen Ehejahren dort unternommen hatten.

Mir fehlten die Worte, um zu beschreiben, was ich erlebt hatte – schließlich ging es in meinem Fall um viel mehr als nur eine Wanderung –, sodass ich stammelte: »Ich fand es sehr …«

»Sehr was?«, fragte Frau Engelbrecht erwartungsvoll.

»Fräulein Marić war hingerissen, Frau Engelbrecht«, sprang Helene mir bei. »Der Sihlwald hat ihr glatt die Sprache verschlagen!«

Milana und Ružica glucksten, und Frau Engelbrecht schenkte uns ein weiteres Lächeln. »Das freut mich sehr.«

Dann sah sie demonstrativ zur Wanduhr, bevor sie einen kritischen Blick auf uns richtete. »Möchten Sie sich vielleicht ein wenig frisch machen? Das Abendessen wird in einer Viertelstunde serviert, und Ihre

Haare sind ganz durcheinander.« Selbstverständlich musste sie uns auf unser nicht ganz schickliches Erscheinungsbild hinweisen.

Außerhalb der Pension Engelbrecht mochten wir brillante Hochschulstudentinnen sein, aber in Frau Engelbrechts vier Wänden waren wir junge Damen, die stets respektabel auszusehen hatten. Ich fasste mir ans Haar. Ich hatte es am Morgen sehr sorgfältig geflochten und die schweren Zöpfe hochgesteckt, weil ich glaubte, diese Frisur würde den Ausflug in die Natur überstehen, aber offenbar hatten sich eine ganze Reihe von Locken aus den Zöpfen gelöst und teilweise sogar verknotet.

»Ja, Frau Engelbrecht«, antwortete Ružica für uns alle.

Auf dem Weg die Treppe hinauf zu unseren Zimmern versuchte ich, einen besonders hartnäckigen Knoten im Haar zu lösen. Vergeblich. Milana und Ružica stapften weiter, während Helene mir von hinten zu Hilfe kam. Ich blieb stehen, um es ihr leichter zu machen.

»Ich könnte mit auf dein Zimmer kommen, und wir könnten uns gegenseitig mit den Haaren helfen. Was meinst du? Ich glaube kaum, dass wir es sonst in fünfzehn Minuten zum Abendessen schaffen.«

»Gerne.«

Ich schloss die Tür auf und holte zwei Kämme und ein paar Haarnadeln von der Frisierkommode. Wir setzten uns auf mein quietschendes Bett, und Helene machte sich daran, mir die Haare zu richten, was sich als eine schmerzhafte Angelegenheit erwies. Wir besuchten einander häufig in unseren Zimmern, aber wir hatten uns noch nie gegenseitig beim Frisieren geholfen. Ružica und Milana dagegen schienen das öfter zu tun und dabei auch neue Frisuren auszuprobieren.

»Autsch«, jaulte ich.

»Tut mir leid. Aber dieser wirre Schopf erfordert gründliches Kämmen. Du kannst dich gleich an mir rächen.«

Ich lachte. »Danke, dass du mich überredet hast, heute mitzukommen, Helene.«

»Ich bin so froh, dass du dabei warst. War es nicht wunderschön?«

»Oh, ja. Die Aussicht und der Wald waren großartig. Ich hätte nie gedacht, dass ich einen solchen Aufstieg schaffen könnte.«

»Was für ein Unsinn, Mileva. Die Wanderung war doch ein Kinderspiel für dich.«

»Ich hatte Angst, alle bloß aufzuhalten. Du weißt schon. Wegen meines Beins.«

»Für ein so intelligentes Mädchen, das an der Hochschule einen Erfolg nach dem anderen erzielt, bist du doch erstaunlich unsicher, Mileva. Du hast dich heute mehr als wacker geschlagen, und darum gilt ab heute keine Ausrede mehr, uns nicht auf unseren Wanderungen zu begleiten«, sagte Helene.

Seit Helene und ich uns kannten, war mir eine Frage im Kopf herumgespukt, die ich nun endlich stellte: »Dein Bein scheint dich überhaupt nicht zu genieren. Machst du dir nie Gedanken darüber, wie andere Leute dich wahrnehmen?«

Verwundert zog Helene ihre dichten Brauen zusammen. »Wieso sollte ich? Natürlich ist das Humpeln mir manchmal lästig – ich bin etwas unsicher auf den Beinen und gehöre gewiss nicht zu den Schnellsten – aber wieso sollte es Einfluss darauf haben, wie andere Menschen mich sehen?«

»Nun ja – in Serbien kann eine Frau, die humpelt, sich keinerlei Hoffnung darauf machen, je einen Ehemann zu finden.«

Helene hielt inne. »Du machst Witze.«

»Nein.«

Sie legte die Bürste aufs Bett, sah mir ins Gesicht und nahm meine Hand. »Du bist aber nicht mehr in Serbien, Mileva. Du bist in der Schweiz, dem modernsten Land Europas, und hier gelten nicht derartig lächerliche, antiquierte Ansichten. Selbst in meiner Heimat Österreich, das im Vergleich zum fortschrittlichen Zürich eher hinterwäldlerisch ist, würde eine solche Ansicht niemals toleriert werden.«

Ich nickte langsam. Ich wusste, dass sie recht hatte. Und doch. Die Vorstellung, niemals einen Ehemann zu finden, verfolgte mich seit so langer Zeit, dass sie mir fast schon in Fleisch und Blut übergegangen war.

*

Es fing an mit einem Gespräch, das nicht für meine siebenjährigen Ohren bestimmt war, und das ich zufällig doch mit anhörte. An einem kalten Novembertag wartete ich nach der Schule ungeduldig darauf, dass mein Vater von der Arbeit nach Hause kam. Ich hatte eine Überraschung für ihn, die ihn hoffentlich zum Lächeln bringen würde.

Ich war lange im Salon auf und ab gegangen, dann holte ich mir aus Langeweile ein Buch aus dem Regal, und setzte mich damit in den Sessel meines Vaters. Ich zog die Beine unter mir hoch und beugte mich über das in Leder gebundene Buch mit den goldenen Prägelettern, dessen edles Äußeres in grobem Gegensatz stand zu den abgegriffenen Seiten und den vielen Eselsohren in seinem Inneren. Mein Vater war der Überzeugung, es sei die Pflicht jedes Einzelnen, sich zu bilden, auch wenn seine Herkunft, wie übrigens seine eigene auch, ihm keine schulische Bildung ermöglichte, und hatte darum eine umfangreiche Familienbibliothek aufgebaut. Aber ich griff immer wieder zu demselben Band, einer Sammlung slawischer Volkssagen und -märchen. Eigentlich war ich mit sieben bereits etwas zu alt dafür, aber das

Buch enthielt meine Lieblingsgeschichte »Der kleine singende Frosch«.

Die Geschichte handelt von einem Ehepaar, das sich nichts sehnlicher wünscht als ein Kind, und als es dann ein Froschmädchen bekommt statt eines Menschenkindes, schämt es sich seiner und versteckt es. Ich hatte das Märchen etwa zur Hälfte gelesen und freute mich bereits auf meine Lieblingsstelle, wo der Prinz den Gesang des Froschmädchens hört und beschließt, dass er es trotz seines Äußeren liebt, als ich losprustete vor Lachen. Mein Vater hatte sich hereingeschlichen und kitzelte mich.

Ich nahm ihn fest in den Arm, sprang dann auf und zog ihn mit mir quer durch den Salon. Ich wollte ihm die Rampen zeigen, die ich nach am Vormittag in der Schule angefertigten Skizzen aufgebaut hatte. »Papa, Papa, komm und guck!«

Ich schlängelte mich an dem plüschigen Mobiliar in grünem Samt und Walnussholz vorbei zur einzigen freien Ecke des Salons, in der ich ein Experiment aufgebaut hatte, auf das ich durch ein Gespräch über Sir Isaac Newton neulich gekommen war. Wir sprachen oft beim Abendessen über Newton. Mir gefiel seine Theorie, dass in unserem Universum alles – vom Apfel zum Planeten – denselben unveränderbaren Gesetzen unterworfen war. Keinen von Menschen gemachten Gesetzen, sondern Naturgesetzen. Ich dachte, in solchen Gesetzen könnte ich Gott finden.

Mein Vater und ich hatten jüngst über Newtons Aufsätze zur Kraft sich bewegender Objekte und die sie beeinflussenden Variablen gesprochen – oder, etwas einfacher ausgedrückt: zur Frage, warum Objekte sich bewegen, und wie sie sich bewegen. Newton faszinierte mich, denn ich glaubte, er könnte mir verstehen helfen, warum ich mein Bein hinter mir herzog, während andere Kinder fröhlich durch die Straßen hüpften.

Bei dem Gespräch war mir die Idee gekommen, meine eigene kleine Versuchsanordnung aufzubauen und Newtons Frage nachzugehen, wie zunehmende Masse die Kraft beeinflusst, mit der Objekte sich bewegen. Ich stellte mir vor, aus Bücherstapeln und Holzleisten Rampen zu bauen. Ich wollte Murmeln verschiedener Größe diese Rampen herunterrollen lassen, die Ergebnisse sammeln und anschließend mit meinem Vater besprechen. Und so hatte ich an jenem Novembertag nach der Schule unseren Hausverwalter Jürgen um ein paar Holzleisten gebeten, vier mal fünf Bücher übereinandergestapelt und die Leisten schräg daran angelehnt. Über eine Stunde hatte ich daran gearbeitet, bis die Neigungen aller Rampen exakt gleich waren und sich für das Experiment eigneten.

»Na los, Papa«, bettelte ich und reichte ihm eine Murmel, die ein wenig größer war als die, die ich selbst in der Hand hielt. »Jetzt sehen wir uns an, wie die Größe der Murmeln ihre Bewegung und ihre Geschwindigkeit beeinflusst.«

Papa grinste und strich mir übers Haar. »Na, gut, mein kleiner Räuber. Dann machen wir mal ein Newtonsches Experiment. Hast du Papier und Bleistift?«

»Habe ich«, sagte ich. Wir knieten uns auf den Boden.

Papa brachte seine Murmel auf der Rampe in Stellung, überzeugte sich davon, dass ich dasselbe getan hatte, und rief: »Los!«

Eine Viertelstunde lang schickten wir Murmeln die Rampen hinunter und notierten alles. Die Zeit verging wie im Flug. Das waren immer die glücklichsten Minuten des Tages für mich. Mein Vater verstand mich. Als Einziger.

Unser Hausmädchen, Danijela, unterbrach uns. »Entschuldigen Sie bitte, Herr Marić, Fräulein Marić. Das Abendessen.«

Der von meinem Leibgericht Pljeskavica ausgehende Duft von Pfeffer und Fleisch war köstlich, aber trotzdem freute ich mich nicht aufs Essen. Schließlich musste ich meinen Vater dabei teilen. Zwar beteiligte sich meine Mutter so gut wie nie am Gespräch – sie sagte nur dann etwas, wenn der nächste Gang serviert werden sollte –, aber allein ihre Gegenwart dämpfte meine Begeisterung und Papas Offenheit. Meine Mutter hatte viele Vorstellungen davon, wer oder was ich sein sollte, aber »außergewöhnlich naturwissenschaftlich interessiert« gehörte nicht dazu. »Warum bist du denn nicht wie andere Mädchen?«, fragte sie mich oft. Manchmal bemühte sie den Namen eines anderen Mädchens – schließlich standen in Ruma genügend gewöhnliche Mädchen zur Auswahl. Den Namen meiner verstorbenen Schwester führte sie nie ins Feld, aber ich wusste, dass sie an sie dachte. Warum war ich nicht eher so, wie Milica bestimmt gewesen wäre, wenn sie noch lebte?

Nachts, wenn alle anderen bereits schliefen und es ganz still war im Haus und ich allein im Dunkeln im Bett lag, überlegte ich oft, ob ich einen Fehler machte, indem ich meinem Vater gefällig war statt meiner Mutter. Beide konnte ich jedenfalls nicht zufriedenstellen.

Trotz ihrer unterschiedlichen Ansichten darüber, welchen Weg ich gehen sollte, duldete mein Vater nicht die geringste Kritik an meiner Mutter, ganz gleich, wie geschickt ich sie verpackte. Er verteidigte ihre Vorstellungen von meiner Zukunft als vollkommen legitim für eine Mutter, die ihre Tochter beschützen wollte. Und ich wusste, dass er recht hatte. Meine Mutter liebte mich und wollte nur mein Bestes – auch wenn ihre Vorstellung von meinem Besten nicht mit meiner eigenen übereinstimmte.

Bei Tisch führten wir ein etwas steifes Gespräch über Newton. Nach dem Abendessen wurde ich allein in den Salon zurückgeschickt. Irgendetwas stimmte nicht zwischen meinen Eltern, unausgesprochen, aber deutlich spürbar. Meine Mutter hätte meinem Vater niemals vor anderen Leuten Widerworte gegeben, schon gar nicht vor mir, und doch sprach ihr Gebaren – ihr ungewöhnlich knappes Tischgebet, ihre leicht ruppige Art, Teller weiterzureichen, der Umstand, dass sie gar nicht fragte, ob es uns schmeckte – eine deutliche Sprache des Missfallens. Um mich bis zur Rückkehr meines Vaters in den Salon zu beschäftigen, ging ich die gesammelten Daten durch und bereitete ein weiteres Experiment vor, mit dem ich eine andere von Newtons Theorien überprüfen wollte. Um herauszufinden, welchen Einfluss Reibung auf die Bewegung von gleich großen Murmeln hat, hatte ich Jürgen gebeten, drei Holzleisten mit verschiedenen Oberflächen vorzubereiten.

Als ich mir dieses Experiment ausdachte, hatte ich die Worte meines Vaters im Kopf: »Mitza, du bist wie die Objekte in einer Newtonschen Versuchsanordnung. Du behältst stets dein Tempo durch das Leben bei – solange keine Kraft von außen auf dich einwirkt. Ich hoffe sehr, dass keine äußere Kraft dich jemals bremsen wird.«

Papa sagte häufig so lustige Sachen.

Während ich die Holzleisten der Rampen austauschte, hörte ich von irgendwo Stimmen. Ich vermutete, dass die Hausmädchen sich zankten – wie fast jeden Tag nach dem Abendessen, wenn es ums Reinemachen ging. Die Stimmen wurden immer lauter und kamen aus Richtung der Küche. Was war da los? So laut und respektlos hatte ich Danijela und Adrijana noch nie streiten gehört. Genau so wenig wie ich je erlebt hatte, dass meine Mutter eine solche Auseinandersetzung in ihrer Küche geduldet hätte. Sie ging sparsam mit Worten um, den wenigen, die sie äußerte, verlieh sie aber stets großen Nachdruck. Ich war neugierig geworden und spitzte die Ohren, konnte aber nicht verstehen, worum genau es ging.

Ich wollte wissen, was da los war. Ich beschloss, den Salon nicht durch die Haupttür zu verlassen, sondern mich der Küche über den Dienstbotenflur mit seinen groben Dielen und nackten Wänden zu nähern. In unseren Räumen waren die Böden auf Hochglanz poliert und von türkischen Teppichen bedeckt, und die Wände zierten zahllose Stillleben von Obst und Porträts von Menschen, die wir nicht kannten. Papa sagte immer, unser Haus solle genauso fein sein wie die Häuser im viel gepriesenen fernen Berlin.

Im Dienstbotenflur rechnete niemand mit mir. Während ich mich bemühte, mit meinen schweren Stiefeln ganz leise zu gehen, ging mir auf, dass ich nicht die Stimmen von Danijela und Adrijana hörte, sondern die meiner Eltern.

Ich hatte sie noch nie zuvor streiten hören. Meine Mutter sprach außerhalb der Küche stets sehr leise und unterwürfig, in der Küche unnachgiebig, aber immer noch ruhig, und in Gegenwart meines Vaters sagte sie kaum je ein Wort. Welches schreckliche Ereignis hatte dazu geführt, dass sie nun die Stimme erhob?

Ich schlich mich näher an die Küchentür heran und hörte meinen Namen.

»Mach dem Kind bitte keine falschen Hoffnungen, Miloš. Sie ist doch erst sieben. Du verbringst zu viel Zeit mit ihr und damit, ihre Ideen und ihren Wissensdurst zu unterstützen«, klagte meine Mutter. »Sie ist eine zarte Seele und braucht unseren Schutz. Wir müssen sie auf ihre tatsächliche Zukunft vorbereiten. Hier. Zu Hause.«

»Die Hoffnungen, die ich in Mitza setze, sind nicht unbegründet. Ich kann gar nicht genug Zeit mit ihr verbringen. Ich finde, es ist sogar noch zu wenig. Muss ich wirklich wiederholen, was Fräulein Stanojević mir heute gesagt hat? Über Mitzas außergewöhnliche Begabung? Über ihr mathematisches und naturwissenschaftliches Talent? Darüber, mit welcher Leichtigkeit sie fremde Sprachen lernt? Muss ich wirklich wiederholen, was ich schon seit Langem vermute?« Mein Vater klang streng und bestimmt.

Doch zu meiner Überraschung gab meine Mutter nicht nach. »Sie ist ein Mädchen, Miloš. Was soll das bringen, dass du ihr Deutsch und Mathematik beibringst, wissenschaftliche Experimente mit ihr machst? Als Mädchen darf sie ohnehin keine weiterführende Schule besuchen, da hat die Regierung eine ganz klare Haltung. Ihr Platz ist zu Hause. Und zwar hier bei uns. Eine Ehe oder gar Kinder kommen für sie überhaupt nicht infrage, nicht mit dem Bein.«

»Das mag auf gewöhnliche Mädchen zutreffen. Aber nicht auf ein Mädchen wie Mitza.«

»›Ein Mädchen wie Mitza‹? Was willst du damit sagen?«

»Das weißt du ganz genau.«

Meine Mutter schwieg. Ich dachte, sie würde den Rückzug antreten, aber dann ergriff sie wieder das Wort.

»Du meinst, ein Mädchen mit einer Missbildung?« Sie spuckte das Wort förmlich aus.

Ich zuckte zusammen. Hatte meine Mutter mein Bein gerade eine Missbildung genannt? Sonst erzählte sie mir doch immer, wie schön ich sei, und dass mein Humpeln kaum auffalle. Dass meine schiefe Hüfte und die ungleich langen Beine von niemandem bemerkt würden. Ich hatte immer gewusst, dass das nicht ganz der Wahrheit entsprach – schließlich war ich oft genug starrenden Blicken fremder Menschen und dem Spott meiner Schulkameradinnen ausgesetzt. Aber eine Missbildung?

Mein Vater wurde wütend. »Wage es nicht, sie missgebildet zu nennen! Wenn überhaupt, dann ist ihr krankes Bein ein Geschenk. Damit wird kein

Mann sie heiraten wollen. Und das heißt, dass sie ihre außergewöhnliche Intelligenz, diese Gabe Gottes, voll ausschöpfen kann. Dank ihres Beines steht ihr eine bessere Zukunft bevor. Sie muss sich nicht mit dem einfachen Leben einer Ehefrau begnügen.«

»Eine Gabe Gottes? Ein besseres Leben? Miloš, Gott würde wollen, dass wir sie in diesem Haus beschützen. Wir müssen dafür sorgen, dass ihre Erwartungen ans Leben realistisch bleiben, damit sie nicht zerbricht.« Meine Mutter hielt inne, und mein Vater sprach in die Stille hinein.

»Ich will, dass Mitza stark ist. Ich will, dass sie an jedem *klipani,* der sie wegen ihres Beins verspottet, aufrechten Hauptes vorbeigeht im Wissen, dass Gott sie mit einem ganz besonderen Geschenk gesegnet hat – mit ihrer Intelligenz.«

Zum ersten Mal in meinem Leben glaubte ich mich zu sehen, wie andere mich sahen. In den Augen meiner Eltern ähnelte ich dem, was die Tochter in »Der kleine singende Frosch« für ihre Eltern war. Zwar hörte ich sie sagen, wie klug ich sei, aber vor allem spürte ich ihre Scham. Sie wollten mich verstecken. Sie glaubten nicht, dass sich ein Mann finden würde, der mich heiratete – im Gegensatz zu selbst dem dümmsten Bauernmädchen.

Meine Mutter antwortete nicht, das Schweigen war so lang, dass es wohl ein Nachgeben bedeutete. Mein Vater schlug einen sanfteren Ton an und sprach für sie beide: »Wir werden dafür sorgen, dass sie die Bildung erhält, die sie verdient. Und ich werde ihr einen eisernen Willen und Selbstdisziplin beibringen. Diese Eigenschaften werden ihr ein starker Panzer sein.«

Eiserner Wille? Selbstdisziplin? Panzer? Sollte so meine Zukunft aussehen? Kein Ehemann. Kein eigenes Zuhause. Keine Kinder. Was war mit dem hoffnungsvollen Ende von »Der kleine singende Frosch«, wo der Prinz hinter die hässliche Fassade des Froschmädchens blickt, seine innere Schönheit entdeckt, es heiratet und in sonnengoldene Gewänder kleidet? Sollte das etwa nicht mein Schicksal sein? Hatte ich keinen Prinzen verdient, ganz gleich, wie schrecklich ich war?

Ich lief aus dem Haus, ohne mich zu bemühen, mein unbeholfenes Hinken zu kaschieren. Wozu auch? Meine Eltern hatten gerade sehr deutlich festgestellt, dass es mein Humpeln war, das mich und mein Leben definierte.

*

Ich war still geworden, versunken in diese schmerzhafte Erinnerung an meine Kindheit. Helene ließ meine Hand los und fasste mich bei den Schultern. »Aber das verstehst du doch, Mileva, oder etwa nicht? Dass dein Humpeln keineswegs bedeutet, dass du niemals heiraten wirst? Oder dich in anderer Weise begrenzt? Du darfst dich nicht von solch altmodischen Ansichten bremsen lassen.«

Ich sah in Helenes helle blaugraue Augen, hörte die feste Überzeugung in ihrer Stimme, und glaubte ihr. Zum ersten Mal in meinem Leben glaubte ich, dass mein Humpeln vielleicht – ganz vielleicht – von keinerlei Bedeutung war. Dafür, wer ich war, und dafür, wer ich sein würde.

»Ja.« Meine Stimme war so fest wie die von Helene.

Helene ließ meine Schultern los, nahm die Bürste zur Hand und machte mit der schmerzhaften Haarentwirrung weiter. »Gut. Abgesehen davon, wieso machen wir uns überhaupt so viele Gedanken übers Heiraten? Selbst wenn wir gerne heiraten würden – wieso sollten wir? Sieh uns doch an: dich, mich, Ružica und Milana. Wir werden vier gut ausgebildete berufstätige Frauen sein. Hier in der aufgeklärten Schweiz, wo Frauen viel mehr Möglichkeiten haben und Menschen aus allen Ländern versammelt sind, werden wir unser eigenes erfülltes Leben führen. Wir werden einander haben und unsere Arbeit. Wir sind nicht darauf angewiesen, den traditionellen Weg zu gehen.«

Ich dachte eine Weile nach. Ihre Aussage kam mir fast revolutionär vor – ein bisschen wie Herrn Einsteins Beschreibung des unkonventionellen Lebens von Bohemiens – obwohl sie doch nur genau die Zukunft beschrieb, auf die wir alle tapfer zumarschierten.

»Du hast recht. Wieso sollten wir? Was ist denn heute noch der höhere Sinn der Ehe? Vielleicht brauchen wir das wirklich nicht mehr.«

»So gefällst du mir schon viel besser, Mileva. Wir werden schon unseren Spaß haben! Tagsüber werden wir als Historiker oder Physiker oder Lehrer arbeiten und abends und am Wochenende musizieren wir zusammen und gehen wandern.«

Ich versuchte, mir das idyllische Leben vorzustellen, das Helene beschrieb. War das wirklich möglich? Wartete tatsächlich eine glückliche Zukunft mit einer mich erfüllenden Arbeit und engen Freundschaften auf mich?

Helene fuhr fort: »Sollen wir nicht einen Pakt schließen? Einen Pakt für eine gemeinsame Zukunft?«

Ich reichte ihr die Hand: »Auf eine gemeinsame Zukunft.«

Sie schlug ein, dann sagte ich: »Bitte nenn mich doch Mitza, Helene. Meine Familie nennt mich so, und auch sonst alle, die mich gut kennen. Und du kennst mich fast besser als jeder andere.«

Helene lächelte und sagte: »Es ist mir eine Ehre, Mitza Marić.«

Lachend wandten wir uns wieder unseren Haaren zu. Mit präsentablen Frisuren schritten Helene und ich beieinander untergehakt die Treppe hinab. Wir rätselten angeregt darüber, was uns heute Abend wohl serviert würde – ich verzehrte mich nach Zürcher Geschnetzeltem, Helene sich nach etwas Schlichterem – und bemerkten darum erst spät Frau Engelbrecht, die am Fuße der Treppe auf uns wartete. Oder vielmehr auf mich.

»Fräulein Marić«, rief sie mit kaum verhohlenem Missvergnügen. »Wie es aussieht, haben Sie Herrenbesuch.«

Hinter Frau Engelbrecht war ein Räuspern zu hören, und dann trat auch schon eine Gestalt aus ihrem Schatten. »Verzeihen Sie, gnädige Frau, aber ich bin lediglich ein Kommilitone, kein Kavalier.«

Da stand Herr Einstein, mit seinem Geigenkasten in der Hand.

Er hatte nicht gewartet, bis er eingeladen wurde.

Kapitel 5

4. Mai 1897
Zürich

»Meine Herren, ich muss mich doch sehr wundern. Gibt es wirklich niemanden, der die Antwort auf meine Frage weiß?« Professor Weber stolzierte durch den Hörsaal und weidete sich an unserem Unwissen. Wie ein Dozent sich derart über das Versagen seiner Studenten freuen konnte, war mir völlig unerklärlich. Es bestürzte mich – mehr noch als die Tatsache, als Herr angeredet zu werden. Ich hatte mich im Verlauf der Monate an Webers regelmäßige Spitzen gegen Osteuropäer und die Penetranz, mit der er mich mit der männlichen Anrede adressierte, gewöhnt. Allerdings wünschte ich, seine Vorlesungen wären mehr wie die der anderen Dozenten – wie Austern, die beim Aufbrechen schimmernde Perlen freigeben.

Ich kannte die Antwort auf Webers Frage, zögerte aber wie üblich, aufzuzeigen. Ich sah mich um in der Hoffnung, jemand anderes würde antworten, aber die Hände meiner Kommilitonen – selbst die von Herrn Einstein – lagen wie festgeklebt auf ihren Pulten. Wieso meldete sich niemand? Vielleicht waren sie träge geworden von der ungewöhnlichen Hitze draußen. Es war viel zu früh viel zu warm geworden, das Öffnen des Fensters brachte nicht den ersehnten Luftzug, und ich sah, wie Herr Ehrat und Herr Kollros versuchten, sich mit improvisierten Fächern Abkühlung zu verschaffen. Schweißperlen sammelten sich auf meiner Stirn, die Anzugjacken meiner Mitstudenten hatten feuchte Flecken.

Wieso fiel es mir so schwer, mich zu melden? Es wäre schließlich nicht das erste Mal. Aber leicht war es mir nie gefallen. Ich erinnerte mich an einen Zwischenfall, als ich siebzehn war, gleich nach meiner ersten Physikstunde am Königlichen Obergymnasium in Zagreb. Die Schule war ausschließlich Jungs vorbehalten, aber mein Vater hatte bei den zuständigen Behörden einen Ausnahmeantrag gestellt. Damals war es Mädchen in Österreich-Ungarn per Gesetz verboten, eine höhere Schule zu besuchen, doch schließlich durfte ich im Anschluss an meine Mittelschulzeit in Novi Sad durch eine Sondergenehmigung ebenjenes Zagreber Gymnasium besuchen. An meinem ersten Tag dort hatte ich es gewagt, auf eine Frage des Lehrcrs zu antworten, und noch dazu richtig, und ich war so erleichtert und begeistert gewesen, dass ich zu schweben glaubte. Ich wartete, bis fast alle anderen gegangen waren, erst dann verließ ich das Klassenzimmer und trat auf den leeren Flur.

Auf einmal tauchte hinter mir jemand auf, rempelte mich an und stieß mich in einen dunklen Flur. Hatte er es so eilig, dass er mich übersehen hatte?

»Heda«, rief ich über die Schulter, aber er schob mich immer weiter in den finsteren Gang. Es war niemand in der Nähe, der mein Rufen hören konnte. Was sollte das?

Vergeblich versuchte ich, mich umzudrehen. Er war gut einen Kopf größer als ich. Er drängte mich gegen die Wand, drückte mein Gesicht hart dagegen, sodass ich ihn nicht erkennen konnte, und packte mich so fest, dass meine Arme schmerzten.

»Hältst dich wohl für besonders schlau, so mit der richtigen Antwort anzugeben«, zischte er so wütend, dass Spucke auf meiner Wange landete. »Du hättest überhaupt nicht zugelassen werden dürfen. Das ist gegen das Gesetz.« Er stieß mich ein letztes Mal fest gegen die Wand und lief dann weg.

Ich rührte mich nicht von der Stelle, bis ich seine Schritte nicht mehr hörte. Erst dann drehte ich mich um, am ganzen Körper zitternd. Ich hatte keinen herzlichen Empfang durch meine Mitschüler erwartet, aber so etwas sicher auch nicht. Mit dem Rücken an die Wand gelehnt, fing ich an zu weinen, obwohl ich mir geschworen hatte, dass ich das in der Schule niemals tun würde. Ich wischte mir meine Tränen und die Spucke meines Angreifers von den Wangen. Mir wurde klar, dass ich nicht zeigen durfte, was ich konnte, und mich fortan besser zurückhielt. Andernfalls würde ich alles aufs Spiel setzen.

*

Mit einer Schelte unterbrach Weber meine unschöne Erinnerung. »Tststs. Sehr enttäuschend, dass kein Einziger von Ihnen sich meldet. Die ganze Stunde haben wir auf diese Frage hingearbeitet. Und trotzdem weiß niemand die Antwort?«

Ich dachte an mein Gespräch mit Helene vor einem Monat und beschloss, mich nicht länger von der Vergangenheit lähmen zu lassen. Ich holte tief Luft und hob die Hand. Weber verließ sein Podest und kam auf mich zu. Welcher Demütigung würde er mich aussetzen, wenn meine Antwort falsch war? Was würden meine Kommilitonen tun, wenn sie richtig war?

»Ach, Sie, Fräulein Marić«, sagte er und tat überrascht. Als wüsste er nicht, auf wessen Pult er zuging. Als hätte ich ihm noch nie gezeigt, was ich konnte. Mit der vorgetäuschten Überraschung wollte er mich nur wieder erniedrigen. Und auf die Probe stellen.

»Die Antwort auf Ihre Frage lautet ein Prozent«, sagte ich. Ich spürte, wie mir die Hitze in die Wangen stieg, und wünschte, ich hätte den Mund gehalten.

»Darf ich Sie bitten, das etwas lauter zu wiederholen, damit wir alle an Ihrer Weisheit teilhaben können?« Weisheit. Weber schien mich zu verspotten.

War meine Antwort falsch gewesen? Weidete er sich an meinem Versagen?

Ich räusperte mich und sagte mit so fester Stimme wie möglich: »Sie fragten, auf wie viel Prozent genau wir uns einer Angabe darüber nähern können, wie lange es dauern würde, die Erde abzukühlen. Die Antwort darauf lautet: auf ein Prozent.«

»Korrekt«, merkte Weber einigermaßen überrascht und enttäuscht an. »Für diejenigen unter Ihnen, die es nicht gehört haben: Fräulein Marić hat richtig geantwortet. Auf ein Prozent. Bitte notieren Sie sich das.«

Um mich herum entstand Gemurmel. Erst konnte ich nicht ausmachen, wie genau die Kommentare lauteten, aber dann hörte ich doch ein paar Wortfetzen heraus. »Hat den Dreh raus« und »gut gemacht« zum Beispiel. Es war das erste Mal, dass man mir Komplimente machte. Die anderen zwei, drei Male, die ich Webers Fragen richtig beantwortet hatte, waren ohne jede Reaktion meiner Kommilitonen geblieben. Wahrscheinlich freuten sie sich heute einfach nur, dass jemand Weber die Stirn geboten hatte.

Am Ende der Stunde erhob ich mich und machte mich daran, meine Tasche zu packen. Herr Einstein kam auf meinen Tisch zu. »Sehr beeindruckend, Fräulein Marić.«

»Vielen Dank, Herr Einstein«, sagte ich leise und nickte. »Aber ich bin sicher, jeder andere hier hätte genauso gut antworten können.« Ich packte weiter und fragte mich, wieso ich glaubte, meine Leistung herunterspielen zu müssen.

»Sie stellen Ihr Licht unter den Scheffel, Fräulein Marić. Ich kann Ihnen versichern, dass keiner der anderen die richtige Antwort wusste.« Er senkte die Stimme zu einem Flüstern. »Sonst hätten wir nie zugelassen, dass Weber uns so lange quält.«

Ich konnte ein Lächeln nicht unterdrücken, als Herr Einstein den immer noch bei seinem Katheder stehenden Professor Weber so kühn kritisierte.

»Da ist es ja wieder, Fräulein Marić. Ihr viel zu rares Lächeln. Ich glaube, ich habe erst zweimal das Vergnügen gehabt.«

»Ach ja?« Ich sah zu ihm auf. Solange die anderen Studenten zugegen waren, und vor allem Professor Weber, von dem ich unbedingt ernst genommen werden wollte, erschien es mir riskant, ihn zu weiterem albernen Geplänkel zu ermuntern. Aber ich wollte auch nicht unhöflich sein.

Einstein begegnete meinem Blick. »Oh, ja, ich habe mir zu Ihrem Lächeln sehr sorgfältige – um nicht zu sagen, wissenschaftliche – Notizen gemacht. Vor ein paar Tagen, als Sie so freundlich waren, mir zu gestatten, mit Ihnen und Ihren Freundinnen zu musizieren, sah ich zum Beispiel eins. Aber das war nicht das erste. Nein, das erste Lächeln war auf der

Treppe zu Ihrer Pension. Als ich Sie im Regen nach Hause begleiten durfte.«

Ich wusste nicht, was ich darauf antworten sollte. War das sein Ernst? Oder einer seiner üblichen Scherze? Handelte es sich möglicherweise um einen Annäherungsversuch? Im Gegensatz zu Helene hatte ich keinerlei Erfahrung in diesen Dingen und konnte Herrn Einsteins Bemerkungen nicht richtig einschätzen.

Vor lauter Nervosität und Unbehagen machte ich mich auf den Weg zur Tür. Papierrascheln und schnelle Schritte hinter mir verrieten, dass Herr Einstein sich beeilte, mir zu folgen. »Werden Sie und Ihre Freundinnen heute Abend wieder musizieren?«, fragte er, als er mich eingeholt hatte.

Ah. Vielleicht war es nur die musikalische Gesellschaft, die ihn interessierte. Vielleicht flirtete er doch nicht mit mir. Eine seltsame Mischung aus Enttäuschung und Erleichterung erfüllte mich, und das fand ich verwirrend. Sehnte sich ein Teil von mir etwa nach seiner Aufmerksamkeit?

»Wir pflegen täglich vor dem Abendessen zu spielen«, antwortete ich steif.

»Haben Sie für heute schon ein Stück ausgesucht?«

»Ich glaube, Fräulein Kaufler hat sich für Bachs Violinkonzert in a-Moll entschieden.«

»Ah. Ein wunderschönes Stück.« Er stimmte summend die ersten Takte an. »Darf ich mich wieder dazugesellen?«

»Sie warten doch sonst auch keine ausdrückliche Einladung ab.« Ich war selbst überrascht über meine kecke Antwort. Einerseits war ich verwirrt und versuchte, das Gespräch wieder in normale Bahnen zu lenken, andererseits konnte ich mir diese spitze Bemerkung nicht verkneifen, mit der ich auf Herrn Einsteins Missachtung grundlegender Benimmregeln vor über einer Woche anspielte, als er nach unserem Ausflug in den Sihlwald uneingeladen in der Pension aufgetaucht war.

Er hatte im Salon gewartet, während wir zu Abend aßen, und Milana und Ružica bombardierten mich mit Fragen über Herrn Einstein und regten sich auf über seine aufdringliche Art, während Helene nur zuhörte und argwöhnisch guckte. Wir einigten uns darauf, ihn mit uns musizieren zu lassen, aber der Argwohn begleitete uns durch das gesamte, ziemlich zerfaserte Spiel der Mozart-Sonate. Ich hatte den Abend nicht als besonders gelungen erlebt und wunderte mich daher nun, dass Herr Einstein Interesse an einer Wiederholung zeigte.

Er schnaubte überrascht, dann gluckste er. »Ich vermute, das habe ich verdient, Fräulein Marić. Aber ich habe Sie bereits gewarnt: Ich bin ein Bohemien.«

Herr Einstein begleitete mich durch die Flure zum Hintereingang des Gebäudes. Da meine Nerven ohnehin schon etwas strapaziert waren, wollte ich den Trubel der Rämistraße vermeiden. Herr Einstein drückte die schweren Türen auf, und wir traten aus den dunklen Hochschulfluren ins strahlende Tageslicht der Terrasse an der hinteren Seite des Gebäudes. Ich blinzelte, dann sah ich die Bergkulisse und schließlich die vielen alten Kirchtürme und modernen Bürogebäude.

Wir überquerten die Terrasse, und aus einer Gewohnheit heraus zählte ich ihre rechten Winkel und stellte Berechnungen zur Symmetrie an. Es war ein Ritual, das ich mir ausgedacht hatte, um mich von den abfälligen Flüstereien abzulenken, die ich manchmal von sich ebenfalls auf der Terrasse aufhaltenden männlichen Studenten und Dozenten hörte – ja, selbst von deren Schwestern, Müttern und Freundinnen. Mal war es Kritik, wie unangemessen es für eine Frau sei zu studieren, mal boshaftes Kichern über mein Humpeln, mal hässliche Bemerkungen zu meinem dunklen Typ und meinem ernsten Gesicht. Ich wollte mich von derartigen Kommentaren nicht verunsichern lassen.

»Sie sind so still, Fräulein Marić.«

»Das wird mir häufig vorgeworfen, Herr Einstein. Leider verfüge ich nicht wie andere Damen über die Gabe der leichten Konversation.«

»Ungewöhnlich still, meinte ich. Als seien Sie von

einer wichtigen Theorie gefesselt. Darf ich fragen, was Ihren formidablen Geist so beschäftigt?«

»Darf ich ehrlich sein?«

»Unbedingt. Immer.«

»Die Kolonnaden und die Geometrie dieses Platzes. Ich bin zu dem Ergebnis gekommen, dass sie von fast exakter bilateraler, axial gespiegelter Symmetrie sind.«

»Ist das alles?«, fragte er schelmisch lächelnd.

»Nicht ganz«, entgegnete ich. Wenn Herr Einstein sich nicht an die Regeln des guten Tons hielt, wieso sollte ich es dann tun? Ich war erleichtert und erklärte ihm meine tatsächlichen Gedanken. »Im Laufe der letzten Monate sind mir Parallelen aufgefallen zwischen künstlerischer Symmetrie und dem Konzept von Symmetrie in der Physik.«

»Und zu welchem Schluss sind Sie gekommen?«

»Ich habe festgestellt, dass ein Anhänger Platos sagen würde, die Schönheit dieses Platzes verdankt sich einzig seiner Symmetrie.« Ich erwähnte nicht, wie traurig mich diese Feststellung machte. Traurig, weil ich das Ideal der Symmetrie, das meinen Lieblingswissenschaften, der Mathematik und der Physik, immanent war, mit meinen ungleichen Beinen nie würde erreichen können.

Er blieb stehen. »Beeindruckend. Was ist Ihnen sonst noch an diesem Platz aufgefallen, über den ich Tag für Tag schlendere, ohne mir besondere Gedanken zu machen?«

Ich deutete über den Platz hinaus zu den vielen Türmen. »Nun, ich habe festgestellt, dass es in Zürich mehr Kirchtürme als Bäume gibt. Allein in der unmittelbaren Nachbarschaft dieses Platzes haben wir das Fraumünster, das Großmünster und St. Peter.«

Unverwandt sah er mich an. »Sie hatten recht, Fräulein Marić, als Sie sagten, Sie seien nicht wie andere Damen. Sie sind, wie ich finde, eine sehr außergewöhnliche junge Frau.«

Nach dieser gründlichen Besichtigung der Terrasse und ihrer Umgebung drehte Herr Einstein sich um, Richtung Rämistraße. Ich blieb stehen, da ich einen anderen Weg einschlagen wollte. Was ich brauchte, war ein gemächlicher Spaziergang durch ruhige Wohngebiete zurück zur Pension. Ich fragte mich, ob Herr Einstein mich wohl begleiten würde – und ob ich seine Gesellschaft wünschte. Ich genoss die Gespräche mit ihm, aber ich hatte Sorge, dass er mich bis ganz zur Pension begleiten und durch sein neuerliches Aufkreuzen ohne jede Einladung die Mädchen zu weiteren bissigen Bemerkungen veranlassen würde.

»Herr Einstein! Herr Einstein!«, rief eine Stimme von einem der Cafés auf der Rämistraße. »Sie kommen zu spät zu unserer Verabredung! Wie üblich!«

Die Stimme kam von einem Cafétisch auf dem

Trottoir. Ein dunkelhaariger Herr mit olivfarbenem Teint winkte in unsere Richtung. Er war niemand, den ich vom Polytechnikum kannte.

Herr Einstein erwiderte sein Winken und wandte sich dann wieder mir zu. »Würden Sie mir und meinem Freund bei einem Kaffee Gesellschaft leisten, Fräulein Marić?«

»Ich habe zu lernen, Herr Einstein. Ich muss gehen.«

»Ach, bitte, ich möchte Ihnen so gerne Herrn Michele Besso vorstellen. Zwar hat er am Polytechnikum seinen Abschluss nicht als Physiker, sondern als Ingenieur gemacht, aber er hat mir dennoch viele neue Theoretiker der Physik nahegebracht, wie zum Beispiel Ernst Mach. Er ist sehr sympathisch und interessiert sich genauso brennend für viele der großen neuen Ideen wie Sie und ich.«

Ich fühlte mich geschmeichelt. Herr Einstein war offenbar der Ansicht, ich könne mich auf Augenhöhe an einem wissenschaftlichen Gespräch mit seinem Freund beteiligen. Es gab nicht viele Männer, die Ähnliches vorgeschlagen hätten. Ein Teil von mir wollte Ja sagen und seine Einladung annehmen, wollte meinem Kommilitonen an einem Cafétisch gegenübersitzen und über die großen heiklen Fragen sprechen, die die Physik uns stellte. Insgeheim wünschte ich mir nichts sehnlicher, als an den lebhaften Diskussionen auf den Straßen und in den Cafés in Zürich teilzunehmen. Statt einfach nur zuzuschauen.

Aber ein anderer Teil von mir hatte Angst. Angst vor der verwirrenden Aufmerksamkeit, die Herr Einstein mir entgegenbrachte, Angst davor, eine unsichtbare Grenze zu überschreiten und die Risiken einzugehen, die die Existenz, von der ich träumte, mit sich bringen würde.

»Vielen Dank, Herr Einstein, aber ich kann nicht. Wenn Sie mich bitte entschuldigen.«

»Ein anderes Mal vielleicht?«

»Vielleicht.« Ich verabschiedete mich und machte mich auf den Weg zur Pension Engelbrecht.

Aus der Ferne hörte ich ihn noch rufen: »Und bis dahin machen wir einfach Musik!«

In einem Anflug von Kühnheit, mehr Kommilitonin als junge Dame, rief ich schon im Gehen zurück: »Ich kann mich nicht erinnern, eine Einladung ausgesprochen zu haben!«

Herr Einstein lachte. »Wie Sie selbst sagten: Ich warte nur selten eine ausdrückliche Einladung ab!«

Kapitel 6

9. und 16. Juni 1897
Zürich

Ružica und ich verließen die Conditorei Schober und gingen Arm in Arm die Napfgasse hinunter. Die Nachmittagssonne schien sanft und diesig, sie strahlte die Gebäude an und ließ alle Ladenfronten, die wir passierten, erglühen. Wir seufzten zufrieden.

»Das war köstlich«, sagte Ružica. Sie und ich hatten am Abend zuvor nach dem Essen beschlossen, heute den Kaffee, die heiße Schokolade und die Patisserie der Conditorei Schober zu kosten. Wir hatten schon lange davon geträumt, die Köstlichkeiten der berühmten Zuckerbäckerei zu probieren – seit Frau Engelbrecht uns zum ersten Mal davon erzählte. Helene und Milana wollten nicht mitkommen. Sie waren eher für Herzhaftes denn für Süßes zu haben, und davon abgesehen mieden sie die übermütigen Abenteuer, die Ružica sich immer wieder einfallen ließ.

»Unschlagbar! Ich habe immer noch den Geschmack von Karamell und Walnuss im Mund«, sagte ich und dachte an die köstliche Tortenkreation mit der himmlischen Füllung, für die ich mich entschieden hatte.

»Und ich den von Marzipan und Creme«, entgegnete Ružica, die ein Stück Sardegnatorte gekostet hatte.

»Ich hätte doch keinen zweiten Milchkaffee trinken sollen«, stöhnte ich. »Ich bin so vollgestopft, ich glaube, ich muss mein Korsett ein wenig lösen, wenn wir zurück in der Pension sind.«

Wir kicherten bei der Vorstellung, zu einem von Frau Engelbrechts Abendessen mit aufgeschnürtem Korsett zu erscheinen.

»Du glaubst, du musst dir das Korsett lösen? Was soll ich denn da sagen? Schließlich habe ich sogar zweimal Kuchen bestellt. Ich konnte diesen feinen Luxemburgerli einfach nicht widerstehen«, sagte Ružica. Dieses exquisite, macaronartige Kleingebäck gab es in verschiedenen Geschmacksrichtungen, und Ružica behauptete, sie seien so luftig und locker, dass sie förmlich auf der Zunge zergingen. »Ist vielleicht ganz gut, dass es zu Hause in Šabac nicht so etwas wie die Conditorei Schober gibt. Sonst hätte ich mein Studium in Zürich mit einem beträchtlichen Leibesumfang aufgenommen.«

Wir lachten wieder, schlenderten weiter die Napfgasse hinunter und bewunderten die neumodischen Damenkleider, die die reichen Züricherinnen seit

Neuestem trugen. Uns gefiel der neue, frische Stil mit der taillierten Jacke über dem trompetenförmigen Rock, kamen aber zu dem Ergebnis, dass die enge Jacke über dem obligatorischen Korsett während der vielen Stunden am Schreibtisch zu unbequem würde. Nein, wir beschlossen, bei den praktischeren langärmeligen Blusen zu bleiben, die in Glockenröcke gesteckt wurden, sowie uns stets an gedeckte Farben zu halten, um von unseren Professoren und Kommilitonen ernst genommen zu werden.

Wir plauderten ein wenig, dann verfielen wir in freundschaftliches Schweigen und genossen es, ausnahmsweise einmal so etwas wie Freizeit zu haben. Nicht zum ersten Mal ging mir durch den Kopf, wie unerwartet sich mein Leben in Zürich gestaltet hatte. Als ich Zagreb verließ, hätte ich mir nie träumen lassen, eines Tages Arm in Arm mit einer Freundin einen Boulevard hinabzuschlendern, nachdem wir gemeinsam in einem fantastischen Café geschlemmt hatten. Und mit ihr über Mode zu plaudern.

»Komm, wir gehen rüber zur Rämistraße«, schlug Ružica plötzlich vor.

»Was?« Ich war sicher, mich verhört zu haben.

»Zur Rämistraße. Das ist doch die Straße mit den vielen Cafés, wo Herr Einstein sich immer mit seinen Freunden trifft?«

»Ja, aber –«

»Hat Herr Einstein uns gestern Abend, als wir

gemeinsam Bach spielten, nicht eingeladen, ihm und seinen Freunden Gesellschaft zu leisten?«

»Ja, aber ich glaube nicht, dass das eine so gute Idee ist, Ružica.«

»Komm schon, Mileva. Wovor hast du Angst?«, spottete Ružica und zog mich auch schon Richtung Rämistraße. »Wir benehmen uns auch ganz angemessen und werden nicht extra nach ihm Ausschau halten. Wir gehen einfach nur die Straße entlang wie alle anderen auch, und falls Herr Einstein und seine Freunde uns entdecken sollten, dann ist das eben so.«

Ich hätte darauf bestehen können, zur Pension zurückzukehren. Ich hätte mich umdrehen und in die andere Richtung weitergehen können. Ich tat es nicht. Denn in Wirklichkeit sehnte ich mich danach, ein Teil der mich umgebenden Caféhauskultur zu werden – und ohne Ružica hätte ich nie gewagt, diesen Schritt zu gehen. Ich brauchte sie.

Ermutigt nickte ich. Wir gingen weiter Arm in Arm, was immer schwieriger wurde, je mehr Menschen auf den Straßen unterwegs waren. Wir bogen ein paarmal nach rechts und nach links ab und erreichten dann die Rämistraße. In schweigender Übereinkunft, als hätten wir uns abgesprochen, verlangsamten wir den Schritt und schlenderten den Boulevard hinunter.

Ich presste Ružicas Arm fester an mich, als wir uns dem Café Metropole näherten, einem der Lieblingslokale von Herrn Einstein. Ich wagte es nicht, den

Kopf nach rechts zu drehen, um zu sehen, ob er oder seine Freunde an einem der begehrten Außentische saßen. Aus dem Augenwinkel nahm ich wahr, dass selbst die kühne Ružica ihren Blick stur weiter geradeaus richtete.

»Fräulein Marić! Fräulein Dražić!«, hörte ich jemanden rufen. Ich wusste genau, wer das war: Herr Einstein.

Ružica ging unbeirrt weiter, und kurz dachte ich, sie hätte ihn gar nicht gehört. Doch dann warf sie mir einen verstohlenen Blick zu, und ich begriff, dass sie nur vorgab, nichts gehört zu haben. Um Herrn Einstein dazu zu bewegen, noch einmal nach uns zu rufen. Listigkeit war nicht meine Stärke, darum hielt ich mich ganz an Ružica und schlenderte ebenfalls weiter. Erst als Herr Einstein noch einmal nach uns rief und Ružica in seine Richtung sah, gestattete ich mir, es ihr nachzutun.

Herr Einstein sprintete fast über den Boulevard zum gegenüberliegenden Trottoir, wo wir beide stehen geblieben waren. »Meine Damen!«, rief er. »Was für eine wunderbare Überraschung! Ich bestehe darauf, dass Sie meinen Freunden und mir Gesellschaft leisten. Wir stecken gerade tief in einer Debatte über J. J. Thomsons Beweis dafür, dass Kathodenstrahlen Partikel namens Elektronen enthalten, und wir wären dankbar für ein paar neue Ansichten dazu.«

Ružica und ich lösten unsere Arme voneinander

und folgten Herrn Einstein ins Café. An den Tischen drängten sich Schulter an Schulter unzählige Studenten, und wir arbeiteten uns durch die Menschenmenge zu einem Tisch in der hinteren Ecke vor, an dem zwei von Herrn Einsteins Freunden warteten. Wie hatte er uns von dort sehen können? Er musste ganz bewusst Ausschau gehalten haben.

Die beiden Herren erhoben sich, und Herr Einstein stellte uns vor. Den einen kannte ich, wie mir aufging, eigentlich recht gut – zumindest vom Sehen. Es war Herr Grossmann, einer meiner fünf Kommilitonen. Wir hatten bis auf »Guten Tag« und »Auf Wiedersehen« sowie ein paar notwendige Sätze unmittelbar vor und nach den Vorlesungen und Seminaren bisher kaum ein Wort gewechselt. Der andere war Herr Besso, den Herr Einstein mir gegenüber bereits erwähnt hatte. Er war dunkelhaarig, seine braunen Augen blitzten humorvoll, und er lächelte leicht.

Die Herren machten sich sogleich daran, von anderen Tischen freie Stühle zu besorgen. Als wir uns setzten, bot Herr Besso an, uns Kaffee einzuschenken und etwas Gebäck zu bestellen.

Ružica und ich wechselten einen Blick und mussten lachen. Die Herren wirkten verdutzt, und ich sah mich genötigt, eine Erklärung abzugeben: »Wir kommen geradewegs von der Conditorei Schober.«

»Ah«, meinte Herr Grossmann wissend, »verstehe. Letzte Woche, als meine Mutter aus Genf zu Besuch hier war, verbrachten wir einen ganzen langen Nachmittag dort. Ich glaube, ich habe danach zwei Tage lang nichts gegessen.« Herr Grossmann hatte seit Beginn unseres gemeinsamen Studiums nicht so viele Worte an mich gerichtet, zumal nicht so freundliche. Zum ersten Mal überlegte ich, ob die Schwierigkeiten unserer Kommunikation vielleicht bei mir lagen.

Die Herren nahmen ihr Gespräch über J. J. Thomsons Experiment wieder auf, und Ružica und ich verstummten. Dies war eine ganz neue Situation für mich. Durften wir unsere eigene Meinung aussprechen? Oder mussten wir warten, bis wir dazu aufgefordert wurden? Ich hatte Sorge, die Herren Grossmann und Besso könnten meine Zurückhaltung fälschlicherweise für Verdrießlichkeit oder Desinteresse halten, wollte aber auch nicht übermütig werden.

»Was meinen Sie denn dazu, Fräulein Marić?«, fragte Herr Einstein, als hätte er meine Gedanken gelesen.

Von ihm ermuntert und aufgefordert, sagte ich: »Ich frage mich, ob die Partikel, die Herr Thomson mit seinen Kathodenstrahlen gefunden hat, der Schlüssel zum Verständnis von Materie sein könnten.«

Die Herren schwiegen, und ich verkrampfte mich sofort. Hatte ich zu viel gesagt? Oder etwas Dummes?

»Sehr interessant«, merkte Herr Besso an.

Herr Grossmann nickte. »Das sehe ich auch so.«

Die drei Herren stürzten sich wieder in die Debatte über die Existenz von Atomen, die sie offenbar geführt hatten, bevor Ružica und ich dazustießen, und ich schwieg wieder. Allerdings nicht lange. Kaum bot sich eine kleinere Gesprächspause, begann ich, meine Ansichten zu äußern. Als klar war, dass ich mich nicht wie eine Schnecke in ihr Haus zurückziehen würde, baten die anderen mich immer häufiger, meine Gedanken beizutragen, und schließlich besprachen wir verschiedene Experimente aus ganz Europa, allen voran Wilhelm Röntgens Entdeckung der X-Strahlen. Ich bemühte mich, Ružica eine politikwissenschaftliche Perspektive in Anbetracht dieser Entwicklungen zu entlocken, aber sie blieb die ganze Zeit ungewöhnlich still. War sie enttäuscht von der Gesellschaft von Herrn Einstein und seinen Freunden? Hatte sie auf eine traditionellere strukturierte Konversation mit dem regelmäßigen Austausch von Nettigkeiten gehofft statt auf dieses wissenschaftliche Gespräch?

Vielleicht hatte sich dieses Abenteuer nicht ganz nach Ružicas Vorstellungen entwickelt, aber mich belebten diese Art der Teilhabe, diese Gespräche, Herrn Einsteins Glaube an mich – ich war wie elektrisiert. Und ich versuchte, nicht darüber nachzudenken, was hinter Herrn Einsteins Ermutigungen stecken könnte.

*

»Mileva? Bist du das? Du hast Mozart verpasst!«, hörte ich Milana aus dem Spielzimmer rufen.

Oh, nein. Mozart. Jetzt hatte ich in dieser Woche schon zum zweiten Mal eine Verabredung zum gemeinsamen Musizieren mit den Mädchen vergessen. Meine von freudiger Aufregung über den Nachmittag im Café Metropole geröteten Wangen erhitzten sich noch mehr.

Ich huschte zum hinteren Salon und versuchte gar nicht erst, meine Angst vor ihrem Empfang oder meine Reue über mein Verhalten zu verbergen. Wieso sollte ich? Ich hatte jeden Tadel verdient. Diese Mädchen hatten mir in der Fremde Zuneigung entgegengebracht und emotionalen Schutz geboten, und ich schaffte es nicht einmal, meine Verabredungen mit ihnen einzuhalten. Kaum tauchte die erste Ablenkung auf, war ich weg. Was für eine armselige Freundin ich doch war!

Ružica, Milana und Helene saßen am Spieltisch, benutzte Teetassen vor sich, die Instrumente im Zimmer verteilt. Das musikalische Intermezzo war offenkundig bereits vorbei – wenn es überhaupt stattgefunden hatte –, und die drei waren sicher verstimmt. Ausnahmsweise passten ihre Mienen heute einmal zu ihrer strengen Kleidung.

»Ohne dich und deine Tamburizza ist es einfach nicht dasselbe«, schimpfte Ružica, aber hinter ihrer Enttäuschung konnte ich Zuneigung und Neckerei erkennen. Es würde ihr schwerfallen, mich weiterzuschelten – nicht zuletzt war sie es gewesen, die mich praktisch in die Caféhauskultur hineingezerrt hatte, auch wenn sie es seither abgelehnt hatte, sich an unseren Diskussionen zu beteiligen. Sie sagte, sie seien ihr zu wissenschaftlich.

»Das stimmt, Mileva«, pflichtete Milana Ružica bei. »Das Stück klang hohl. Und ziemlich dünn.«

Helene sagte nichts. Ihr Schweigen war schlimmer als jede offene Verurteilung. Es war wie der Blitz vor dem Donnerschlag.

»Wo warst du?«, fragte Milana.

Bevor ich antworten konnte, bedachte Helene mich mit einem indignierten Blick. Der Groll und der Verdruss, die gleich am ersten Abend, an dem Herr Einstein mit uns spielte, eingesetzt hatten, schwelten offenbar weiter. Damals hatte Helene ihn mit einem verstimmten »Wer steht denn bitte uneingeladen einfach so vor der Tür einer Mitstudentin?« begrüßt. Nachdem Milana und Ružica ihn Helenes offenkundigem Widerwillen zum Trotz eingeladen hatten, mit uns Bach zu spielen, unterbrach Helene das Spiel mehrfach, um Herrn Einsteins Technik zu kritisieren – ein sehr ungewöhnliches Gebaren für die sonst stets freundliche und auf Höflichkeit bedachte Helene. Ihr Verhalten setzte sich fort, als Herr Einstein die Pension noch dreimal unangekündigt oder zumindest ohne ausdrückliche Einladung aufsuchte, um mit uns zu musizieren.

Helene holte zum Donnerschlag aus. »Lass mich raten. Du warst im Café Metropole und hast über Wissenschaft und Forschung geredet. Mit Herrn Einstein und seinen Freunden.«

Ich antwortete nicht. Helene hatte recht, und Milana und Ružica wussten das. Ich hatte keine vernünftige Entschuldigung. Was sollte ich sagen? Wie konnte ich den Mädchen erklären, wie lebendig ich mich im Café Metropole fühlte? Was würde das darüber aussagen, wie ich mich in ihrer Gegenwart fühlte? Vor allem, nachdem ich Herrn Einstein und seine Caféfreunde nun schon mehrfach dem Musizieren mit den Mädchen vorgezogen hatte.

Tränen stiegen mir in die Augen. Ich war wütend auf mich selbst. Nichts, aber auch gar nichts war die Enttäuschung dieser Mädchen wert. Sie hatten meine Träume von einer erfüllten Zukunft wieder entfacht, und gemeinsam hatten wir einen Zufluchtsort vor der Welt geschaffen, an dem wir genauso intellektuell und albern sein konnten, wie wir wollten. Herr Einstein war es nicht wert, dass ich all das vernachlässigte. Ganz gleich, wie sehr er sich in den letzten zwei Monaten in mein Leben geschlichen hatte, ganz gleich, wie aufgeregt ich in seiner Gegenwart war.

Vorsichtig setzte ich mich auf den einen freien Stuhl und wischte mir eine Träne weg. »Ich weiß nicht, was ich sagen soll. Ich kann euch nur um Entschuldigung bitten.«

Ružica und Milana ergriffen meine Hand. »Aber natürlich, Mileva«, sagte Milana, und Ružica nickte.

Helene rührte sich nicht. »Ich will nur hoffen, dass das nicht einreißt, Mitza. Wir zählen auf dich.«

Was sie sagte, ging weit über die verpassten Hauskonzerte und ihre Gefühle zu meinem Ausbleiben hinaus. Was sie sagte, war ein Ultimatum. Helene gab mir noch eine Chance, aber nur, wenn ich unserem Kleeblatt fortan die höchste Priorität einräumte. Wenn ich mich an unseren Pakt hielt.

Ich streckte den Arm quer über den Tisch aus und ergriff ihre Hand. »Ich verspreche dir, dass es nicht einreißen wird. Ich werde keine Verabredungen mit euch mehr vergessen und nie wieder zu lange im Café Metropole bleiben.«

Sie lächelte jenes warme, einladende Lächeln, das ich von meiner ersten Begegnung mit ihr kannte. Im Spielzimmer war ein einziger großer Stoßseufzer der Erleichterung zu vernehmen.

»Ich wüsste auch nicht, weshalb. Mit Herrn Einstein kann man sich zwar über sterbenslangweilige Physik unterhalten – aber womit er bei der Damenwelt besonderen Eindruck machen könnte, ist mir ein Rätsel.« Milana versuchte, die Stimmung ein wenig aufzulockern. »Mit seiner wilden Mähne doch wohl nicht.«

Wir prusteten los vor Lachen. Herrn Einsteins zerzauste Locken waren bereits legendär. Ein solcher Haarschopf suchte in der sorgfältig frisierten Züricher Welt seinesgleichen. Man hätte meinen können, er besäße nicht einmal einen Kamm.

»Und mit tadelloser Kleidung glänzt er auch nicht gerade«, warf Ružica ein. »Habt ihr gesehen, wie zerknittert sein Jackett bei seinem letzten Besuch war? Als wir Bach spielten? Ich glaube, er bewahrt seine Kleidung in einem großen Haufen auf dem Fußboden auf.«

Wir lachten lauter, und plötzlich wollte jede über Herrn Einstein spotten. Selbst Helene.

»Und dann diese Pfeife! Glaubt er, damit würde er von seinen Pausbacken ablenken und älter aussehen? Oder gelehrter?« Sie parodierte, wie Herr Einstein seine meterlange Pfeife stopfte und dann nachdenklich daran paffte.

Wir kreischten vor Lachen, als die Glocke zum Abendessen rief. Wir rissen uns zusammen und erhoben uns.

*

Etwas später am selben Abend, zurück in meinem Zimmer, schlang ich mir den mit Rosen bestickten Schal von meiner Mutter um die Schultern. Die Juninacht war angenehm kühl, und natürlich hätte ich einfach das Fenster schließen können, aber die frische Luft tat mir gut. Ich hatte bergeweise Hausaufgaben – ein paar Kapitel Physik lesen und einige mathematische Berechnungen anstellen. Wie gerne hätte ich jetzt einen Milchkaffee getrunken, aber so etwas Ausgefallenes gab es in der Pension Engelbrecht nicht.

Es klopfte an der Tür, und ich zuckte zusammen. Wer mochte das sein, zu dieser späten Stunde? Ich öffnete die Tür einen Spalt und sah Helene im Flur stehen.

»Komm doch rein«, sagte ich schnell.

Ich bedeutete ihr, sich auf das Fußende meines Bettes zu setzen, da ich außer meinem Schreibtischstuhl keine richtige Sitzgelegenheit in meinem Zimmer hatte. Ich war verunsichert. Warum war sie hier? Wollte sie mit mir über die Sache mit dem Café Metropole sprechen? Ich dachte, das sei erledigt? Die ausgelassene Stimmung, in der wir das Spielzimmer verließen, hatte das gesamte Abendessen hindurch angehalten.

»Kannst du dich noch daran erinnern, wie dir klar wurde, dass du anders bist als andere Mädchen? Klüger vielleicht?«, fragte Helene.

Ich nickte, obschon ihre Frage mich überraschte. Ich erinnerte mich noch sehr gut an den Tag, an dem mir aufging, dass ich anders war als die meisten. Ich war sieben Jahre alt, saß in Fräulein Stanojevićs Unterricht und langweilte mich fürchterlich.

Meine Mitschülerinnen – wir waren ausschließlich Mädchen – guckten verständnislos, als unsere Lehrerin ihnen die Grundregeln der Multiplikation erklärte, ein simples Konzept, das ich beherrschte, seit ich vier Jahre alt gewesen war. Ich hatte das vage Gefühl, es den anderen Mädchen besser beibringen zu können. Ich glaubte, wenn ich Fräulein Stanojevićs Platz an der Tafel einnähme, dann könnte ich den Mädchen zeigen, wie einfach das mit den Zahlen war, wie leicht man sie durchschauen und mit ihnen umgehen, sie in endlosen Gruppen kombinieren und elegante Verbindungen herstellen konnte. Aber ich traute mich nicht. Eine Schülerin an der Tafel einer Volksschule, so etwas hatte es noch nie gegeben. Jedenfalls nicht im Österreichisch-Ungarischen Reich, in dem bis in den entlegensten Winkel eine strenge gesellschaftliche Ordnung herrschte. Statt also aufzustehen und an der Tafel das Kommando zu übernehmen, wie ich es am liebsten getan hätte, richtete ich den Blick fest auf die hässlichen schwarzen Stiefel, die laut meiner Mutter mein Hinken reduzierten, und verglich sie verdrossen mit den zarten elfenbeinfarbenen Schnürschuhen, die die süße blondlockige Maria immer trug.

»Magst du mir davon erzählen?«, fragte Helene.

Ich erzählte ihr von jenem deprimierenden Tag, als ich sieben war.

»Und hast du jemals versucht, herauszufinden, ob

du tatsächlich eine bessere Mathematiklehrerin wärst als das Fräulein Stanojević?« Sie lachte.

»Ja, habe ich.« Ich kam mir seltsam dabei vor, jemandem davon zu erzählen.

»Was ist passiert?«

»Fräulein Stanojević wurde aus der Klasse gerufen, ich weiß nicht mehr, warum. Sie war ziemlich lange weg, und die Mädchen fingen an zu schwatzen und ihre Plätze zu verlassen. Was natürlich streng verboten war.«

»Natürlich.«

»Eins der Mädchen, ich glaube, sie hieß Agata, kam zu mir. Ich fragte mich, was sie wohl wollte. Schließlich waren wir nicht befreundet – ich war mit keinem der Mädchen befreundet. Ich dachte, sie wollte mich vielleicht verspotten, wenn du verstehst, was ich meine?«

»Ich verstehe sehr gut.«

»Aber stattdessen beugte sie sich über mein Pult und bat mich, ihr zu erklären, wie Multiplikation funktionierte. Ich erklärte ihr alles, was Fräulein Stanojević bereits zu vermitteln versucht hatte, aber auf der Grundlage meiner eigenen Methodik. Währenddessen gesellten sich immer mehr Mädchen zu uns, bis sich fast die ganze Klasse um mich versammelt hatte. Und dann humpelte ich, obwohl ich wusste, dass es riskant war, zur Tafel. Ich tat das, um ihnen zu helfen, aber auch aus Eigeninteresse. Denn wenn ich ihnen allen dazu verhalf, den Stoff zu verstehen, dann würde Fräulein Stanojević vielleicht mit etwas Interessanterem weitermachen. Division zum Beispiel.«

»Wie sah deine Methodik aus?«

»Statt noch mal die Reihen durchzugehen, die Fräulein Stanojević an die Tafel geschrieben hatte, konzentrierte ich mich auf eine einzige Gleichung: sechs mal drei. Ich sagte den Mädchen, sie sollten nicht einfach nur die Gleichung auswendig lernen, sondern sie als eine Addition begreifen. Ich erklärte ihnen, dass ›sechs mal drei‹ im Grunde nichts anderes hieß als: die Zahl sechs dreimal addieren. Als ich ein paar von ihnen ›achtzehn‹ rufen hörte, wusste ich, dass ich zumindest einigen wenigen aus der Klasse geholfen hatte.«

»Das war also der große Augenblick.«

»Nein, der große Augenblick kam kurz danach. Ich drehte mich zum Klassenzimmer um und sah, dass Fräulein Stanojević wieder da war. Zusammen mit einer anderen Lehrerin, Fräulein Kleine, stand sie in der Tür. Ihnen beiden waren beim Anblick einer Schülerin an der Tafel die Kinnladen heruntergeklappt.«

Wir kicherten bei der Vorstellung von der kühnen kleinen Mileva und ihrer schockierten Lehrerin.

»Ich erstarrte und fürchtete, ich würde zur Strafe für meine Anmaßung auf die Finger bekommen. Und dann geschah das Unglaubliche: Nach einer Minute, der längsten meines noch jungen Lebens, lächelte Fräulein Stanojević auf einmal. Sie wandte sich Fräulein Kleine zu, die beiden tauschten sich kurz aus, und dann sagte sie: ›Sehr gut, Fräulein Marić. Würden Sie uns das bitte noch einmal zeigen?‹« Ich legte eine kurze Pause ein. »Da wusste ich es.«

»Dass du anders bist? Schlauer?«

»Dass mein Leben anders sein würde als das der anderen Mädchen.« Ich senkte die Stimme zu einem Flüstern. »Und die Mädchen haben das Ihrige dazu beigetragen, dass ich es verstand. Dass ich niemals eine von ihnen sein würde.«

Ich erzählte Helene mein Geheimnis. Die Geschichte, die ich noch nie jemandem erzählt hatte: Ich war auf dem Nachhauseweg und machte wie üblich einen Bogen um den Bereich, in dem die anderen Kinder spielten. Radmila, eine meiner Klassenkameradinnen, kam auf mich zu und fragte mich zum ersten Mal, ob ich nicht mitspielen wollte. Ich war etwas misstrauisch und wollte eigentlich ablehnen. Aber ich wünschte mir so sehr eine Freundin. Also sah ich in ihre braunen Augen und sagte Ja. Die Mädchen hatten bereits einen Kreis gebildet und sich bei den Händen gefasst, öffneten die Kette aber noch einmal, um Radmila und mich hereinzulassen. Ich machte mit bei ihrem rhythmischen Schaukeln und ihren albernen Gesängen, trat vor und zurück, je nachdem, wohin die Hände der anderen Kinder mich lenkten. Dann auf einmal änderten sich die Regeln. Plötzlich ging alles viel schneller, und ich wurde wie wild hin- und hergerissen. Als die Beine unter mir wegknickten, zerrten sie mich im Kreis herum und sangen weiter. Dann ließen sie mich los, schubsten mich staubig und angeschlagen, wie ich war, in die Kreismitte und sahen mir lachend dabei zu, wie ich versuchte, mich aufzurappeln. Weinend kam ich auf die Beine und humpelte davon, nach Hause. Höhnisch lachend sahen sie mir nach. Sie hatten mich zutiefst verletzt. Ihr Ziel war von Anfang an gewesen, mich für mein verwegenes Auftreten als Lehrerin zu bestrafen und wegen meiner Andersartigkeit zu erniedrigen.«

»Meine Geschichte ist ganz ähnlich«, flüsterte Helene. Sie nahm mich in den Arm und sagte: »Ach, Mitza, ich wünschte, wir wären uns schon viel früher begegnet.«

»Ich auch, Helene.«

»Es tut mir leid, dass ich heute so unnachgiebig war und dass ich Herrn Einstein nicht recht trauen mag. Ich weiß, dass ich dich anfangs dazu ermunterte, dich mit ihm zu verbünden, aber da konnte ich ja nicht ahnen, dass er so – nun ja – so aufdringlich und unorthodox sein würde. Ich musste lange warten, bis ich endlich andere Mädchen wie mich fand. Darum fällt es mir so schwer – und darum reagiere ich so heftig – wenn ich das Gefühl habe, sie wieder zu verlieren. Insbesondere an jemanden, von dem ich nicht ganz sicher bin, ob er sie verdient hat.«

Ich drückte sie fest an mich. »Es tut mir leid, Helene. Du verlierst mich nicht. Ich dachte eigentlich, wenn ich Zeit mit Herrn Einstein und seinen Wissenschaftsfreunden verbringe, bringt mich das den beruflichen Zielen näher, über die wir schon so oft gesprochen haben. Die Herren im Café sprechen von nichts anderem als den jüngsten wissenschaftlichen Entwicklungen – Neuerungen, von denen ich sonst keine Ahnung hätte.«

Helene sprach leise weiter. »Das wusste ich nicht. Ich dachte, du würdest dich von seinen viel beschworenen freigeistigen, unkonventionellen Lebensansichten ködern lassen. Also von ihm, nicht von der Wissenschaft.«

Schnell versuchte ich, ihren Eindruck zu korrigieren: »Nein, Helene. Ich verbringe Zeit mit ihm als einem Kollegen. Ich profitiere fachlich von ihm, sowohl am Polytechnikum als auch im Café Metropole, ganz gleich, wie frivol er sich hier aufführt.« Doch während ich diese Worte aussprach, merkte ich selbst, dass sie nicht ganz der Wahrheit entsprachen. Meine Gefühlslage war komplexer, ich fühlte mich in Herrn Einsteins Gesellschaft lebendig, verstanden und akzeptiert. Das hatte ich noch nie erlebt, und es verwirrte mich sehr.

Ich versuchte, Helene und mich gleichermaßen zu

beruhigen, als ich sagte: »Meine Bekanntschaft mit ihm wird keine weiteren Folgen haben. Deine gute Meinung von mir ist mir enorm wichtig. Wichtiger als alles andere.«

Kapitel 7

30. und 31. Juli 1897
Zürich und das Sihltal

Vollständig überwand Helene ihre Ablehnung gegenüber Herrn Einstein auch in den letzten Wochen des Semesters nicht, aber nach unserem Gespräch war sie zumindest etwas milder gestimmt. Ob es an der Erneuerung unseres Paktes lag oder an unseren kecken Bemerkungen zu seinem Äußeren, die ihre Vorbehalte etwas zerstreuten, erschloss sich mir nicht. Aber sie betrachtete ihn trotz seiner ständigen Gegenwart nicht mehr als eine Bedrohung unserer kleinen Rituale.

Und auch mir halfen der leise Spott über Herrn Einstein und meine Erklärungen Helene gegenüber, ihn mit einer gewissen Distanz zu betrachten. Immer wieder wurde ich daran erinnert, dass er nicht mehr war als ein Kommilitone, der die Physik genauso sehr liebte wie ich – und der nicht nur albern war, sondern auch lächerlich aussah. Ich dachte, ich könnte meine Gefühle für ihn unterdrücken. Ich glaubte, jeden Annäherungsversuch seinerseits höflich abwehren zu können, falls es zu einem solchen kommen sollte. Bisher hatte er allerdings nie mehr geäußert als harmlose Neckereien.

So fleißig wie nie zuvor hatte ich mich auf die Abschlussprüfungen des ersten Studienjahres der Abteilung VI vorbereitet. Am Abend des letzten Prüfungstages stand ohne Ankündigung Herr Einstein mit Geige in der Hand vor der Tür der Pension Engelbrecht. Das war nicht weiter überraschend, er hatte es sich geradezu zur Gewohnheit gemacht, ohne ausdrückliche Einladung aufzukreuzen. Und da er mit einer ungewöhnlichen künstlerischen Hingabe Geige spielte, freuten sich die Mädchen inzwischen über seine musikalische Gesellschaft. Daran, dass er stets ohne Einladung auftauchte, gewöhnten sie sich aber nie so ganz.

An diesem Abend spielten wir Antonio Vivaldis *Vier Jahreszeiten*, in Anspielung darauf, dass auch für uns eine neue Zeit anbrach. Herr Einstein spielte ganz besonders hingebungsvoll, und nachdem die letzten Töne verklungen waren, hingen wir ihnen schweigend noch eine Weile nach. Diesen friedvollen Moment nutzte er.

»Fräulein Kaufler, jetzt reden Sie und Ihre Freundinnen bereits seit Monaten von diesem märchenhaften Sihlwald«, sagte Herr Einstein.

»Wenn Sie das sagen, Herr Einstein«, antwortete Helene.

»Insbesondere erinnere ich mich an Ihre Schilderung der Aussicht vom Albis, Fräulein Kaufler.«

»In der Tat ein Erlebnis.« Sie nickte in unsere Richtung und setzte das Gespräch fort, indem sie das Albishorn beschrieb. Offenbar fand sie nichts dabei, während mir schnell klar war, worauf Herr Einstein hinauswollte.

»Verzeihen Sie mir meine Kühnheit, aber ich würde mich Ihrem Ausflug in den Sihlwald morgen Vormittag sehr gerne anschließen.«

Wir vier hatten beschlossen, zum Abschluss des Semesters einen letzten gemeinsamen Ausflug zu unternehmen. Seit unserer ersten Wanderung im Sihlwald führten uns unsere Ausflüge in immer weitere Entfernung von Zürich, aber für unseren Abschied hatten wir uns nach langem Hin und Her darauf geeinigt, den Kreis zu schließen: Wir wollten das Semester so beenden, wie wir es begonnen hatten, und in den Sihlwald fahren.

Ich hatte Herrn Einsteins Absichten schnell durchschaut, Helene dagegen wirkte überrascht. Stockend erwiderte sie: »Nun ja, werter Herr Einstein, wissen Sie … Also, dieser Ausflug … sollte eigentlich eine private Abschiedsexkursion sein … Nur wir vier.«

Herr Einstein ließ sich nicht beirren und wirkte auf seine humorvolle, aber entschlossene Weise weiter auf uns ein. »Wollen Sie mir wirklich die unendliche

Schönheit des Sihlwaldes und das unvergleichliche Vergnügen ihrer Gesellschaft am letzten Samstag vor den Semesterferien vorenthalten, Fräulein Kaufler? Bis wir uns wiedersehen, werden Monate vergehen.«

Sein kühner Vorstoß, der selbst für seine Verhältnisse dreist war, brachte sie noch mehr aus dem Konzept. »Also, wissen Sie, hm, ich kann doch nicht … Die Entscheidung liegt nicht allein bei mir.«

Er richtete den Blick auf mich, seine braunen Augen flehten. Mein Magen kitzelte ein wenig, als sein Blick zu Ružica und Milana weiterwanderte. »Was sagen Sie, meine Damen?«

Was für eine Unverschämtheit. Wie konnten wir, wohlerzogen und höflich wie wir waren, ihn abweisen?

*

Unsere Rucksäcke waren gefüllt mit Wanderausrüstung, Landkarten und Proviant, den die emsige Frau Engelbrecht uns aufgedrängt hatte. Immer wieder sah ich auf die Bahnhofsuhr. Herr Einstein war spät dran.

»Wo bleibt er denn?«, fragte Ružica bereits zum achten Mal und scharrte ungeduldig mit dem Fuß.

»Ich würde sagen, wir steigen jetzt ein«, schlug Milana vor. »In zwei Minuten ist Abfahrt.«

Abermals wanderte mein Blick zur Bahnhofsuhr. Ich war hin- und hergerissen. Einerseits wollte ich, dass Herr Einstein uns begleitete, andererseits wollte ich nicht, dass wir, nur weil ich darauf bestand, auf ihn zu warten, womöglich später abfuhren. Bemüht, nicht zu engagiert zu klingen, sagte ich: »Milana hat recht. Wir können nicht länger warten. Außerdem ist Herr Einstein ein notorischer Zuspätkommer. Es ist vollkommen ungewiss, wann er hier sein wird.«

Helene nickte, und wir stiegen ein. Wir nahmen in einem freien Abteil Platz – die Auswahl war groß, der Zug war so früh an einem Samstagmorgen nicht besonders voll – und verstauten unsere Rucksäcke in den Gepäckablagen. Kaum hatten wir uns auf den gepolsterten Bänken niedergelassen, ertönte das Pfeifsignal, und der Zug fuhr an.

Ich seufzte. Vielleicht war es das Beste, wenn ich Herrn Einstein erst nach den Semesterferien wiedersah, in drei Monaten. Seine beständige Gegenwart hatte mich zunehmend verwirrt. *Ja,* dachte ich, *das ist genau das, was ich brauche.* Die Sommerferien ohne ihn zu beginnen, war ein gutes Zeichen.

»O je«, sagte Milana, den Blick aus dem Zugfenster gerichtet.

»Was ist?«, fragte Ružica.

Milana antwortete nicht. Sie zeigte hinaus, als müsse man das mit eigenen Augen gesehen haben.

Ich reckte den Hals und machte zwei Männer aus, die quer durch den Bahnhof auf unseren Zug zurannten. Selbst durch die geschlossenen Fenster konnte ich sie rufen hören: »Halt! Anhalten! Warten Sie auf uns!«

Ich kniff die Augen zusammen, um zu erkennen, ob einer von beiden Herr Einstein war. Ein wilder Lockenschopf. Ein aus der Hose hängendes Hemd. Das waren seine Markenzeichen, beides war unüblich für einen gepflegten Schweizer. Aber er hatte doch alleine kommen sollen, und jetzt hatte er einen weiteren Mann im Schlepptau. Vielleicht war er es doch nicht. Ich wusste nicht, was ich mir wünschen sollte.

Der Zug verlangsamte seine Fahrt ein wenig, und die beiden Herren sprangen an Bord. Kurz darauf wurde die Tür zu unserem Abteil aufgerissen. Herr Einstein strahlte uns an. »Ich hab's geschafft!« Er verneigte sich und deutete hinter sich. »Meine Damen, darf ich Ihnen meinen Freund Michele Besso vorstellen. Fräulein Marić und Fräulein Dražić kennen ihn bereits aus dem Café Metropole. Herr Besso ist Ingenieur und Absolvent des Polytechnikums.«

Ich nickte. Ich hatte mit Herrn Besso schon oft über den von ihm verehrten Physiker Ernst Mach geredet. Ich hatte die Unterhaltungen mit dem leise sprechenden Herrn Besso im Café Metropole sehr genossen, aber ich war nicht sicher, wie die Mädchen ihn finden würden. Ružica jedenfalls hatte sich an jenem ersten Nachmittag im Café nicht sonderlich viel mit ihm befasst.

»Herzlich willkommen, die Herren«, sagte ich.

Ohne eine entsprechende Aufforderung abzuwarten und auch ohne um Entschuldigung zu bitten dafür, dass er ungefragt einen zusätzlichen Gast mitgebracht hatte, pflanzte Herr Einstein sich neben mich. Sein Bein berührte meinen Rock, und mir fiel auf, dass wir noch nie so nah beieinandergesessen hatten. Üblicherweise saßen wir jeder auf seinem Holzstuhl im Polytechnikum, in den Cafés auf schmiedeeisernen Stühlen oder auf den reichlich verzierten Salonstühlen in der Pension Engelbrecht. Mir war das zu nah, zumal ich ja gerade zu dem Schluss gekommen war, dass es gut wäre, den Ausflug ohne ihn zu unternehmen.

Herr Besso zeigte sich etwas umsichtiger. »Darf ich?«, fragte er Ružica, bevor er sich neben sie setzte.

Während unser Überraschungsgast Nettigkeiten mit Ružica, Milana und Helene austauschte, wandte ich mich Herrn Einstein zu. Unsere Gesichter kamen sich sehr nah – so nah, dass ich seinen nach Kaffee, Schokolade und Tabak riechenden Atem wahrnahm.

»Was für ein dramatischer Auftritt«, sagte ich verhalten lachend und rückte wenige Millimeter von ihm ab.

»Ein so prächtiger Tag verlangt nach großen Gesten«, verkündete er und machte dabei eine ausladende Handbewegung in Richtung des blauen Himmels jenseits des Fensters.

»Ach, deswegen also der Spurt durch den Bahnhof

und die lauten Rufe zum Vorsteher?«, fragte ich und lächelte ironisch. Ich überlegte, was wohl der Grund für seine Verspätung gewesen sein konnte: Sicher hatte er verschlafen, denn damit zogen ihn die Herren im Café Metropole häufig auf. Und das hatte ja nun gar nichts mit dem prächtigen Tag zu tun. Meine Bemerkung war nicht sehr damenhaft, aber schließlich wollte ich auch nicht, dass er mich allein als Dame wahrnahm. Ich wollte in seinen Augen eine ebenbürtige Studentin sein, und so ließ ich diese Bemerkung zu, die ebenso gut von einem seiner Caféfreunde hätte kommen können.

Er lachte und flüsterte mir dann zu: »Ich liebe dieses Lächeln an Ihnen.«

Herr Besso unterbrach unser Gespräch mit einer höflichen Frage, und kurz darauf sprachen wir alle über unseren Ausflug. Weder Herr Einstein noch Herr Besso waren je im Sihlwald gewesen, und jede von uns Damen erzählte von ihren ganz persönlichen Eindrücken früherer Ausflüge dorthin. So verging die Zugfahrt wie im Fluge.

Wie auch die ersten Stunden unserer Wanderung. Unter dem dichten sattgrünen Laub der enormen Bäume, die nur Helene genau bestimmen konnte, herrschte beim Aufstieg eine angenehme Kühle. Immer wieder mussten wir umgestürzte Baumriesen überwinden und konnten uns an ganzen Teppichen von Bergblumen erfreuen. Herrn Einsteins und Herrn Bessos wiederholte Ausrufe zur üppigen Waldflora ließen den Schluss zu, dass sie von allem sehr beeindruckt waren. Die Mädchen freuten sich darüber und wiesen die Herren mit gesteigerter Beflissenheit auf die silberhäutigen Birken und die eher seltenen lila Blüten des Alpen-Mannschilds hin. Wir wollten, dass die beiden den Sihlwald genauso liebten wie wir.

Ich hielt mit allen Schritt, auch als der Anstieg steiler wurde. Niemand bemerkte mein Humpeln, und darum konnte auch ich es vergessen. Die Beinamen, die man mir früher in Serbien gegeben hatte, kamen mir plötzlich wie ein böser Traum vor, der sich inmitten der strahlenden Schönheit des Sihlwaldes in Nichts auflöste.

Irgendwie schienen wir alle uns freier zu fühlen. Ich hörte, wie Ružica Herrn Besso einen ihrer albernen Witze erzählte – einen von denen, die sie sich normalerweise für unsere Kartenspielabende aufhob, und die wir stets erst mit einem Stöhnen und dann mit hysterischem Kichern quittierten. Helene lachte tatsächlich über eine von Herrn Einsteins Witzeleien. Und als Milana mich bekniete, eine meiner Parodien von Frau Engelbrecht zum Besten zu geben, tat ich ihr den Gefallen. Wir waren alle bester Stimmung, als wir das Albishorn erreichten.

Und dann verschlug uns die Aussicht die Sprache. Majestätisch erhoben sich die Berge um uns herum, die Gipfel umgeben von Wolken und azurblauem Himmel, während im Tal dunkelblau der See und der Fluss glitzerten. Vor dieser gewaltigen Naturkulisse fühlten wir uns plötzlich ganz klein. Selbst der geschwätzige Herr Einstein verstummte.

Herr Besso brach das Schweigen, indem er eine Flasche Wein aus seinem Rucksack zog und sagte: »Vielen Dank, dass wir heute dabei sein dürfen, meine Damen.«

Herr Einstein klopfte ihm kumpelhaft auf die Schulter. »Guter Zug von dir, Michele.«

Wir setzten uns und teilten uns Herrn Bessos großzügiges Geschenk. Abwechselnd setzten wir die Flasche an – für so viele Gläser sei in seinem Rucksack kein Platz gewesen, erklärte er entschuldigend. Es machte niemandem etwas aus.

»Ich sage es nur ungern, aber wenn wir den letzten Zug zurück nach Zürich schaffen wollen, dann müssen wir jetzt aufbrechen«, sagte Helene schließlich.

»Der Abschied fällt nicht leicht, stimmt's?« Milana hakte sich bei Helene unter. Ich wusste, dass sie nicht nur den Abschied vom Albishorn meinte. Es fiel schwer, diesen Augenblick des Glücks loszulassen. Wer wusste schon, ob wir jemals wieder einen so perfekten Moment erleben würden?

Als ich es den anderen nachtun und mich erheben wollte, hielt eine Hand am Arm mich zurück. Ich sah mich um: Herr Einstein. »Bitte bleiben Sie noch kurz«, flüsterte er.

Ich verharrte. Was wollte er von mir? Er hatte ja wohl kaum vor, hier mit mir über unsere Physikprüfung zu sprechen. Tief in mir drin ahnte ich, dass er mit allen Andeutungen und Scherzen und Ermunterungen in den letzten Stunden auf genau diesen Augenblick hingearbeitet hatte, aber ich konnte immer noch nicht glauben, dass er romantische Gefühle für mich hegte. Ich wusste, dass ich besser ablehnen und darauf bestehen sollte, uns der Gruppe anzuschließen. Schließlich hatte ich mich für einen Moment wie diesen gewappnet und gestählt. Und doch musste ich unbedingt wissen, was er mir sagen wollte.

Herr Einstein wartete. Erst als ich nickte, sagte er zu den anderen: »Ich möchte noch kurz hierbleiben. Gehen Sie doch voraus, wir kommen dann gleich nach.«

Die anderen schlugen den Weg zum Wanderpfad ein, doch Helene zögerte. Sie runzelte die Stirn wie immer, wenn sie argwöhnisch wurde. »Bist du dir sicher, Mitza?«

Ich nickte. Ich traute meiner Stimme nicht.

»Gut. Aber höchstens eine Minute, Herr Einstein. Wir müssen den Zug erreichen.«

»Natürlich, Fräulein Kaufler.«

Sie bedachte mich mit einem durchdringenden

Blick, als sie sagte: »Ich verlasse mich auf dich, ja, Mitza?«

Ich nickte wieder.

Als die anderen außer Sichtweite waren, zog Herr Einstein mich sanft neben sich auf einen am Boden liegenden Baumstamm. Ich wusste, dass ich die wunderbare Aussicht genießen sollte, das in das rosarote Licht der untergehenden Sonne getauchte Panorama, aber ich war einfach nur furchtbar aufgeregt.

»Atemberaubend, nicht wahr?«, sagte er.

»O ja.« Meine Stimme bebte. Ich hoffte, dass es ihm nicht auffiel.

Er wandte sich mir zu. »Fräulein Marić, ich hege seit geraumer Zeit Gefühle für Sie. Gefühle, die man für eine Mitstudentin normalerweise nicht hegt.«

Wie im Traum hörte ich ihn reden. Im Grunde hatte ich das, was er sagte, ja bereits vermutet, mich, wenn ich ganz ehrlich war, sogar danach gesehnt, ganz gleich, was ich den Mädchen hatte einreden wollen. Und doch war ich jetzt, da er all das aussprach, vollkommen überwältigt.

Ich erhob mich von dem Baumstamm. »Ich glaube, wir sollten uns jetzt auf den Weg machen, Herr Einstein –«

Er berührte mich am Arm und zog mich ganz sanft wieder herunter auf den Baumstamm.

Er nahm meine Hände, neigte sich mir zu und küsste mich auf den Mund. Seine Lippen waren unerwartet weich. Bevor ich wusste, wie mir geschah, küsste er mich richtig. Hingerissen von dem Gefühl seiner weichen Lippen auf meinen, erwiderte ich seinen Kuss. Hitze stieg mir ins Gesicht, als ich seine Finger auf meinem Rücken spürte.

Izgubio sam se. Das war das Einzige, das mir einfiel, um zu beschreiben, was ich in jenem Augenblick empfand. Serbische Worte, die übersetzt so etwas heißen wie »Ich bin verloren«. Die alles bedeuten können von »Ich habe mich verirrt« über »Ich habe mich verloren« bis hin zu »Ich habe mich an ihn verloren«.

Wir lösten uns kurz voneinander, und er sah mir tief in die Augen. Ich war atemlos. »Sie überraschen mich schon wieder, Fräulein Marić.«

Er berührte meine Wange, und ich verzehrte mich nach einem weiteren Kuss. Wie sehr, erstaunte mich selbst. Ich versuchte, mich zu beruhigen, holte tief Luft und sagte: »Ich kann nicht behaupten, dass ich Ihre Gefühle nicht erwidere, Herr Einstein. Aber ich werde nicht zulassen, dass Gefühle mich von meinem Weg abbringen. Nicht nur ich habe viele Opfer gebracht, um überhaupt auf diesen Weg zu kommen, und ich habe sehr hart dafür gearbeitet. Romantik und Wissenschaft sind zwei Dinge, dic nicht zusammenpassen. Jedenfalls nicht, wenn man eine Frau ist.«

Er zog die buschigen Augenbrauen hoch, und sein

Mund, seine weichen Lippen, formten sich zu einem Ausdruck der Überraschung. Offenbar hatte er nicht mit Widerstand gerechnet.

»Das stimmt nicht, Fräulein Marić. Wir sind Bohemiens. Und Bohemiens unterscheiden sich in jeder Hinsicht vom Rest der Bevölkerung – durch ihre Visionen, ihre kulturellen und ihre privaten Ansichten. Bohemiens wie wir können beides haben.« Seine Worte sprachen mich an. Wie sehr ich mir wünschte, seine Vision eines freigeistigen, unkonventionellen Lebens wäre tatsächlich möglich!

Ich musste mich sehr zusammenreißen. »Bitte nehmen Sie mir das nicht übel, Herr Einstein, aber ich kann dies hier auf keinen Fall weiterverfolgen. Ich teile Ihre Ansichten und Ihr Gefühl, dass wir anders sind als die anderen, aber ich muss meine beruflichen Ziele im Blick behalten und kann darum auf meine Gefühle keine Rücksicht nehmen.«

Ich erhob mich, strich mir Rinde und zerdrückte Blätter vom Rock und steuerte den Pfad an. »Kommen Sie?«

Er stand auf und kam auf mich zu. Wieder ergriff er meine Hände. »Ich bin mir noch nie mit jemandem oder etwas so sicher gewesen wie mit Ihnen, Fräulein Marić. Ich kann warten. Bis Sie bereit sind.«

Kapitel 8

29. August und 21. Oktober 1897
Kać und Heidelberg

Das kleine Stück Papier segelte zu Boden. Die leichte, durch das offene Fenster des Glockenturms wehende Brise spielte damit, bevor es auf den groben Holzdielen landete. Seit über einer Stunde lag das Buch von Professor Philipp Lenard aufgeschlagen vor mir, ohne dass ich auch nur ein Wort gelesen hätte.

Ich hob den Zettel auf. Ich saß im Glockenturm unserer Sommerresidenz in Kać in Serbien, wo wir seit meiner Kindheit immer die heißen Monate verbrachten. Die Giebel des im Tiroler Stil erbauten Hauses zierten kleine Türme, und in der Mitte befand sich besagter Glockenturm, weshalb die Villa auch einfach »Der Turm« genannt wurde. Ganz gleich, wohin es uns aufgrund der Versetzungen meines Vaters oder meines Schulgangs verschlug – nach Ruma, Novi Sad, Sremska Mitrovica oder Zagreb: Dieser Turm war für mich stets ein Zuhause.

Ich hatte die Sommer meiner Kindheit hier verbracht, von dort oben beobachtet, wie sich die Sonnenblumen- und Kornfelder wandelten, und viele Bücher gelesen. Dieses Turmzimmer war mein Rückzugsort, meine Traumlandschaft, der Ort, an dem ich als Kind Märchen las und anfing, von meinem Leben als Wissenschaftlerin zu träumen. Und jetzt war es der Ort, an dem ich mich vor allen versteckte.

Ich betrachtete das Papier in meiner Hand, auf dem in Herrn Einsteins charakteristischer, ausladender Handschrift seine Adresse notiert war. Er hatte es mir schnell in die Hand gedrückt, als wir uns an jenem Abend nach dem Ausflug in den Sihlwald voneinander verabschiedeten, und mich sehr ernst darum gebeten, ihm während der Ferien zu schreiben. Ich benutzte den schmalen Streifen als Lesezeichen, denn so konnte ich ihn stets mit mir herumtragen. Ich wollte mich nicht von seiner Adresse trennen – aber schreiben würde ich ihm nicht. Das hatte ich mir geschworen, und an diesen Schwur hielt ich mich. Auch wenn ich im Geiste ausführlich mit ihm über Physik und Mathematik sprach. Ich wusste, wenn ich ihm schriebe, würde ich das, was im Sihlwald aufgekeimt war, weiter nähren, und das würde es mir so gut wie unmöglich machen, die Laufbahn einzuschlagen, auf die ich so lange und mit der unermüdlichen Unterstützung meines Vaters hingearbeitet hatte. Mir war keine berufstätige verheiratete Frau bekannt, warum also sollte ich mit Herrn Einstein etwas beginnen, das ich nie zu Ende verfolgen würde?

Um mich zu trösten, klammerte ich mich an das Bild, das Helene und ich von unserem Leben als unverheiratete, kulturell aktive Wissenschaftlerinnen mit einem großen Freundeskreis gezeichnet hatten.

Ich blickte hinaus auf die satten Sonnenblumenfelder von Kać. In diesem Teil der nördlich der Donau gelegenen Vojvodina fanden einst erbitterte Kämpfe zwischen Österreich-Ungarn im Westen und dem Osmanischen Reich im Osten statt. Jetzt waren die Spannungen innerhalb der künstlich gezogenen österreichisch-ungarischen Grenzen groß, weil die einheimische slawische Bevölkerung von deutschstämmigen Herrschern regiert wurde. Ich hatte gehofft, dass die mir vertraute Landschaft, die angenehmen Gerüche, der Klang des Serbischen und die Herzlichkeit meiner Familie mir dabei helfen würden, jene Minuten im Sihlwald mit Herrn Einstein zu vergessen. Doch stattdessen war meine innere Zerrissenheit vergleichbar mit der dieses Landstriches. Meine Gefühle kämpften verzweifelt gegen meinen Verstand.

Ich hörte schwere Schritte. So bleiern setzte nur mein stämmiger Vater seine Füße auf.

Ich tat, als hörte ich ihn nicht. Nicht, weil ich meinen Vater nicht sehen wollte, sondern weil ich ihm vormachen wollte, ich könne immer noch vollkommen in der Lektüre eines Buches versinken, obwohl mir das schon seit vier Wochen nicht mehr gelungen war. Ich legte mich auf die abgenutzte Chaiselonge, die meine Mutter in diesen selten aufgesuchten Raum hatte stellen lassen, nahm mir das Buch vor und tat, als würde ich hoch konzentriert lesen.

Die Schritte kamen näher, aber ich sah nicht auf. Früher war ich berühmt-berüchtigt dafür gewesen, jegliche Ablenkungen ausblenden zu können. Neckende Finger allerdings konnte ich nicht ausblenden. Binnen Sekunden hatte mein Vater alle meine kitzeligen Stellen gefunden, und ich kreischte vor Lachen.

»Papa!«, rief ich in gespielter Empörung und schob seine Hände weg. »Ich bin fast einundzwanzig! Ich bin zu alt, um von dir gekitzelt zu werden! Und außerdem lese ich.«

Er nahm mein Buch und betrachtete die aufgeschlagene Seite. »Hmmm, Lenard. Hast du nicht gestern Abend schon genau diese Seite in genau diesem Buch gelesen?«

Ich errötete. Er setzte sich neben mich.

»Du bist so anders, Mitza, gar nicht du selbst. Ungewöhnlich still, selbst mir gegenüber. Du verbringst so gut wie keine Zeit unten mit deiner Mutter und deinen Geschwistern. Ich weiß, Zorka und Miloš sind deutlich jünger als du, aber früher hast du wenigstens manchmal ein Picknick mit ihnen gemacht.«

Sofort bekam ich ein schlechtes Gewissen. Normalerweise packte ich jeden Sommer mehrmals einen Picknickkorb für Zorka, Miloš und mich und wanderte mit ihnen in die Felder, wo ich ihnen zwischen Sonnenblumen und unter dem warmen Sommerhimmel meine alten Lieblingsgeschichten vorlas – sogar die vom kleinen singenden Frosch. Doch seit meiner diesjährigen Ankunft in Kać hatte ich das noch kein einziges Mal getan. Ich überlegte, meinem Vater zu erläutern, dass Zorka und Miloš mit ihren vierzehn und zwölf Jahren zu alt waren für derlei Ausflüge, ließ es dann aber bleiben. Er hätte die Ausrede sofort als solche durchschaut.

Er warf einen weiteren Blick auf mein Buch und sah mir dann in die Augen. »Du liest ja nicht mal richtig. Ist alles in Ordnung?«

»Ja, Papa«, sagte ich und bemühte mich, die aufsteigenden Tränen zu unterdrücken.

»Ich weiß nicht, Mitza. Als du letzte Woche ankamst, schienst du dich nicht einmal besonders über deine guten Noten zu freuen. Ein Durchschnitt von 4,5, ich muss schon sagen. Das ist doch ein Grund zum Feiern, aber du stößt ja noch nicht einmal richtig mit uns an.«

Mein Geheimnis rund um Herrn Einstein hatte mich gequält, seit ich nach Kać gekommen war. Mehrfach hatte ich mich meinem Vater anvertrauen wollen, so, wie ich mich ihm schon immer anvertraut hatte. Aber irgendetwas hielt mich zurück. Vielleicht war es die Angst davor, ihn zu enttäuschen, nach allem, was er dafür getan hatte, mir eine gute Ausbildung zu ermöglichen. Oder meine Befürchtung, damit sein Bild von mir als einer brillanten wissenschaftlichen Einzelkämpferin zu zerstören. Wie sollte ich ihm von Herrn Einstein berichten?

»Es geht mir gut, Papa.« Noch während mir diese Worte über die Lippen kamen, wusste ich, dass sie nicht aufrichtig klangen.

Er zog mich hoch, bis ich aufrecht saß, fasste mich bei den Schultern und drehte mich zu sich. Er wusste, dass ich ihn nicht anlügen oder auch nur etwas verschweigen konnte, wenn wir uns in die Augen sahen. »Was ist los, Mitza?«

Die Tränen, die ich nun bereits seit Wochen zurückgehalten hatte, brachen sich Bahn. Ich weinte und schluchzte, und mein Vater schwieg, während ich ihm alles erzählte.

Als ich mich wieder beruhigt hatte, schwieg er immer noch. Ich sah zu ihm auf, voller Angst, seinen Zorn auf mich gezogen zu haben, weil ich seine Prüfung nicht bestanden hatte – eine Prüfung, die viel wichtiger war als alle Examina am Polytechnikum.

Tränen liefen ihm über das Gesicht. »Meine liebe, arme Mitza. Wieso ist dein Weg bloß so steinig?«

Mein unbesiegbarer Vater weinte? Wie konnte das sein? Er war es doch, zu dem wir gingen – zu dem selbst Staatsbedienstete jeden Ranges gingen – wenn ein unlösbares Problem auftauchte. Ich zog mein Spitzentaschentuch aus der Rocktasche und trocknete ihm damit das Gesicht. »Du bist nicht wütend?« Wenigstens das.

»Aber natürlich nicht, mein Mädchen. Ich wünsche mir nichts sehnlicher, als dass du einen einfachen Weg gehen und alles haben kannst, was dein Herz begehrt. Aber außergewöhnliche Begabung bringt außergewöhnliche Belastungen mit sich, nicht wahr?«

»Kann sein«, sagte ich, enttäuscht, dass dies meines Vaters Rat zu sein schien. Mein ganzes Leben lang war ich ermahnt worden, es läge in meiner Verantwortung, meinen wachen Geist stets weiter herauszufordern. Und obwohl ich wusste, dass es unvernünftig oder sogar unmöglich war, hatte ich doch insgeheim gehofft, mein Vater würde mein Problem mit Herrn Einstein lösen, wie er schon so viele andere Probleme für mich gelöst hatte.

»Möchtest du dein Studium fortsetzen? Möchtest du immer noch Professorin für Physik werden?«

Aber was wird dann mit Herrn Einstein?, dachte ich. Die Worte, die ich äußerte, waren dann allerdings die, die von mir erwartet wurden: »Ja, Papa. Das ist es doch, was ich schon immer wollte. Und worüber wir immer gesprochen haben.«

»Hältst du es dann für klug, im nächsten Semester ans Polytechnikum zurückzukehren? Herr Einstein ist dort doch sehr präsent. Vielleicht würde es dir helfen, ein Semester an einer anderen Universität zu studieren. Und wenn du dann etwas Abstand gewonnen hast und in Bezug auf Herrn Einstein objektiver bist, kannst du nach Zürich zurückkehren.«

Ein ganzes Semester. Mein Herz verkrampfte sich bei der Vorstellung, noch länger als drei Monate von Herrn Einstein getrennt zu sein, doch je länger ich über den Vorschlag meines Vaters nachdachte, desto größer war meine Erleichterung. Ich würde eine ganze Reihe von Monaten weder mit Herrn Einstein noch mit seinem Eifer und seinen braunen Augen konfrontiert werden, deren Blick mich so leicht schwach werden ließ. Vielleicht würde der Zauber in diesen Monaten der Trennung verblassen.

Mein Blick fiel auf das Lenard-Buch, das ich nun schon seit Tagen mit mir herumtrug. »Ich glaube, ich weiß schon, wo ich dieses Semester verbringen werde, Papa.«

*

Anfang Oktober, kurz vor Aufnahme meines Studiums an der Universität Heidelberg, legte sich ein schier undurchdringlicher Nebel auf das Neckartal, und in den Tagen nach meinem Einzug ins Hotel Ritter, wo ich dieses Semester wohnen würde, sah es nicht so aus, als wolle dieser Nebel sich lichten. Die Physik-Vorlesungen, zu denen ich zugelassen worden war, unter anderem die von Professor Lenard selbst, waren wie erwartet Weltklasse, aber von den angeblich so wunderschönen Gebäuden und der außergewöhnlichen Lage der altehrwürdigen Universität bekam ich kaum etwas zu sehen. Der im Nebel versunkene Wald und Fluss erfüllten mich nachgerade mit Wehmut und Sehnsucht nach der strahlenden Schönheit des Sihlwaldes. Manchmal hatte ich das Gefühl, der Nebel würde sich auch auf mein Gemüt legen, so niedergeschlagen war ich.

Ich fühlte mich so einsam, dass ich mich nicht einmal richtig an Lenards Ausführungen zur kinetischen Gastheorie und seinen Experimenten zur Geschwindigkeit von sich bewegenden Sauerstoffmolekülen erfreuen konnte. Ružica, Milana und vor allem Helene fehlten mir – ihre Gesellschaft, ihr Lachen, ihre Zuwendung. Jedoch überspielte ich meine Traurigkeit in meinen fröhlichen Briefen, in denen ich ihnen vormachte, sämtliche Vorlesungen sehr zu genießen. Und wenn ich nachts allein in meinem Hotelzimmer lag und mir gestattete, ganz ehrlich zu sein, dann fehlte mir auch Herr Einstein. Doch meine Malaise war so ausgeprägt, dass ich mich fragte, ob die Sehnsucht nach meinen Freundinnen und Herrn Einstein wirklich die einzige Ursache dafür sein konnte.

Eines Nachmittags Ende Oktober, als ich von der Universität zurückkehrte, lag an der Rezeption ein Brief von Helene für mich. Ich schnappte ihn mir und eilte – was mit meinem lahmen Bein eine beachtliche

Leistung war – zwei Stufen auf einmal nehmend die Treppe hinauf, um Helenes Zeilen möglichst schnell lesen zu können. Ich schlitzte den Umschlag mit dem Brieföffner auf und verschlang, was Helene geschrieben hatte. Sie erzählte von ihrem Studium und dem Tratsch aus der Pension Engelbrecht, dann schrieb sie: »Ich wusste gar nicht, dass die Universität Heidelberg Frauen zum Studium zulässt? Eine Freundin der Familie aus Wien wollte dort Psychologie studieren, und sie musste sich für jedes einzelne Seminar die Erlaubnis des Professors einholen, den Vorlesungen beiwohnen zu dürfen! Und ihre Teilnahme wurde in keiner Weise anerkannt. Wird dich die Zeit in Heidelberg denn jetzt nicht ein ganzes Semester zurückwerfen?«

Langsam legte ich den Brief auf dem filigranen Hotelschreibtisch ab, der sich besser für die Briefeschreiberei einer Dame eignete denn für die schweren Lehrbücher einer Studentin. Auf die ihr übliche, scharfsinnige Weise legte Helene wieder einmal den Finger in die Wunde. Meine Missstimmung entsprang nicht nur dem dichten Nebel oder meiner Einsamkeit, sondern der Befürchtung, dass ich mir mit diesem Semester in Heidelberg selbst einen kolossalen Bärendienst erwiesen hatte. Was, wenn dieses Gastsemester, diese Unterbrechung meines Studiums am Polytechnikum, mich tatsächlich zurückwarf? Was, wenn meine Bemühungen, mich

Herrn Einsteins Gefühlen zu entziehen, um meine berufliche Laufbahn nicht zu gefährden, ebendieser Laufbahn nur schadeten? Und was, wenn ich seinem Werben dann doch noch erlag?

Helenes Brief entfachte in mir eine wilde Entschlossenheit, dafür zu sorgen, dass das Semester in Heidelberg seinen Zweck erfüllte. Ich würde den Seminaren dort und am Polytechnikum gleichzeitig folgen, um nicht ins Hintertreffen zu geraten. Und ich würde Herrn Einstein klipp und klar mitteilen, was meine Intentionen waren.

Ich beschloss, nun doch auf den Brief zu antworten, den ich drei Wochen nach Semesteranfang von ihm bekam. Er hatte sich meine Adresse von den Mädchen besorgt, nachdem ich ihm den ganzen Sommer nicht geschrieben hatte. In seiner krakeligen Handschrift referierte er über die Vorlesungen von Professor Weber, skizzierte die Vorträge der Professoren Hurwitz, Herzog und Fiedler und kommentierte das Pflichtseminar zur Zahlentheorie. Ich las seine Zeilen immer wieder, doch weder in noch zwischen ihnen fand sich auch nur die leiseste Anspielung auf unser Tête-à-Tête im Sihlwald. Nichts. Und doch konnte ich das Ungesagte spüren.

Es hatte mir in den Wochen seit Erhalt seines Briefes in den Fingern gejuckt, ihm zu antworten, aber jetzt war ich froh, es nicht getan zu haben. Jetzt würde ich ganz klar Position beziehen. Ich schrieb:

»Sie sagten, ich sollte Ihnen schreiben, wenn ich mich einmal langweilen sollte. Und ich bin sehr folgsam und wartete und wartete, bis die Langeweile eintreten sollte, aber bis heute ist mein Warten vergeblich gewesen.«

Ich erzählte ihm von den großartigen Vorlesungen, die ich gehört hatte, und wiederholte dabei im Großen und Ganzen, was ich bereits an Helene geschrieben hatte. Ich beendete das Schreiben mit einem Satz, von dem ich hoffte, dass er klar und deutlich war. Ich bezog mich auf ein bisschen Tratsch aus seinem Brief – nämlich dass einer unserer Mitstudenten der Mathematik das Polytechnikum verlassen habe, um Förster zu werden, nachdem seine Züricher Liebe ihn abgewiesen hatte – und schrieb: »Wie seltsam! In dieser unserer von der Boheme geprägten Zeit stehen uns so viele neue Wege offen, dass die Liebe dabei vollkommen sinnlos erscheint.«

Ich betete, mein Brief möge eindeutig genug sein: Sollte ich nach Zürich zurückkehren, würden romantische Gefühle kein Teil der Gleichung sein.

Von Herrn Einstein kam keine Antwort. Nicht im November. Nicht im Dezember. Auch nicht im Januar. Sein Schweigen war für mich ein Zeichen dafür, dass er meine Botschaft verstanden hatte. Ich konnte getrost nach Zürich zurückkehren.

Teil II

Die Änderung der Bewegung ist
der Einwirkung der bewegenden Kraft
proportional und geschieht nach der Richtung
derjenigen geraden Linie,
nach welcher jene Kraft wirkt.
– Sir Isaac Newton –

Kapitel 9

12. April 1898
Zürich

Wie Puderzucker lag eine dünne Schicht Frühlingsschnee auf der Stadt, und wie die hellen Marzipanspitzen der berühmten Desserts der Conditorei Schober ragten die eisbedeckten Kirchtürme in den Himmel, als ich nach Zürich zurückkehrte. Die Mädchen und ich fanden schnell zurück zu unseren alten Gewohnheiten: Mahlzeiten, Kartenspiel, Tee, gemeinsames Musizieren. Doch mit jedem Tag, der mich dem eigentlichen Ziel meiner Rückkehr – der neuerlichen Immatrikulation am Polytechnikum – näher brachte, wuchs meine Angst.

Darüber, dass Herr Einstein nicht auf meinen Brief geantwortet hatte, war ich zunächst erleichtert gewesen, da dieser Umstand es mir erlaubt hatte, mein Studium am Polytechnikum wiederaufzunehmen, ohne befürchten zu müssen, weiter Ziel seiner romantischen Interessen zu sein. Doch je näher unser Wiedersehen rückte, desto mehr belastete mich sein Schweigen. Ich würde den Rest unserer Studienzeit, also die nächsten zweieinhalb Jahre, mit ihm in denselben Vorlesungen sitzen. Worauf würde ich mich einstellen müssen? Dass er mir mit Verachtung begegnete, weil ich ihn abgewiesen hatte? Dass er unseren Kommilitonen die Geschichte von unserem einzigen Kuss erzählte? Würde mir unsere frühere Freundschaft zum Verhängnis werden? Mein Ruf als ernst zu nehmende Studentin war alles, was ich hatte, er durfte auf keinen Fall gefährdet werden. Ich war eine Frau, und Frauen gab man in der Wissenschaft nur eine einzige Chance.

Die Tage verstrichen, und meine Befürchtung, dass meine Rückkehr nach Zürich alles andere als klug gewesen war, verstärkte sich.

Am ersten Tag des Semesters betrat ich den Hörsaal so spät wie irgend möglich. Erst als ich hörte, wie die anderen ihre Plätze einnahmen, öffnete ich die Tür. Mein Platz war frei. Auf den anderen Plätzen saßen dieselben Studenten, die ich bereits aus dem ersten Studienjahr kannte, während meiner Abwesenheit war niemand ausgeschieden und niemand Neues hinzugekommen. War mein Platz die ganze Zeit über frei gewesen? Er sah genauso einsam und verloren aus, wie ich mich fühlte. Ich humpelte auf ihn zu, den Blick fest auf mein Ziel gerichtet, und spürte, wie Herr Einstein mich aus seinen braunen Augen ansah.

Nachdem ich mich gesetzt hatte, blickte ich zu Professor Weber. Der tat anfangs, als habe er mich gar nicht bemerkt, und sagte dann unvermittelt: »Wie ich sehe, hat Fräulein Marić sich entschlossen, das Heidelberger Hinterland zu verlassen und zu uns zurückzukehren. Ich bin sicher, sie wurde dort Zeugin einiger sehr interessanter Experimente, frage mich aber, ob sie alles wird aufholen können, was wir in der Zwischenzeit durchgenommen haben. Im ersten Semester dieses zweiten Studienjahres wurde nämlich der Grundstein gelegt für den erfolgreichen Abschluss Ihres Physikstudiums.« Dann begann er mit seiner Vorlesung.

Seine kleine Ansprache hatte mir die Hitze ins Gesicht getrieben, ich begann, mir rasend schnell Notizen zu machen, genauso schnell, wie er redete. Webers Botschaft war unmissverständlich: Mein Semester in Heidelberg konnte er nicht gutheißen. Und wahrscheinlich war er nicht der Einzige, dem meine Eskapade missfiel. Weber würde keine Nachsicht mit mir haben. Ich machte mir klar, dass die Entscheidung, zur Sektion VI zurückzukehren und meinen Weg zur Physikprofessur auch trotz Herrn Einstein weiterzubeschreiten, die richtige gewesen war. Ich durfte nicht zulassen, dass Professor Weber oder irgendjemand sonst am Polytechnikum mich als schwach wahrnahm. Ich hatte hart gearbeitet – härter als meine Kommilitonen und ganz bestimmt auch härter als Herr Einstein –, um es bis hierher zu schaffen. Bis zu diesem Punkt, an dem wir uns mit den Fragen befassen würden, die Philosophen seit Menschengedanken stellten, mit den Fragen, die die klugen Köpfe der Naturwissenschaft nun bald beantworten würden. Den Fragen danach, was es mit der Realität, dem Raum, der Zeit und allem, was dazugehörte, eigentlich auf sich hatte. Ich wollte die Newtonschen Gesetze genauer unter die Lupe nehmen – das Gesetz von Aktion und Reaktion, von Kraft und Beschleunigung sowie von Schwerkraft – und sie ins Verhältnis setzen zu den jüngsten Untersuchungen zu Atomen und Mechanik, um so herauszufinden, ob es irgendeine Theorie gab, die die scheinbar endlose Zahl natürlicher Phänomene und das Chaos erklärte. Ich wollte die neueren Ideen zu Wärme, Thermodynamik, Gasen und Elektrizität genauso untersuchen wie die ihnen zugrunde liegenden Berechnungen – Zahlen waren das Gerüst eines riesigen physikalischen Systems, auf dem alles andere beruhte. Ich war überzeugt, dass das Gottes geheime Sprache war. Das hier war meine Religion, ich befand mich auf einem Kreuzzug, und Kreuzritter konnten es sich nicht leisten, Schwäche zu zeigen. Ich spürte Herrn Einsteins Blick auf mir und fügte im Geiste hinzu, dass Kreuzritter sich auch keine romantischen Gefühle leisten konnten.

»Genug für heute, meine Herren. Heute Abend beschäftigen Sie sich bitte noch einmal mit Helmholtz. Morgen werde ich seine Theorien mit dem in Verbindung bringen, was Sie heute gehört haben.« Weber bedachte uns alle mit einem giftigen Blick und verließ mit flatternder Robe den Hörsaal. Gut, er hatte sich über mich geärgert, aber was hatten wir sonst noch getan, um seinen Zorn auf uns zu ziehen? Vermutlich hatten wir uns wieder einmal seiner für unwürdig erwiesen. Schließlich hatte er bei den großen Meistern der Physik, bei Gustav Kirchhoff und Hermann von Helmholtz, studiert.

Erst als wir uns sicher sein konnten, dass Professor Weber wirklich weg war, begannen wir, uns zu rühren. Die Herren Ehrat und Kollros begrüßten mich freundlich, und Herr Grossmann verneigte sich vor mir. Ich erwiderte ihre netten Worte und Gesten mit einem kurzen Knicks, dann spürte ich, wie Herr Einstein sich näherte. Ich beeilte mich, meine Tasche zu packen und meinen Mantel anzuziehen. Ich wollte diesen heiklen Moment auf keinen Fall vor den anderen Mitstudenten erleben. Mein Ruf und meine noch sehr fragile Beziehung zu ihnen standen auf dem Spiel.

Ein schwerer Schritt, nachziehen. Der Klang meines ungleichen Gangs hallte durch den leeren Flur vor dem Hörsaal. Ich dachte, ich wäre Herrn Einstein entkommen, doch dann hörte ich jemanden hinter mir rennen. Ich wusste, dass er es war.

»Sie sind offenbar wütend auf mich«, sagte er.

Ich antwortete nicht. Ich blieb nicht einmal stehen.

Meine Gefühle spielten regelrecht verrückt, ich hatte Angst, etwas zu sagen.

»Ich verstehe das. Ich habe Ihnen nie auf Ihren Brief geantwortet. Das war unhöflich von mir und ist unverzeihlich«, räumte er ein.

Ich verlangsamte den Schritt, schwieg aber weiter.

»Ich weiß nicht, was ich tun kann, außer Ihnen zu sagen, dass es mir aufrichtig leidtut, und Sie um Verzeihung zu bitten.«

Ich blieb stehen und überlegte, was ich antworten sollte. Meine abweisende Art schien ihn nicht gegen mich aufzubringen. Hegte ich Groll gegen ihn? Wollte er sich tatsächlich einfach nur entschuldigen – nichts weiter? Ihn wiederzusehen, weckte alte Gefühle in mir – zärtliche, warme, ja hingebungsvolle Gefühle. War eine einfache Entschuldigung das, was ich wollte? Ich war mir nicht sicher, aber ich konnte nicht zurück. Ich hatte ein ganzes Semester geopfert, um meinen unabhängigen Weg zu sichern, und ich hatte meinem Vater so einiges versprochen. Ich musste meine Gefühle verleugnen.

»Selbstverständlich verzeihe ich Ihnen, dass Sie mir nicht geantwortet haben«, sagte ich förmlich und steif. *Komm schon,* spornte ich mich selbst an. *Sei wieder die alte, neckende Mitza. Du willst doch, dass sich euer Verhältnis normalisiert, oder? Dann benimm dich jetzt auch so.* Etwas provozierend fügte ich hinzu:

»Schließlich haben Sie mir doch wohl auch verziehen, dass ich nicht nach Zürich zurückkam, oder?«

Sein Gesicht verzog sich zu einem breiten Lächeln, in den Augenwinkeln bildeten sich Lachfältchen. »Sie wissen gar nicht, wie erleichtert ich bin, Fräulein Marić. Sie waren so plötzlich weg, und ich hatte schon befürchtet –« Er brach mitten im Satz ab. Sicher hatte er gerade unseren Kuss erwähnen wollen. Er überlegte es sich anders und fuhr fort: »Sie werden Ihre Entscheidung, nach Zürich zurückzukehren, gewiss nicht bereuen – auch wenn wir an der hiesigen Fakultät nicht ganz so angesehene Professoren haben wie die Heidelberger Universität. Hier gibt es keine Lenards.«

Er fragte, ob er mich zur Bibliothek begleiten dürfe, und ich gestattete es ihm. Auf dem Weg dorthin gab er diverse Geschichten von hitzigen Debatten im Café Metropole zum Besten, von Wanderungen in den Zürcher Bergen und Bootsausflügen mit seinen Freunden auf dem Zürichsee. Die Geschichten wirkten sehr glatt und einstudiert, als hätte er sie sich extra für mich ausgedacht.

»Sie müssen unbedingt einmal mit mir und Herrn Besso segeln gehen, wenn das Wctter besser wird. Viellcicht möchten Ihre Freundinnen aus der Pension Engelbrecht ebenfalls mitkommen? Sie scheinen mir ein paar recht abenteuerlustige junge Damen zu sein«, sagte er, als wir die Bibliothek betraten.

»Nach allem, was Sie erzählt haben, klingt ein solches Unterfangen ganz schön gefährlich, und ich weiß nicht, ob wir uns dabei sicher fühlen würden«, scherzte ich.

Ein Bibliothekar kam vorbei und bedachte uns mit einem strengen Blick, auch zwei Studenten sahen wütend zu uns. Wir stellten das laute Geplänkel ein und suchten uns schnell zwei benachbarte Arbeitsplätze. Herr Einstein holte einen ganzen Stapel Notizbücher aus seiner schmutzigen Tasche. Seltsam, sonst hatte er doch immer nur ein Notizbuch bei sich?

Er reichte mir die Bücher und flüsterte: »Da steht alles drin, was Sie brauchen, um das Versäumte nachzuholen. Mitschriften von Hurwitz' Vorlesungen zu Differenzialgleichungen und Analysis. Das Wichtigste aus Herzogs Vorträgen über Materialstärke. Und ich habe versucht, jedes Detail von Webers Vorlesungen über Wärme mitzubekommen. Ach, und nicht zu vergessen Fiedlers Vorlesungen über projektive Geometrie und Zahlentheorie.«

Ungläubig blätterte ich in den Büchern. Ich hatte während meiner Zeit in Heidelberg versucht, auf dem Laufenden zu bleiben, aber offenbar hatte ich doch eine Menge versäumt. Wie sollte ich das bloß alles nachholen? Ich hatte nicht nur die Hälfte von Webers examensentscheidender Vorlesungsreihe verpasst, sondern auch all die anderen Grundlagenseminare. Ich würde mich mit all diesem Material gründlich vertraut machen müssen, bevor ich auch nur ansatzweise den nun und in Zukunft anstehenden Seminaren würde folgen können. Schlagartig ging mir auf, wie dumm es von mir gewesen war, nach Heidelberg zu gehen. Ich hatte versucht, stark zu sein und mich nicht durch einen Mann von meinem Weg abbringen zu lassen – und letztlich genau das zugelassen.

Ich bedachte Herrn Einstein mit einem matten Lächeln, das offenbar nicht reichte, um meine Sorge zu überspielen. Er brach seine Auflistung der zu lernenden Theorien und der zu beherrschenden Berechnungen ab und sah mich aufmerksam an. Ausnahmsweise einmal richtete er seine Aufmerksamkeit nicht auf sich selbst. Beruhigend berührte er mich am Oberarm. »Machen Sie sich keine Sorgen, Fräulein Marić. Sie schaffen das. Ich helfe Ihnen.«

Ich holte tief Luft. »Vielen Dank, Herr Einstein. Das ist wirklich sehr freundlich und großzügig von Ihnen, mir Ihre Notizbücher zu überlassen. Vor allem, nachdem ich einfach so verschwunden war, und nach unserem –«

Er schüttelte langsam den Kopf. Er schlug einen sehr feierlichen Ton an, den ich von ihm noch nicht kannte, als er sagte: »Reden wir nicht davon. Sie wissen, was ich empfinde, und Sie haben Ihre Haltung deutlich gemacht. Ich füge mich gerne Ihren Wünschen, um unsere Freundschaft nicht zu gefährden. Das möchte ich auf gar keinen Fall riskieren.«

»Danke«, flüsterte ich und war so hin- und hergerissen wie noch nie.

Vorsichtig strich er mir mit der Hand über den Arm. »Aber ich möchte, dass Sie eines wissen: Ich warte auf Sie. Falls Sie es sich eines Tages anders überlegen sollten.«

Während ich noch versuchte, seine Worte zu begreifen, ließ er die Hand sinken, und sein schelmisches Grinsen kehrte zurück. »Na, dann wollen wir uns mal an die Arbeit machen, Sie kleine Ausreißerin.«

Kapitel 10

8. Juni 1898
Zürich

»Wie kann er bloß die neuesten Theoretiker ignorieren? Das gehört sich einfach nicht für einen seriösen Wissenschaftler«, regte Herr Einstein sich mir und den Herren Grossmann, Ehrat und Kollros gegenüber auf, als wir bei einem Kaffee im Metropole zusammensaßen. Ich hörte zu und freute mich, dass meine Tage in Zürich nun wieder ganz genauso verliefen wie vor meinem Semester in Heidelberg. Oder vielleicht noch besser. Genau wie Herr Einstein es mir versprochen hatte.

Ich sah mich unter den mit mir am Tisch sitzenden Kommilitonen um, während Herr Einstein sich weiter echauffierte. Wir hatten uns angewöhnt, jeden Freitag nach Vorlesungsschluss in unser Lieblingscafé zu gehen. So hatte ich meine Mitstudenten, die ich bisher für wenig umgänglich und aufgeschlossen gehalten hatte, von einer ganz anderen, ja menschlichen Seite kennengelernt. Herr Ehrat erwies sich als Grübler, der sehr hart arbeitete, um seinen Studienplatz nicht zu verlieren. Der aus dem französischsprachigen Westen der Schweiz stammende Herr Kollros war ähnlich gestrickt wie Herr Ehrat und sprach mit starkem französischen Akzent. Nur Herr Grossmann, Spross einer alten schweizerischen Aristokratenfamilie, war wirklich begabt, und zwar vor allem im mathematischen Bereich.

Während sie so an ihren Tassen nippten und an ihren Pfeifen und Zigarren zogen, beklagten sie sich alle über Professor Webers stures Festhalten an klassischen Physiktheorien und seine Weigerung, sich mit neueren Ideen auseinanderzusetzen. Herr Einstein sah regelrecht wütend aus. Als er erst begriffen hatte, dass Weber in seinen Vorlesungen nichts behandeln würde, das aktueller und weiterführender war als die Theorien seines hochverehrten Lehrmeisters Helmholtz, ja nicht einmal zeitgenössische Themen wie die statistische Mechanik oder elektromagnetische Wellen, war er fuchsteufelswild geworden.

Herr Einstein ließ sich über Professor Webers Mängel aus, und mein Blick wanderte zur Uhr. Wir mussten sofort aufbrechen, wenn wir zum Musizieren mit den Mädchen pünktlich sein wollten, und Herr Einstein wusste sehr wohl, dass mir meine Verabredungen mit Helene, Milana und Ružica über alles gingen. Ich warf ihm einen Blick zu und gab ihm zu verstehen, dass es Zeit sei. Er sprang sofort auf.

Eiligst machten wir uns auf den Weg zur Pension,

doch leichter Regen, unhandliche Regenschirme, zahlreiche Pfützen und wiederholtes Gelächter erschwerten uns den Weg. Wir kamen nur zwei Minuten zu spät, doch als wir uns völlig außer Atem im Salon umsahen, war dort niemand.

»Helene? Milana? Wo seid ihr?«, rief ich. Warteten sie in ihren Zimmern auf uns? Ich konnte nicht glauben, dass unsere leichte Verspätung sie veranlasst haben sollte, sich beleidigt zurückzuziehen. »Ružica?«

»Was soll dieser Lärm, Fräulein Marić?« Frau Engelbrecht kam aus der Küche, ein frisches, grün-weißes Geschirrtuch in der Hand. Sie duldete keinerlei Form von Ungestüm in ihrer Pension.

Ich machte einen Knicks, Herr Einstein verbeugte sich. »Entschuldigen Sie bitte, Frau Engelbrecht. Ich suche die Fräuleins Kaufler, Dražić und Bota. Wir waren zum Musizieren verabredet, und Herr Einstein wollte gerne dabei sein. Sind sie in ihren Zimmern?«

Frau Engelbrecht schniefte missbilligend. »Nein, Fräulein Marić. Fräulein Dražić und Fräulein Bota machen einen kleinen Spaziergang, und Fräulein Kaufler ist im hinteren Salon.« Wieder schniefte sie. »Sie hat Herrenbesuch.« Vielsagend sah sie mich an.

Herrenbesuch? Frau Engelbrechts Wortwahl kombiniert mit dem vielsagenden Blick befremdete mich. Gut, vielleicht hatte Helene tatsächlich Besuch von einem Herrn – aber dann handelte es sich ganz sicher um einen Kommilitonen oder einen Verwandten, keinesfalls um einen Verehrer. Schließlich hatten wir einen Pakt geschlossen.

Ich hörte Geräusche vom Spielzimmer, und dann Helene, die mich rief: »Mitza? Bist du das?«

»Ja«, antwortete ich schnell. Frau Engelbrecht sah mich warnend an.

Helene trat auf den Flur, ein breites Lächeln auf dem Gesicht. »Ach, wie schön, dass du da bist. Ich möchte dir jemanden vorstellen.«

Als sie mich in das Spielzimmer ziehen wollte, bemerkte sie Herrn Einstein hinter mir. Sie hielt inne. »Ach, Herr Einstein. Sie sind auch hier.«

»Ich dachte, meine Geige sei vonnöten für Beethoven?«, sagte er.

»Ach, unser kleines Konzert!« Sie schlug sich die Hand vor den Mund. »Das habe ich ja ganz vergessen. Entschuldigung! Entschuldige bitte, Mitza. Entschuldigen Sie bitte, Herr Einstein. Und bei Milana und Ružica werde ich mich auch noch entschuldigen. Wo sind sie denn?«

»Spazieren«, sagte ich.

»Oh, nein. Um diese Uhrzeit? Sie sind bestimmt wütend auf mich.«

»Mach dir bitte keine Gedanken, Helene. Ich habe unsere Musizierstunde auch schon des Öfteren vergessen. Und mir wurde verziehen«, sagte ich, um ihr ihre eigene Nachsicht in Erinnerung zu rufen.

Und um sie ein wenig abzulenken, wechselte ich das Thema: »Du sagtest, du wolltest uns jemanden vorstellen?«

»Ach, ja.« Sie lächelte wieder. Vielleicht handelte es sich um einen ihrer Vettern, von denen sie oft mit großer Zuneigung erzählte.

Helene zog mich nun endgültig in das Spielzimmer und deutete auf einen dunkelhaarigen Herrn, der auf einem der filigranen Stühle am Spieltisch saß und ihn mit seiner Leibesfülle fast unter sich begrub. Der stattliche Herr erhob sich.

Er verneigte sich erst vor Herrn Einstein, der mir in das Zimmer gefolgt war, dann vor mir, und sagte mit starkem Akzent: »Milivoje Savić. Sehr angenehm.«

Herr Einstein und ich stellten uns vor, dann erklärte Helene fast flötend: »Herr Savić und ich sprachen gerade von dir, Mitza. Ich habe ihm erzählt, dass meine beste Freundin auch aus Serbien stammt.«

Dass Helene mich ihre beste Freundin nannte, freute mich, aber ihr Kompliment konnte meine Besorgnis nicht zerstreuen. Wer war dieser Herr Savić, und warum machte Helene so ein Aufhebens um ihn? Ich hatte noch nie zuvor von ihm gehört, und sie stellte ihn auch nicht als Verwandten oder Mitstudenten vor. War er womöglich doch ein Verehrer, wie Frau Engelbrecht mit Blicken angedeutet hatte? So, wie Helene sich aufführte – sie kicherte wie ein

Schulmädchen und wuselte ständig um ihn herum –, lag der Verdacht nah.

»Herr Savić ist Chemieingenieur und dienstlich in Zürich, um sich im Auftrag einer Textilfabrik in Užice die Abläufe in anderen Fabriken anzusehen. Er ist auch Serbe«, sagte Helene, als würden sein beruflicher Hintergrund und seine serbische Herkunft alles erklären.

Ich wusste nicht, was ich sagen sollte. Die Anwesenheit dieses Herrn und die Wirkung, die er offenbar auf meine unerschütterliche Helene hatte, verwirrten mich. Selbst Herr Einstein verhielt sich ungewöhnlich still.

Als Schweigen eintrat, versuchte Helene, die Gesprächslücke zu füllen. »Ich – ich dachte, ihr beiden hättet vielleicht vieles gemeinsam, Mitza.«

Ich fand die Sprache wieder und hieß ihn auf Serbisch willkommen. »*Dobrodošao.* Wie schön, hier in Zürich einen Landsmann zu treffen, Herr Savić.«

»*Hvala.*«

Helene und Herr Savić wandten sich wieder einander zu und setzten ihr früheres Gespräch fort. Ich wartete darauf, mit einbezogen zu werden, aber ich bekam das Gefühl, überflüssig, ja unerwünscht zu sein.

»Wir entschuldigen uns«, sagte ich, um das leise Geplänkel zu unterbrechen. »Herr Einstein und ich haben noch zu lernen.«

Helene sah uns an, als sei ihr völlig entfallen, dass wir auch noch da waren. »Ja, natürlich! Das Studium. Fräulein Marić ist in Zürich, um Physik zu studieren, Herr Savić. Und Herr Einstein auch.«

Herr Savić hob erstaunt die Augenbraue. »Physik? Ich muss schon sagen, Fräulein Marić. Sehr beeindruckend.«

Diese Reaktion dämpfte meine Abneigung ihm gegenüber ein wenig, die meisten Männer befremdete nämlich die Vorstellung von einer Frau in der Physik. Ich wollte Herrn Savić jedoch klarmachen, dass Helene nicht weniger Respekt verdiente.

»Aber nicht ganz so beeindruckend wie Fräulein Kauflers historisches Wissen, Herr Savić, das versichere ich Ihnen.«

Herr Savić sah Helene in die Augen. »Ich hoffe sehr, bald zu erfahren, wie umfassend Fräulein Kauflers geschichtliches Wissen ist.«

Helene strahlte Herrn Savić an, und in der erdrückenden Stille, die sich breitmachte, verließen Herr Einstein und ich das Zimmer. Kaum im Flur, flüsterte er mir zu: »Dieser Savić spricht ja mit einem enormen serbischen Akzent. Ich habe ihn kaum verstanden. Ihr Deutsch ist so viel besser als seins. Ich wollte Sie schon immer einmal fragen, wo Sie so gut Deutsch gelernt haben?«

»Mein Vater hat mit uns zu Hause nur Deutsch gesprochen. Weil es in Österreich-Ungarn die Sprache des Erfolgs ist. Serbisch haben wir Kinder nur mit unserer Mutter und den Bediensteten gesprochen«, antwortete ich flüsternd und tonlos. Was war das, dessen Zeugin ich gerade geworden war?

Als Herr Einstein und ich über die Schwelle zum Salon treten wollten, tauchte Helene wieder auf und fasste mich beim Arm. Ich bedeutete Herrn Einstein, ohne mich vorauszugehen.

»Ich wollte nur sichergehen, dass du nicht böse mit mir bist.« Flehentlich sah sie mich an.

»Weil du unsere Verabredung vergessen hast? Ach, was. Ich sagte doch bereits, ich bin überhaupt nicht böse.«

Sie atmete aus. »Gut. Das fände ich nämlich ganz schwer auszuhalten.« Ich konnte merken, dass sie sich nicht nur um die vergessene Verabredung zum Musizieren sorgte.

»Musst du nicht zurück zu deinem –« Sollte ich es wagen, »Verehrer« zu sagen? Ich wollte wissen, wer genau dieser Mann war, aber als ich ihren ängstlichen Blick sah, bremste ich mich. »Besuch?«

»Meinem Besuch?« Ihre Augen begannen wieder zu glänzen. »Ja, ich gehe wohl besser zurück.«

»Wie hast du ihn eigentlich kennengelernt?«

»Herr Savić stand gestern vor der Tür, um mir einen Besuch abzustatten. Seine Familie ist recht gut mit meiner Tante bekannt, und sie hatte vorgeschlagen, er solle mich einmal aufsuchen. Wir haben uns ganz wunderbar unterhalten und so viele Gemeinsamkeiten entdeckt, und als er dann fragte, ob er heute wiederkommen dürfe, habe ich Ja gesagt.« Sie lächelte unablässig.

»Du hattest ihn gestern gar nicht erwähnt.«

»Wahrscheinlich, weil ich bis heute nicht wusste, dass er erwähnenswert war.« Sie verstummte, das Lächeln verschwand. Sie begriff, was sie da gerade mehr oder weniger eingeräumt hatte.

»Macht er dir den Hof, Helene?« Ich musste es wissen. Was würde aus unserem Pakt werden, wenn sie sich in Herrn Savić verliebte?

»Ich weiß es nicht, Mitza. Ich – ich will nicht gegen unseren Pakt verstoßen, aber –« Sie geriet ins Stocken und verstummte.

»Aber was?«

»Würdest du mir gestatten, herauszufinden, was Herr Savić für mich bedeutet?« Ihr Ton und ihr Blick waren inständig.

Mein Magen zog sich zusammen. Ich hatte auf ein herzliches, die Sache abtuendes Lachen gehofft. Doch wie es aussah, blieb mir nur zu hoffen, dass diese ganze Angelegenheit eine flüchtige war. Oder dass Milivoje Savić die Stadt bald wieder verlassen würde.

Ich wollte »Nein!« rufen. Ich wollte sie schütteln und sie an unsere gemeinsame Vision von einem erfüllten Berufsleben erinnern, in dem wir keinen

Ehemann brauchten. Aber wie hätte ich das tun können? »Natürlich, Helene.«

»Ich danke dir für dein Verständnis. Und jetzt gehe ich wohl besser zurück.«

Helenes langer Rock schleppte hinter ihr her über den Boden, als sie in das Spielzimmer zurückkehrte. Ich sah ihr nach, bis der letzte Fitzel des Saums verschwunden war, als hätten wir uns gerade voneinander verabschiedet. Und in gewisser Weise hatten wir das auch.

Ich ging zurück zum Salon. Der Raum sah genauso aus wie immer: die mit rosa Damast bezogenen Stühle, auf denen mein Vater und ich saßen, als wir zum ersten Mal in der Pension Engelbrecht waren; das Klavier, an dem Milana so fleißig ihre Stücke übte; die bestickten Sessel, auf denen Helene und ich immer mit unseren Instrumenten saßen. Ich konnte die süßen Klänge von Mozart, Bach, Beethoven und Vivaldi förmlich hören. Und doch hatte der Salon sich vollständig verändert, als hätte ein riesiger Schwamm all die schönen Erinnerungen und die hier geschmiedeten Pläne ausgewischt.

Die Zukunft war wieder völlig ungewiss.

Kapitel 11

8. Dezember 1899
Zürich

Herr Einstein strich mit dem Bogen über die Saiten seiner Geige. Eine langsame, fast schon träge Bewegung, die großartige, den ganzen Raum erfüllende Klänge hervorbrachte. Mit geschlossenen Augen konnte ich mir fast bildlich vorstellen, wie wundervolle, unsichtbare Klangwellen sich durch den Raum bewegten – fast wie die erst vor wenigen Jahren von Wilhelm Röntgen entdeckten X-Strahlen. Ich konnte mir auch die Noten vorstellen, wie sie mich zärtlich umspielten.

Ich errötete. Träumte ich von der Musik oder von Herrn Einsteins Händen?

Ich wandte mich von Herrn Einstein und seiner Geige ab, setzte mich etwas bequemer auf der Klavierbank zurecht und richtete den Blick auf die Tasten. Obwohl ich nun nicht mehr sehen konnte, wie er seine Geige wiegte, bewegte seine Musik mich sehr. Nicht, weil sein Spiel besonders virtuos gewesen wäre, sondern weil es unvergleichlich gefühlvoll war.

Ich schüttelte den Kopf, um wieder klarer denken zu können. In wenigen Takten kam mein Einsatz, und ich wollte ihn keinesfalls verpassen, nur weil ich von Herrn Einstein träumte. Seit über einem Jahr bekämpfte ich jegliche Impulse dieser Art, da wollte ich mich jetzt nicht wegen ein bisschen hübscher Musik geschlagen geben.

Ich hatte meine Gefühle für Herrn Einstein im vergangenen Jahr lediglich unterdrückt – verschwunden waren sie nicht. Wenn überhaupt, dann waren sie nur noch stärker geworden. Manchmal fragte ich mich, ob es womöglich dumm von mir war, die Freundschaft zu Herrn Einstein weiterzupflegen, ob das meine Gefühle vielleicht eher befeuerte denn dämpfte. Aber ich war fest entschlossen, den Weg der Physik zu gehen, und den ging er nun mal auch, rief ich mir zum hundertsten Mal allein an diesem Tag in Erinnerung. Ich konnte ihn schlecht ignorieren, zumal er auch mein Laborpartner war.

Meine Finger schwebten über den Klaviertasten, bereit für meinen Einsatz, als schrille Rufe im Haus zu hören waren. Wir schraken beide auf, und Herr Einstein hörte auf zu spielen.

»Du Dummerchen! Das ist mein Regenschirm!«, quietschte eine junge, ausgelassene Frauenstimme.

»Tatsächlich? Er sieht aber genauso aus wie meiner!«, antwortete eine andere.

Es waren Ružica und Milana.

Ich erhob mich von der Klavierbank. Da waren sie ja endlich, mit vierzig Minuten Verspätung. Die beiden behaupteten immer häufiger, es nicht rechtzeitig zu unseren früher heiligen Verabredungen zum gemeinsamen Musizieren vor dem Abendessen zu schaffen. Ihre Ausreden umfassten alles von Lerngruppentreffen an der Universität über Vorlesungen am späten Nachmittag bis zu schierem Vergessen – und doch hatte sich ein Muster abgezeichnet: Wenn sie wussten, dass Helene nicht kam – und das geschah immer häufiger, da sich ihr Verhältnis zu Herrn Savić beständig vertiefte –, oder dass Herr Einstein dabei sein würde, waren Ružica und Milana unabkömmlich.

Ich strich meinen Rock glatt und atmete tief durch, um die Mädchen nicht mit meiner offenkundigen Enttäuschung zusätzlich zu vergraulen. Dann steckte ich den Kopf zur Tür hinaus. »Hallo, ihr beiden! Herr Einstein und ich wollten gerade anfangen, würden uns aber sehr freuen, wenn ihr mitspielt. Was sagt ihr?«

Milana warf Ružica einen undurchschaubaren Blick zu. Was hatte der zu bedeuten? Früher hatte ich solche Blicke genauso leicht entschlüsseln können wie die meines Vaters, aber jetzt waren sie für mich wie Hieroglyphen. War Helene es gewesen, die unser einst so ausgelassenes Kleeblatt zusammengehalten hatte? Wenn ja, dann schienen Ružica, Milana und ich uns immer mehr voneinander zu entfernen. Bald wären wir nicht mehr als entfernte Freundinnen und Teil der allabendlichen Tischgesellschaft. Selbst wenn ich ihnen beim Abendessen gegenübersaß, waren sie nicht mehr richtig bei mir, und sie fehlten mir.

Milana antwortete für sie beide. »Das ist wirklich sehr freundlich von dir, Mileva, aber Ružica und ich haben uns gerade noch unser Leid darüber geklagt, dass wir noch so viel zu tun haben. Wir ziehen uns besser bis zum Abendessen in unsere Zimmer zurück.«

»Ja, genau, Mileva. Nicht jeder kommt mit so wenig Schlaf aus wie du«, sagte Ružica und zwinkerte mir freundlich zu. Ich war bekannt dafür, die ganze Nacht hindurch zu lernen – bei offenem Fenster, um nicht einzuschlafen. Ružica war jetzt, wo wir uns voneinander entfernt hatten, die Freundlichere von den beiden.

Sie bedachten mich mit einem ausgesucht höflichen Lächeln – einem Lächeln, das man älteren Tanten schenkte, aber nicht einer engen Freundin – und stapften die Treppe hinauf. Wütend und verletzt kehrte ich in den Salon zurück. Herr Einstein und ich hatten nach unserem wöchentlichen Kaffee-Stelldichein mit den anderen Studenten im Café Metropole auf einen Spaziergang verzichtet und waren gleich zur Pension gegangen, nur um mit den Mädchen zusammensein zu können. Und das war der

Dank dafür? Was hatte ich ihnen getan, dass sie mich auf diese – wenn auch freundliche – Weise abwiesen?

Ich setzte mich wieder ans Klavier. Legte die Finger auf die Tasten. Unter Herrn Einsteins Blicken machte ich da weiter, wo wir lautstark unterbrochen worden waren. Ich hämmerte auf das Instrument ein, ließ meine ganze Wut in die Töne fließen, bis sie sich langsam wieder legte und meine Finger unzusammenhängend die letzten Takte spielten.

»Ihre Freundinnen haben keine Zeit mehr, mit uns zu musizieren«, sagte Herr Einstein. Er hatte alles mitangehört, was die Mädchen sagten, was ich sagte.

»Ja«, antwortete ich unkonzentriert. »Das behaupten sie jedenfalls.«

Warum schlossen Ružica und Milana mich von allem aus? Warum beschränkten sie sich auf den allernötigsten Umgang mit mir? Ich verstand einfach nicht, was ich getan haben konnte, um das zu rechtfertigen. Meine Freundschaft mit Helene blieb doch auch bestehen, obwohl sie so viel Zeit mit Herrn Savić verbrachte. Ihre romantische Verbindung war ein ziemlicher Schock für mich gewesen, aber wenn ich sah, wie Helene vor Glück strahlte, konnte ich einfach nichts dagegen haben.

Ich brach mein Spiel ab. Vielleicht war ich gar nicht der Grund für Ružicas und Milanas Distanziertheit. Vielleicht war Herr Einstein der Grund. Seit Helene so häufig außer Haus war, fand er sich umso häufiger als mein Gast ein. Hatten Ružica und Milana etwas gegen ihn? Sein ungepflegtes Auftreten, seine Aufdringlichkeit, seine Witze, seine ständige Anwesenheit in der Pension, seine Eigenartigkeit? Genau das waren die Eigenschaften, die ich an ihm mochte. Er war so respektlos und anders als ich, und ebendas faszinierte mich an ihm. Ließen sie mich für seine Sünden büßen?

»Was ist los?«, fragte er.

»Nichts«, antwortete ich abgelenkt.

»Fräulein Marić, wir sind jetzt schon so lange befreundet. Da ist kein Platz für Lügen.«

Er irrte. Ich belog ihn jeden Tag, mit Worten und mit Taten. Ich spielte ihm eine Mileva Marić vor, die nicht mehr war als seine Mitstudentin und platonische Freundin. Und ich belog mich selbst, indem ich versuchte, mir einzureden, ich müsse nur lange genug so tun, als bedeute er mir nichts, dann würde es irgendwann wahr.

Ich hatte genug von der Schauspielerei.

Ich sah zu ihm. Herr Einstein saß auf seinem Stammplatz auf dem Kanapee beim Kamin und stimmte seine Geige. Ich beobachtete ihn dabei, wie er behutsam den Hals des Instruments umfasste und an den Wirbeln drehte, dabei die Pfeife im Mund hatte und immer wieder paffte. Während der Pfeifenrauch aufstieg und Herr Einstein an den Saiten zupfte, ging mir auf, dass sich meine Gefühle für ihn seit Heidelberg nur noch verstärkt hatten. Wieso klammerte ich mich an diese Lügen? Meines Vaters wegen? Weil ich Helene etwas versprochen hatte, das sie nun selbst nicht hielt? Meine Entscheidung, nicht weiter auf Herrn Einsteins Annäherungsversuche einzugehen, war – abgesehen von meinem Vater – am stärksten von Helene beeinflusst gewesen, und jetzt verlor ich sie an Herrn Savić. Hatte ich Herrn Einstein – und die Aussicht auf eine unverhoffte Liebe – für nichts und wieder nichts geopfert? Für ein Leben in Einsamkeit, mit nichts als meiner Arbeit? Ružica und Milana würden jedenfalls nicht mein Trostpreis, meine Entschädigung für Helene und Herrn Einstein sein. Früher war die Vorstellung von einem Leben als unverheiratete Wissenschaftlerin eine romantische gewesen. Jetzt war sie ernüchternd.

Dieses Mal würde es nicht so ablaufen wie im Sihlwald. Dieses Mal würde ich vorbereitet sein. Ich würde nicht weglaufen. Ich würde die Gelegenheit beim Schopfe packen und mein Leben so gestalten, wie *ich* es mir erträumte.

Herr Einstein ließ die Geige sinken und sah zu mir auf. Ich erhob mich und setzte mich auf einen Stuhl neben ihn. Ich neigte mich ihm zu, so nah, dass ich seinen Atem im Gesicht spüren konnte und seinen Schnurrbart an meinen Lippen. Er rührte sich nicht. Ich hatte Schmetterlinge im Bauch. War es zu spät?

»Sind Sie sicher, Fräulein Marić?«, flüsterte er. Ich spürte seinen Atem auf meiner Haut.

»Ich glaube, ja«, sagte ich stockend. Ich hatte furchtbare Angst.

Er fasste mich bei den Unterarmen. »Ich bin unsterblich in Sie verliebt, Fräulein Marić. Ich verspreche Ihnen, dass meine Liebe Sie niemals in Ihrer beruflichen Entwicklung behindern wird. Im Gegenteil, meine Liebe wird Sie weiter vorantreiben. Gemeinsam werden wir das perfekte Paar abgeben – Bohemiens, privat und beruflich auf Augenhöhe.«

»Versprochen?« Meine Stimme bebte. Würden Herr Einstein und ich ein Leben führen können, von dem ich nicht einmal zu träumen gewagt hatte? Oder sogar ein noch besseres?

»Versprochen.«

»Dann bin ich mir sicher«, hauchte ich.

Genauso behutsam, wie er eben noch seine Geige berührt hatte, drückte er nun seine Lippen auf meine. Sie waren genauso weich, wie ich sie in Erinnerung hatte. Ich erwiderte seinen Kuss.

Izgubio sam se. Ich war verloren.

Kapitel 12

12. Februar 1900
Zürich

»Ich verspreche Ihnen, dass er morgen wieder anwesend sein wird, Professor Weber.« Albert fehlte diese Woche bereits zum dritten Mal, und ich versuchte, Weber milde zu stimmen.

»Es würde mir leichterfallen, über seine Abwesenheit hinwegzusehen, Fräulein Marić, wenn ich Ihnen glauben könnte, dass er wirklich krank ist. Doch wie Sie sich erinnern werden, fehlte er auch letzte Woche schon angeblich aufgrund eines Gichtanfalls – und dann sah ich ihn abends auf meinem Weg nach Hause in einem Café auf der Rämistraße. Es ging ihm also gut genug, um im Café zu sitzen, aber nicht gut genug, um im Hörsaal zu sitzen.« Webers Nasenlöcher blähten sich auf, und ich sah ein, dass ich mit meinem Flehen nicht weit kommen würde.

»Ich gebe Ihnen mein Wort, Professor Weber. Und Sie haben keinen Grund, an meinem Wort zu zweifeln, oder?«

Weber atmete hörbar aus, was mehr nach einem wütenden Esel klang denn nach einem Seufzer. »Wieso nur machen Sie sich so stark für ihn, Fräulein Marić? Fast, als wäre er Ihr Mündel, und nicht nur Ihr Laborpartner. Herr Einstein ist ohne Frage klug, aber er hält sich für klüger als alle anderen und glaubt, dass niemand ihm etwas beibringen kann. Professor Pernet ist noch viel erzürnter über sein Benehmen als ich.«

Wenn auch mein Flehen nicht viel brachte, so konnte ich nun zumindest sicher sein, dass Weber Albert und mich immer noch für nichts weiter als Kommilitonen hielt. Wir hatten versucht, unser Verhältnis vor unseren Mitstudenten und Alberts Freunden geheimzuhalten und den Austausch von Zärtlichkeiten auf verstohlene Blicke und unauffällige Berührungen unserer Hände unter dem Cafétisch im Metropole zu beschränken. Ich wollte auf gar keinen Fall, dass meine Kommilitonen und Alberts Freunde mich auf einmal anders behandelten, wie es so oft passierte, wenn eine Frau von der Kollegin zur Geliebten wurde. Als wenn sie im Rahmen dieses Rollenwechsels schlagartig ihre intellektuellen Fähigkeiten verlöre. Ich vermutete, dass Herr Grossmann Bescheid wusste – einmal hatte ich aus Versehen seine statt Alberts Hand unter dem Tisch berührt –, aber er verhielt sich mir gegenüber vollkommen unverändert.

Professor Webers Frage schien mir eine winzige Öffnung in seinem sonst so undurchdringbaren

Panzer zu sein. Ich beschloss, das Risiko auf mich zu nehmen, ihn zu verärgern, und drängte einmal mehr: »Bitte, Professor Weber.«

»Gut, Fräulein Marić. Aber nur, weil Sie einen so unerschütterlich guten Ruf haben. Sie sind eine vielversprechende Studentin, mit Ihrem Intellekt und Ihrem Fleiß werden Sie es weit bringen. Sie haben sich sogar von der rätselhaften Entscheidung, ein Semester in Heidelberg zu verbringen, erholt. Ich sehe hoffnungsvoll in Ihre Zukunft.«

Ich staunte. Professor Weber geizte grundsätzlich mit Komplimenten, und dass er mir nun so offen eines aussprach, war sehr ungewöhnlich. Außerdem wusste nur ich, dass ich in Wirklichkeit immer noch mit den Folgen meiner Entscheidung, ein Semester in Heidelberg zu studieren, kämpfte. Erleichtert darüber, dass er sich noch einmal nachsichtig mit Albert zeigte, wollte ich ihm gerade danken, als ich bemerkte, dass er noch nicht fertig war.

»Richten Sie Herrn Einstein aus, Fräulein Marić, dass, sollte er morgen wieder fernbleiben, nicht nur sein eigener Ruf auf dem Spiel steht, sondern auch der Ihre.«

*

»Mein liebes Doxerl«, begrüßte Albert mich neckend, als ich den Salon der Pension Engelbrecht betrat. Er hatte es sich mit einem Buch auf dem Schoß und der

Pfeife im Mund auf dem Kanapee bequem gemacht und wartete auf mich.

Ich hatte keine Lust, ihn meinerseits mit seinem Kosenamen Jonzerl anzusprechen. Ich hatte überhaupt keine Lust, mit ihm zu sprechen.

Ich war gründlich verstimmt. Albert hatte beschlossen, Webers Vorlesungen zu schwänzen, um Zeit für das Selbststudium zu haben – und das hatte mich nun in die Situation gebracht, meinen eigenen guten Ruf aufs Spiel gesetzt zu sehen. Albert glaubte, gemeinsam mit mir die ganz großen Fragen der Naturwissenschaften beantworten zu können – aber nur, wenn ich weiter zu den Vorlesungen ging und mir minutiös Notizen zu Webers konservativen Vorträgen machte, während Albert zu Hause blieb und sich mit moderneren Physikern wie Boltzmann beschäftigte. Albert stellte sich vor, dass wir unser so jeweils erworbenes Wissen über ältere und neuere Theorien zusammentrugen und gemeinsam damit weiterarbeiteten. Gegenwärtig befassten wir uns mit der Erforschung der Natur des Lichts sowie mit Elektromagnetismus. Für mich bedeutete diese Art des Arbeitens, dass ich noch mehr Nächte als üblich durchmachen und Doppelschichten arbeiten musste, da ich ja auch noch den während meiner Zeit in Heidelberg versäumten Stoff nachholte. Dennoch hatte ich willig und begeistert an diesem Experiment eines modernen Paares teilgenommen. Bis heute.

Albert legte unser gemeinsames Exemplar des *Lehrbuches der Optik* von Paul Drude beiseite und nahm meine Hand. Er drückte sie sich an die Wange und säuselte: »So ein kaltes Händchen. Ich werde es für dich wärmen.«

Ich sagte immer noch nichts. Als er versuchte, mich zu sich aufs Kanapee zu ziehen, blieb ich stehen.

»Wie lief es mit Weber, Doxerl?«

Normalerweise liebte ich es, wenn er mich so nannte. Doch heute störte es mich. Ich wollte kein »Püppchen« sein.

»Nicht so gut, Albert. Er hat nur unter einer Bedingung zugestimmt, dich morgen wieder an der Vorlesung teilnehmen zu lassen. Ich musste mit meinem guten Ruf dafür einstehen. Und das habe ich getan.«

Er ließ meine Hand los, erhob sich und sah mir ins Gesicht. »Ich verlange dir zu viel ab, Doxerl. Das tut mir leid.«

»Albert, einer von uns beiden muss dieses Studium mit Erfolg abschließen, wenn deine Pläne für unser unkonventionelles Leben aufgehen sollen. Wovon sollen wir sonst leben? Keiner von uns wird je Physik unterrichten, wenn du durchfällst, weil du den Vorlesungen fernbleibst, und ich durchfalle, weil ich versprochen habe, du würdest wieder erscheinen«, ermahnte ich ihn, doch es fiel mir schwer, hart zu bleiben, während er sich bei mir entschuldigte und mich flehentlich ansah. Ich war schwach. Und das wusste er.

»Komm her, mein Doxerl.«

Ich machte einen kleinen, winzigen Schritt auf ihn zu und vermied es, ihm wieder in seine treuherzigen Augen zu sehen.

»Näher, bitte«, sagte er.

Ich reckte den Hals, um zu sehen, ob jemand im Flur war. Wenn irgendjemand uns so nah beieinander sah, wäre das das Ende meines Aufenthaltes in der Pension Engelbrecht. Körperkontakt war einer der gröbsten Verstöße überhaupt gegen die Hausordnung.

Ich machte noch einen Schritt, und er zog mich eng an sich heran. Er flüsterte mir ins Ohr: »Du bist so gut zu deinem Jonzerl. Ich verspreche dir, dass ich niemals wieder so viel von dir verlangen werde.«

Schauer liefen mir den Rücken hinunter. Ich schmiegte mich an Albert. Gerade, als unsere Lippen zusammenfanden, fiel die Haustür ins Schloss, und wir fuhren auseinander. Ružica und Milana steckten die Köpfe in den Salon, doch als sie uns sahen, entschuldigten sie sich höflich, aber kühl, und steuerten das Spielzimmer an. Wir fanden nur noch zueinander, wenn Helene dabei war, und die befand sich gerade in Serbien, um Herrn Savićs Familie kennenzulernen. Die beiden hatten sich vor Kurzem verlobt.

Albert wusste, wie sehr mich Ružicas und Milanas Verhalten aufbrachte. Er nahm meine Hand. »Nicht aufregen, Doxerl. Die sind doch nur neidisch. Helene hat Herrn Savić, und du hast mich. Die beiden haben nur sich.«

Ich drückte seine Hand. »Ja, du hast sicher recht, Jonzerl.« Ich wagte nicht, ihm zu sagen, dass ich schon seit Längerem den Verdacht hegte, er könne das eigentliche Problem sein.

»Das gibt uns mehr Zeit zum Lernen, Doxerl. Sieh es mal von der positiven Seite.«

Wir setzten uns nebeneinander auf das Kanapee, unsere Beine sehr nah beieinander, ohne dass sie sich berührten, und tauschten uns über das neu Gelernte aus. Albert amüsierte sich über Webers Vorlesung, und ich staunte über Drudes Beschreibungen verschiedener Lichttheorien. Drude zufolge war die Debatte über die Natur des Lichtes gleichzeitig eine Debatte über die Natur der unsichtbaren Leere des Universums, was hervorragend zu meiner ganz persönlichen Ansicht passte, dass die Erklärungen für die Geheimnisse Gottes in der Naturwissenschaft zu finden waren. Albert würde sich vermutlich lustig machen über derlei, aber ich war fest davon überzeugt. Bestand das Licht aus winzigen Partikeln oder Äther, wie Newton postulierte, oder war Licht eine Art uns umgebende, unsichtbare Flüssigkeit, wie René Descartes glaubte? Oder war Licht, wie James Clerk Maxwell faszinierenderweise behauptete, ein Tanz zwischen elektrischen und magnetischen Feldern?

Und würde man dieses Postulat – dass Lichtstrahlen elektromagnetische Schwankungen waren – durch mathematische Gleichungen belegen können? Wir beschäftigten uns lange und eingehend mit dieser Theorie des Elektromagnetismus und beschlossen, der Sache mit einer gesunden Portion Zweifel und mathematischer Analyse auf den Grund zu gehen. Unser Credo dabei lautete, auf die Schlichtheit von Zusammenhängen zu vertrauen und komplizierte, veraltete Ideen zu meiden, wenn nötig. Ich musste Albert, der immer wieder vom Thema abkam, beständig daran erinnern.

Es klingelte zum Abendessen, aber ich wollte mich noch ein bisschen länger mit Drude befassen. Ich schlug das Buch ganz hinten am Anhang auf, wo ich eine Anmerkung nachsehen wollte, als ein Stück Papier zu Boden segelte. Ich hob es auf und bemerkte einen blumigen Geruch. Ein kurzer Blick verriet mir, dass die Schrift darauf nicht Alberts unleserliche Klaue war, sondern eine mir unbekannte Handschrift.

Wer hatte diesen wohlriechenden Brief geschrieben, den Albert so sorgfältig zusammengefaltet ganz hinten im Drude aufbewahrte? Mein Magen zog sich zusammen, als ich noch genauer hinsah. Es handelte sich ganz eindeutig um eine weibliche Handschrift. Ich betete, es möge die seiner jüngeren Schwester Maja sein, nicht die seiner Mutter. Alberts Schwester war auf seiner Seite die einzige direkte Verwandte, die unser Verhältnis überhaupt noch guthieß.

Im letzten Herbst hatten Alberts Eltern, Pauline und Hermann Einstein, zusammen mit Maja Station in Zürich gemacht. Sie waren auf dem Weg nach Aarau, wo Maja studieren und bei den Winterlers, alten Freunden der Familie, wohnen sollte. Ich hatte mich mit der liebenswerten, gescheiten Maja sofort gut verstanden. Sie erinnerte mich an meine Schwester Zorka, und wir hatten viele Gemeinsamkeiten und damit reichlich Gesprächsstoff.

Ganz so entspannt verhielt es sich leider weder mit Alberts stillem, Achtung gebietendem Vater, noch mit seiner unendlich spießbürgerlichen Mutter. Als Albert mich ihnen beim Nachmittagstee in einem Zürcher Café mit ausladender Geste und einem leicht anzüglichen Lächeln, das mich sofort erröten ließ, vorstellte, musterte seine Mutter mich sofort von Kopf bis Fuß. Ihre kalten grauen Augen passten dabei perfekt zu ihrem Gebaren und sogar zu ihrem grau gestreiften Kleid. Unter ihrem unerbittlichen Blick kam ich mir sehr klein, dunkel und hässlich vor.

Ich schwieg zunächst und sah hinüber zu Alberts Vater, da ich davon ausging, dass diese Menschen den üblichen Gepflogenheiten folgten und der Vater als das Familienoberhaupt als Erster das Wort an mich richten würde. Doch mir wurde schnell klar, dass nicht der formidable Herr mit seinem sorgfältig gewachsten Schnurrbart und dem Zwicker auf der Nase in dieser Familie das Sagen hatte, sondern seine Frau. Vielleicht war das schon immer so gewesen, oder vielleicht war es eine Folge der diversen geschäftlichen Misserfolge des Herrn Einstein.

»Das ist also das berühmte Fräulein Marić«, sagte Frau Einstein schließlich. An Albert gerichtet, nicht an mich. Als wäre ich überhaupt nicht anwesend.

»Ja, genau«, sagte Albert.

Ich konnte förmlich hören, wie er dabei lächelte, und das gab mir genügend Auftrieb, um zu sagen: »Freut mich sehr, Sie endlich kennenzulernen, Frau Einstein. Ihr Sohn spricht so oft und mit so großer Zuneigung von Ihnen.«

Sie nahm das Kompliment mit einem diffusen Nicken in Alberts Richtung zur Kenntnis, richtete dann ihren stählernen Blick auf mich und sprach mich erstmals direkt an. »Ihre Familie stammt aus –« Sie legte eine dramatische Pause ein, als würde allein die Aussprache meiner Heimatstadt ihr Pein bereiten. »Novi Sad, richtig?«

»Richtig, dort bin ich aufgewachsen. Zumindest zeitweise. Und meine Eltern halten sich dort immer noch einen Teil des Jahres auf«, antwortete ich und zwang mich zu einem Lächeln.

Nach einer längeren Pause sagte sie: »Wie ich höre, sind Sie nicht weniger gescheit als mein Albert.«

Das war kein Kompliment, und ich wusste nicht,

was ich darauf erwidern sollte. Albert hatte mir seine Mutter als eine Frau geschildert, die zwar erschreckend spießbürgerliche Ansichten und Ideale hatte, ansonsten aber vollkommen harmlos war. Mit ihrer letzten Anmerkung wurde mir klar, dass das nicht stimmte. Diese Frau übte auf hinterlistige Weise Macht über ihre Familie aus, und sie hatte im Sinn, diese in Bezug auf Albert und mich auszunutzen. Ich ahnte nichts Gutes, denn sie machte kaum einen Hehl daraus, dass sie nichts von mir hielt.

Was hatte ich ihr getan? Warum mochte sie mich nicht? Lag es daran, dass ich keine Jüdin war? Albert hatte mir erzählt, er sei sehr weltlich erzogen worden, darum konnte ich mir nicht vorstellen, dass die Religion der einzige Grund für ihre Ablehnung sein sollte. Lag es daran, dass ich Studentin an einer Universität war und mich nicht wie eine Frau mit traditionellen Ansichten auf die Ehe vorbereitete? Auch das konnte nicht der Fall sein, schließlich schickten Alberts Eltern seine Schwester Maja nun auch auf die Universität. Vielleicht konnte sie mich einfach nur deshalb nicht leiden, weil ich Osteuropäerin war.

Ich überlegte, was ich erwidern könnte, kam aber zu dem Schluss, dass keine meiner Antworten sie umstimmen würde. Sie war fest entschlossen, mich nicht zu mögen. Also hielt ich mich an die Wahrheit. »Wenn Sie damit meinen, dass ich mein Studium ernst nehme, Frau Einstein, dann haben Sie in der Tat recht.«

Als Albert schließlich aufging, dass dieser Wortwechsel geradewegs ins Desaster führen würde, schritt er ein und warf einen kleinen Köder aus: »Fräulein Marić sorgt dafür, dass ich auf Kurs bleibe, Mama.«

Als seine Mutter nicht anbiss, wechselte Albert komplett das Thema und erkundigte sich nach Aarau und den Winterlers. Er, seine Mutter und seine Schwester tauschten den neuesten Tratsch aus. Sein Vater bedeutete mir, mich neben ihn zu setzen, und schenkte mir Tee ein. Während wir an den dampfenden Tassen nippten und taten, als würden wir dem Gespräch der anderen folgen, bemerkte ich, dass Herr Einstein senior etwas heiterer Natur war als seine mauernde Frau, denn wir wechselten ein paar freundliche Worte. Doch Frau Einstein bestrafte die Liebenswürdigkeit ihres Mannes sofort mit einem ätzenden Blick.

Ich versuchte, nicht an jene unangenehme Begegnung mit Alberts Mutter zu denken, als ich den duftenden Brief umdrehte auf der Suche nach der Unterschrift. Und zunächst war ich sehr erleichtert, denn die Schreiberin war nicht seine Mutter. Doch dann erkannte ich, dass die Zeilen auch nicht von Maja stammten, sondern von einer gewissen Julia Niggli.

Ihre Einladung zum gemeinsamen Zeitvertreib ist sehr verlockend. Gerne würde ich Sie in Mettmenstetten besuchen, sollten Sie Ende August wieder mit Ihrer Familie dort sein. Bitte lassen Sie mich wissen, ob und wann Sie anzureisen gedenken.

Mit den herzlichsten Grüßen,
Julia Niggli

Ich drehte das Blatt um, wollte auch die erste Seite lesen, als Albert fragte: »Na, welche von Drudes brillanten Theorien fesselt dich denn so?«

»Keine, Albert.«

»Keine?«

»Nein. Im Moment ist es ein Brief von Julia Niggli, der mich fesselt.«

Er sagte nichts, errötete aber sofort.

Ich drückte ihm den Brief in die Hand. »Ich weiß ganz gut, wie du dir üblicherweise die Zeit vertreibst, und mich schaudert bei der Vorstellung, du könntest das gemeinsam mit Julia Niggli tun, wer auch immer sie ist. Wie lautet deine Erklärung?«

Er warf einen Blick auf die erste Seite des Briefes und gab ihn mir dann zurück. »Sieh doch mal, Doxerl. Was für ein Datum steht da?«

»3. August 1899.« Ich schüttelte den Kopf, mir wurde übel. »Zur gleichen Zeit hast du auch mir geschrieben, während du in Aarau warst und ich in Kać.« Ich konnte mich noch sehr gut an seine Briefe erinnern. Manche von ihnen konnte ich sogar auswendig. Letzten Sommer war ich mehr oder weniger in unserer Sommerresidenz gefangen gewesen, während um uns herum eine Scharlachepidemie grassierte, und Alberts Liebesbriefe waren mein einziger Trost.

»Ganz genau. Ich war in Aarau und Mettmenstetten, zusammen mit meiner Familie, die, wie du weißt, über mein Verhältnis zu dir informiert war. Meine Mutter und meine Schwester Maja haben sogar Grüße unter meine Briefe an dich gesetzt, herrje. Fräulein Niggli ist eine Freundin der Familie, mit der ich ein paarmal Geige gespielt habe. Mehr nicht.«

Die Erklärung klang glaubwürdig, aber mein Argwohn hatte sich noch nicht ganz gelegt. »Und warum habt ihr euch weiter geschrieben?«

»Weil sie gerade Ausschau hielt nach einer Anstellung als Hauslehrerin und meine Tante gerade eine Hauslehrerin suchte. Ich habe die beiden aneinander vermittelt.«

Schlagartig kam ich mir albern und dumm vor. Warum misstraute ich meinem Jonzerl? Ihm, der sich die ganze Zeit so hingebungsvoll gezeigt hatte, selbst, als ich ihn so lange auf Abstand hielt? In Wahrheit sorgte ich mich nicht um seine Liebe, sondern um seinen obstinaten Umgang mit Professor Weber und seine beruflichen Aussichten. Ich begann, mich zu entschuldigen, doch Albert unterbrach mich.

»Nein, Doxerl. Du brauchst dich nicht zu entschuldigen. Ich würde genauso reagieren, wenn ich den Brief eines anderen Herrn in einem deiner Bücher finden würde. Eifersucht ist grausam und unberechenbar, selbst wenn man dem anderen bedingungslos vertraut. Aber du musst wissen, dass im letzten Sommer, den ich in der spießbürgerlichen, öden Welt meiner Familie und ihrer nicht minder öden Freunde wie Fräulein Niggli verbrachte, meine Zuneigung zu dir nur noch gewachsen ist.«

»Schwörst du das?«

»Ja, das schwöre ich, Doxerl.«

»Obwohl deine Eltern dich bedrängen, diese Zigeunerin zu verlassen und dich nach einer geeigneteren Frau umzusehen?« Nachdem Alberts Mutter begriffen hatte, dass unser Verhältnis keine flüchtige Angelegenheit war und mich im vergangenen Herbst kennengelernt hatte, unterließ sie es, Albert in ihren Briefen freundliche Grüße an mich aufzutragen, und ermahnte ihn stattdessen sehr deutlich, sich diesen Winter eine »passendere« Gefährtin zu suchen. Diese Einmischungen seiner Mutter belasteten mich sehr. Einzig Maja ließ immer noch Grüße an mich ausrichten, wenn Albert mir in Zeiten unserer Trennung Briefe schrieb. »Nach so einer wie Julia Niggli vielleicht?«

»Doxerl, meine Eltern haben noch nie versucht, mich mit irgendeinem Mädchen zu verkuppeln, auch nicht mit Fräulein Niggli, und sie würden das auch niemals tun, nur, weil ihnen deine Gelehrtheit widerstrebt. So dumm sind sie nicht. Sie wissen, dass ich nur dich liebe.«

Lächelnd sah ich ihn eine ganze Weile an. Als ich den Blick von ihm löste, war ich mit der empörten Miene von Frau Engelbrecht konfrontiert.

»Ach, Fräulein Marić. Ja, das hätte ich mir ja denken können, dass Sie es sich mit Herrn Einstein im Salon gemütlich gemacht haben. Das erklärt natürlich, warum Sie nicht auf die Glocke zum Abendessen reagiert haben.« Ich hatte sie noch nie so wütend gesehen. Verständlich, denn ich hatte gegen diverse Hausregeln verstoßen. »Fräulein Dražić und Fräulein Bota warten bereits auf Sie.«

»Entschuldigen Sie bitte, Frau Engelbrecht. Ich komme sofort.« Ich knickste, nickte Albert zu und eilte davon. »Guten Abend, Herr Einstein.«

Im Weggehen hörte ich Frau Engelbrecht zu Albert sagen: »Sie gehören ja fast schon zum Inventar, Herr Einstein. Ich glaube, ich sollte Ihnen ein wenig Miete berechnen für die vielen Stunden, die Sie bereits in meinem Salon verbracht haben.«

Frau Engelbrecht klang nicht so, als wolle sie lediglich höflich plänkeln. Ich blieb stehen und lauschte.

Alberts Antwort ließ geraume Zeit auf sich warten.

»Es tut mir leid, wenn ich Sie verärgert habe, Frau Engelbrecht. Ich achte für gewöhnlich sehr darauf, vor dem Abendessen wieder zu gehen oder erst zu kommen, wenn alle mit dem Essen fertig sind, wie es Ihre Hausregeln verlangen.«

»Sie halten sich immer sehr an den Wortlaut von Regeln und Gesetzen, Herr Einstein, aber Sie halten sich nicht an den Geist dieser Regeln und Gesetze.« Ihre Stimme klang mit jedem Wort härter und kälter. »Achten Sie in Zukunft darauf, unsere Regeln in ihrer Gesamtheit zu beachten, wenn es um Fräulein Marić geht. Ich bin für sie verantwortlich, und ich bin eine sehr aufmerksame Beobachterin.«

Kapitel 13

27. Juli und 10. August 1900
Zürich und Kać

Die Dampfwolken des Zuges erfüllten den Bahnhof. Kurz schoben sie sich zwischen uns, sodass Albert völlig verschwand. Er nahm meine Hand, und wir mussten kichern. Unglaublich, dass wir nur wenige Zentimeter voneinander entfernt stehen und dennoch füreinander unsichtbar sein konnten.

Die dichten Wolken lösten sich langsam wieder auf, Stück für Stück gaben sie Albert frei. Zuerst seine dichten schokoladenbraunen Locken. Dann den Schnurrbart, der seine vollen Lippen verbarg. Und schließlich seine tiefbraunen Augen, mit denen er um Hilfestellungen, Küsse, Versprechungen, alles und nichts bettelte. Wie sehr mir seine Blicke fehlen würden!

»Nur zwei kurze Monate, mein Hexchen«, sagte er.

Hexchen, Frätzchen, Gassenbub. Ich war inzwischen viel mehr als nur Doxerl. Albert gab der unkonventionellen geistigen Größe, für die er mich hielt, viele Namen. Er fand es großartig, dass ich so anders war als alle anderen Frauen, die er kannte, insbesondere anders als die, mit denen er die nächsten zwei Monate verbringen würde: seine Schwester, seine Mutter, seine Tante und die dazugehörigen langweiligen Kreise. Und ich hatte getan, was ich konnte, um seinem Ideal zu entsprechen, ganz gleich, welche Konsequenzen das für mein Studium hatte.

»Ich weiß, Jonzerl. Und ich werde viel zu tun haben, sie werden also hoffentlich schnell vergehen. Und doch …«

Albert konnte es sich leisten, in den kommenden Sommermonaten auf der faulen Haut zu liegen. Er hatte mithilfe meiner Mitschriften der von ihm versäumten Vorlesungen die mündliche Diplom-Abschlussprüfung bestanden. Jetzt musste er nur noch promovieren, wenn er denn wollte. Bei mir sah es etwas anders aus. Das Semester in Heidelberg, das mir im Rückblick so unendlich albern vorkam, weil ich doch nur vor etwas Unvermeidlichem wegzulaufen versucht hatte, kombiniert mit all unseren zusätzlichen, über den Lehrplan hinausgehenden Forschungsprojekten, hatte dazu geführt, dass ich Albert einen Schritt hinterherhinkte. Während er sich eine Arbeit suchen oder weiter in den Bereichen forschen konnte, mit denen wir uns gemeinsam befassten, musste ich ein ganzes Jahr warten, bis ich im nächsten Juli die Prüfungen ablegen konnte. Um die Zeit bestmöglich zu nutzen, hatte ich beschlossen, mich im kommenden Jahr nicht nur auf das Examen vorzubereiten, sondern auch mit Professor Weber an meiner Dissertation zu arbeiten. Auf diese Weise würde ich mein Studium mit dem Diplom und der Promotion gleichzeitig abschließen können.

»Und doch …« Er wiederholte meinen Einwand. Mehr musste er nicht sagen. Er hatte am Morgen all die Dinge aufgelistet, die ihm während unserer Trennung fehlen würden. Die langen Nachmittage, an denen wir versuchten, den Regeln, nach denen das Universum funktionierte, auf den Grund zu gehen. Die heimlichen Küsse und Umarmungen, wenn wir sicher waren, dass die allgegenwärtige Frau Engelbrecht anderweitig beschäftigt war.

Die Sommermonate würden arbeitsreich und anstrengend für mich werden. Während Albert mit seiner Familie durch die idyllische Gegend um Sarnen und Obwalden wanderte, würde ich mich in Kać im Turmzimmer verkriechen und nur hin und wieder die Gesellschaft meines Vaters, meiner Mutter und meiner Geschwister genießen. Seltsam, wie der Ort, den ich einst über alles geliebt hatte, zu einem einsamen Exil geworden war. Die Zukunft lag vor mir, und alles in mir sträubte sich dagegen, Albert auch nur eine Sekunde nicht an meiner Seite zu haben.

Der Zug ließ noch einmal Dampf ab, und wir verloren uns zum letzten Mal aus den Augen. Ich spürte Alberts Arme um meine Taille, dann küsste er mich im Schutz der flüchtigen Nebelschleier. Leidenschaft wallte in mir auf, und ich musste an die vielen Abende denken, an denen wir uns zurückgehalten hatten.

»Womit habe ich dich nur verdient? Ein Wesen, das genauso kühn, intelligent und zielstrebig ist wie ich selbst?«, flüsterte er mir ins Ohr.

Ich spürte seine Hand am Rücken, sie lenkte mich zu den Stufen meines Waggons. Ich beeilte mich, meinen Sitzplatz einzunehmen, um durch das Fenster einen letzten Blick auf ihn zu erhaschen. Da stand er inmitten seiner Taschen auf dem Bahnsteig und sah ganz traurig und verlassen aus. Sein Zug würde erst in drei Stunden abfahren, aber er hatte darauf bestanden, mich zum Bahnhof zu begleiten und so lange zu warten. In Zürich hielt ihn, wie er sagte, nichts, wenn ich nicht da war.

*

»Das Abendessen steht auf dem Tisch, Fräulein Marić«, rief unser neues Küchenmädchen Ana die Treppe zum Dachboden hinauf, wo ich mich den größten Teil der letzten drei Wochen verkrochen hatte. Ich wusste, dass die Hausangestellten es seltsam fanden, wie ich mich ständig hinter Büchern verschanzte, statt wie die anderen Damen unter die Leute zu gehen und Spaziergänge zu unternehmen. Ich registrierte ihre schiefen Seitenblicke auf meine dicken Bücher und die viele Zeit, die ich allein verbrachte.

»Ich komme gleich«, rief ich zurück.

Ich brauchte noch ein paar Minuten für den Brief von Albert, den ich gerade erhalten hatte. Ich wusste, dass meine Eltern sich nach ihm erkundigen würden, und Zorka und Miloš würden mich sicherlich aufziehen. Ich musste ganz ruhig sein, um die Sticheleien meiner Geschwister aushalten zu können und Zorka mit Fragen zu ihrem Schulgang sowie Miloš mit solchen zu seinen Lieblingsspielen abzulenken. Ich durfte keinesfalls riskieren, in Tränen auszubrechen, wenn sie mich darauf ansprachen.

Hatte Albert mir tatsächlich diese äußerst beunruhigenden Zeilen geschrieben? Wusste er denn nicht, wie sehr es mich quälen würde, jedes Detail über die dramatische Reaktion seiner Mutter zu erfahren, nachdem er ihr von unseren Heiratsplänen berichtet hatte? Mir vorzustellen, wie sie sich aufs Bett warf und hysterisch weinte, nur um sich dann in zutiefst beleidigender Weise über mich auszulassen – zu behaupten, ich würde sein Leben zerstören und sei eine völlig unpassende Partnerin für ihn –, war mir unerträglich. Jetzt wusste ich mit Sicherheit, dass seine Eltern sich eine jüdische Frau für ihren Sohn wünschten, oder doch zumindest eine deutsche, die ihn genauso verhätscheln könnte, wie seine Mutter es stets getan hatte. Aber einen solchen Wutanfall hatte keiner von uns beiden erwartet. Ihre Einwände gegen mich waren zahlreich: meine christlich-orthodoxe Erziehung, mein Intellekt, meine slawischen Wurzeln, mein Alter, mein Humpeln. Alles, was ich von Anfang an befürchtet hatte, und mehr.

Am meisten schmerzte mich jedoch ihre Unterstellung, ich sei womöglich schwanger. Wofür hielt sie mich eigentlich? Was glaubte sie, aus was für einer Familie ich stammte? Selbst wenn wir unserem Verlangen hätten nachgeben wollen – Frau Engelbrecht beobachtete uns mit Adleraugen, Intimität war ein Ding der Unmöglichkeit. Und Albert und ich hatten naiverweise gedacht, das größte Hindernis auf dem Weg zu unserer Vereinigung würde es sein, Arbeit zu finden.

Wie sollten Albert und ich es je schaffen, diese Art von hysterischen, unlogischen Bedenken zu überwinden?

Tränen stiegen mir in die Augen. Würden die Vorurteile und die Hysterie seiner Mutter einen Keil zwischen uns treiben? Nein, das würde Albert nie zulassen. Ich tröstete mich mit seiner Versicherung, er habe die Angriffe seiner Mutter standhaft abgewehrt. Mit seiner Beteuerung, mich zu lieben und zu vermissen. Er war immer noch mein Jonzerl. Wir würden einen Weg finden.

Ich holte tief Luft und stieg die Wendeltreppe vom Dachboden hinunter. Ich setzte mich auf meinen

Platz neben meinem Vater und sprach mit den anderen das Tischgebet. Während Ana uns allen *ćevapi* auftat, rechnete ich damit, mit Fragen und Sticheleien bombardiert zu werden – wie üblich, wenn ich einen Brief von Albert bekommen hatte. Seltsamerweise sagte aber niemand ein Wort. Hatten sie gar nicht mitbekommen, dass ein Brief in der Post gewesen war?

Während des Essen herrschte ungewohntes, unangenehmes Schweigen. War etwas passiert? Ich hielt es nicht aus, nur das Kratzen der Gabeln auf den Tellern und das Klirren der Löffel zu hören, darum begann ich, Zorka zu ihren Plänen für das nächste Schuljahr zu befragen. Sie war zwar keine herausragende, aber doch eine gute Schülerin, und sie wollte gerne im Ausland zur Schule gehen. Mein Vater hatte ihr vorgeschlagen, sich zu mir nach Zürich zu gesellen und ein Schuljahr an der Höheren Töchterschule zu absolvieren, um sich auf die Matura vorzubereiten. Ich fragte mich, ob das ein Versuch meines Vaters war, mich aus der Ferne besser im Auge behalten und beschützen zu können. Er machte sich große Sorgen um mein Studium und mein Verhältnis zu Albert, das schlug sich in allen unseren Gesprächen nieder.

Kaum hatte mein Vater den letzten Bissen Gibanica verspeist, stand meine Mutter mit Zorka und Miloš vom Tisch auf. Zurück blieben mein Vater und ich.

Ich wollte mich erheben und ebenfalls entschuldigen, da sagte mein Vater: »Bitte bleib noch, Mitza. Setz dich eine Weile zu mir.«

Ich ließ mich wieder auf meinen Stuhl sinken und wartete ab, während er seine Pfeife anzündete und ein paar Rauchringe in die Luft blies.

»Du hast heute einen Brief von Herrn Einstein bekommen«, sagte er.

Er hatte es also doch mitbekommen. Und wenn er es wusste, dann wussten es die anderen auch. Warum hatte keiner etwas gesagt?

»Ja, Papa«, antwortete ich schnell, gespannt darauf, worauf er wohl hinauswollte.

»Ich nehme an, er ist vollauf damit beschäftigt, sich eine Arbeit zu suchen?«

»Er wird mit der Suche anfangen, wenn er im Herbst nach Zürich zurückkehrt. Im Moment macht er mit seiner Familie Urlaub in der Schweiz.«

»Urlaub? Was soll das? Worauf wartet er? Wenn ein Mann heiraten will, muss er eine feste Arbeit haben.«

Ah, in diese Richtung sollte das Gespräch also gehen. Meine Eltern hatten Albert noch nicht kennengelernt. Sie kamen nie nach Zürich, und Albert war noch nie in Kać gewesen, obwohl ich ihn sowohl diesen als auch den vergangenen Sommer eingeladen hatte. Albert hatte beide Male unter Hinweis darauf abgelehnt, er müsse seine Eltern mit dem gemeinsamen Sommerurlaub bei Laune halten, solange er noch finanziell von ihnen abhängig war. Und ich hatte ihn nicht weiter bedrängt. Meine Eltern trauten Albert nicht. In Serbien war es höchst unüblich, dass ein Verehrer derartig auf Abstand blieb.

Ich konnte die Sorge meines Vaters verstehen – ja, ich wäre irritiert gewesen, hätte er anders reagiert –, aber trotzdem wich ich seiner Frage aus. Albert und ich sprachen oft genug von Heirat, aber ich wusste, dass mein Vater unser Gerede erst ernst nehmen würde, wenn Albert bei ihm um meine Hand anhielt. Das hatte ich Albert bereits gesagt, doch der beharrte darauf, dass er erst eine feste Arbeit brauchte, bevor er einen offiziellen Antrag machen konnte.

»Herr Einstein glaubt, die Aussichten, eine Arbeit zu finden, seien im Herbst besser. Die meisten Akademiker sind jetzt im Urlaub.«

»Das heißt, er will dich weiter warten lassen?« Mein Vater sprach den Satz wie eine Frage aus, meinte sie aber als Missbilligung. Er war nie darüber hinweggekommen, dass ich Alberts Werben doch noch nachgegeben hatte, nachdem ich das eine Semester in Heidelberg geopfert hatte, und natürlich war sein Beschützerinstinkt mir gegenüber stark ausgeprägt. Ganz zu schweigen davon, dass Albert meinem Vater schon allein deshalb suspekt war, weil er Ausländer und Jude war.

Hatte Papa recht? Hielt Albert mich nur hin, während er sein Leben ganz normal weiterlebte? Ich hatte ihm stets blind vertraut, dass er uns in das verwegene

Leben zweier Bohemians führen würde. Ich wusste, er wollte eine starke und unabhängige Partnerin, und wer um mehr Verbindlichkeit bat, wirkte schwach und abhängig. Ich tat mein Bestes, um die Rolle zu spielen, die Albert für mich vorgesehen hatte.

»Von Warten kann keine Rede sein, Papa. Ich werde genug damit zu tun haben, mich auf das Examen nächstes Jahr vorzubereiten und an meiner Dissertation zu arbeiten.«

»Das heißt, ihr beiden habt über eure Zukunftspläne gesprochen?«

»Ja, Papa«, sagte ich fest. Albert sprach in der Tat sehr oft von unserer Zeit nach dem Studium – er hatte seiner Mutter ja sogar gerade erklärt, dass wir heiraten würden –, aber konkrete Pläne oder Daten äußerte er nie. Und vor dem Hintergrund des jüngsten theatralischen Widerstands von Alberts Mutter brauchte ich dringend die Unterstützung meines Vaters.

Sein Blick und sein Ton wurden sanfter. Er nahm meine Hände. Wie winzig sie doch aussahen im Vergleich zu seinen Pranken. »Ich möchte nur sichergehen, dass seine Absichten ehrbar sind. Es ist nun mal meine Aufgabe als dein Vater, dich zu beschützen.«

Mit diesen Worten versetzte mein Vater mich um einige Jahre zurück zu jenem Abend, als ich ihn und meine Mutter über mein Humpeln sprechen hörte und darüber, dass mich nie ein Mann heiraten würde. Ich wurde wütend.

»Fällt es dir wirklich so schwer zu glauben, dass irgendjemand mich lieben könnte, Papa? Dass jemand mich heiraten würde, obwohl ich missgebildet bin?«

Er riss Mund und Augen weit auf und sah mich perplex an. So hatte ich noch nie mit ihm gesprochen. So laut und so harsch. »Aber nein, Mitza, das ist überhaupt nicht, was ich –«

»Ach, nein? Ich weiß, dass Mama und du, dass ihr so über mich denkt, jeder Liebe unwürdig. Deshalb hast du mich immer in meinem Lerneifer unterstützt. Du glaubtest, ich würde mein Leben allein verbringen.«

Ich hatte das hässliche Wort »missgebildet« sehr bewusst betont, um ihm zu zeigen, dass ich wusste, was er und meine Mutter damals über mich gesagt hatten. Ich wollte ihm klarmachen, dass ich mich von dem Stempel, den sie mir aufgedrückt hatten, nie hatte befreien können, ganz gleich, wie sehr ich versucht hatte, mich von ihren Ansichten und aus ihrer Umklammerung zu lösen.

Tränen liefen ihm übers Gesicht, für mich ein Zeichen dafür, dass er verstanden hatte. »Ach, Mitza, es tut mir so leid. Ich liebe dich, meine kleine Mitza, mehr als jeden anderen Menschen auf der Welt. Mein Stolz auf dich und das, was du bisher erreicht hast, geben mir den nötigen Antrieb für jeden neuen Tag.

Ich weiß, du kannst alles schaffen, ich weiß, dein Humpeln wird dir niemals wirklich im Weg stehen – weder beruflich noch in der Liebe. Es war ein Fehler von mir, zu versuchen, dich vor der Welt zu beschützen, zu glauben, dass das Humpeln dich schwächt oder angreifbarer macht. Oder weniger liebenswert.«

Auch mir war nach Weinen zumute. Meinen sonst so stoischen Vater in Tränen aufgelöst zu sehen und seine liebevollen Worte zu hören, ließ mich fast zusammenbrechen, nachdem ich mein ganzes Leben lang die Starke gespielt und versucht hatte, allen etwas zu beweisen. Ich wollte nicht mehr die starke, unabhängige Frau sein, zu der ich geworden war. Ich wollte mich in seine Arme schmiegen und wieder die kleine Mitza sein.

Doch stattdessen straffte ich die Schultern und drückte seine Hand, wie um Zuversicht zu signalisieren. Nachdem ich nun so häufig Stärke gezeigt hatte, war wohl kaum der geeignete Zeitpunkt, plötzlich schwach zu werden. »Ist doch gut, Papa. Das verstehe ich jetzt.«

Er schloss mich in die Arme. Durch die Umarmung hindurch hörte ich ihn fragen: »Ist es falsch von mir, nur das Beste für dich zu wollen, Mitza? Dir einen Ehemann zu wünschen, der dich genauso schätzen und beschützen und lieben wird wie ich?«

Ich sah zu ihm auf. »Nein, natürlich nicht, Papa.

Aber sei versichert: Albert wird genau dieser Ehemann sein.«

Mein Vater hob mein Kinn an, um mir in die Augen sehen zu können. »Sicher?«

Ich begegnete seinem Blick. »Ja, Papa.« Und dann lächelte ich. »Auch er spornt mich immer wieder an, eine *mudra glava* zu sein.«

Kapitel 14

4. Februar 1901
Zürich

Die so hübsch mit Schnee bepuderten Türme Zürichs konnten Albert nicht aufheitern. Als ich laut darüber nachdachte, dass bis zum nächsten Morgen vielleicht genügend Schnee gefallen sein könnte, um den Uetliberg herunterzurodeln, grunzte er nur. Egal, was ich sagte oder tat, egal, welche Geschenke die Natur uns brachte – nichts konnte seine düstere Stimmung vertreiben.

»Ich weiß genau, dass Weber dahintersteckt«, brummte er nicht zum ersten Mal, bevor er wieder seine Pfeife paffte und an dem dünnen Kaffee nippte, der im Café Sprüngli serviert wurde. Ich sehnte mich nach dem sättigenden Milchkaffee im Café Metropole, doch Albert wollte unser altes Stammlokal nicht aufsuchen. Er befürchtete, dort ehemaligen Kommilitonen in die Arme zu laufen und über die Arbeit sprechen zu müssen – wo er doch immer noch keine hatte. »Ich wette, er hat allen Universitäten mit Vakanzen bösartige Berichte über mich zukommen lassen. Ich hätte ihn nie um eine Empfehlung bitten dürfen. Er hat dem nur zugestimmt, um mir ein Bein zu stellen.«

»Ich kann verstehen, dass du das glaubst«, sagte auch ich nicht zum ersten Mal. Was sollte ich sonst sagen? Worte des Trostes oder der Ermunterung wollte Albert nicht hören, das hatte ich bereits versucht.

»Warum sonst würde jetzt wohl ein ganzer Stapel Absagen vor mir liegen, während alle unsere alten Kommilitonen bereits seit Monaten feste Anstellungen haben?«, fragte Albert. Ich hatte in den letzten Wochen und Monaten zahllose Variationen dieses Klageliedes von ihm gehört.

Er fächerte die Absageschreiben wie ein Kartenspiel vor uns auf dem Cafétisch aus. Nur war das hier kein Spiel – vor uns lag unsere Zukunft. Solange ich nicht im Juli mein Examen gemacht und den Abschluss in der Tasche hatte, hingen unsere Heiratspläne ganz und gar davon ab, ob es Albert gelingen würde, Arbeit zu finden.

»Mir fällt auch keine andere Erklärung ein«, sagte ich, obwohl ich Alberts Verdacht nicht ganz folgen konnte. Ja, Professor Weber mochte ihn nicht besonders, aber ich konnte mir nicht vorstellen, dass seine Weigerung, glühende Empfehlungen zu schreiben, der einzige Grund für die vielen Absagen war. Die meisten unserer Physikkommilitonen – sogar die meisten Absolventen des Polytechnikums generell –

kamen durch die Hilfe von Professoren und Ehemaligen an ihre erste Stelle. Aber auch die übrigen Professoren schienen nicht besonders daran interessiert zu sein, sich für Albert auszusprechen. Er hatte sich durch seine schamlose Missachtung der Anwesenheitsregeln und sein freches Benehmen gegenüber den Professoren, wenn er sich dann doch mal bequemte, eine Vorlesung zu hören, beim Lehrkörper nicht gerade beliebt gemacht.

»Könntest du bei Weber nicht noch mal ein gutes Wort für mich einlegen? Ihn bitten, noch ein paar freundliche Briefe zu schreiben?« Albert nahm meine Hand. Professor Weber und ich standen aufgrund meiner Dissertation in wöchentlichem Kontakt.

»Du weißt, ich würde alles für dich tun, Jonzerl. Aber das sollten wir besser nicht riskieren.« Albert wusste sehr wohl, dass ich Professor Weber keine Empfehlungen entlocken konnte, die er nicht geben wollte. Schließlich lag auch mein berufliches Schicksal in seiner Hand, und ich musste sehr darauf achten, ein gutes Verhältnis zu ihm zu wahren. Wenn ich ihn an meine Verbindung mit Albert erinnerte, würde das mein so hart erarbeitetes Ansehen und meine Chancen, im Sommer das Examen zu bestehen, sicher untergraben – Professor Weber saß nämlich der Kommission vor, die die recht subjektiven mündlichen Prüfungen abnahm. Und wenn Albert keine Arbeit finden konnte, würde ich mir eben eine Anstellung suchen. Ich wollte wenigstens einen der Gründe, die seine Eltern gegen unsere Verbindung ins Feld führten, eliminieren.

Mit einem tiefen Seufzer ließ Albert meine Hand fallen und paffte weiter seine Pfeife. Ich kannte ihn mittlerweile gut genug und würde nicht versuchen, ihn aufzuheitern. Als die ersten Absagen kamen, hatte er noch Witze darüber gemacht und sich in seinem Stolz, eben ein echter Bohemien zu sein, gesonnt. Doch als der Stapel wuchs und er für eine Physik-Assistentenstelle nach der anderen nicht einmal in Betracht gezogen wurde – er hatte sich unter anderem an der Universität Göttingen, am Istituto Tecnico Superiore di Milano, an der Universität Leipzig, an der Universität Bologna, an der Universität Pisa und an der Technischen Hochschule in Stuttgart beworben –, fand er das bald nicht mehr lustig.

»An deutschen Hochschulen grassiert der Antisemitismus. Das könnte auch ein Grund sein.« Diese Erklärung hatte er zuvor nur angedeutet. Er betrachtete sich selbst nicht als religiös, wusste aber, dass andere nicht von seiner Herkunft absehen konnten.

Ich nickte, denn auch das war richtig. Antisemitismus war in deutschen Bildungsanstalten sehr weit verbreitet. Aber das erklärte nicht, wieso er auch aus Italien Absagen erhalten hatte. Ich beschloss, nicht auf diesen Bruch in der Argumentation hinzuweisen.

Die Lachfältchen um seine Augen verschwanden.

Unangenehmes Schweigen machte sich breit. Zumindest empfand ich es als unangenehm. Ich wusste nie, was ich tun sollte, wenn Albert so schwermütig wurde.

Ich ließ den Blick durch das Café schweifen, versuchte, mich mit dessen extravaganter Einrichtung abzulenken – den verschnörkelten Stühlen und den Tischen mit marmornen Platten. Viele Gäste waren nicht da, was wohl an der etwas ungewöhnlichen Tageszeit zwischen Mittag- und Abendessen lag. Die Kellner mit ihren weißen Schürzen standen zwar in Reih und Glied im hinteren Teil des Raumes, sahen aber einigermaßen entspannt aus. Ich vermutete, sie waren froh, eine kleine Verschnaufpause zu haben.

»Wenn ich doch nur hingehen könnte, wo ich will«, brummte Albert, mehr zu sich selbst, aber hörbar.

Fassungslos sah ich ihn an. Sprachlos. Was sollte das denn bitte heißen? Wollte er damit andeuten, ich würde ihn im geografischen Radius seiner Bewerbungen beschränken? Oder dass ich sonst etwas von ihm verlangt hätte, das ihn davon abhielt, sich voll zu entfalten? Wie konnte er? Ich hatte ihm meine uneingeschränkte Unterstützung angeboten und die Freiheit gelassen, sich auf der ganzen Welt zu bewerben, ich hatte ihm gesagt, dass ich dann nachkommen würde. Ich hatte sogar ein von einer früheren Lehrerin an mich herangetragenes Stellenangebot als Lehrerin an einem Gymnasium in Zagreb abgelehnt, weil Albert nicht in Osteuropa leben wollte. Er fand, das sei zu weit weg vom Herzen der wissenschaftlichen Entwicklungen. Ich fügte mich, weil ich wusste, als wie erniedrigend er es empfunden hätte, wenn er mir und meinem beruflichen Ruf hätte folgen sollen – zumal er selbst keine Arbeit finden konnte. Die ganze Zeit hatte ich seinen Missmut schweigend ertragen.

Ich hatte ihm gegenüber noch nie die Stimme erhoben, und auch jetzt verließen die Worte meinen Mund als ein Flüstern – obwohl ich innerlich tobte. »Ich habe deinem beruflichen Fortkommen nie im Wege gestanden –«

»Albert? Fräulein Marić?«, unterbrach mich da eine Stimme. Ich wandte mich von dem perplex dreinblickenden Albert ab und sah mich Herrn Grossmann gegenüber. Er war der Allererste aus unserer Studiengruppe gewesen, der eine Arbeit als Assistent gefunden hatte, und darum war er vermutlich der Letzte, den Albert jetzt sehen wollte. »Ja, was machen Sie beide denn hier? So weitab von ihren üblichen Gefilden und dem Café Metropole?«

Albert war nicht der Typ, der anderen außer mir gegenüber Schwäche zeigte, darum setzte er eine heitere Miene auf, stand auf und schüttelte Herrn Grossmanns Hand, als gäbe es niemanden auf der Welt, den er jetzt lieber gesehen hätte. »Freut mich, Sie zu sehen, Marcel. Fräulein Marić und ich sind nach einem kleinen Spaziergang hier gelandet. Und was verschlägt Sie an diesen ungewöhnlichen Ort?«

Herr Grossmann lächelte, verlor aber kein Wort darüber, uns beide hier so weit weg vom Polytechnikum zu begegnen. Ich vermutete, dass er schon lange über unser Verhältnis Bescheid wusste. Er erklärte, er sei auf dem Weg, jemandem ganz in der Nähe einen Besuch abzustatten, sei aber ein wenig früh dran und wollte daher noch ein Bier trinken. Wir baten ihn, sich zu uns zu setzen. Wie es die sozialen Konventionen verlangten, sprachen wir schon bald über seine neue Rolle als Assistent von Professor Wilhelm Fiedler, einem Geodäten am Polytechnikum. Albert erkundigte sich scheinbar begeistert nach allen Einzelheiten, doch ich konnte sehen, wie schwer es ihm fiel und wie sehr ihn das schmerzte.

Das Gespräch erlahmte, und Herr Grossmann fragte aus reiner Höflichkeit: »Ich weiß ja, dass Sie, Fräulein Marić, sich auf die Prüfungen im Juli vorbereiten und damit sicher vollauf beschäftigt sind, aber was ist mit Ihnen, Albert? Was tun Sie den lieben langen Tag?«

»Ich arbeite an meiner Dissertation«, beeilte Albert sich zu sagen.

»Natürlich«, antwortete Herr Grossmann genauso schnell. Vermutlich hatte er gemerkt, dass Albert die Frage unangenehm war. Und doch wagte er es, das Thema weiterzuverfolgen. Vielleicht wusste er, in welch prekärer, ja verzweifelter Lage Albert sich inzwischen befand. »Ich frage deshalb, weil mein

Vater mir gerade erzählte, dass sein Freund Friedrich Haller, der Leiter des Schweizer Patentamtes in Bern, möglicherweise einen Prüfer sucht.«

»Hmm«, sagte Albert und gab sich ganz ruhig, nachgerade desinteressiert.

»Ich weiß ja nicht, ob Sie bereits eine feste Anstellung gefunden haben –«

Albert fiel ihm ins Wort: »Ich habe noch einige Bewerbungen ausstehen, bei denen ich in die engere Wahl komme.«

Am liebsten hätte ich ihn angeschrien. Wieso packte er diese Gelegenheit nicht beim Schopf? Er konnte es sich nicht leisten, Spielchen zu spielen. Schließlich stand auch meine Zukunft auf dem Spiel. Er und sein verdammter Stolz!

»Das dachte ich mir bereits«, sagte Herr Grossmann und fuhr dann behutsam fort: »Natürlich hätten Sie als Prüfer beim Patentamt nichts mit theoretischer Physik zu tun, aber ganz sicher mit praktischer, wenn Sie sich näher mit den zum Patent angemeldeten Erfindungen beschäftigen. Es wäre eine recht unkonventionelle, ja unorthodoxe Anwendung Ihrer Ausbildung.«

Mit diesen beiden Worten – »unkonventionell« und »unorthodox« – hatte Herr Grossmann ihm eine Möglichkeit gegeben, das Gesicht zu wahren. Erfreut sagte Albert: »Sie haben ganz recht, Marcel. Das wäre durchaus unkonventionell. Aber Unkonventionalität liegt mir sehr. Vielleicht wäre die Stelle also genau das Richtige für mich.«

»Wunderbar«, sagte Herr Grossmann. »Herr Haller wäre sicher enorm erleichtert, wenn er einen so kompetenten Mitarbeiter fände. Ich weiß leider nicht genau, wann die Stelle des Prüfers zu besetzen ist, aber ich bin mir sicher, mein Vater wird gerne eine Empfehlung für Sie aussprechen. Sie und er hatten ja schon einmal das Vergnügen.«

Albert sah mich an und lächelte. Und in diesem Augenblick neu aufkeimender Hoffnung und sich eröffnender Möglichkeiten verzieh ich ihm.

Kapitel 15

3. Mai 1901
Zürich

Die Wartezeit auf die Stelle beim Patentamt wurde zu lang. Die Mühlen der Schweizer Einstellungsbehörden mahlten sehr langsam, und Albert sah sich gezwungen, eine andere Arbeit zu finden. Irgendeine Arbeit, denn seine Eltern hatten die für die Zeit seines Studiums zugesagte finanzielle Unterstützung nunmehr eingestellt. Albert bot seine Dienste als Privatlehrer an, aber nichts tat sich, bis ein entfernter Freund vom Polytechnikum, Jakob Rebstein, ihm schrieb und Albert fragte, ob er ihn als Mathematiklehrer am Technikum in Winterthur vertreten könne, während er seinen Militärdienst erfüllte. Wir waren sehr aufgeregt.

Zwar handelte es sich um eine befristete Stelle, aber wir feierten trotzdem und bestellten uns ausnahmsweise im Café Schwarzenbach eine Flasche Wein. Vor lauter freudigem und weinseligem Übermut sprachen wir kichernd von unserer Zukunft. Zum ersten Mal seit dem Frühherbst war uns wirklich leicht ums Herz.

Vergessen Alberts Launenhaftigkeit und seine vielen harschen Worte der letzten Monate, vergessen meine tägliche Unsicherheit, ob ich mit dem lieben Jonzerl oder dem düsteren Albert zu tun haben würde. Ich war mir sicher, dass von nun an mein Jonzerl die Oberhand haben würde – jetzt, wo die belastende Arbeitssuche hinter ihm lag und er wenigstens ein paar Monate Ruhe haben würde.

An jenem lauen Maiabend, leicht benebelt vom Alkohol, wurde die Idee von einem Ausflug zum Comer See geboren.

»Stell dir das doch nur mal vor, Doxerl. Vor unseren Füßen das sanft schwappende Wasser des berühmten Comer Sees, und um uns herum die schneebedeckten Alpen.« Er rutschte etwas dichter an mich heran, aber nicht so dicht, dass die anständigen Cafébetreiber die Augenbrauen gehoben hätten. »Nur wir zwei.«

»Allein.« Ich labte mich an der Vorstellung, war fasziniert und schockiert zugleich. Soweit ich mich erinnern konnte, war ich noch nie mit Albert ganz allein gewesen. Nur allein im Salon der Pension Engelbrecht oder allein irgendwo in der Öffentlichkeit.

»Keine Frau Engelbrecht.«

Ich kicherte. »Ich kann mir überhaupt nicht vorstellen, wie es wohl ist, dich zu küssen, ohne ständig befürchten zu müssen, dass sie plötzlich in der Tür steht. Die Frau bewegt sich lautlos wie eine Katze.«

Die Lachfältchen um Alberts Augen vertieften sich.

Ich liebte diesen Albert. Das war der Mann, in den ich mich verliebt hatte, der Mann, den ich die meiste Zeit des letzten Studienjahres so oft vermisst hatte. »Vielleicht kann sie das, weil sie gar kein Mensch ist, sondern ein Gespenst oder ein Geist oder so. Oder doch ein Engel, ganz ihrem Namen entsprechend.«

Ich musste wieder kichern und strich mir über die lange Strähne, die mir über die Schulter fiel. Zur Feier des Tages hatte ich eine neue, weniger strenge Frisur ausprobiert, die ich an anderen jungen Frauen beobachtet hatte. Statt des üblichen straffen Knotens trug ich das Haar locker im Nacken zusammengebunden und hatte durchaus beabsichtigt eine dicke Locke herausgezogen und über meine Schulter gelegt.

»Was meinst du, Doxerl?«, fragte Albert und berührte dabei ganz sanft die Locke.

Ich geriet ins Stocken. »Zu Frau Engelbrecht? Ob sie eine Katze oder ein Geist ist?«

»Du weißt, was ich meine, Doxerl«, sagte er und schob im Schutz der gestärkten, strahlend weißen Tischdecke die Hand um meine Taille. »Was sagst du zum Comer See?«

Ich wusste nicht, was ich sagen sollte. Einerseits wünschte ich mir nichts sehnlicher als ein paar wildromantische Tage mit Albert, fernab von den strengen Züricher Regeln. Andererseits hatte ich Angst. Ich wusste, wozu es bei einem solchen Stelldichein kommen würde. Wir hatten lange damit gewartet, diesen

Schritt zu gehen. Vielleicht war es das Beste, wenn wir noch ein bisschen länger warteten.

Albert legte mein Schweigen ganz richtig aus: Ich war in einem Dilemma. »Denk wenigstens darüber nach, Doxerl. Es könnte uns die Zeit der Trennung erleichtern, ganz gleich, wie lange sie dauert. Es könnte die Brücke in unser neues gemeinsames Leben sein.«

Doch dann wurde der Comer See nicht wieder erwähnt. Nicht in den Tagen vor Alberts Abreise nach Mailand – dort traf er sich mit seinen Eltern, bevor er die Stelle in Winterthur antrat –, als er hektisch packte und sowohl Zahnbürste als auch Morgenrock und Kamm vergaß. Nicht am Bahnhof, wo unser Abschied recht kurz und beherrscht ausfiel, weil wir gänzlich unerwartet einem Freund der Familie aus Berlin begegneten. Albert sprach nicht mehr von der Idee, und ich war ein wenig erleichtert.

Wenige Tage nach seiner Ankunft jedoch schrieb er mir und kam auf den Comer See zurück. Er bekniete mich, ihn dort zu treffen, er beteuerte mir seine Liebe, sprach mich mit allen ihm zur Verfügung stehenden Kosenamen an – herzallerliebstes Kinderl, süßes Hexchen, liebes, gutes Doxerl und so weiter. Helene war inzwischen mit ihrem frisch angetrauten Herrn Savić nach Reutlingen gezogen, und Milana und Ružica waren nach Abschluss ihres Studiums in ihre Elternhäuser zurückgekehrt, sodass ich allein in der Pension Engelbrecht zurückgeblieben war – und dadurch sehr empfänglich für Alberts Werben. Hätte er vor mir gestanden und mir all diese Worte ins Gesicht gesagt, dann wäre die Entscheidung sehr viel leichter gewesen. Ein Blick in seine dunkelbraunen Augen, und mir wäre gar nichts anderes übrig geblieben, als Ja zu sagen – ganz gleich, wie launisch er in den Monaten, als er keine Arbeit finden konnte, gewesen war.

Wäre Albert bei mir gewesen, hätte ich den Brief, den ich am Tag zuvor erhalten hatte, einfach ignoriert. Mein Vater hatte darin meine Ehre bedroht gesehen und mir vorgeworfen, über Generationen *sramota*, Schande, über meine Familie zu bringen, wenn ich an den Comer See fuhr. Warum hatte ich ihm überhaupt davon erzählt? Mein Vater, zutiefst besorgt, ich würde Albert in Como »mein Hemd geben« – also meine Unschuld –, hatte mich außerdem darüber informiert, dass er mir die finanzielle Unterstützung entzöge, wenn ich mich mit Albert alleine traf. Wie konnten meine Eltern nur glauben, dass mir meine und ihre Ehre so wenig bedeutete? Und wie konnte ich die Drohungen meines Vaters ignorieren?

Doch Albert war nicht hier, um mich zu ermuntern, nach Como zu fahren. Mit ihm fehlte mir auch meine äußere Quelle der Selbstsicherheit. Die Entscheidung lag ganz allein bei mir.

Was sollte ich tun?

Ich hatte ihm zwei deutliche Briefe geschrieben, zwei sehr unterschiedliche Varianten, die vor mir auf dem Tisch lagen. Egal, welchen Brief ich abschickte, würde der weitere Verlauf sowohl Freuden als auch Risiken mit sich bringen.

Ich strich beide Briefe glatt. Sie waren schon ganz abgegriffen, so oft hatte ich sie in den letzten Stunden zur Hand genommen und immer wieder gelesen. Rechnete ich mit einem göttlichen Zeichen, welchen der beiden ich abschicken sollte? Weitere Stunden später hatte sich natürlich immer noch kein derartiges Zeichen eingestellt, und ich war einer Entscheidung kein Stück nähergekommen.

Ich las die Briefe zum hundertsten Mal. Mit dem ersten lehnte ich Alberts Einladung nach Como freundlich ab und verwies auf Einwände meiner Eltern. Sollte ich diesen Brief abschicken und mir damit etwas versagen, auf das ich mich schon so lange freute? Was würde aus unserem Verhältnis werden, wenn ich nicht nach Como fuhr? Immerhin hatte Albert die Reise als eine Brücke in unser neues gemeinsames Leben bezeichnet. Würde Albert meine Absage als eine persönliche Zurückweisung auffassen? Unser Verhältnis war in letzter Zeit so vielen äußeren Prüfungen ausgesetzt gewesen, dass ich mir ernsthaft Sorgen machte.

Ich las den zweiten Brief, in dem ich bereits einen groben Reiseplan skizzierte. Unwillkürlich musste ich lächeln, weil die Zeilen nur so strahlten vor Liebesbeteuerungen. Diese Zeilen waren Ausdruck meines wahren Ich, nicht des Menschen, der stets in Angst lebte und sich an Konventionen hielt.

Ich warf die Briefe auf den Schreibtisch. Wie konnte es sein, dass ich die Autorin beider Briefe war? Es erschien mir unfassbar, dass ich gleichzeitig zwei so völlig unterschiedliche Haltungen haben konnte. Einerseits wollte ich kapitulieren und mich meiner Sehnsucht hingeben, andererseits hart bleiben und meine Pflichten erfüllen. Was für eine Zwickmühle.

Ich rieb mir die Schläfen und ging in meinem Zimmer auf und ab. Was sollte ich tun? Sollte ich den Brief meines Vaters noch einmal zur Hand nehmen, in der Hoffnung, er möge mir bei meiner Entscheidung helfen? Aber das war gar nicht nötig, um das hässliche Wort erneut vor mir zu sehen: *sramota*. Schande.

Was würde Helene mir raten? Wie sehr wünschte ich mir, sie sei noch da und wir könnten das alles gemeinsam besprechen. Dann würde sie mir jetzt auf meinem Bett gegenübersitzen und in ihrer gütigen und gleichzeitig strengen Art helfen, eine weise Entscheidung zu treffen. Eine moderne Entscheidung, keine von meinem Vater und seiner altmodischen serbischen Denkart diktierte, aber dennoch mich selbst schützende Entscheidung. Ich konnte ihre Ratschläge förmlich hören. Wenn ich darüber klagte, dass eine endgültige Trennung von Albert mich umbringen würde. Wenn ich ungeduldig fragte, wann wir endlich der ganzen Welt von unserer Liebe erzählen könnten. Helene hätte mir die Hände getätschelt und mir eingeschärft, es »mit Würde zu tragen«.

Ich musste an unseren Abschied vor fast einem halben Jahr denken, als Helene Zürich verließ, um Herrn Savić zu heiraten. Ich war früh aufgestanden, um sie noch zu sehen, bevor sie den Zug nach Reutlingen nahm, wo sie mit Herrn Savić leben wollte. Ihre gepackten Taschen standen am Fuß der Treppe, und sie wirkte so klein, wie sie im Salon auf ihre Kutsche wartete. Als Frau Engelbrecht davonstampfte, um herauszufinden, warum die Kutsche sich verspätete, tapste ich in Nachthemd und Morgenrock die Treppe hinunter.

Wir nahmen uns in den Arm. »Ich werde dich schrecklich vermissen, Helene. Ich habe noch nie so eine gute Freundin gehabt wie dich und werde bestimmt nie wieder eine haben.«

»Ganz genauso geht es mir auch, Mitza.« Sie löste sich aus meinen Armen und sah mir in die Augen. »Ich bereue heute noch jeden Tag, dass ich unseren Pakt gebrochen habe. Das wirft einen Schatten auf mein Glück mit Herrn Savić.«

»Helene, ich möchte nicht, dass dieser alte Pakt dein Glück überschattet. Schließlich haben wir ihn ja beide gebrochen, oder etwa nicht?«

»Ja«, sagte Helene wehmütig. »Aber ich zuerst. Und ich frage mich, was wohl aus uns geworden wäre, wenn ich unseren gemeinsamen Kurs eingehalten hätte. Wenn ich beschlossen hätte, meine berufliche Laufbahn weiterzuverfolgen, statt zu heiraten.«

»Ich bin froh über die Entscheidungen, die wir beide getroffen haben.« Ich fasste sie bei den Schultern und ermahnte sie mit übertriebenem Ernst: »Ich werde dir jetzt einen Rat geben, den du mir immer wieder gegeben hast. Du musst im Hier und Jetzt leben. Und hier und jetzt bist du mit Herrn Savić glücklich. Bitte erfreue dich daran. Genieße es. Und ich werde mit Albert dasselbe tun.«

Wir umarmten uns ein letztes Mal, versprachen uns, uns zu schreiben und gegenseitig zu besuchen, und dann ging sie.

Würde sie mir jetzt auch raten, im Hier und Jetzt zu leben und nach Como zu fahren? Oder würde sie mir raten, die Trennung noch ein bisschen länger auszuhalten, wenigstens bis wir verheiratet waren? Ich hatte keine Ahnung, und mir blieb keine Zeit, es herauszufinden.

Ich fühlte mich mutterseelenallein. Meine Familie war wütend auf mich. Meine Freundinnen waren weitergezogen. Alberts Zukunft nach Ende seiner Lehrtätigkeit in ein paar Monaten war unsicher, und ich wusste, was seine Mutter sich für seine Zukunft wünschte: dass diese ohne mich stattfand. Mir schauderte beim Gedanken an die lebenslange Einsamkeit, die ich stets für mein Schicksal gehalten hatte.

Vielleicht schmerzte mich unsere Trennung deshalb so sehr, weil ich nun bereits die Erfahrung gemacht hatte, Teil eines Ganzen zu sein. Ich konnte Albert mir fast ins Ohr flüstern hören, wie sehr er mich liebte, und dass er sich wie ein halber Mensch fühlte, wenn wir nicht zusammen waren. Seine Worte hatten sich in meine Seele geschlichen und meine jahrelange Vorstellung von mir als intellektueller Einzelgängerin untergraben. Denn mir ging es ganz genauso.

Ich wusste, wie ich mich entscheiden würde.

Ich nahm einen der Briefe vom Schreibtisch, steckte ihn in einen Umschlag und versiegelte ihn. Ich wollte mir selbst keine weitere Bedenkzeit einräumen und marschierte die Treppe hinunter. Eins der Dienstmädchen rief mir zu, das Frühstück sei serviert, doch ich ignorierte sie und verließ das Haus Richtung Postamt. Richtung Zukunft.

Kapitel 16

5.–8. Mai 1901
Comer See

Rosarot schob sich der Morgenhimmel über die Alpenkulisse, als mein Zug sich Como näherte. Stück für Stück wurde die Landschaft in Licht getaucht und sichtbar. Das tiefblaue Wasser des legendären Comer Sees war umgeben von smaragdgrünen Berghängen sowie Häusern und Dörfern, so malerisch, als hätte Tizian selbst sie auf Leinwand gebannt.

Die Nachtfahrt von Zürich war lang gewesen, und ich hätte eigentlich müde sein müssen. Doch stattdessen war ich aufgeregt, als würde ich über die kläglichen Überreste meines alten Lebens hinweg die Schwelle zu meiner eigentlichen Bestimmung übertreten.

Der Zug fuhr in den Bahnhof ein, und ich sah aus dem Fenster. Ob Albert wohl da sein würde? Ich hatte ihm meine Ankunftszeit geschrieben, aber da ich ihn als einen notorischen Zuspätkommer kannte, erwartete ich wohl besser nicht, dass er schon am Bahnsteig war. Vielmehr stellte ich mich darauf ein, im Bahnhofscafé erst noch eine Tasse Kaffee zu trinken, bis er kam.

Waggon für Waggon rollte in die gewölbte Bahnhofshalle, und meine Vermutungen bestätigten sich. Bahnsteig wie Café lagen menschenleer da. Zu dieser frühen Stunde saß einzig ein Fahrkartenabreißer hinter seinem vergitterten Schalterfenster.

Doch dann machte ich ganz hinten eine Gestalt aus. Ich kniff die Augen zusammen und konnte durch die Dampfwolken hindurch Alberts Umrisse erkennen. Ich schnappte mir mein Gepäck und humpelte den Gang entlang der Tür entgegen, die ihm am nächsten sein würde. Als der Zug endlich hielt, stieg ich direkt in Alberts ausgebreitete Arme aus. Er hob mich hoch und wirbelte mich herum.

Als er mich wieder absetzte, flüsterte er mir ins Ohr: »Mein Herz rast. Darauf habe ich so lange gewartet.«

Ich versuchte, meinen Schwindel zu überwinden, indem ich ihm fest in die Augen sah. »Ich auch«, sagte ich.

Er nahm mir die Taschen ab. »Komm, mein Hexchen. Ich muss dir so viel zeigen.«

Wir schlenderten durch die langsam erwachenden Straßen Comos. Meine Hand ruhte in seiner Armbeuge, er führte mich die Kopfsteinstraßen hinunter und in den über die Stadt wachenden Dom aus dem fünfzehnten Jahrhundert. Albert geleitete mich über den schwarz-weiß gefliesten Boden des Mittelschiffs zu zwei bereits einigermaßen verblichenen, aber sehr aufwendigen flämischen Wandteppichen sowie zu drei wunderschönen Gemälden von Bernardino Luini und Gaudenzio Ferrari.

»Diese Darstellungen der Madonna mit ihrem Kind sind exquisit«, sagte er.

Ich hob die Augenbrauen angesichts seiner Fachkenntnis und fragte: »Und woher wusstest du, dass sie hier sind?«

»Ich bin gestern Nachmittag schon angekommen, um unseren Tag heute zu planen. Ich wollte sichergehen, dass unser kleiner Ausflug perfekt wird.« Er lächelte selbst über die für ihn völlig untypische Vorbereitung und Planung. »Ich habe auch schon den besten Kaffee in ganz Como ausfindig gemacht. Ich dachte, den könntest du nach der nächtlichen Zugfahrt sicher gebrauchen, mein Doxerl.«

Ich drückte seinen Arm. »Du hast an alles gedacht, Jonzerl.«

Wir tunkten das weiche Brot in den Kaffee, während Albert mir das Programm für den Rest des Tages beschrieb. Bis mittags würden wir einfach nur durch Comos Straßen schlendern, dann würden wir eine Bootsfahrt Richtung Colico am nördlichen Ende des Sees unternehmen. Allerdings würden wir die dreistündige Überfahrt auf der Hälfte der Strecke in dem kleinen Fischerhafen Cadenabbia unterbrechen, um dort die für ihre acht Hektar umfassenden Gärten berühmte Villa Carlotta zu besichtigen.

Albert verlor kein Wort darüber, wo wir die Nacht verbringen würden, und ich fragte auch nicht. Ich sah der weiteren Entwicklung der kommenden Stunden freudig erregt und ängstlich zugleich entgegen. Sie schwebte zwischen uns wie ein lang erwartetes, aber unbekanntes Dessert.

Nach einem ausgiebigen Schaufensterbummel durch Comos Straßen, die sich zusehends mit Ausflüglern aus Mailand füllten, gingen wir an Bord des Schiffes. Das Wasser schwappte sanft gegen die Seiten und glitzerte unfassbar blau in der Sonne. Schon bald wurde es so warm, dass ich mir den Mantel auszog. Mit Alberts Arm um meine Taille, der warmen Sonne im Gesicht und dem Blick auf die vielen alten Schlösser am Ufer des Comer Sees hätte ich am liebsten geschnurrt vor Glück. Wir waren noch nie so sorglos gewesen, hatten unsere Gefühle noch nie so offen zeigen können.

Die Gärten der Villa Carlotta hielten, was sie versprachen. Über endlos scheinende Treppen und Fußwege aus Marmor gelangten wir in eine Parklandschaft, die mit ihren sattgrünen, feuerroten und knallgelben Farbspielen etwas von einem Kaleidoskop hatte. Über fünfhundert Arten von Sträuchern und allein hundertfünfzig verschiedene Azaleen- und Rhododendronarten wetteiferten um unsere Aufmerksamkeit. Selbst die vielen Skulpturen von Antonio Canova kamen nicht gegen die Schönheit der in voller Blüte stehenden Natur an.

Ich neigte mich einer der Fuchsien zu, um ihren Duft zu inhalieren, als wie aus dem Nichts ein Wächter neben mir auftauchte. »*Non toccare!*«, ermahnte er mich. Nicht anfassen.

Ich trat einen Schritt zurück und sagte an Albert gewandt: »Dass man sie nicht pflücken darf, macht sie nur noch schöner.«

Vielsagend lächelnd erwiderte er: »Genauso geht es mir seit Jahren mit dir. Meine ungepflückte Blume.«

Ich lachte. Endlich hatte einer von uns das Tabu berührt.

»Ich hoffe, dass es dir nach diesem Ausflug immer noch genauso gehen wird«, stichelte ich und zog dann weiter, um mir eine ganz besonders strahlend rote Azalee anzusehen.

Seit Jahren war ich Albert gegenüber durchaus keck gewesen, und doch überraschte mich dieser Satz aus meinem Mund selbst. Wo hatte ich gelernt, so kokett zu sein?

Seine Schritte hinter mir wurden lauter, dann spürte ich seine Arme um meine Taille. »Ich kann es kaum abwarten bis heute Abend«, raunte er mir ins Ohr.

Röte stieg mir ins Gesicht, wohlige Wärme breitete

sich im ganzen Körper aus. »Ich auch nicht«, antwortete ich flüsternd und lehnte mich gegen ihn.

Colico war nicht unsere Endstation. Wir entflohen der etwas trostlosen Küstenstadt am Ende der Schiffsroute, indem wir einen Zug nach Chiavenna nahmen. Es wurde bereits dunkel, und ich konnte den Ort nicht mehr in seinen Einzelheiten erkennen, aber Albert beschrieb ihn mir als ein in einem wunderschönen Tal am Fuß der Alpen gelegenes malerisches, uraltes Städtchen. Er sei vor einigen Jahren schon einmal dort gewesen, erzählte er, und habe seither mit der Liebe seines Lebens dorthin zurückkehren wollen.

Mit der Liebe seines Lebens.

Wir waren müde und hatten Hunger, als wir aus dem Bahnhof und nur zwei Häuserblocks weiter in ein kleines Gasthaus schlenderten. Albert drückte die schwere Eichentür des schmucklosen Gebäudes auf und stellte sich der Wirtin vor. »Meine Frau und ich würden gerne hier übernachten, wenn Sie ein Zimmer frei haben?«

Ich war kurz davor zu kichern, als ich »meine Frau« hörte, doch als ich an die Pflichten dachte, die mit dieser Rolle einhergingen, wurde mir ein wenig anders. Nervosität machte sich in mir breit.

Die Wirtin starrte ihn an. So hatte ich mir den Empfang nicht vorgestellt. »Wo kommen Sie her?«

»Aus der Schweiz.«

»Sie sehen aber gar nicht schweizerisch aus. Und sie

hören sich auch nicht an wie ein Schweizer«, krächzte sie.

Verwundert sah Albert mich an – wieso interessierte diese Frau sich so sehr für unsere Staatsbürgerschaft? In der Region tummelten sich Touristen aus ganz Europa. »Entschuldigen Sie bitte. Sie fragten, woher wir kämen. Wir sind gerade aus der Schweiz angereist. Aber ich stamme aus Berlin.« Albert bot ihr nicht an, ihr seine Papiere zu zeigen, weil er keine hatte. Voller Abscheu für die militaristische Kultur seiner Heimatstadt Berlin hatte Albert nämlich seine deutsche Staatsbürgerschaft aufgegeben und wartete nun auf die schweizerische.

»Deutsch sehen Sie aber auch nicht aus. Eher wie ein Jude.«

Wütend kniff Albert die Augen zusammen, wie ich es zuvor erst einmal an ihm gesehen hatte – als er sich mit Professor Weber stritt. »Sie haben recht, ich bin Jude. Stellt das ein Problem dar?«

»Ja. Für Juden gibt es hier keine Zimmer.«

Wir schnappten unsere Taschen, verließen das Gasthaus und knallten die Tür hinter uns zu. »Ach, Albert, das tut mir so leid –« Ich versuchte, ihn zu besänftigen, während wir zum nächsten Gasthaus marschierten.

»Warum entschuldigst du dich bei mir, mein süßes Doxerl? Antisemitismus ist ein hässlicher Teil meines

Lebens. Es tut mir leid, dass du ihn am eigenen Leib erfahren musstest.«

»Wenn er Teil deines Lebens ist, Jonzerl, dann ist er auch Teil meines Lebens. Wir werden ihm gemeinsam trotzen.«

Er lächelte mich an. »Was hab ich doch für ein Glück mit dir.«

Wir erreichten den nächsten Gasthof, ein hübsches altes Fachwerkhaus mit weiß getünchten Gefachen und dunklen Holzbalken. Vorsichtig zog Albert die Tür auf. Wärme und tadellose Sauberkeit empfingen uns. Vor einem offenen, knisternden Kamin standen ein paar unbesetzte Tische, und noch bevor wir jemanden ansprechen konnten, kam bereits ein Schankmädchen auf uns zu.

»Ein Bier, die Herrschaften?«, fragte sie.

Nie war die Vorstellung eines kühlen Bieres verlockender gewesen. Wir bejahten und setzten uns. Ohne es recht zu bemerken, trank ich mehrere Krüge, noch bevor unser Essen serviert wurde. Wir lachten über die Abenteuer, die wir an diesem Tag erlebt hatten, und irgendwie fand ich Alberts Witze lustiger und seine wissenschaftlichen Überlegungen aufschlussreicher als je zuvor. Als er sich kurz entschuldigte, ging mir auf, dass ich beschwipst war. Und dass sämtliche Nervosität angesichts des weiteren Verlaufs des Abends sich in Luft aufgelöst hatte. Ich trank noch einen Schluck Bier.

Albert kehrte mit einem sehr alt aussehenden Schlüssel in der Hand zurück. »Bist du fertig, Doxerl?«, fragte er und reichte mir die Hand.

Wortlos gab ich ihm die meine und erhob mich. Gemeinsam stiegen wir die knarzende Treppe zu den Fremdenzimmern hinauf. Die Taschen hatte bereits jemand hinaufgebracht. Als wir die Tür mit der Nummer vier erreichten, steckte Albert den Schlüssel ins Schloss und versuchte aufzuschließen. Die Tür gab nicht nach. Ein Blick auf seine Hände verriet mir, dass er zitterte.

»Lass mich mal, Jonzerl«, sagte ich. Im Handumdrehen hatte ich die Tür aufgeschlossen, die in ein makelloses Zimmer mit knisterndem Kamin, eigenem Balkon und Himmelbett führte. Ein Himmelbett. Ein Bett. Das viele Bier hatte mich alles andere vergessen lassen.

Ich erstarrte. Albert witterte meine Verunsicherung und sah mich an. »Wir müssen das nicht tun, Doxerl. Ich kann ein zweites Zimmer besorgen.«

In mir hallten die Vorwürfe meines Vaters wider und die von Alberts Mutter, und fast hätte ich ihn tatsächlich um ein eigenes Zimmer gebeten. Fast.

»Nein, Jonzerl. Ich möchte das. Wir warten schon viel zu lange.«

Eine Karaffe mit tiefrotem Wein stand auf dem kleinen Tisch vor dem Kamin. Albert schenkte uns jeweils ein Glas ein und leerte das seine in einem

Zug. Er schenkte sich erneut ein und prostete mir zu. »Mein liebes Doxerl, heute ist es so weit. Unsere Vereinigung wird komplett. Bald werden wir mit dem Rest der Welt unsere Hochzeit feiern. Aber heute Nacht feiern wir unsere ganz eigene, unbürgerliche Zeremonie. Nur wir zwei.«

Ich hatte die richtige Entscheidung getroffen.

Er küsste mich. Ausgiebig, ohne Angst, gestört zu werden. Ich entspannte mich, gab mich ganz dem Kuss hin. Ich spürte Alberts Zunge an meiner und seine Hand in meinem Haar. Er zog die Nadel aus meinem Dutt, die schweren Locken fielen über meine Schultern. Langsam, viel zu langsam knöpfte er die winzigen Perlenknöpfe an meinem dunkelblauen Kleid auf. Als es zu Boden glitt, schnappte er nach Luft.

Ich fühlte mich in meinem Unterkleid schrecklich entblößt. Warum japste er so? Weil meine Hüften schief waren? Mein Körper deformiert? »Bin ich so hässlich?«, flüsterte ich und beeilte mich, meine Brust mit dem langen, schweren Haar zu bedecken.

»Nein! Doxerl. Du bist wunderschön.«

Er strich über die Rundungen meines Körpers, schob den Vorhang aus Haaren beiseite und begann, mein Korsett aufzuschnüren. Ich erschauderte unter seinen Berührungen. »Deine elfenbeinfarbenen Schultern, deine Wespentaille, dein voller Busen. Ich … ich hätte nicht gedacht –«

Er war nicht enttäuscht. Er war beeindruckt. Ich zog ihn an mich heran und küsste ihn fordernd auf den Mund. Ich fummelte an den Knöpfen seines Hemdes und seiner Beinkleider herum, ich wollte seine Brust an meiner spüren. Eine ganze Weile standen wir einfach so da, drückten unsere Körper aneinander und atmeten schwer. Dann führte er mich zum Bett.

*

Für den letzten Tag unserer Reise hatte Albert eine Überraschung vorbereitet. Er hielt mir die Augen zu und führte mich durch die Straßen von Chiavenna. Ich erkannte einige der Gerüche unseres kleinen Paradieses wieder – den bitteren Duft von geröstetem Kaffee aus unserem Lieblingscafé, den würzigen, aus der Kirche dringenden Weihrauch, die blumigen Parfums des einzigen Luxusladens in dem kleinen Ort – und hatte daher eine ungefähre Ahnung, wo wir uns bewegten. Doch schon bald hörten die mir vertrauten Gerüche auf. Neugierig sog ich die neue Luft ein. Es roch nach Pferd.

Albert nahm die Hände von meinem Gesicht. Wir befanden uns in einem Stall. Das sollte meine Überraschung sein?

»Wir machen einen Ausflug nach Splügen«, verkündete er.

Aufgeregt ergriff ich seine Hände. Wir hatten so

oft über die verrückte Reise über den Splügenpass gesprochen, uns diesen Luxus aber nie leisten können.

»Ich habe jetzt eine Arbeit, mein Schatzerl«, sagte er stolz, als wollte er die Frage beantworten, die ich noch gar nicht gestellt hatte.

Ich umarmte ihn fest und nahm dann, vom Kutscher am Ellbogen geleitet, in dem gemütlichen Schlitten Platz. Albert quetschte sich daneben, und der Fuhrmann deckte uns mit jeder Menge Fellen, Decken und Schals zu. Je höher wir kämen, desto kälter würde es werden.

»Wie schön, dir so nahe zu sein«, flüsterte ich.

»So nah, wie Liebende sich sein sollten«, flüsterte er zurück und strich mir im Schutz der vielen Decken über die Beine. Wieder schauderte mich, aber nicht von der Kälte.

Der Kutscher nahm seine Position hinter uns ein und ließ die Peitsche schnalzen, worauf die Pferde sich in Bewegung setzten. Fröhlich galoppierten sie über die schneebedeckten Pfade Richtung Splügenpass. Der Kutscher erzählte währenddessen von der langen Geschichte dieses Alpenpasses und von den Wundern der Natur, die uns auf dem Weg begegneten, aber Albert und ich interessierten uns ausschließlich für uns selbst. Stundenlang kuschelten wir uns aneinander, während wir die vielen Kehren hinaufruckelten und nichts als Schnee um uns herum sahen.

»Wie eine weiße Unendlichkeit«, sagte ich. Unendlichkeit. Würde ich je eine wissenschaftliche oder mathematische Entdeckung machen, die ähnlich lange nachwirken würde wie die Theorie der Unendlichkeit?

»Ganz schön warm hier unter den vielen Decken.« Albert zog mich noch enger an sich. »Letzte Nacht war wunderschön, Doxerl. Wenn ich dich so berühre wie letzte Nacht, dann …«

Ich errötete beim Gedanken daran, wie intim wir miteinander gewesen waren, und schmiegte mich noch enger an ihn. Von Nacht zu Nacht war die Vertraulichkeit – und die Leidenschaft – gewachsen. Chiavenna war in der Tat zu unserer ganz persönlichen Hochzeitsreise geworden.

»Ich glaube, ich werde diesem neuen Professor Weber unseren Aufsatz zeigen«, sagte Albert dann. Ich war seine abrupten Themenwechsel in Bezug auf unsere über alles geliebte Arbeit gewöhnt. Kurioserweise hieß Alberts neuer Vorgesetzter in Winterthur ebenfalls Professor Weber.

»Welchen?«, fragte ich, ohne den Kopf von seiner Schulter zu heben. Wir hatten in den letzten Jahren so vieles erarbeitet und aufgeschrieben, und ich war gedanklich ganz woanders.

»Den über die molekulare Anziehung zwischen Atomen«, antwortete er. Seine Stimme klang fern, und die Spannung in seinen Armen ließ nach. Jetzt war er mit seinen Gedanken ganz woanders.

»Du meinst ›Folgerungen aus den Capillaritätserscheinungen‹?« Ich setzte mich auf. Wir hatten geforscht und einen Aufsatz über unsere Theorie geschrieben, dass jedes Atom in Beziehung zu einem molekularen Anziehungsfeld stand, das unabhängig von der Temperatur ist, und davon, wie das Atom chemisch an andere Atome gebunden ist. Die Frage danach, ob und wenn ja wie solche Felder mit der Schwerkraft in Verbindung stehen, hatten wir offengelassen.

»Ja, genau.«

Wir hatten den Aufsatz letzten Monat fertiggestellt und wollten ihn an eine anerkannte Physikzeitschrift schicken. Eine Veröffentlichung würde es uns beiden erleichtern, Arbeit zu finden. »Aber wird er denn nicht fragen, wer der andere Autor ist? Diese Mileva Marić?«

Albert schwieg. »Würde es dir etwas ausmachen, wenn ich nur meinen Namen als Autor anführte? Ich hege die Hoffnung, dass Professor Weber ziemlich beeindruckt sein wird und mir eine feste Stelle anbietet.«

Ich antwortete nicht. Der Gedanke, aus der Autorenschaft dieses Aufsatzes getilgt zu werden, gefiel mir gar nicht, schließlich hatten wir beide gleich intensiv daran gearbeitet. Aber wenn Albert den Aufsatz diesem Professor Weber nur zeigen wollte, um Eindruck zu schinden, und wir denselben Aufsatz später unter unser beider Namen an passende Zeitschriften schickten, sollte es mir recht sein. Mir war alles recht, was Alberts Suche nach einer festen Anstellung möglichst bald zum Erfolg verhelfen könnte.

»Wenn du ihn ihm nur so zum Lesen gibst …« Ich sprach den Satz nicht zu Ende, da ich nicht glaubte, unterstreichen zu müssen, dass es im Falle einer Veröffentlichung bei der gemeinsamen Autorenschaft bleiben sollte. Schließlich wollte Albert stets nur mein Bestes.

»Selbstverständlich, Doxerl«, sagte er. »Stell dir doch nur mal vor, wie schnell wir heiraten könnten, wenn ich dort eine Professur bekäme.«

Ich wollte ihn gerade küssen, als der Kutscher uns unterbrach. »Signor! Wir haben den Pass erreicht. Möchten Sie und die Signora aussteigen und die Grenze zur Schweiz zu Fuß überqueren? Das tun viele meiner Passagiere.«

»Ja«, antwortete Albert. »Meine Signora und ich würden den Splügenpass sehr gerne zu Fuß überqueren.«

Der Splügenpass? Der war mir in diesem Moment vollkommen egal. Ich war Alberts Signora.

Kapitel 17

31. Mai 1901
Zürich

»Fräulein Marić. Würden Sie sich den Zahlen bitte mit etwas größerer Sorgfalt widmen. Ich hatte von Ihnen deutlich mehr Gründlichkeit erwartet.« Professor Webers Nasenflügel blähten sich vor Ärger. Wir gingen die Berechnungen durch, die die Grundlage meiner Dissertation zur Wärmeleitfähigkeit bilden sollten, und saßen dabei so nah beieinander wie noch nie. Ich konnte sehen, mit welcher Präzision Weber seinen schwarzen Bart gekämmt hatte. Ich sah die Röte in seinen Wangen, wenn er sich ärgerte oder enttäuscht war. Aus so großer Nähe schüchterte er mich noch mehr ein als sonst.

»Natürlich, Professor Weber.« Zum zigsten Mal sagte ich das nun schon an diesem Nachmittag, und gleichzeitig dachte ich, dass meine Rückkehr von Como nach Zürich sich anfühlte wie der Abstieg der Engel auf die Erde. Albert würde natürlich laut lachen, wenn er so einen abergläubischen Unsinn hörte, aber ich dachte dabei an eine Stelle aus dem Buch Judas, die meine Mutter oft zitierte: »Auch die Engel, die ihr Fürstentum nicht bewahrten, sondern verließen ihre Behausung, hat er behalten zum Gericht des großen Tages mit ewigen Banden in der Finsternis …« Genau wie sie war ich vom Höhenflug reinster Glückseligkeit hinabgestürzt in die Dunkelheit meiner letzten Tage als Studentin in Zürich, mit Weber als einziger Gesellschaft. Wie sollte ich der Fron weltlicher Dinge – und Webers Gemeinheiten – auch nur eine Spur Positives abgewinnen, nachdem ich vom Himmel gekostet hatte?

»Und glauben Sie bloß nicht, dass Sie, nur weil Sie meine Theorien zur Bewegung von Wärme in Metallzylindern zitieren, leichter bestehen werden«, polterte er.

»Selbstverständlich nicht, Professor Weber.« Unser Verhältnis hatte sich deutlich verschlechtert, seit Albert und ich ihm vor zwei Monaten zufällig händchenhaltend im Park des Universitätsspitals begegnet waren und somit seine Vermutungen hinsichtlich einer romantischen Verbindung zwischen uns bestätigten. Da meine berufliche Zukunft fast ausschließlich von Weber und seinem Wohlwollen abhing, versuchte ich alles, um ihn für mich zu gewinnen. Auf seine Arbeit zu verweisen, war offenbar ein Fehler gewesen. Dass ich immer wieder meinen Tagträumen über unsere Reise nach Como nachhing und Weber mich wiederholt ermahnen musste, war der Sache auch nicht gerade förderlich.

»Die Forschungsarbeit für Ihre Dissertation ist im Grunde sehr gut und solide, aber wenn Sie die nötigen Berechnungen nicht korrekt anstellen, wird alles umsonst gewesen sein.«

»Ja, Professor Weber«, antwortete ich schwach, und mir stiegen fast die Tränen in die Augen. Warum wurde ich in seiner Gegenwart bloß so sensibel? Ich hatte geglaubt, nach mehreren Jahren mit ihm als Dozent abgehärtet zu sein. Aus unerfindlichen Gründen war ich zarter besaitet als sonst.

Hatte es damit zu tun, dass Albert seinen Besuch letzten Samstag abgesagt hatte? Er hatte einigen Studenten außerhalb des Stundenplans Nachhilfeunterricht geben und deshalb in Winterthur bleiben müssen. Vielleicht verletzten mich Webers Spitzen mehr, weil mir Alberts Unterstützung bereits zu lange fehlte?

Trotzdem überraschte es mich, so empfindlich zu sein. Lag der Grund womöglich anderswo? Vielleicht belastete mich die Trennung von Albert – und die Unsicherheit unserer gemeinsamen Zukunft – doch mehr, als ich gedacht hätte.

Albert hatte mich an den vergangenen Sonntagen besucht, wobei ich vor unserem ersten Wiedersehen nach unserem Stelldichein in Como arg nervös gewesen war. Seine Briefe an mich waren voll glühender

Zuneigung gewesen – »Ich liebe dich, mein liebstes Doxerl, und kann es gar nicht abwarten, dich am Sonntag wiederzusehen … Einzig die Gedanken an dich und unsere gemeinsame Zeit am Comer See versüßen mir die Tage« –, aber ich hatte befürchtet, wir würden nach unserem intimen Beisammensein nun befangen miteinander umgehen. Doch selbst innerhalb der strengen Rahmen der Pension Engelbrecht sowie der Cafés und Parks in Zürich konnten wir kaum anders, als ungezwungen und sehr vertraut miteinander umzugehen und uns unsere Zuneigung zu zeigen. Ähnlich war es an den folgenden Sonntagen gewesen.

Doch jetzt musste ich mich wieder mit der Dissertation und dem Examen befassen. Die Vorbereitung auf die Prüfungen verdarb mir zunehmend die ganz natürliche Freude an der Physik, und die Erarbeitung meiner Dissertation zusammen mit Weber machte jede Hoffnung auf Vergnügen zunichte. Wo war meine mir angeborene Begeisterung für die Physik geblieben? Früher hatte mich das alles wie magisch angezogen, ich hatte in der Physik den Schlüssel zu Gottes Plan mit den Menschen und der Welt vermutet, sie war quasi meine Religion gewesen. Im Moment kam sie mir vor wie gottlose Fron. Ich konnte ihr nichts Erhebendes mehr abgewinnen.

»Wenn Sie Ihre Aufmerksamkeit bitte auf Seite sechzehn richten würden, da habe ich einige nachlässige Berechnungen markiert. Wenn Sie so arbeiten, Fräulein Marić, befürchte ich, dass noch Monate vergehen werden, bis Sie diese Arbeit abgeschlossen haben«, schnauzte Weber mich an.

Schlagartig wurde mir speiübel. Ohne mich noch entschuldigen zu können, sprang ich auf und hastete, so schnell ich konnte, die zwei Stockwerke hinauf zur einzigen Damentoilette im ganzen Gebäude. Von der Angst getrieben, es nicht mehr rechtzeitig zu schaffen, riss ich die Tür auf. Ich kniete mich vor das Klosett und übergab mich. Mir war noch nie in meinem ganzen Leben so schlecht gewesen.

Als sich der Brechreiz gelegt hatte, ließ ich mich auf die Fersen sinken. Hatte ich etwas Verdorbenes gefrühstückt? Ich hatte lediglich Marmeladentoast gegessen und Tee mit Milch getrunken. Die gekochten Eier hatte ich nicht angerührt. Wovon konnte mir denn nur so schlecht sein? Doch wohl nicht nur von Webers Kritik.

Dann fiel mir etwas ein. Etwas, das ich stets für unmöglich gehalten hatte. Ich dachte nach, rechnete kurz – und schnappte nach Luft.

Es war noch früh, aber ich war mir ganz sicher. Schließlich war ich Mathematikerin und Physikerin, auch wenn Weber an meinen Fähigkeiten zweifelte. Ich war schwanger.

Kapitel 18

2. Juni 1901
Zürich

Ich ging im vorderen Salon auf und ab. Das Muster des fadenscheinigen türkischen Teppichs war kaum mehr zu erkennen, und ich überlegte, dass mein vieles Auf- und Abgehen in der letzten Woche sicher einen Großteil zu dessen Abnutzung beigetragen hatte. Warum nur ereigneten sich so viele für mich lebensentscheidende Dinge im Salon der Pension Engelbrecht?

Das letzte Mal, als Albert sonntags nach Zürich kam, war ich auch unruhig auf- und abgegangen – allerdings vor lauter Vorfreude auf unser Wiedersehen. Heute war ich unruhig, weil ich es mit der Angst bekam. Wie würde Albert auf meine Neuigkeiten reagieren?

Als ich endlich sein ganz eigenes Klopfen hörte und schließlich seine braunen Augen in der Tür funkeln sah, war meine Unruhe kurz wie verflogen. Ich wollte mich ihm in die Arme werfen. Und so, wie er die Arme instinktiv ausstreckte, wollte er ganz bestimmt dasselbe. Doch Frau Engelbrechts strenges Schniefen hielt uns zurück.

Wir mussten den Anstand wahren und beschränkten uns daher auf eine höfliche Verneigung und einen Knicks. Unter seinem Schnurrbart sah ich Alberts Mundwinkel sich zu einem verschlagenen Grinsen verziehen.

Normalerweise hielt Frau Engelbrecht sich einfach nur in unserer Nähe auf, ohne ein Wort zu sagen, aber ich muss wohl ziemlich spitz ausgesehen haben, denn an diesem Tag fragte sie: »Ist Ihnen nicht wohl, Fräulein Marić? Soll ich das Mädchen bitten, Ihnen etwas Tee zu bringen, damit Sie wieder Farbe ins Gesicht bekommen?«

»Das wäre ganz wunderbar, Frau Engelbrecht, vielen Dank. Sehr freundlich von Ihnen.«

Sie ging hinaus, und ich hörte Albert ausatmen. Es gab nicht viele Menschen, vor denen er Angst hatte, aber Frau Engelbrechts matronenhafte Art schüchterte ihn doch ein wenig ein.

Er nahm meine Hand. In die Arme würde er mich erst schließen, nachdem das Mädchen den Tee serviert und Frau Engelbrecht den Salon endgültig verlassen hatte. »Ach, Doxerl. Zwei Wochen sind einfach zu lang.«

»Ich weiß, Jonzerl. Die letzten Tage waren wirklich schlimm.«

»Meine arme Mieze. Prüfungsvorbereitungen und

regelmäßige Treffen mit Weber. Ich erinnere mich an beides nur zu gut – ist kein Spaß.« Er gluckste mitfühlend.

»Ich hatte mit weit mehr zu kämpfen, Albert.«

Er spielte mit meinen Fingern. »Ich weiß, Doxerl. Nach Como ist es noch viel seltsamer, von dir getrennt zu sein. Ein Leben ohne dich ist kein Leben.« Er reckte den Hals, um zu sehen, ob wohl jemand im Flur war, und küsste mich dann verstohlen.

Das Dienstmädchen betrat mit einem klirrenden Teetablett den Salon. Albert und ich setzten uns auf das Kanapee und waren angespannt darauf, dass sie die himmelblaue Teekanne, die Tassen und die Zuckerdose abstellte und uns einschenkte. Mein Herz schlug von Minute zu Minute lauter, doch das Mädchen ging nicht. Ob Frau Engelbrecht wohl angeordnet hatte, sie solle bei uns bleiben und uns im Auge behalten?

Irgendwann stand Albert auf, zog mich ebenfalls hoch und flüsterte: »Komm, wir entfliehen diesem spießbürgerlichen Gefängnis. Wir brauchen die Natur, die Freiheit.«

Arm in Arm gingen wir bis zum Spitalpark. Die Luft war frisch und klar, und zum ersten Mal seit Tagen schien die Sonne. Ich fühlte mich beschwingt. Wir schritten durch das Parktor, und ich löste mich von Albert, um eine besonders strahlende blau-lila Alpenakelei zu bewundern.

Ich bückte mich, um an ihr zu riechen, da spürte ich Alberts Hände um meine Taille. »Jetzt bist du auch nicht mehr ungepflückt, mein Herz.«

Ich errötete.

Ich hakte mich wieder bei ihm unter, während wir weiterschlenderten und Albert mir von der vergangenen Woche erzählte – der Unterricht noch nicht ganz erwachsener Knaben brachte so seine Herausforderungen mit sich. Gleich darauf berichtete er mir aber wieder von seinen privaten Forschungen – seinen Gedankenexperimenten, wie er das nannte – im Bereich der Thermoelektrizität. Normalerweise befassten wir uns gemeinsam mit diesen Dingen, aber angesichts der Fertigstellung meiner Dissertation und der Prüfungsvorbereitungen war das bis auf Weiteres ein Ding der Unmöglichkeit. »Ich bin aber noch nicht ganz zufrieden mit meiner Theorie, Doxerl.«

»Und warum nicht?«

»Wie du ja weißt, basiert sie zu großen Teilen auf Drude. Aber ich habe in Drudes Text ein paar Fehler gefunden. Wie soll ich meinen Aufsatz veröffentlichen, wenn die Forschung, auf der er aufbaut, voller Mängel ist?«

Er erzählte, welche Probleme er in Drudes Arbeit entdeckt hatte, und bat mich um Rat. Ich dachte kurz nach und sagte dann: »Du könntest doch an Drude schreiben und ihn auf seine Fehler hinweisen, dann würde es dir vielleicht leichter fallen, deine

Theorie publik zu machen. Und wenn du einigermaßen taktvoll bist – sozusagen von Physikliebhaber zu Physikliebhaber – könntest du dich vielleicht sogar mit ihm verbünden.«

»Das ist eine großartige Idee, Doxerl. Ein bisschen kühn vielleicht, aber das passt ja zu uns. Schließlich sind wir Bohemiens – richtig?«

Ich lächelte. Ich liebte es, Albert glücklich zu machen. Insbesondere, wenn ich ihm etwas beunruhigende Neuigkeiten beibringen musste. »Ja, das sind wir.«

Wir schlenderten eine Weile schweigend weiter. War jetzt der richtige Augenblick, ihm zu sagen, dass ich schwanger war? Ich nahm mehrere Anläufe, doch dann verließ mich der Mut, und ich fragte ihn etwas, das mich seit Como beschäftigt hatte. »Hast du deinem Winterthurer Professor Weber unseren Aufsatz gezeigt?« Ich betonte das Wort »unseren« und wollte Albert damit daran erinnern, dass ich ihm lediglich für diesen einen Zweck gestattet hatte, meinen Namen aus der Autorenschaft zu tilgen.

»Ja, ja«, sagte er, ohne ganz bei der Sache zu sein.

»Und was hat er zu unseren Theorien über das Phänomen der Kapillarität gesagt?«

»Er fand das sehr interessant«, antwortete Albert und kehrte dann zu seinen Überlegungen zur Thermoelektrizität zurück. So war er nun mal: Wenn er sich intensiv mit einem bestimmten Thema befasste, war er praktisch nicht mehr davon abzubringen. Albert hatte mir schon oft erzählt, dass die finanziellen Schwierigkeiten seiner Familie daher rührten, dass sein Vater einmal eine Fabrik für elektrische Geräte gegründet hatte, die er nach weniger als zehn Jahren wieder schließen musste. Aus diesem Grund lag es Albert erklärtermaßen ganz besonders am Herzen, derjenige zu sein, der eines Tages das Geheimnis lüftete, wie Elektrizität rein naturwissenschaftlich eigentlich funktionierte. Es freute mich, ihn nach den vielen Monaten der Sorge und Trübsal wieder glücklich und eifrig zu sehen, und verfolgte die Sache mit dem Aufsatz nicht weiter.

Nichts lag mir ferner, als ihm die Laune zu verderben. Aber ich wusste, es blieb mir nichts anderes übrig.

Wir erreichten das Café Metropole, wo wir uns einen abseitsgelegenen Tisch im Freien sicherten. Jetzt, da er eine Arbeit hatte, war Albert ganz aus dem Häuschen darüber, zu unserem Lieblingscafé zurückzukehren. Jetzt würden ihm Gespräche mit alten Bekannten nichts mehr anhaben können. Noch bevor ich etwas sagen konnte, winkte er einen uns bekannten Kellner heran. »Heinrich! Zwei Milchkaffee bitte.«

Kaum hatte der Kellner die Tassen vor uns abgestellt, bezahlte Albert stolz die Rechnung für uns beide. Heinrich zog überrascht die Augenbrauen hoch – schließlich hatte Albert noch nie den Kaffee für mich bezahlt –, sagte aber nichts. Wir stießen mit den Tassen an, und er sagte: »Ich wünschte, wir könnten jetzt sofort unser wunderschönes gemeinsames Leben beginnen, mein liebes Doxerl. Aber irgendetwas scheint das Schicksal dagegen zu haben. Der Widerstand meiner Eltern, und jetzt nur eine befristete Stelle …«

»Ich weiß, Jonzerl. Das ist ungerecht.«

Albert stellte seine Tasse ab und strich mir über die Wange. »Meine Liebste. Ich bin sicher, das lange Warten wird sich lohnen. Wenn erst alle Hindernisse und Sorgen überwunden sind, wird sich das Blatt ganz schnell zu unserem Vorteil wenden.«

»Es kann sich nicht schnell genug wenden.« Er hatte natürlich keine Ahnung, wie dringend ich auf diese Wende angewiesen war.

Er lächelte. »Ich habe Neuigkeiten für dich. Ich hab's bisher vor dir geheim gehalten.«

Sein schelmisches Grinsen verriet mir, dass er nur Spaß machte, und ich gab vor zu schmollen. »Wir haben uns doch versprochen, niemals Geheimnisse voreinander zu haben.« Dabei hatte ich bereits seit fast einer Woche eines vor ihm.

»Dieses Geheimnis wird dir aber gefallen, mein Hexchen.« Er hielt kurz inne, dann verkündete er: »Abgesehen von den Aussichten auf die Stelle in Bern, von denen Marcel erzählt hat, hat Michele Besso womöglich auch eine Stelle für mich.«

Ich warf jegliche Etikette über Bord und küsste Albert auf die Wange. Durch einen guten Freund wie Michele Besso eine Stelle vermittelt zu bekommen, war deutlich aussichtsreicher als die vielen Bewerbungen, die Albert an Universitäten in ganz Europa geschickt hatte. Vielleicht wendete sich das Blatt bereits jetzt.

Ich hielt den Augenblick für gekommen.

»Ich habe auch Neuigkeiten für dich. Über die du dich aber vielleicht nicht so sehr freuen wirst wie ich mich über deine.« Meine Stimme bebte ein wenig.

»Hoffentlich nicht noch ein Stellenangebot? Ich muss gestehen, es war schon ein wenig erniedrigend für mich, dass du bereits eine Arbeit angeboten bekamst, als ich mich vergeblich bemühte und bewarb. Nicht, dass ich nicht stolz auf mein Doxerl gewesen wäre, natürlich.« Sein Hinweis auf die Stelle in Zagreb, die ich abgelehnt hatte, erinnerte mich wieder an das Opfer, das ich gebracht hatte. Ich hoffte sehr, keine weiteren bringen zu müssen, aber mein gegenwärtiger Zustand machte die Sache kompliziert. Opfer zu bringen könnte zum Gebot des Tages werden.

»Nein, kein Stellenangebot.« Wie sollte ich es ihm sagen? Mit welchen Worten konnte ich die Schreckensnachricht abmildern?

»Was ist es dann, meine Mieze?«, fragte er und rutschte näher an mich heran.

Auch ich kam ihm näher, damit ich flüstern konnte: »Ich bin in Umständen.«

Wie ein aufgeschrecktes Kaninchen wich er zurück, soweit es ihm sein Stuhl erlaubte. »Bist du sicher?«

»Ja. Wegen Como.«

Er fuhr sich mit den Fingern durchs Haar. Dann nahm er nicht, wie von mir erhofft, meine Hand, sondern griff nach der Pfeife in seiner Tasche.

»Und was machen wir jetzt, mein allerliebster Schatz?«, sagte er schließlich.

Wir. Das Wort »wir« war zwar noch kein direkter Heiratsantrag, aber immerhin betrachtete er die Schwangerschaft als unser gemeinsames Problem, nicht als allein meines. Das war eine enorme Erleichterung. »Was schlägst du vor, mein Liebster?«, fragte ich zurück.

Er paffte eine Ewigkeit an seiner Pfeife herum. Dann blies er einen großen Rauchkringel in die Luft, nahm endlich meine Hand und sah mich an. »Ich weiß zwar noch nicht genau, wie wir mit dieser Situation umgehen werden, Doxerl, aber ich will, dass du glücklich bist und dir keine Sorgen machst, während ich mir eine Lösung überlege. Bitte fasse dich in Geduld und warte ab.«

Ich sollte abwarten? Aber ich wartete doch schon so lange! Seit fast einem Jahr wartete ich bereits darauf, dass Albert eine feste Stelle fand, damit wir heiraten konnten – und da war ich noch nicht schwanger. »Ich habe aber leider nicht besonders viel Zeit, Jonzerl«, sagte ich im freundlichsten Ton, der mir möglich war. Ich wusste, wie empfindlich Albert auf Druck reagierte.

Diskret strich er mir mit der freien Hand über den flachen Bauch und fragte: »Wann kommt der Bub?«

»Der Bub?« Ich musste lachen. Wie kam er darauf?

»Ja.« Er lächelte. »Unser Jonzerl junior. Oder unser Hanserl.« Ich musste lachen.

»Und was wäre mit einem kleinen Mädchen? Mit einem Lieserl?«, witzelte ich. Ich hatte mir vorgestellt, dass es ein Mädchen wird. Es fühlte sich gut an, mit Albert zu lachen.

»Das werden wir dann schon sehen.«

»Ich schätze, dass er oder sie im Januar geboren wird.«

»Im Januar.« Er lächelte. »Im Januar werde ich Vater. Bis dahin sind es ja noch viele Monate, Doxerl. Bis dahin wirst du verheiratet sein und dein eigenes Heim haben, versprochen. Stell dir doch mal vor, wie schön das sein wird, wir beide und das Kleine in unseren eigenen vier Wänden, wo wir ungestört arbeiten können und keine Frau Engelbrecht uns überwacht! Dann können wir tun und lassen, was wir wollen«, sagte er mit leicht anzüglichem Lächeln.

Verstand er denn nicht, dass ich nicht bis Januar warten konnte? Wenn ich mir im Anschluss an mein Examen Hoffnungen auf eine Stelle machen wollte, musste ich *jetzt* heiraten, vor den Prüfungen und bevor mein Zustand sichtbar wurde. Eine uneheliche Schwangerschaft würde meinen guten Namen für immer beschädigen. Sie würde meinen privaten Ruf runieren, bevor ich die Gelegenheit hatte, mir eine berufliche Reputation aufzubauen. All die Jahre harter Arbeit, die unerschütterliche Unterstützung meines Vaters, um mir ein selbstständiges Leben als Wissenschaftlerin zu ermöglichen, wären dahin. Selbst wenn wir jetzt sofort heirateten und das Kind nach sieben Monaten zur Welt käme, würde ich mich mit Kritik und Widerstand konfrontiert sehen, weil ich als Mutter weiter berufstätig sein wollte. Und was meinte er eigentlich damit, dass wir ungestört in unserem eigenen Zuhause arbeiten könnten? War ihm nicht klar, wie viel Unruhe ein Säugling mit sich brachte? Ich konnte mich noch sehr gut an den Lärm und die Geschäftigkeit im Haus erinnern, nachdem Zorka und Miloš geboren waren. Ein Neugeborenes würde unablässig Aufmerksamkeit verlangen.

Ich hätte am liebsten geschrien. Sah Albert denn wirklich nicht, dass mein Leben im Begriff war, zerstört zu werden? Mir wurde übel, allerdings nicht von den anderen Umständen.

Aber ich sagte nichts von dem, was mir durch den Kopf ging. Albert schätzte mich als eine starke, unabhängige Partnerin. Ich durfte mich jetzt auf keinen Fall in eine nörgelnde Spießerin verwandeln, von denen es in seiner Familie nur so wimmelte. Ich durfte auf gar keinen Fall riskieren, ihn gegen mich aufzubringen. Was, wenn er beschloss, mich zu verlassen? Das wäre mein Ende.

Stattdessen sagte ich: »Unser eigenes Heim? Wo niemand uns stört? Ach, Jonzerl, wenn du so etwas sagst, vergesse ich ganz meine Sorgen darüber, wie unsere Eltern wohl reagieren werden und was aus meiner beruflichen Zukunft wird.«

»Doxerl. Eines Tages werden wir alles, was wir uns wünschen, haben: Arbeit, Ehe, ein Heim. Das verspreche ich dir.«

Er nippte an seinem Kaffee. »Ich muss dir noch etwas erzählen«, sagte er. »Eine wirklich aufregende Entwicklung der letzten Woche.«

»Ja?« Vielleicht weitere Stellenangebote?

»An meinem freien Vormittag hatte ich Zeit, detailliert in *Wiedemanns Annalen* zu lesen. Und du wirst es nicht glauben, aber in seinem Text habe ich Belege für die Elektronentheorie gefunden!« Seine Augen glänzten.

Wie konnte er nur annehmen, dass ich in einem Augenblick wie diesem daran interessiert sein könnte, etwas über seine abstrakten Physiktheorien statt über seine konkreten beruflichen Aussichten zu hören? Erwartete er von mir, mich an einem hochgeistigen Diskurs über die Grundlagen des Lebens zu beteiligen?

Als würde ich über mir selbst schweben und auf mich herunterblicken, hörte ich mich sagen: »Wie aufregend.« Mein Ton musste wohl zu meinen knappen Worten gepasst haben, denn Albert verstummte in seinem Monolog. Er bemühte sich, sich von den ihn so einnehmenden physikalischen Überlegungen zu lösen, und betrachtete mich. Nahm mich wahr. Und ganz kurz auch sich selbst.

»Ach, Doxerl, es tut mir leid. Ich möchte nicht, dass du deswegen unter Druck gerätst. Ich verspreche dir, mich weiter eifrigst nach einer festen Stelle umzusehen. Ganz gleich, was, ich nehme alles an. Auch, wenn es unter meiner Würde ist. Sobald ich eine Arbeit habe, heirate ich dich, und unseren Eltern sagen wir erst Bescheid, wenn alles vorbei ist. Wir müssen sie einfach vor vollendete Tatsachen stellen, dann werden sie es schon akzeptieren.«

»Bestimmt?« Endlich sagte er, was ich so gerne hören wollte, obschon er dabei großes Gewicht auf die Reaktion unserer Eltern legte. Ich war inzwischen in einer Situation, in der mir die Schutz- und Trutzburg einer Ehe weit wichtiger war als der Segen unserer Eltern. Ich wusste jetzt schon, wie sehr seine Eltern die Nachricht unserer Eheschließung verurteilen würden – seine Mutter verabscheute mich.

»Natürlich. Wir werden das unkonventionelle Leben führen, von dem wir immer geträumt haben, und in unseren eigenen vier Wänden immer weiter forschen.« Er grinste so breit, dass sich die Lachfältchen an seinen Augenwinkeln vertieften. »Nur mit einem kleinen Buben auf dem Schoß.«

Ich schloss die Augen und legte den Kopf auf seine Schulter. Eine süße Minute lang gestattete ich es mir, mich Alberts schönem Traum hinzugeben.

Kapitel 19

20. August 1901
Kać
und 7. bis 18. November 1901
Stein am Rhein

Leider gingen unsere Pläne nicht auf – wir konnten unseren Eltern nicht feste Anstellungen und Eheschließung auf einmal präsentieren. Sämtliche Bemühungen Alberts, im Anschluss an seine Vertetungstätigkeit in Winterthur eine Arbeit zu finden, schlugen fehl, und so waren wir gezwungen, vorübergehend zu unseren Familien zurückzukehren und den Eltern von unserer Situation zu berichten. Ich hatte die Prüfungen hinter mich gebracht, konnte aber aufgrund der immer sichtbarer werdenden Schwangerschaft nicht in Zürich bleiben, während ich auf die vermutlich vernichtenden Ergebnisse wartete. Ich musste zu meinen Eltern nach Kać zurückkehren und dort an meiner Dissertation weiterarbeiten. Albert blieb, da mittellos, nichts anderes übrig, als sich seinen Eltern anzuschließen, die in Mettmenstetten im Hotel Paradies ihren Urlaub verbrachten. Er befand sich also im Paradies, während ich in Kać die Hölle auf Erden erlebte. Das schmerzte.

Die Reaktion meines Vaters auf die Schwangerschaft fiel schlimmer aus, als ich befürchtet hatte. Er bekam keinen rasenden Wutanfall, nein – er sackte in sich zusammen, und zum dritten Mal in meinem Leben sah ich ihn weinen. »Ach, Mitza, wie konntest du nur?« Er brauchte nicht laut auszusprechen, was er dachte, ich wusste es auch so: Wie konnte ich nur, nachdem er mir durch den Dschungel der männerdominierten Naturwissenschaften und der Mathematik einen Weg gebahnt hatte, jetzt alles über Bord werfen – für nichts und wieder nichts. Das war ein Schlag ins Gesicht der ganzen Familie.

Seine Enttäuschung angesichts der mir per Post zugestellten Prüfungsergebnisse hielt sich dann vergleichsweise im Rahmen. Kaum war mein Vater über meine Schwangerschaft im Bilde, hatte ich ihn auch schon darauf vorbereitet, dass ich vermutlich durchgefallen war. Ich erzählte ihm, wie viel ich gelernt hatte, und wie entsetzlich es mir in den Wochen vor und auch während der mündlichen Prüfungen gesundheitlich ergangen war. Ständig war mir übel gewesen, immer wieder musste ich mich übergeben, Tag und Nacht war mir schwindelig, und das Schnüren meines Korsetts gestaltete sich immer schwieriger. Mitten in der mündlichen Prüfung hatte ich aufspringen und den Raum verlassen müssen, um mich nicht vor den Prüfern, unter ihnen Professor Weber, zu übergeben. All diese Schilderungen berührten meinen Vater nicht weiter, und auch die Noten nicht, als sie dann endlich da waren und wie erwartet ausfielen. Er wusste, dass meine Träume von einer beruflichen Laufbahn in dem Moment zerstört waren, als ich schwanger wurde. Die Niederlage der nicht bestandenen Prüfungen geriet da zur Nebensache. Er deutete immer wieder an, ich solle das Kind zur Adoption freigeben, aber selbst das hätte weder meine Ehre noch meine berufliche Zukunft gerettet.

Meine Mutter dagegen war ausschließlich an meinem Seelenheil interessiert. Stündlich betete sie zur Jungfrau Maria und bat sie, mir meine Sünden zu vergeben, aber wenn sie mich fragte, wie es mir ging, konnte ich auch eine Spur von Mitgefühl erkennen. Sie sagte, es käme nur selten vor, dass Frauen mit meinem Hüftleiden überhaupt schwanger würden, und noch seltener, dass die Geburt komplikationslos verlief. Sofort ergänzte sie ihre Gebete um inständige Bitten für meine Gesundheit und die des Kindes, dabei neigte sie den Kopf tief, als sei er schwer von Schande.

Erst als der Brief von Alberts Eltern uns erreichte, zeigten meine Eltern sich mir gegenüber etwas sanfter: Herr und Frau Einstein nannten mich darin eine Hure. Und obwohl der Brief von beiden unterschrieben war, wusste ich, dass Alberts Mutter die

Zeilen verfasst hatte. Sein Vater hätte sich nie solcher Schimpfwörter bedient.

Worte voller Hass, die auch mir niemals über die Lippen gekommen wären, und die ich erst recht nicht der Mutter meines Enkelkindes geschrieben hätte.

»Der Brief ist nicht nur beleidigend, sondern auch blanker Unsinn«, regte mein Vater sich auf, nachdem einer seiner seltenen Wutanfälle, in dessen Verlauf er ins Sofa boxte und gegen Wände trat, sich gelegt hatte. Auf seinem zornesroten Gesicht breitete sich ein schiefes Lächeln aus. »Ein arbeitsloser Physiker ist schließlich alles andere als eine gute Partie.«

Ich musste lachen. Er hatte recht, nüchtern betrachtet war Albert beileibe kein Hauptgewinn. Nach so vielen bedrückten Wochen war dies der erste fröhliche Moment.

»Wenn Alberts Mutter glaubt, wir erlauben unserer wunderschönen serbischen Tochter, ihren Tunichtgut von einem Sohn zu heiraten, irrt sie sich gewaltig«, schimpfte mein Vater und setzte sich an den Schreibtisch, um eine Antwort zu verfassen. Ihm wäre es lieber gewesen, ich zöge dieses uneheliche Kind allein groß oder gäbe es zur Adoption frei, als dass unsere Familie weiter mit Alberts boshaften Eltern in Verbindung stünde – ganz gleich, welchen Schaden mein Leumund und der Ruf meiner Familie dabei nehmen würden.

Er glaubte fest daran, dass ich ohne Albert besser dastünde.

Helene gestand ich alles: die Schwangerschaft, meine Sorge, inwieweit Albert tatsächlich zu mir stand, die Probleme mit unseren Eltern. Zu Alberts Mutter schrieb ich Helene: »Wie kann es nur so abscheuliche Menschen auf der Welt geben? Sie will ganz offensichtlich drei Leben auf einmal zerstören: meins, das ihres Sohnes und das ihres Enkelkindes!« Helene war die Einzige, die nicht mit Wut, Sorge oder Furcht um mein Seelenheil reagierte, sondern mit Mitgefühl.

Als Albert wochenlang nicht in Kać auftauchte, schienen auch meine Eltern Mitleid mit mir zu bekommen. Ich hörte sie über mich, »die arme Mitza«, reden, und ich hörte sie weinen. Ich wusste, dass meine Eltern sich mein ganzes Leben auf einen solchen Moment der Ablehnung vorbereitet hatten. Ihr Mitleid legte sich um mich wie die Tentakel eines Riesenkalmars, bis ich keine Luft mehr bekam. Immer wieder hatte ich das Gefühl, das alles nicht eine Minute länger ertragen zu können.

Nach drei Monaten voller Enttäuschung, Sorge und Mitleid musste ich aus Kać heraus. Im November arrangierte ich unter dem Vorwand, durch ein Treffen mit Professor Weber möglicherweise meine Dissertation retten zu können, eine Reise nach Zürich. Ich glaubte nicht, dass mein Vater mir das abnahm.

Zum einen konnte ich meinen immer dicker werdenden Bauch selbst unter einem eng geschnürten Korsett kaum noch verbergen, und zum anderen war es doch sehr unwahrscheinlich, dass ich, nachdem ich durch die Prüfungen gefallen und somit ohne Studienabschluss war, einen Doktorgrad erlangen könnte. Und doch erlaubte mein Vater mir die Reise und gab mir sogar Geld dafür. In Wirklichkeit wollte ich natürlich zu Albert. Er war mein einziger Trost, der Balsam für meine wunde Seele.

*

Das rote Schild mit dem Schriftzug »Schaffhausen« darauf flog so schnell am Zugfenster vorbei, dass ich es fast übersehen hätte. Ich reckte den Hals, um einen Blick auf die Festung aus dem 16. Jahrhundert zu erhaschen, die Albert in seinen Briefen so wunderschön beschrieben hatte. Ich sah nichts von der Stadt – nicht die mit Kopfstein gepflasterten Straßen, nicht die astronomische Uhr –, sondern nur den die Stadt umgebenden Wald. Ob das wohl die Außenbezirke waren, wo Albert wohnte und einem jungen Engländer Privatunterricht erteilte, damit dieser die Matura bestand? Es handelte sich um eine befristete Stelle als Hauslehrer, die einzige, die er sich nach Ende der Vertretungsstelle in Winterthur im August hatte sichern können.

Ich wäre gerne ausgestiegen und hätte mich umgesehen, aber ich durfte nichts riskieren. Nicht in meinem Zustand. Wenn irgendjemand uns zusammen sähe, wäre auch Alberts Ruf und damit sein berufliches Fortkommen gefährdet. Das konnten wir uns nicht leisten.

Nein, ich würde erst an der nächsten Station aussteigen. Ich hatte beschlossen, mir etwa zwanzig Kilometer östlich in Stein am Rhein ein Zimmer zu nehmen und Albert von dort von meinem Überraschungsbesuch zu schreiben. Er war meiner Bitte, nach Kać zu kommen und mit meinen Eltern über unsere Situation zu reden, nicht nachgekommen – angeblich, weil er lediglich hundertfünfzig Franken im Monat verdiente und sich nicht einmal die Fahrt zu seinen eigenen Eltern leisten konnte. Also fuhr ich zu ihm.

Von meinem Zimmer im Hotel Steinerhof aus schickte ich Albert Blumen und eine Nachricht, wo ich zu finden sei. Dann machte ich es mir gemütlich, befreite den wachsenden Bauch aus dem engen Korsett und konnte endlich einmal lesen, ohne von meinen Eltern gestört oder verurteilt zu werden. Ich wartete.

Einen ganzen Tag lang kam keine Antwort. Ich geriet in Panik. Wieso brauchte Albert so lange? War er womöglich verreist? Oder krank? Stimmte etwas mit der Post nicht? Ich schrieb einen zweiten Brief.

Dieses Mal kam schnell Antwort. Ohne meinen

ersten Brief zu erwähnen, gab Albert seiner Überraschung und Freude über meinen Besuch Ausdruck, unterstrich aber gleichzeitig, er könne mich nicht sofort aufsuchen. Er führte zwei Entschuldigungen dafür an: Zum einen sei sein Vetter Robert Koch zu Besuch, dessen genaues Abreisedatum unsicher sei, da er seinen Fahrschein verloren habe und nun auf Geld von seiner Mutter wartete, um einen neuen erwerben zu können. Zum anderen reichten seine eigenen hundertfünfzig Franken Lohn leider nicht aus, um sich einen Fahrschein nach Stein am Rhein zu kaufen.

Der Brief endete mit zahlreichen Liebesschwüren, doch kein Kosename konnte mich besänftigen. Glaubte er wirklich, mich so billig abspeisen zu können? Wie konnte er es wagen, nicht sofort herzukommen? Hatte seine Mutter ihn jetzt doch gegen mich aufgebracht? Die Sache mit seinem Vetter konnte ich verstehen, schließlich wollte ich nicht, dass unsere Familien von meinem Besuch bei Albert erfuhren. Aber das mit dem Geld? Seine schwangere Liebste hatte gerade eine fast zweitägige Reise hinter sich gebracht, um ihn zu sehen, und er hatte nicht mal dreißig Franken für eine kurze Zugfahrt übrig? Hundertfünfzig Franken im Monat waren nicht viel, aber wenn er zu wirtschaften wüsste, hätte er bereits eine kleine Summe ansparen können, um in Zürich eine

Wohnung zu finden. Ein Zugfahrschein sollte doch kein Problem sein.

Zusammen mit dem ärgerlichen Brief schickte Albert ein paar seiner Bücher, vermutlich, um mich zu beschäftigen, bis er mich besuchte. Ich versuchte, mich auf den Text des Psychiaters Auguste Forel zu konzentrieren, seines Zeichens ärztlicher Direktor der berühmten Züricher Burghölzli-Klinik – vergeblich. Ein weiterer mich vertröstender Brief von Albert am Tag seines anvisierten Besuches half auch nicht weiter. Er schob alles auf seine Arbeit, seinen Vetter, seine Finanzen. Nur nicht auf sich selbst.

Ich kochte vor Wut, und dieses Mal beherrschte ich mich nicht. Wenn er nicht einmal genügend Zeit und Geld zusammenkratzen konnte, um mich in der zwanzig Kilometer entfernten Nachbarstadt zu besuchen, nachdem ich selbst mehrere Länder durchquert hatte, um ihn zu sehen – was konnte ich dann längerfristig von ihm erwarten? Ich schickte ihm eine weitere Nachricht, mit der ich ihm eine Frist von drei Tagen setzte. Denn drei Tage würde mein Geld noch reichen.

Doch Albert kam nicht. Ich wartete vergeblich in meinem Zimmer im Hotel Steinerhof, bis mir das Geld ausging. Zehn Tage nach meiner Ankunft in Stein am Rhein kehrte ich allein nach Kać zurück.

Die Reise hatte meine Wunden nicht geheilt, sondern sie entzündet. Es sah ganz so aus, als stünde ich mit meiner Schwangerschaft allein da – genau, wie meine Eltern es vorausgesagt hatten.

Kapitel 20

27. Januar 1902
Kać

Ich schrie. Mama tupfte mir die Stirn. Ich hörte animalisches Stöhnen. War da ein Tier mit im Geburtszimmer? Diese Geräusche konnten doch nicht von mir stammen! Die Schreie ja, aber nicht diese kehligen, verzweifelten Laute.

»Was sind das für Geräusche, Mama?«, fragte ich heiser.

Verwundert sah meine Mutter mich an. »Die einzigen Geräusche hier kommen von dir, Mitza.«

Wie konnte das meine Stimme sein? Wie konnte das mein Körper sein?

Wieder schüttelten mich Schmerzen. Ich umklammerte die Hand meiner Mutter, während Frau Konaček, die Hebamme, mich abermals untersuchte. Ich versuchte, tief einzuatmen und ruhig zu bleiben, wie sie mich angewiesen hatte, aber mein Körper krümmte sich, als die nächste quälende Woge mich erfasste. Wann würde das ein Ende haben?

»Jetzt dauert es nicht mehr lange«, sagte Frau Konaček.

Nicht mehr lange? Ich lag bereits seit zwei Tagen in den Wehen! Viel länger hielt ich das nicht mehr aus. Frau Konaček hatte mich vorgewarnt, dass die Geburt sich aufgrund meines Hüftleidens in die Länge ziehen würde. Ich war unendlich müde, konnte aber vor lauter Schmerzen nicht schlafen.

Ich sah in die mir vertrauten Augen der Hebamme. Sie hatte mir und allen meinen Geschwistern auf die Welt geholfen, tot wie lebendig. »Denk an etwas Schönes. Deine Mutter und ich gehen eben hinaus an den Brunnen und holen frisches Wasser«, sagte sie und tätschelte mir die Hand.

An etwas Schönes? Vor nicht allzu langer Zeit wäre das Albert gewesen. Nach Schaffhausen allerdings war mein Vertrauen in ihn so erschüttert, dass der Gedanke an ihn kein schöner mehr war. Zwar hatte er mir seither in seinen Briefen von der so gut wie sicheren Stelle als technischer Experte beim Patentamt in Bern berichtet, von der Herr Grossmann uns einst im Café Sprüngli erzählt hatte, und mir damit die Nachricht geliefert, auf die ich so lange so sehnlichst gewartet hatte. Aber jetzt … Ich hatte seine Briefe nicht einmal beantwortet. Albert verstand mein Schweigen durchaus richtig und versuchte, mich zu besänftigen, indem er mir seine Liebe schwor und sich fragte, ob meine Briefe wohl in der Post verloren gingen, aber seine leeren Worte vermochten nun nicht mehr, mich zu beruhigen. Früher hätten sie mir gereicht, jetzt wollte ich Taten sehen.

Wenn es nach mir gegangen wäre, wäre mein Schweigen in wortloses Schreien der Enttäuschung und Wut übergegangen – aber da hatte ich nicht mit meiner Mutter gerechnet. Als im Herbst alle anderen nach Novi Sad zurückkehrten, blieben sie und ich in Kać, wo ich das Kind zur Welt bringen sollte. Das war die sicherste Vorgehensweise, da wir noch nicht endgültig beschlossen hatten, was mit dem Kind passieren sollte. Um dem Tratsch in Kać weitestmöglich entgegenzuwirken, beschränkten wir uns auf die Dienste eines einzigen vertrauenswürdigen Mädchens, und so verbrachten meine Mutter und ich zum ersten Mal in meinem Leben sehr viel Zeit allein miteinander.

Schon bald hatten wir zu einer stillen Routine gefunden. Zu meiner Überraschung empfand ich es als beruhigend, meiner Mutter bei den täglich anfallenden Hausarbeiten über die Schulter zu schauen. Ich folgte ihr auf Schritt und Tritt durch das Haus, während sie die Bettwäsche wechselte, die Böden wischte, die Wäsche aufhängte und das Essen zubereitete. Ich musste vierundzwanzig Jahre alt werden, bis ich all das lernte, denn mein Vater hatte mich von derartigen Arbeiten ferngehalten, um mich auf ein Leben mit einem richtigen Beruf vorzubereiten, nicht auf das Leben einer Hausfrau. Vierundzwanzig Jahre musste ich werden – und unehelich schwanger. Doch meine Mutter beschämte mich nicht. Mit liebevollem Respekt führte sie mich in die traditionelle Frauenrolle ein.

Eines friedlichen Nachmittags, wir saßen am Kamin, nachdem wir einen Eintopf für das Abendessen vorbereitet hatten, bemerkte sie die vielen Briefe von Albert, und ihr ging auf, dass ich keinen davon beantwortet hatte. »Willst du ihm denn gar nicht antworten, Mitza?«, fragte sie.

Erstaunt sah ich zu ihr auf. Meine Mutter kam sonst nie von sich aus auf das Thema Albert oder die Zukunft zu sprechen. Wir befanden uns in einer Zeitblase der Gegenwart, hatten uns in ein Haus zurückgezogen, das nie für die Winternutzung gedacht gewesen war. »Nein, Mama.«

»Ich verstehe deine Wut, Mitza. Schließlich hat Albert dich zur Sünde verführt, und jetzt musst du die Last dieser Sünde ganz allein tragen. Aber du darfst dein Kind nicht auch noch damit belasten, wenn die Möglichkeit besteht, ihm eine richtige Familie zu geben – mit Mutter und Vater.«

Erstaunt sah ich sie an. Was sie sagte, widersprach dem Rat meines Vaters, mit Albert zu brechen. »Ich weiß nicht, ob ich das kann, Mama. Nicht, nachdem er mich monatelang nicht besucht hat.« Mein Vater hatte sich angesichts Alberts Fernbleiben sehr wütend gezeigt, und ich hatte angenommen, meine Mutter teile seine Gefühle, obwohl sie nie Derartiges geäußert hatte. Ich wagte nicht, ihr von der noch viel brüskeren Abweisung zu erzählen, die mir in Stein am Rhein widerfahren war – ich fürchtete, wenn sie das hörte, würde sie doch noch die Beherrschung verlieren.

»Du musst Albert vergeben, wie Gott uns vergibt, und jede Gelegenheit ergreifen, die der Herr dir bietet, um dem Kind zu Legitimität zu verhelfen.«

Meine Mutter hatte recht. Mit meinem Schweigen bestrafte ich nicht nur Albert, sondern in letzter Konsequenz auch unser Kind. Das hatte ich in meinem Zorn völlig übersehen. Ich begann, Albert wieder zu schreiben, und meine Mutter half mir und unterstützte mich dabei, ihm sogar ein Weihnachtspäckchen zu schicken. Kurze Zeit später setzten die Wehen ein.

Da war es vorbei mit den Nettigkeiten. Plötzlich gab es nur noch mich und die Schmerzen und meine Schreie.

»Mama!«, brüllte ich. Sie und die Hebamme brauchten Ewigkeiten, um die Eimer mit frischem Wasser zu holen. Draußen braute sich ein Gewitter zusammen, der Wind rüttelte am Fenster, und in der Ferne war Donnergrollen zu hören. War ihnen auf dem Weg zum Brunnen etwas zugestoßen? Ich betete zu Gott, er möge sie heil zu mir zurückführen. Die

Wehen kamen in immer kürzeren Abständen, und ich fürchtete, das nicht alleine durchzustehen. Die Schmerzen zerrissen mich, nicht nur im Unterleib, sondern auch im Rücken und in der Hüfte. Ich hatte das Gefühl zu zerbersten.

Die beiden stürzten herein und erstarrten, als sie mich sahen. Ihre Mienen waren noch viel schlimmer als die Schmerzen. Irgendetwas stimmte nicht. Meine Mutter murmelte Gebete vor sich hin, während sie die Wassereimer auf dem Boden abstellte und sich neben mich kniete. Die Hebamme blieb am Fußende des Bettes.

»Ach, Frau Konaček. So viel Blut«, jammerte meine Mutter.

»Was ist los?«, fragte ich panisch.

»Beten Sie zur Jungfrau Maria«, hörte ich die Hebamme zu meiner Mutter sagen. Und an mich gewandt: »Fräulein Marić, Ihr Kind kommt leider nicht mit dem Kopf zuerst, sondern mit dem Steiß. Ich werde jetzt nachfassen und versuchen, es zu drehen.«

Meine Mutter keuchte. Ich hatte schon von solchen Geburten gehört. Nur selten überstanden Mutter und Kind sie unbeschadet, manchmal endeten sie mit dem Tod. Wie konnte das bloß mir und meinem Kind passieren?

Die Schmerzen waren überhaupt nicht mehr auszuhalten, viel schlimmer noch als bisher. Gerade als ich dachte, ich könnte das keine Sekunde länger mehr ertragen, sagte Frau Konaček: »Wir haben das Kind gedreht, Fräulein Marić. Es liegt jetzt mit dem Kopf nach unten. Ich glaube, wenn Sie jetzt noch ein letztes Mal pressen, kommt es heraus.«

»Sind Sie sicher, dass sie pressen soll? Was ist mit dem ganzen Blut?«, schaltete meine Mutter sich ein.

»Es bleibt ihr nichts anderes übrig, Frau Marić. Ganz gleich, wie die Sache ausgeht.« Sie legte die Hände auf meine Oberschenkel. »Kommen Sie, Fräulein Marić. Pressen.«

Ich tauchte durch den Schmerz hindurch tief in mein Innerstes, holte Luft und presste. Mit einem Schlag waren die Schmerzen und der Druck weg.

Ich hörte das Neugeborene nicht schreien. Ich hörte nur etwas tropfen. Oder vielmehr rinnen. War das Wasser? Hier gab es doch keinen Brunnen und kein Waschbecken. War das Dach undicht? Ich sah hinunter zu meinen Beinen, wo die Hebamme keinen Säugling hielt, sondern eine Schüssel. Von Schmerzen umnachtet, wie ich war, konnte ich dennoch hören, wie etwas in die Schüssel rann. Das war kein Wasser. Das war Blut. Mein Blut.

Was ist los?, wollte ich fragen. Wo ist mein Kind?, wollte ich rufen. Aber ich brachte keinen Laut heraus. Ich schnappte noch einmal nach Luft, dann wurde es schwarz um mich.

Ich weiß nicht, wann ich ihr hübsches Gesicht zum ersten Mal sah. Vielleicht hatte ich die Augen noch einmal kurz geöffnet, bevor es wieder dunkel um mich wurde. Vielleicht war es wenige Stunden nach der Geburt, vielleicht Tage. In den Wochen nach ihrer Geburt gingen mir so viele Tage und Stunden verloren. Ich glaube, ich habe sie hier und da ein paar Minuten gehalten. Ich stillte sie sogar ein wenig, meine ich mich erinnern zu können, und hörte mit halbem Ohr zu, als mein Vater seinen Brief an Albert vorlas, mit dem er ihn über die Geburt des Kindes informierte. Das alles ist sehr diffus. Sehr deutlich dagegen erinnere ich mich an den Moment, als sie ihre strahlend blauen Augen öffnete und mich zum ersten Mal ansah. Natürlich wusste ich, dass Neugeborene noch nicht in der Lage sind, zu lächeln, aber genau das tat sie: Sie lächelte mich an.

Ich hatte eine Tochter. Genau, wie ich es mir insgeheim gewünscht hatte. Ein Lieserl.

Izgubio sam se. Ich hatte mein Herz an sie verloren.

Kapitel 21

4. Juni 1902
Kać

Lieserl lag in dem alten Eichenholzbettchen, in dem schon ich als Kind gelegen hatte, und strahlte mich an. Ich fand es hinreißend, wie ihr zahnloses Lächeln ihre weichen Pausbäckchen betonte, und strich ihr über die unglaublich samtige Haut. Sie war jedes Opfer wert, ging es mir durch den Kopf. Die Physik war nichts im Vergleich zu Lieserl. Gottes Geheimnisse offenbarten sich mir in ihrem süßen Gesicht.

Sie hielt ihre kornblumenblauen Äuglein noch kurz offen, dann fielen sie wieder zu. Ich hatte mit Lieserl auf dem Schaukelstuhl gesessen, und sie war in meinem Arm eingeschlafen. Ich hatte versucht, sie so behutsam wie möglich ins Bettchen zu legen, aber sobald ihr blondes Köpfchen die grau melierte Decke berührte, die ich für sie gestrickt hatte, war sie wieder aufgewacht und hatte mir dieses bezaubernde Lächeln geschenkt.

Ich hörte, wie sich Schritte im Flur näherten und vor Lieserls Zimmer stehen blieben. Ich musste mich nicht umsehen, ich wusste auch so, dass meine Mutter in der Tür stand und uns lächelnd beobachtete. Sie war genauso in dieses Kind vernarrt wie ich, unehelich oder nicht.

»Du hast Post bekommen, Mitza«, sagte sie. Aus ihrem Tonfall schloss ich, dass es ein Brief von Albert sein musste.

»Bleibst du bitte bei Lieserl, bis sie eingeschlafen ist, Mama?«, fragte ich und nahm ihr den Brief ab.

»Aber natürlich, mein Schatz.« Meine Mutter drückte kurz meinen Arm.

Statt mich nach unten in den behaglichen Salon zurückzuziehen, in dem die Fenster offen standen und eine frühsommerliche Brise hereinließen, ging ich nach oben in den Glockenturm. Ich wollte allein sein, wenn ich den Brief las. Im Zufluchtsort meiner schon viel zu lange zurückliegenden Kindheit angekommen, schlitzte ich den Umschlag mit einer scharfen Schere auf.

Bevor ich Alberts Zeilen las, schloss ich die Augen und sprach flüsternd ein an die Jungfrau Maria gerichtetes Gebet. Einige der Gewohnheiten meiner Mutter hatten auf mich abgefärbt, und ich brauchte dringend Unterstützung, zumal der Religionsersatz, den meine Arbeit für mich dargestellt hatte, mir in jener Zeit nicht zur Verfügung stand. Nichts wünschte ich mir sehnlicher, als dass Albert nach Kać käme, um sich unser Töchterchen anzusehen. Ich hatte ihn immer wieder angefleht zu kommen, und er hatte immer wieder eine Ausrede gefunden. Angeblich musste er in Bern bleiben, um die endgültige Zulassung für die Stelle im Patentamt abzuwarten, und durfte es auf gar keinen Fall riskieren, sich rufschädigend zu verhalten. Ich wusste, dass die Schweizer gesteigerten Wert auf Respektabilität legten, und hatte durchaus Verständnis dafür, dass Albert darum vorsichtig sein musste – aber ich verstand nicht, wieso eine Reise nach Kać ihm in dieser Hinsicht so riskant erschien. In Bern würde ja niemand erfahren, wen er in Kać besuchte.

Ich senkte den Blick und begann, seine vertraute Krakelschrift zu lesen. Er eröffnete den Brief mit den üblichen Kosenamen und ein paar Sätzen zu unserem Lieserl – wie sie wohl aussah, wem sie am meisten ähnelte, und was sie wohl alles bereits gelernt hatte. Lächelnd sah ich auf und stellte mir Albert vor, wie er sich Lieserl vorstellte.

Dann fragte er: »Könntest du wohl eine Fotografie von ihr machen lassen?« Eine Fotografie war eine exzellente Idee. In Kać gab es keinen richtigen Fotografen, aber ich könnte mit Lieserl nach Beočin fahren und ein Porträt machen lassen. Ich war mir sicher, wenn Albert seine schöne Tochter mit ihren Locken und Pausbäckchen und Grübchen erst auf Papier sähe, dann würde er sie sofort in natura sehen wollen.

Ich wandte mich wieder dem Brief zu.

Doxerl, ich kann derzeit nicht nach Kać kommen. Nicht, weil ich unser Lieserl nicht kennenlernen möchte, sondern aus einem anderen sehr guten Grund, den du hoffentlich verstehen wirst. Ich habe die Stelle beim Patentamt in Bern bekommen, wie Grossmann es versprochen hatte, und werde sie in wenigen Tagen antreten. Ich kann daher derzeit keinerlei Reisen unternehmen. Aber wir sind schon viel zu lang getrennt. Ich möchte dich bitten, in die Schweiz zu kommen, vielleicht nicht gerade nach Bern, das könnte zu Tratsch führen, sondern besser nach Zürich, damit wir uns leichter besuchen können. Ich möchte dich bitten, allein zu kommen. Ohne die Kleine. Nur für ein paar Monate, bis wir unsere Hochzeit in Bern arrangieren können. Das mag dir seltsam klingen, darum lass es mich erklären. Du weißt, wie unendlich prüde die Schweizer sind. Als ich mich vor einem halben Jahr um die Stelle beim Patentamt bewarb, gab ich an, ledig zu sein. Wenn ich nun in Bern mit Frau und Kind aufkreuzte, wüsste man sofort, dass dieses Kind unehelich ist, und das wiederum würde meine neue Position nur unnötig gefährden. Das verstehst du doch, oder? Vielleicht können wir Lieserl zu einem späteren Zeitpunkt zu uns holen. Vielleicht hat dein kluger Vater eine gute Idee …

Ich schleuderte den Brief zu Boden. Was fiel ihm ein? Wie konnte er es wagen, nicht nach Kać zu kommen und seine Tochter zu sehen? Und, was noch viel schlimmer war: Wie konnte er es wagen, mich zu bitten, Lieserl allein bei meinen Eltern zu lassen, nur damit ich ihn regelmäßig besuchen konnte? Warum war unsere Heirat von einer festen Arbeit abhängig, und warum erforderte diese Arbeit, dass ich auf mein Kind verzichtete? Steckten seine Eltern dahinter? Ich wusste, dass sie immer noch strikt gegen unsere Verbindung waren, mit Lieserl hatte sich daran nichts geändert. Ich hatte mich damit abgefunden, auf meinen guten Ruf und einen Beruf verzichten zu müssen, aber Lieserl war mir dabei ein großer Trost gewesen. Die Vorstellung, auf unbestimmte Zeit nicht mit ihr zusammen zu sein, war mir unerträglich.

Ich legte mich auf das alte Sofa, rollte mich darauf zusammen wie ein kleines Kind und ließ den Tränen freien Lauf.

Die Stufen zum Glockenturm knarzten unter den langsamen, schweren Schritten meiner Mutter. Sie setzte sich neben mich auf das alte Sofa und schlang die Arme um mich. »Was schreibt er denn, Mitza?«

Unterbrochen von heftigen Schluchzern erzählte ich es ihr. Laut ausgesprochen klangen seine Worte nur noch grausamer. Wie konnte Albert von mir verlangen, mein wunderbares Kind aufzugeben? Für mehrere Monate oder noch länger? Albert hatte Lieserl nie gesehen, er wusste nicht, wie es sein würde, ihren süßen Geruch, ihre blauen Augen, ihr Gurgeln und vor allem ihr Lächeln zu entbehren. Auch hatte er sich in seinem letzten Brief gründlich geirrt, als er schrieb, Lieserl könne sicher noch nicht lachen. Ihr Lachen war der reinste Glockenklang.

»Kein Wort von Hochzeit, und keine Pläne, was Lieserl betrifft. Er möchte, dass ich alleine in seine Nähe ziehe, damit er mich sehen kann, wenn es ihm behagt.« Mein Weinen ebbte ab, mein Atem wurde ruhiger. Ich sah einen anderen möglichen Lebensweg vor mir: ein Leben mit Lieserl, ohne meine geliebte Physik und ohne Albert. Ich musste mich damit abfinden. »Wir bleiben einfach hier in Kać, Mama. Lieserl und ich. Das hier wird unser Zuhause sein.«

Meine Mutter wischte die letzten Tränen weg. »Hör mir mal zu, Mitza. Kannst du dich noch an unser Gespräch darüber erinnern, wie wichtig eine richtige Familie für Lieserl ist?«

Ich nickte. Das Gespräch hatte seither mein gesamtes Verhalten Albert gegenüber bestimmt. Es hatte sogar einige meiner Gefühle für ihn wiederbelebt. Aber jetzt war ich mir nicht mehr so sicher, ob ich diesen Weg weitergehen wollte.

»Du musst nach Zürich fahren, das ist die einzige Möglichkeit, eure Hochzeitspläne weiter aufrechtzuerhalten. Ich weiß, dass es dir wehtut, wie Albert sich verhält – dass er nicht kommt, um Lieserl zu sehen, dass er selbstsüchtig verlangt, dich in seiner Nähe zu haben, ohne aber ein Hochzeitsdatum festzulegen, und dass er seiner Familie gegenüber kein Rückgrat zeigt. Aber es geht dabei nicht um dich. Du musst für Lieserl nach Zürich fahren.«

Ich wusste, dass sie recht hatte, auch wenn ich ihr nicht zuhören und ihre Worte nicht akzeptieren wollte. Aber ich wusste auch, wie sprunghaft Albert war.

»Aber Mama, was ist, wenn ich das Opfer bringe, Alberts Wunsch entspreche und nach Zürich fahre – und er dann immer noch nicht Lieserl zu uns holen will? Du weißt, dass er in mehreren Briefen Papa in seinen Adoptionsplänen unterstützt hat. So viel ist mir die Ehe aber nicht wert. Ich werde Lieserl niemals aufgeben.«

Mama kniff die Augen zusammen, ihre Nase blähte sich auf. Sie sah aus wie ein Stier in der Arena. »Das werde ich nicht zulassen, Mitza. Seit Monaten trotze ich den Wünschen deines Vaters, Lieserl irgendwelchen entfernten Verwandten zu überstellen, um sie heimlich zur Adoption freizugeben. Seit Monaten bestehe ich darauf, sie hier bei uns in Kać zu behalten.«

Meine Mutter wurde so wütend, wie ich sie noch nie gesehen hatte. Mein ganzes Leben hatte ich mich in ihr getäuscht. Ihr ruhiges Wesen hatte nichts mit Schwäche zu tun. Es war Audruck großer Wachsamkeit und konnte jederzeit zu einem zornigen Brüllen werden. Ganz allein hatte sie sich meinem Vater widersetzt, damit ich Lieserl in der Abgeschiedenheit des Hauses mit den Türmen bei mir behalten konnte.

»Ich weiß, Mama.«

»Dann wirst du doch wohl auch darauf vertrauen können, dass ich deine Tochter lieben und beschützen werde, bis du als verheiratete Frau wiederkommst, um sie zu holen? Und dass wir dann einen Weg finden werden, wie Lieserl anschließend bei dir und Albert bleiben kann?«

»Ja, Mama.«

»Gut. Du fährst also nach Zürich, wie Albert es verlangt. Alles andere wird sich richten. Dafür werde ich sorgen.«

Kapitel 22

6. Januar 1903
Bern

Hand in Hand standen wir vor dem Standesbeamten. In meiner Linken hielt ich einen Strauß getrockneter Alpenblumen, die Albert eingedenk unseres Ausflugs zum Comer See ausgesucht hatte. Einige der Blüten passten sogar genau zum Blau meines Kleides. Heute war der Tag, auf den ich so viele Jahre gewartet und für den ich so oft gebetet hatte: unser Hochzeitstag. Jedoch war das, was ich mir früher so sehnlich für mich selbst gewünscht hatte, inzwischen eher eine Notwendigkeit einem anderen Menschen zuliebe: Lieserl.

Wir hatten fast lachen müssen, als wir kurz zuvor den Zeremonieraum betraten, weil der Standesbeamte, ein gewisser Herr Gauchat, eine so dicke Brille und einen so buschigen Schnurrbart trug. Doch Herr Gauchat bedachte uns mit einem so strengen schweizerischen Blick, dass wir uns ganz schnell eines Besseren besonnen und flugs unsere Plätze vor ihm einnahmen. Er positionierte sich ganz gemächlich mittig auf seinem Podest. Als er sicher war, angemessen von den Alpen im Hintergrund eingerahmt zu sein, hob er zu einer ausgesprochen feierlichen Ansprache an.

Unsere Trauzeugen – Maurice Solovine, ein Student der Universität Bern und früherer Privatschüler Alberts, der inzwischen zu seinem Freund geworden war, sowie Conrad Habicht, einer von Alberts Freunden aus Schaffhausen, der unlängst nach Bern gezogen war – nahmen auf ein Zeichen des Standesbeamten hin ihre Position ein. Wir hatten es nicht gewagt, unsere Familien einzuladen – Alberts Mutter war immer noch strikt gegen unsere Verbindung, und meine Eltern mussten sich um Lieserl kümmern.

»Wie es aussieht, sind Ihre Papiere alle in Ordnung, Herr Einstein und Fräulein Marić«, stellte der Standesbeamte fest.

»Vielen Dank, Herr Gauchat«, erwiderte Albert.

»Sind Sie bereit, das Eheversprechen abzulegen?«

»Ja, Herr Gauchat«, antworteten wir unisono, und schon rückten die Herren Solovine und Habicht näher heran.

»Dann wollen wir mal.« Der Standesbeamte räusperte sich und blaffte: »Wollen Sie, Albert Einstein, diese Frau, Mileva Marić, zur Ehefrau nehmen?«

»Ja«, antwortete Albert und fischte den schlichten Silberring aus der Tasche. Zitternd steckte er ihn mir an den Finger.

Der Standesbeamte wandte sich an mich und fragte: »Wollen Sie, Mileva Marić, diesen Mann, Albert Einstein, zum Ehemann nehmen?«

Die Zeit schien stillzustehen. Ich sah Albert in die dunkelbraunen Augen. In die Augen, denen ich einst bedingungslos vertraut hatte, und auf die ich mich jetzt verlassen musste, ob ich wollte oder nicht. Früher hatte ich diesen Augenblick ungeduldigst herbeigesehnt, und meine Mutter und Helene hatten mir versichert, dass unsere Heirat für Lieserl das einzig Richtige war. Doch ich fragte mich, wie meine eigene Zukunft als Frau Einstein wohl aussehen würde. Seit dem Ende des Studiums war unser Verhältnis schwierig gewesen, und Albert hatte mich mit seiner Launenhaftigkeit, den ständigen Vertröstungen und seiner Renitenz gegenüber Lieserl immer wieder enttäuscht.

»Mileva?«, sagte Albert, als ich zögerte. »Geht es dir nicht gut?«

»Doch, doch, sehr gut. Ich bin nur so überwältigt. Was für ein großer Tag.« Der Standesbeamte nickte zufrieden. Es gefiel ihm wohl, dass ich das alles so ernst nahm. »Natürlich will ich dich heiraten, Albert Einstein.«

Er lächelte mich breit an, in seinen Augenwinkeln vertieften sich die Lachfältchen. Ein Teil von mir liebte ihn immer noch, trotz allen Leides, dem er mich ausgesetzt hatte. Mit ruhiger Hand steckte ich ihm den Zwilling meines Silberrings an.

Der Standesbeamte reichte uns die Urkunde. Darauf standen wir als Herr und Frau Albert Einstein. Keine Kinder. Es versetzte mir einen Stich, Lieserls Namen nicht dort zu sehen. Ich rang mir ein Lächeln ab und hielt mich an Alberts Hand fest. Dann drehten wir uns zu unseren Trauzeugen um, die uns gratulierten.

Wir mussten noch unterschreiben. Die Herren Solovine und Habicht knufften Albert kumpelhaft und gut gelaunt in die Seite. Ich wusste, ich sollte glücklich sein, aber ich war traurig. Welchen Preis hatte ich für diese Ehe bezahlt?

Wir verließen das Büro des Standesbeamten und schritten die Treppe vor dem stattlichen Rathaus hinunter, die Eheringe glänzten in der schwachen Wintersonne. Bern war selbst zu dieser Jahreszeit sehr pittoresk, wie es so vom Schweizer Mittelland umgeben auf einem Plateau lag, die Altstadt von der Aare umflossen. Die Häuser der Stadt stammten zum Teil noch aus dem Mittelalter und waren mit roten Ziegeln gedeckt; in den mit Kopfstein gepflasterten Straßen plätscherten viele Brunnen. Eigentlich war Bern hübscher als Zürich, allerdings fehlte es der Stadt sowohl an Intellektuellen wie auch an der von Albert so hochverehrten Unkonventionalität. In Bern wurde Korrektheit größer geschrieben als alles andere.

Albert hielt meine Hand, während wir durch Berns Gassen schlenderten, und ich versuchte nicht an den Augenblick zu denken, als ich Lieserl meiner Mutter übergab, um nach Zürich zu reisen. Ich versuchte, nicht an die vier Monate zu denken, die ich anschließend ganz allein in der Pension Engelbrecht zugebracht hatte – tagsüber ziellos durch Zürichs Straßen streifend, nachts mich in den Schlaf weinend, während ich vergeblich darauf wartete, dass Albert mich besuchte oder abholte. Der jedoch ging in seiner Freizeit lieber mit neuen Freunden wandern oder segeln. Ich verscheuchte die schmerzhafte Erinnerung an meinen Umzug vor einem Monat nach Bern, wo ich zunächst in der Pension Herbst in der Thunstraße wohnte, dann in der Pension Suter am Falkenplatz und schließlich in der Pension Schneider in der Bubenbergstraße, und wo meine Arme sich nach dem warmen, weichen Lieserl sehnten. Ich versuchte, meinen Zorn darüber zu vergessen, dass Albert erst dann endlich konkrete Hochzeitspläne schmiedete, als sein im Sterben liegender Vater ihm seinen Segen gegeben hatte. Ich versuchte, all das zu vergessen und nur an den Bund zu denken, den Albert und ich gerade eingegangen waren, sowie daran, dass dieser Bund uns nun bald gestatten würde, Lieserl zu holen und eine richtige Familie zu sein. Dieser Gedanke hellte meine Laune auf.

»Kommt, wir gehen in das Café im Kornhauskeller

und stoßen auf die Frischvermählten an!«, schlug Herr Habicht vor.

Wir hatten keinerlei Feierlichkeiten im Anschluss an die Zeremonie geplant, da unsere Familien nicht dabei waren und ich die Herren Solovine und Habicht nicht besonders gut kannte. Mit ihren dunklen Haaren, ihren Schnurrbärten und dem dunklen Teint sahen sie sich auf den ersten Blick sehr ähnlich – das einzige Unterscheidungsmerkmal war die Brille auf Herrn Habichts Nase. Sie waren Alberts Freunde, sie waren es gewesen, mit denen Albert in Bern seine Freizeit verbrachte, während ich untätig und allein in Zürich saß. Und doch war ich entschlossen, aus diesem Tag einen glücklichen Neuanfang zu machen, und antwortete: »Was für eine wunderbare Idee, Herr Habicht!«

Herr Solovine hielt mir die Tür zu dem berühmten alten Berner Café auf. Für einen ganz normalen Nachmittag war es erstaunlich laut und voll, aber Albert und Herr Habicht bemerkten, dass ein paar ältere Herren im Aufbruch waren, und kaperten deren Tisch für uns. Während die Herren Habicht und Solovine sich entschuldigten, um eine Flasche Wein und Gläser für uns alle zu holen, nahmen Albert und ich bereits Platz. Er beugte sich mir zu und flüsterte mir zu: »Herzlichen Glückwunsch, Frau Einstein. Jetzt sind wir *ein Stein*. Eine Einheit. Ich freue mich schon darauf, dich über die Schwelle zu tragen.«

Lächelnd errötete ich, weil er so nett mit meinem neuen Familiennamen spielte – obwohl dieser mich offen gestanden immer noch an Alberts Mutter Pauline erinnerte, die eigentliche Frau Einstein. Der Gedanke an sie ließ mich schaudern. Sie opponierte trotz des Segens, den Alberts Vater uns auf seinem Sterbebett erteilt hatte, immer noch heftigst gegen unsere Eheschließung, und hatte gerade heute wieder einen vernichtenden Brief geschickt.

Doch als die Herren Solovine und Habicht mit Flasche und Gläsern an den Tisch zurückkehrten, verbannte ich das Bild von Alberts Mutter aus meinem Geist, nahm eines der Gläser und hielt es Herrn Habicht zum Einschenken hin. »Danke, dass Sie Albert in den letzten Monaten so gute Gesellschaft geleistet haben«, sagte ich.

Beim Einschenken des dunkelroten Weins gingen ein paar Tropfen daneben und landeten auf der weißen Tischdecke. Ich erstarrte kurz – die Flecken sahen aus wie Blut.

Herr Habicht stellte die Flasche ab. »Vielen Dank, dass Sie ihn uns ausgeliehen haben. Ohne ihn gäbe es die Akademie Olympia nicht.«

»Hört, hört!« Die drei Männer stießen miteinander an, kaum dass der Name »Akademie Olympia« gefallen war. Alle drei wurden umgetrieben von dem

Wunsch, die Welt zu verstehen, und hatten zu diesem Zweck diese »Akademie« gegründet. Sie lasen und analysierten die Bücher von Mathematikern, Naturwissenschaftlern, Philosophen und sogar Charles Dickens, und debattierten diese lebhaft.

Herr Solovine prostete Albert und mir zu und sagte: »Auf die Frischvermählten.«

Wir nippten am Wein, und weil die beiden Herren darauf bestanden, gaben Albert und ich uns einen flüchtigen Kuss. Herr Habicht stand auf und hob das Glas. Dieses Mal ging der Trinkspruch allein auf mich. »Auf Frau Einstein, eine schöne und ausgesprochen kluge Frau. Wir wissen nicht, womit Albert Sie eigentlich verdient hat, aber wir würden Sie gerne zum Ehrenmitglied der Akademie Olympia ernennen.«

Ich lachte auf. Ich war mir sicher gewesen, lebhafte Diskussionen über Fragen der Wissenschaft und die Natur der Welt, wie wir sie stets im Café Metropole geführt hatten, für immer hinter mir gelassen zu haben, und freute mich sehr über Herrn Habichts Versuch, mich einzuschließen. Kurz fühlte ich mich wieder wie die Studentin am Polytechnikum, voller Hoffnung und Neugier auf die Rätsel des Universums – und gar nicht wie die erwachsene Frau, die durch ihr Physikexamen gefallen und bei der Geburt ihres Kindes fast verblutet war.

»Es wäre mir eine große Ehre«, sagte ich und nickte. »Ich freue mich bereits jetzt auf die Diskussion zur jüngsten Lektüre der Akademie, Pearsons *The Grammar of Science.* Ich bin gespannt, ob Sie alle Pearson zustimmen, wenn er sagt, dass die Naturwissenschaften nicht von der Philosophie zu trennen sind.«

Die Herren Solovine und Habicht sahen mich erstaunt und beeindruckt an. Welch eine Erleichterung. Ich hatte mich in ihrer Gegenwart bisher zurückgehalten, weil ich fürchtete, gedanklich und sprachlich etwas eingerostet zu sein, nachdem ich so viele Monate allein mit Lieserl und ihren so grundlegenden Bedürfnissen sowie hernach ganz allein in Bern und Zürich mit Warten auf Albert verbracht hatte.

»Großartige Idee«, pflichtete Albert ihm bei. »Wieso ich da nicht selbst drauf gekommen bin?«

Das fragte ich mich allerdings auch, aber ich ging über meine Enttäuschung hinweg und sagte stattdessen fröhlich: »Ich bestehe darauf, dass sich die Akademie Olympia ab sofort bei uns zu Hause trifft. Wir essen, wir trinken, wir diskutieren.«

Albert strahlte vor Stolz auf seine kluge, unkonventionelle Frau. Die Frau, die er sich immer gewünscht hatte. Ich erwiderte sein Lächeln und gab mich den Rest des Tages unbekümmert. Wir verabschiedeten uns von den Herren Solovine und Habicht, und Albert ging Hand in Hand mit mir zu unserer in einem rot geziegelten Haus in der Tillierstraße hoch über der Aare gelegenen Wohnung. Fast tanzte ich, denn mit jedem Schritt kam ich meinem Lieserl wieder näher.

Kapitel 23

26. August 1903
Bern

Um vier Uhr nachmittags, ich schrubbte gerade den Boden, klingelte es an der Haustür. Das musste der Postbote sein. Normalerweise machte er nicht auf jede einzelne Zustellung aufmerksam, aber in meiner verzweifelten Ungeduld, keine Minute länger als unbedingt nötig auf einen Brief von meiner Mutter mit Nachrichten von Lieserl warten zu wollen, hatte ich ihn inständig darum gebeten, und er hatte zähneknirschend zugestimmt.

Ich legte die Bürste in den Putzeimer, wischte mir die Hände an der Schürze ab, die ich über dem geblümten Hauskleid trug, und eilte, so schnell ich konnte, die Treppe hinunter. Meine Beweglichkeit und mein Tempo hatten seit Lieserls Geburt nachgelassen. Der an meinen Hüften entstandene Schaden würde infolge der Hebamme vermutlich nie wieder heilen, aber ich lernte damit umzugehen. Schnell war ich ohnehin nie gewesen. Auf dem Weg die Treppe hinunter wurde mir ein wenig schwindelig –

vielleicht war ich in der Augusthitze etwas zu schnell aufgestanden.

In den acht Monaten seit unserer Hochzeit hatte ich all das angewendet, was ich während unserer gemeinsamen Zeit in Kać von meiner Mutter gelernt hatte: Kochen, Putzen, Einkaufen, Stopfen – all die Arbeiten, von denen mein Vater mich stets abgeschirmt hatte, weil er mir ein anderes, ein geistvolleres Leben wünschte. Und nun verkörperte ich geradezu die alte Redensart *Kuća ne leži na zemlji nego na ženi* – das Haus ruht nicht auf der Erde, sondern auf der Frau. Ich versuchte mir einzureden, dass es mir Freude machte, mich um Albert zu kümmern, wie meine Mutter sich um meinen Vater kümmerte. Ich schrieb sogar an Helene, dass Albert und ich als verheiratetes Paar noch glücklicher waren denn als Studenten. Versuchte ich mit diesen Worten, mich selbst zu überzeugen? Denn wenn ich zwischendurch ganz ehrlich zu mir selbst war, fand ich es stumpfsinnig, mich ausschließlich meinem Mann und dem Haushalt zu widmen.

Doch zum Glück gab es die Abende, an denen mein Geist aktiv werden konnte. Während des Essens oder spätestens gleich danach kamen Conrad und Maurice vorbei, und eine Sitzung der Akademie Olympia wurde eröffnet. Da ich lediglich ein Ehrenmitglied war, hielt ich mich im Hintergrund, strickte, hörte zu und meldete mich hier und da zu Wort, wenn meine natürliche Zurückhaltung es mir erlaubte. Richtig lebendig wurde ich immer erst, nachdem Conrad und Maurice weg waren. Ich wandte mich wieder unserer ursprünglichen gemeinsamen Leidenschaft zu sowie meinem geheimen Suchen nach der Erklärung für Gottes Geheimnisse in der Sprache der Mathematik und der Naturwissenschaften. Albert und ich beschäftigten uns mit der Natur des Lichtes, mit der Existenz von Atomen und vor allem mit der Idee von Relativität. In jenen späten Stunden, als wir mit unseren Kaffeetassen in der Hand gemeinsam am Küchentisch saßen, gestattete ich mir, mich trotz meiner Zweifel und allem, was ich erlitten hatte, wieder ganz neu in Albert zu verlieben. Er hatte mir versprochen, nicht zuzulassen, dass ich mich von der Naturwissenschaft abwandte, und er hatte sein Versprechen gehalten. Gemeinsam würden wir, wie er sagte, »die Geheimnisse des Universums entschlüsseln«, und ich glaubte ihm.

Da ich praktisch unablässig an Lieserl dachte, sprach ich auch hin und wieder von ihr. Albert dagegen brachte das Thema nie selbst auf. Er hörte mir stets schweigend zu, wenn ich ihm von den Briefen meiner Mutter erzählte. Aber jedes Mal, wenn ich ganz konkret fragte, wann wir Lieserl nach Bern holen würden, sagte er nur »später« und wechselte das Thema. Ganz gleich, welche Geschichte ich vorschlug, um Lieserls Existenz vor anderen zu erklären – sie könnte doch die Tochter einer Cousine sein, oder ein Adoptivkind –, Albert schüttelte nur den Kopf.

Und doch hatte ich die Hoffnung noch nicht ganz aufgegeben. In meinem letzten Brief hatte ich meine Mutter gebeten, endlich ein Porträtfoto von Lieserl machen zu lassen und uns zu schicken. Ich war mir sicher, wenn Albert seine entzückende Tochter erst sähe, würde er meinem Flehen, Lieserl zu uns zu holen, endlich nachgeben. Und so betete ich, der Postbote möge gerade das gewünschte Foto gebracht haben.

Ein einziger Umschlag lag im Briefkasten. Er trug die Handschrift meiner Mutter und war so dünn, dass er ganz sicher keine Fotografie enthielt. Ich stapfte die Treppe hinauf und ging in unser kleines Wohnzimmer, wo ich mich auf das ockergelbe Kanapee setzte.

Liebe Mitza,

Ich bin untröstlich, aber ich habe schreckliche Nachrichten für dich. Hier grassiert wieder eine Scharlachepidemie. Und obwohl wir alle nötigen Vorsichtsmaßnahmen getroffen haben, hat Lieserl sich angesteckt. Der rote Ausschlag bedeckt bereits Gesicht und Hals und breitet sich nun auch über ihren Rumpf aus. Sie hat sehr hohes Fieber, dem mit kalten Bädern nicht beizukommen ist. Das ist derzeit unsere größte Sorge. Der Arzt war hier und sagt, wir

können nichts tun, außer der Natur ihren Lauf zu lassen – und zu beten.
Wir kümmern uns so gut um sie, wie es in unserer Macht steht, aber es geht ihr nicht gut, und du fehlst ihr. Vielleicht möchtest du kommen.

Alles Liebe,
Mama

Scharlach? Nein, nein, nein! Nicht mein Lieserl!

So viele Kinder wurden ständig vom Scharlach dahingerafft. Und wenn sie nicht starben, trugen sie dauerhafte Schäden davon –, Narben, Taubheit, Nieren- und Herzfehler, Hirnhautentzündung und Blindheit, um nur einige zu nennen. Ganz zu schweigen davon, wie die armen Patienten während der Krankheit litten.

Ich musste nach Kać.

Ich wischte die Tränen weg und stürmte ins Schlafzimmer, um zu packen. Als ich den Koffer vom Schrank hievte, hörte ich die Tür ins Schloss fallen. Albert war früh dran heute. Ich packte weiter. Wenn ich mich beeilte, konnte ich noch den Abendzug nach Zürich erreichen und am nächsten Morgen die lange Weiterreise über Salzburg, Wien und Budapest nach Novi Sad und schließlich Kać antreten. Ich hatte keine Zeit, mich mit Alberts frühem Nachhausekommen aufzuhalten.

»Doxerl?«, rief er und klang dabei erstaunt. Er war es gewöhnt, gleich an der Tür von mir begrüßt zu werden.

»Im Schlafzimmer.«

Der Rauch seiner Pfeife eilte ihm voraus. »Was machst du da, Doxerl?«

Ich reichte ihm den Brief von meiner Mutter und packte weiter.

»Du willst also nach Kać?«

Ich sah auf. Seine Frage überraschte mich. Wie konnte ich nicht nach Kać wollen? »Selbstverständlich.«

»Für wie lange?«

»Bis Lieserl wieder gesund ist.«

»Schafft deine Mutter das denn nicht allein? Wer weiß, wie lange du dann weg wärst. Eine gute Ehefrau sollte ihren Mann niemals allzu lang allein lassen. Wie soll ich denn ohne dich zurechtkommen?«

Ich starrte ihn an. Hatte er das gerade wirklich gesagt? Hatte er wirklich nur selbstsüchtige Bedenken, verschwendete er wirklich keinen einzigen Gedanken an Lieserl, den Scharlach, und daran, wie es ihr wohl ging? Machte er sich überhaupt keine Sorgen um seine Tochter? Hatte er denn gar kein Mitgefühl? War das Einzige, das ihn bekümmerte, tatsächlich, wie unbequem es für ihn würde, eine Weile ohne mich zurechtzukommen? Ich hätte ihn am liebsten angeschrien, ihn bis zur Besinnungslosigkeit geschüttelt.

Stattdessen sagte ich: »Darum geht es doch gar nicht, Albert. Ich bin Lieserls Mutter. Es ist meine Aufgabe, sie zu pflegen, solange sie krank ist.«

»Aber ich bin dein Mann.«

Ich traute meinen Ohren nicht. »Willst du mich daran hindern zu fahren?«, fragte ich laut und stemmte die Hände in die Hüften. Erschrocken sah Albert mich an. Er hatte mich noch nie die Stimme erheben hören.

Er antwortete nicht. Was bedeutete sein Schweigen? Dass ich fahren konnte? Oder nicht? Ich hatte keine Zeit für seine Selbstsucht oder sonstige verquere Gedanken.

Ich schloss meinen Koffer, schnappte mir die Ausweispapiere, zog meinen grauen Reisemantel an und setzte mir den Hut auf. Ich hievte meinen alten Lederkoffer mit den Metallbeschlägen vom Bett, schleppte ihn zur Wohnungstür hinaus und die Treppe hinunter – was mit meinem Hüftschaden nicht leicht war. Ich zerrte das Ungetüm auf die Straße, um eine Kutsche zum Bahnhof herbeizuwinken, und drehte mich noch einmal um.

Albert stand oben an der Treppe und sah mir nach.

Kapitel 24

27. August 1903
Salzburg
19. September 1903
Kać

Während des ersten Teils meiner langen Reise nach Kać plagte mich ein ganz schrecklicher Gedanke: War ich Albert gegenüber zu weit gegangen?

Ein Teil von mir war verärgert, dass ich überhaupt darüber nachdachte, während einem anderen Teil klar war, dass meine überstürzte Abreise und meine brüske Weigerung, auf seine Wünsche Rücksicht zu nehmen, alles zerstören könnte, was ich bisher mühselig erarbeitet hatte, um Lieserl endlich zu uns nach Bern zu holen. Wenn sie den Scharlach denn überlebte. Sollte ich Albert irgendwie beschwichtigen? Der Gedanke widerstrebte mir sehr, aber ich musste ihn auf meiner Seite haben. Zumal ich vermutete, wieder schwanger zu sein.

Um 15 Uhr 20 erreichte der Zug Salzburg, wo er zehn Minuten Aufenthalt haben würde. Ich hatte also genau zehn Minuten Zeit. Würde das reichen, um eine kurze Nachricht an Albert zu schreiben? Ich beschloss, es zu riskieren.

Ich schob mich gegen den Strom durch die vielen einsteigenden Passagiere, stieg aus dem Zug aus und humpelte zum nächsten Kiosk. Ich erstand eine Ansichtskarte von Schloss Leopoldskron bei Salzburg sowie zwei Fünf-Heller-Marken. Noch vier Minuten bis zur Abfahrt. Was sollte ich schreiben? Ich überlegte mir mehrere Herangehensweisen, konnte mich aber nicht entscheiden.

Endlich beschloss ich, ihn mit einem vertrauten Kosenamen anzureden, als Zeichen dafür, dass ich nicht mehr wütend war, aber auch nicht gedachte, mich bei ihm zu entschuldigen. Da wurde zur Abfahrt gepfiffen. Ich sah auf. Nur noch eine Minute. Ich hatte mich zu lange mit der Postkarte aufgehalten. Der Weg zum Zug kam mir plötzlich viel zu lang vor, ich geriet in Panik. Würde ich es noch schaffen? So schnell ich konnte, humpelte ich auf den Waggon zu, der mich zu meiner Tochter bringen sollte, doch eine ganze Traube von Reisenden, die aus einem anderen Zug ausstiegen, versperrte mir den Weg. Ich versuchte, mich durch die Menge zu schieben, trat mit dem lahmen Fuß auf meinen Rocksaum, stolperte und stürzte. Ein freundliches älteres Ehepaar half mir auf, aber es war zu spät. Mein Zug war abgefahren.

Hysterisch weinend schüttelte ich die Hände der älteren Herrschaften ab und stürzte zum Fahrkartenschalter. Ich konnte fünfzehn Minuten später einen Zug nehmen und nach zweimaligem Umsteigen mit der geringstmöglichen Verzögerung in Novi Sad ankommen. Ich kaufte die Fahrkarte.

Als Nächstes beeilte ich mich, ein Telegramm an meinen Vater aufzugeben, mit dem ich ihn über die geänderte Ankunftszeit sowie den Verbleib meines Gepäcks informierte, dann hastete ich zum Zug. Obwohl sie schuld an meiner Verspätung war, nahm ich die Postkarte an Albert mit, um sie von der nächsten Haltestelle, Budapest, aus abzuschicken. Allerdings würde ich nicht noch einmal den Zug verlassen, sondern einen der Schaffner bitten, die Karte für mich zur Post zu bringen.

Der Zug rumpelte durch Österreich, und ich schrieb die Postkarte an »Jonzerl«. Ich erkundigte mich, wie es ihm geht, und berichtete ihm von meiner Reise. Ich musste wissen, dass zwischen Albert und mir alles in Ordnung war, während ich um Lieserls Leben kämpfte.

Am Nachmittag des nächsten Tages – einen halben Tag später als geplant – erreichte ich Novi Sad. Mein Vater hatte bereits mein Gepäck aus dem anderen Zug an sich genommen und wartete mit der Kutsche auf mich. Er begrüßte mich mit ernstem Lächeln und schloss mich in die Arme. Er war den ganzen Tag am Bahnhof gewesen und konnte lediglich berichten, dass Lieserls Zustand am Morgen unverändert gewesen war. Dann verfielen wir in unangenehmes Schweigen. Unsere frühere Vertrautheit wollte sich nicht einstellen – zu sehr überschatteten die heiklen Themen meiner Heirat und meiner ausbleibenden Besuche bei Lieserl seither unser Verhältnis.

Wir erreichten Kać, wo an fast jede Tür ein rotes Kreuz mit schwarzer Umrandung gemalt war. Das Symbol für Scharlach war überall. So viele rote Kreuze hatte ich noch nie gesehen, und ich hatte schon so einige Scharlachepidemien miterlebt. Kein Wunder, dass Lieserl krank war. Mir wurde übel, und instinktiv fasste ich mir an den Bauch. Wie sollte ich mein ungeborenes Kind vor einer Infektion schützen, falls ich mich ansteckte?

»Ist es so schlimm?«, fragte ich meinen Vater.

»Entsetzlich«, sagte er. »Einen so grauenhaften Krankheitsverlauf habe ich noch nie gesehen«, sagte er.

Wir näherten uns dem Haus mit den Türmen, aber nicht meine Vorfreude darauf, meine Tochter wiederzusehen, wuchs, sondern meine Angst davor. Wie mochte es meinem armen Lieserl gehen? Was, wenn ich zu spät kam?

Vor dem Haus stand die Kutsche des Arztes. Ging es Lieserl etwa schlechter? Ich sprang vom Wagen, noch bevor mein Vater die Pferde ganz zum Halt gebracht hatte, und humpelte ins Haus.

»Mama!«, rief ich.

»Im Kinderzimmer, Mitza.« So schnell ich konnte, erklomm ich die Wendeltreppe.

Ich öffnete die Tür zu Lieserls Zimmer und japste, als ich meine Tochter sah. Ihr Gesicht und ihr Hals waren tiefrot, ihr Rumpf auch. Stark fiebernd verdrehte sie die Augen. Mama tauchte einen Lappen in eine Schüssel mit Eiswasser und rieb Lieserls Körper damit ab. Der Arzt saß neben ihr. Ich konnte Rosenwasser und Wintergrün riechen und entdeckte ein paar auf der Kommode aufgereihte Gefäße. Meine Mutter brachte ihr Arsenal an Hausmitteln zum Einsatz: Chinin, Rosenwasserumschläge und mit Öl vermischtes Glycerin zur Behandlung der Haut, Wintergrün gegen das Fieber, Minze gegen den Juckreiz, Eisenhut, Tollkirsche und Geißblatt mit Jasmin, um den Organismus zu beruhigen. Würde irgendetwas davon meinem armen Kind helfen?

Sorgenvoll blickten meine Mutter und der Arzt zu mir auf. »Ihr Zustand hat sich heute Vormittag plötzlich verschlechtert, Mitza«, sagte meine Mutter. »Ihr Fieber ist weiter gestiegen.«

Ich ging neben dem Bettchen auf die Knie. Ich war zu spät gekommen. Ich strich ihr über das blonde Haar, feucht vom Fieberschweiß und den Hausmitteln meiner Mutter, und flüsterte ihr ins Ohr: »Deine Mama ist hier, Lieserl. Deine Mama liebt dich.« Dann musste ich weinen.

Wie in Trance wachte ich tagelang an Lieserls Bett.

Der Arzt hatte recht, wir konnten nicht viel für sie tun, außer es ihr so angenehm wie möglich zu machen und zu beten – was meine Mutter und ich unablässig taten. Ich hörte auf, mir Gedanken über meine eigene Gesundheit und die meines ungeborenen Kindes zu machen und konzentrierte mich ganz auf das vor mir liegende todkranke, aber immer noch lebende Kind. Lieserl hatte seit meiner Ankunft kein einziges Mal die Augen vollständig geöffnet, und das Fieber war auch nicht gesunken. Ich hatte keine Ahnung, ob sie überhaupt wusste, dass ich da war. Und ob sie überhaupt wusste, wer ich war. In dem einen Jahr, in dem ich sie nicht gesehen hatte, war sie enorm gewachsen. Ich hatte einen sechs Monate alten Säugling zurückgelassen und betrachtete nun ein anderthalbjähriges Kleinkind.

Was war ich bloß für eine Mutter? Wie hatte ich dieses wunderbare Geschöpf so lange alleinlassen können?

Drei Wochen vergingen, in denen ich drei versöhnliche Briefe von Albert erhielt, dann berichtete ich ihm von Lieserls Zustand. Ich beschönigte nichts und flehte ihn auch nicht mehr an, sie zu uns holen zu dürfen. Ich konzentrierte mich einzig und allein auf ihr Überleben.

Am 19. September antwortete er und erkundigte sich nach Lieserl und ihren Scharlachsymptomen. Des Weiteren wollte er wissen, »als was das Lieserl denn eingetragen ist« – ein Ansinnen, das mir seltsam vorkam – und bat mich, nach Bern zurückzukommen. Drei Wochen der Trennung seien zu lang und geziemten sich nicht für ein »braves Weiberl«, beklagte er sich.

Was fiel Albert ein, mich an meine Pflichten als seine Frau zu erinnern? Machte er sich denn überhaupt keine Sorgen um Lieserls Gesundheitszustand? Sein eigenes Wohlergehen schien ihn viel mehr zu interessieren, und er stellte mehr Fragen zur Registrierung von Lieserls Geburt als dazu, wie es ihr ging. Warum? Wenn er nun doch endlich darüber nachdachte, sie zu uns zu holen – *wenn, falls* sie sich erholte –, dann wusste er doch, dass ein außerhalb der Ehe geborenes Kind nach Schweizer Recht nach der Eheschließung seiner Eltern automatisch für ehelich erklärt wurde. Er würde einfach nur Lieserls Namen in seinen Pass eintragen lassen und mit ihr gemeinsam in die Schweiz einreisen müssen. Seine Frage ergab keinen Sinn – es sei denn, er dachte wieder daran, sie zur Adoption freizugeben. Aber das würde er in einer so ernsten Situation wie dieser doch wohl niemals tun.

Ich würde vorläufig ganz sicher nicht nach Bern zurückkehren, um Alberts Bedürfnisse zu befriedigen und unsere Wohnung zu putzen. Jedenfalls nicht ohne ein gesundes Lieserl. Sie war meine höchste

Priorität, mein Leben. Albert konnte nicht von mir erwarten, sie noch einmal zurückzulassen.

Kapitel 25

12. Oktober 1903
Novi Sad

Ich hielt mich selbst umklammert und versuchte, nicht zu weinen. Als ich vor fast zwei Monaten zuletzt an diesem Bahnhof war, hatte ich mir geschworen, bei meiner Rückreise nach Bern mein Lieserl dabeizuhaben. Und jetzt stand ich mit leeren Händen da.

Der Scharlach war schuld daran, dass ich meinen Schwur nicht halten konnte. Die Krankheit hatte mein armes Kind auf grausamste Weise geplagt und dahingerafft – die Haut hatte sich von Lieserls blasenübersätem Körper abgelöst, sie war erblindet, hatte wochenlang hohes Fieber erlitten und ein geschädigtes Herz davongetragen. Nachdem das Leben aus ihr gewichen war, drückte ich ihren schlaffen Körper an mich und wiegte sie, bis meine Mutter sie mir sanft entriss. Ich hörte nicht mehr auf zu weinen, bis wir den winzigen Sarg in die geweihte Erde eines Kirchhofs in der Nähe von Kać legten. An jenem Abend mussten meine Eltern, die mir nun in der

Trauer wieder verbunden waren, mich nach Einbruch der Dunkelheit zum Haus zurücktragen.

Nicht ich hatte Lieserl verlassen. Lieserl hatte mich verlassen.

Wie sollte ich nur ohne sie weiterleben?

Ich ließ mich auf eine Bank sinken, wartete auf den Aufruf für den Zug Richtung Bern und ließ der Trauer freien Lauf, die ich unterdrückt hatte, seit ich mich am Eingang zum Bahnhof von meinen Eltern verabschiedet hatte. Wenn ich nicht wieder schwanger gewesen wäre, hätte ich mich für eine andere Zukunft entschieden. Ich wäre in Kać geblieben und hätte mich niemals von Lieserls letzter Ruhestätte entfernt. Ich wäre wie meine Mutter geworden, hätte mich stets schwarz gekleidet und wäre jeden Tag zum Friedhof gegangen. Albert und die Physik wären bald nur noch eine verschwommene Erinnerung gewesen, ein Stück einer Vergangenheit, der ich abgeschworen hatte. Das wäre meine gerechte Strafe dafür gewesen, dass ich Lieserl überhaupt je allein zurückgelassen hatte.

Ich zerfleischte mich mit Selbstvorwürfen. Hätte ich Lieserl vor dem Scharlach bewahren können, wenn ich bei ihr geblieben wäre? Hätte ich etwas dagegen tun können, dass das Fieber noch weiter stieg, wenn ich früher gekommen wäre? Wenn ich nicht in Salzburg aus dem Zug ausgestiegen wäre, um Albert zu schreiben?

Aber ich erwartete wieder ein Kind. Ich rieb mir

über den wachsenden Bauch, der dieses Mal nicht in ein Korsett gezwängt wurde, und zwang mich, wenigstens kurz aufzuhören zu weinen. Ungeachtet meiner Trauer um Lieserl würde ich bald diesem Kind eine Mutter sein und ihm eine Familie bieten müssen, ganz gleich, wie ich zu Albert stand. Dessen Reaktion auf die Nachricht meiner neuerlichen Schwangerschaft erboste mich immer noch. »Das freut mich zu hören. Ich denke schon seit einer Weile, ob ich nicht dafür sorgen soll, dass du ein neues Lieserl kriegst …«

Ein neues Lieserl?, hätte ich am liebsten geschrien. Wie konnte er nur annehmen, dass ein zweites Kind ein Ersatz für Lieserl sein könnte, für diese einzigartige Seele, derer ich gerade beraubt worden war? Für das Kind, das er nie hatte sehen wollen?

Das Kind, von dem ich mir nichts sehnlicher wünschte, als dass Gott es mir zurückgäbe.

Wenn Gott doch nur zuließe, dass ich in die Vergangenheit reiste, dann würde ich diese Fehler nicht noch einmal begehen, dachte ich. Ich würde in Kać bleiben und Lieserl niemals allein lassen. Die grenzenlose Liebe einer Mutter konnte doch sicher den Ausbruch einer Scharlacherkrankung abwehren! Wenn Gott nur zuließe, dass ich die Zeit anhalte oder sie ändere. Aber nein, ich saß fest, gefangen in den starren Newtonschen Gesetzen des Universums.

Oder?

Mir kam ein Gedanke. Fast mein ganzes Leben hatte ich versucht, mithilfe der Gesetze der Physik Gottes Geheimnissen auf die Spur zu kommen. Aber wer sagte denn, dass bereits alle Gesetze der Physik entdeckt waren? Vielleicht gab es ein noch unbekanntes Gesetz, das mir dabei helfen würde, mit dem Schmerz und der Trauer über Lieserls Verlust umzugehen.

Vielleicht agierte Gott nach einem bestimmten Gesetz und wollte, dass ich es entdeckte. Vielleicht hatte das Leid, das mir widerfuhr, einen tieferen Sinn. Schließlich hieß es im Buch Römer 8, 18: »Denn ich halte es dafür, dass dieser Zeit Leiden der Herrlichkeit nicht wert sei, die an uns soll offenbart werden.«

Welche Herrlichkeit sollte mir nach all meinem Leid offenbart werden?

Ich starrte die Bahnhofsuhr und den darunter wartenden Zug an. Ich spürte, nein, ich wusste es irgendwie, dass die Antwort sich direkt vor meiner Nase befand. Aber wo? Was?

Die Uhr.

Der Zug.

Lieserl.

Und da fiel es mir auf einmal ein. Was würde passieren, wenn der Zug den Bahnhof nicht mit sechzig Kilometern pro Stunde verließe, sondern mit Lichtgeschwindigkeit? Was würde dann mit der Zeit passieren? Ich stellte ein paar Berechnungen im Kopf an und skizzierte eine Lösung.

Wenn der Zug den Bahnhof mit einem Tempo verließe, das der Lichtgeschwindigkeit nahekam, würden die Zeiger der Uhr sich immer noch bewegen, aber der Zug würde sich so schnell bewegen, dass das Licht ihn nicht mehr einholen konnte. Je mehr der Zug beschleunigte, umso langsamer würden die Zeiger sich bewegen und schließlich ganz stehen bleiben, wenn der Zug Lichtgeschwindigkeit erreichte. Mit anderen Worten: Die Zeit würde stehen bleiben. Und wenn der Zug schneller als Lichtgeschwindigkeit fahren könnte – ein Ding der Unmöglichkeit, aber der Theorie zuliebe angenommen –, dann würde die Zeit womöglich rückwärtslaufen.

Da war es, das neue Gesetz. Newtons Gesetze zum physikalischen Universum galten nur für träge Objekte. Niemand war mehr an die alten Regeln gebunden. Die Zeit verhielt sich relativ zum Raum. Zeit war nicht absolut. Nicht, wenn etwas in Bewegung war.

Das neue Gesetz war so schlicht und natürlich. Regelrecht elegant, wie es die jahrhundertealten newtonschen Gesetze und Maxwells neueste Lichttheorien herausforderte. Das war das göttliche Gesetz, nach dem ich mein ganzes Leben gesucht hatte. Warum gewährte Gott mir diesen Einblick in sein Werk erst, nachdem ich so viel gelitten hatte?

Aber ich hatte keinen Zug, der mit Lichtgeschwindigkeit oder schneller fuhr. Ich konnte die Zeit nicht anhalten oder zurückdrehen. Das Gesetz, das ich soeben entdeckt hatte, würde mir mein Lieserl nicht zurückbringen.

Kapitel 26

13. Oktober 1903
Bern

Albert holte mich am Berner Bahnhof ab.

»Doxerl!«, rief er freudig, als er mich von der letzten Trittbrettstufe hob. »Wie dein Bauch in den zwei Monaten gewachsen ist!«

In Wirklichkeit war mein Bauch nur wenig dicker als bei meiner Abreise und kaum groß genug, als dass der verträumte Albert ihn unter normalen Umständen überhaupt wahrgenommen hätte.

Ich versuchte zu lächeln, als wir den Bahnhof verließen und in eine Droschke zu unserer Wohnung stiegen. Ich versuchte, die Trauer von Kać hinter mir zu lassen, als ich die vertraute saubere Berner Luft einatmete – die frische Schweizer Luft mit Andeutungen von Immergrün, von im Wind flatternder sauberer Wäsche, von Kaminfeuern. Ich versuchte, mich auf unser neues Lieserl zu konzentrieren, wie Albert das Kind in meinem Bauch immer nannte, und auf seine warmherzige Begrüßung. Ich bemühte mich sogar, seinen Geschichten über seinen Vorgesetzten

Friedrich Haller, den Leiter des Patentamtes, zuzuhören. Und ich schaffte es, tapfer zu nicken, als Albert sagte: »Wirst schon sehen, Doxerl. Ich werde schon vorwärtskommen, dass wir nicht darben müssen.«

Albert versuchte ganz offenkundig, mich abzulenken von dem traurigen Verlust und mich auf die hoffnungsvolle Zukunft einzustimmen. Aber lange konnte ich da nicht mitspielen. Wie sollte ich so tun, als hätte es unsere bezaubernde Tochter nie gegeben? Wie sollte ich ihren grausamen, qualvollen Tod vergessen?

Kaum betraten wir die Wohnung, liefen mir die Tränen übers Gesicht. Bei meiner Abreise vor zwei Monaten hatte ich gehofft, beim nächsten Überqueren dieser Schwelle Lieserl im Arm zu haben. Stattdessen hingen meine Arme nutzlos herab.

»Ach, Doxerl, so schlimm ist es doch gar nicht!« Albert gestikulierte im unaufgeräumten, verstaubten Wohnzimmer herum. »Ich habe wirklich versucht, ab und zu sauber zu machen, aber dein Jonzerl hat den Dreh einfach nicht raus. Und außerdem finde ich, sagt ein unordentliches arbeitsames Haus etwas über seinen unordentlichen arbeitsamen Bewohner aus, während ein sauberes leeres Haus natürlich … Ach, das kannst du dir selbst ausrechnen.«

Er strahlte mich an, um seine Augenwinkel bildeten sich die vertrauten Lachfältchen. Ich strich ihm sanft über die Wange und wünschte mir so sehr, mein verwaistes Inneres möge wieder zu Zuneigung ohne Trauer und Zorn fähig sein. Doch stattdessen fing ich wieder an zu weinen.

Ich ließ die Hand sinken und wich seinem flehenden Blick aus. Ich ging ins Schlafzimmer und legte mich zusammengerollt aufs Bett. Ich hatte nicht einmal mehr die Kraft, mir den Reisemantel oder die Stiefel auszuziehen. Ich war so unendlich müde und seelenkrank. Albert betrachtete mich eine Weile und ließ sich dann neben mich auf die Matratze sinken.

»Was ist los, Doxerl?« Er klang ehrlich verwirrt, so, als hätte er tatsächlich damit gerechnet, dass ich vom Bahnhof aus in unsere Wohnung wirbeln und mit einem strahlenden Lächeln ein Vier-Gänge-Menü auf den Tisch zaubern würde.

»Fragst du mich das im Ernst?« Ich konnte meinen Ärger nicht verbergen. Als keine Antwort kam, murmelte ich: »Du bist ein Genie. Aber in Herzensangelegenheiten versagst du völlig.«

Der sonst so eloquente Albert war kurz sprachlos. Dann endlich fragte er: »Es ist wegen Lieserl, stimmt's?«

Ich antwortete nicht. Mein nur von heftigen Schluchzern unterbrochenes Schweigen war Antwort genug. Hilflos sah Albert mich an.

»Ich habe immer davon geträumt, dass sie eines Tages hier bei uns wohnen würde, Albert«, versuchte ich ihm zu erklären. »Seit wir hier eingezogen sind, habe ich jeden Tag darauf gehofft. Egal, wo ich hinging, in den Park oder zum Markt, ständig dachte ich ›Bald werde ich mit meinem Lieserl hier sein‹. Aber dazu wird es nun nie mehr kommen.«

Im Schlafzimmer war es sehr lange still bis auf das Ticken der Uhr auf dem Nachtkasten. Dann, endlich, sagte Albert: »Es tut mir sehr leid, was mit Lieserl passiert ist.«

Er sprach diese Worte des Mitgefühls aus – aber in seiner Stimme war kein Mitgefühl zu hören. Sie klang falsch und hohl, wie ein Automat.

Ich hatte zwei Möglichkeiten. Ich könnte mich an meiner Rage über Lieserls ungerechten Tod und an meinem Zorn über Alberts Verständnislosigkeit und Selbstsucht festhalten. Oder ich könnte meine Wut aufgeben und mich der Hoffnung öffnen, mit diesem zweiten Kind endlich eine richtige Familie zu werden. Eine Familie, wie ich sie mir für Lieserl gewünscht hatte.

Wie sollte ich mich entscheiden?

Ich holte tief Luft und wischte mir die Tränen aus dem Gesicht. Ich entschied mich für das Leben. Für ein gelungenes Leben mit Albert, geprägt von der Wissenschaft. Die Wissenschaft war unsere erste gemeinsame Sprache gewesen und die einzige, die Albert wirklich verstand.

»Ich hatte eine wissenschaftliche Offenbarung, Jonzerl«, sagte ich und setzte mich auf.

»Aha?« Seine matten Augen fingen im Licht der durch das Fenster scheinenden Straßenlaternen an zu glänzen.

»Ja, am Bahnhof von Novi Sad. Weißt du noch, wie wir immer versucht haben, die Newtonschen Gesetze mit Maxwells Theorien zum Elektromagnetismus und zu Lichtwellen in Einklang zu bringen? Wie wir versucht haben, eine Brücke von Newton mit seiner Materie zu Maxwell mit seinen Lichtwellen zu bauen?«

»Ja, natürlich!«, rief er. »Ein großes Rätsel. Nicht nur für uns, sondern für Physiker auf der ganzen Welt. Was hast du entdeckt, Doxerl?«

»Ich glaube, dass die Vorstellung von Relativität, über die wir bei Mach und Poincaré lesen konnten, die Antwort sein könnte. Relativität könnte diese Brücke zwischen dem Alten und dem Neuen sein. Aber nur, wenn wir unser Verständnis von Raum und Zeit ändern.«

Ich erklärte ihm das Gedankenexperiment, das ich am Bahnhof von Novi Sad angestellt hatte. »Die logische Schlussfolgerung ist, dass bestimmte Größen wie zum Beispiel die Zeit sich relativ zur Beschleunigung oder Geschwindigkeit des Beobachters verhalten – vor allem, wenn wir davon ausgehen, dass die Lichtgeschwindigkeit für alle Beobachter dieselbe ist. Raum und Zeit müssen gleichzeitig und in Relation zueinander beobachtet werden. Und solange die

Materie sich mit derselben Geschwindigkeit bewegt, behalten die Newtonschen Gesetze weiter ihre Gültigkeit.«

Albert schnappte nach Luft. »Das ist brillant, Doxerl. Brillant.«

Hatte er gerade wirklich brillant gesagt? Über einen meiner Gedanken? Brillant war ein Wort, das Albert sich den ganz großen Köpfen der Physik – Galileo, Newton und phasenweise ein paar der modernen Denker – vorbehielt. Und jetzt nannte er mich brillant?

Er stand auf und fing an, im Schlafzimmer auf und ab zu gehen. »Du musst in deiner Trauer um Lieserl enorm viel nachgedacht haben, um zu einer so wichtigen Erkenntnis zu kommen.« Seine Augen strahlten stolz, und unwillkürlich war ich trotz meiner Selbstvorwürfe kurz ganz zufrieden mit mir.

»Was meinst du, sollen wir einen Aufsatz über deine Theorie schreiben?« Seine Augen funkelten. »Gemeinsam könnten wir die Welt verändern, Doxerl. Wollen wir? Machst du mit?«

In mir rührte sich freudige Erregung – und sofort wurde sie von schlechtem Gewissen gedämpft. Wie konnte ich nur? Wie konnte ich mich über Alberts Reaktion freuen? Wie konnte ich mir wünschen, diese Theorie weiter zu erforschen und darüber zu schreiben? Schließlich war ich nur durch den Tod meiner Tochter auf die Idee gekommen, nur durch ihren Tod hatte ich Gottes Muster in der Naturwissenschaft erkannt. Ja, meldete sich da eine andere Stimme zu Wort, aber ich könnte diese Theorie doch im Gedenken an sie niederschreiben – dann wäre ihr Tod wenigstens nicht ganz umsonst gewesen. Vielleicht war das die »Herrlichkeit«, die sich mir offenbaren sollte.

Was sollte ich tun?

Und dann ließ ich zu, dass meine Lippen die Worte formten, die aus tiefstem Herzen kamen: »Ja, Albert. Ja, ich mache mit.«

Kapitel 27

26. Mai 1905
Bern

Bücher und Papiere stapelten sich auf dem großen rechteckigen Tisch in unserem Wohnzimmer. Dieser Tisch, früher so oft vor den Mahlzeiten von mir geschrubbt und poliert, hatte sich in das chaotische Zentrum unserer Forschung verwandelt, in den Ort, an dem die Funken der Kreativität auf uns übersprangen – fast wie in der Sixtinischen Kapelle der Funke des Lebens von Gott auf Adam, witzelten wir schon mal. Diese Papiere würden zu unseren eigenen Wundern werden.

Ich sah zwischen den Stapeln hindurch, um Blickkontakt mit Albert zu bekommen. Ich flüsterte, damit der einjährige Hans Albert nicht aufwachte. »Was meinst du dazu, Jonzerl?« Ich hielt das Blatt in den Schein der Öllampe und las ihm aus meinem Aufsatz über die Relativität vor: »Zwei Ereignisse, die gleichzeitig erscheinen, wenn sie von einem bestimmten Punkt aus beobachtet werden, können nicht mehr als gleichzeitig betrachtet werden, wenn sie von einem anderen Punkt aus beobachtet werden, der sich relativ zu ihnen bewegt.«

Albert paffte an seiner Pfeife und sah mich durch den Rauch aus zusammengekniffenen Augen an. Er schwieg ziemlich lange, bis er endlich sagte: »Das ist sehr gut, Doxerl.«

Erfreut über seine Reaktion und den Klang der laut vorgelesenen Worte senkte ich den Blick wieder auf meinen Text. »Damit ist das gesamte Konzept von Relativität auf den Punkt gebracht, oder? Ich wollte wenigstens einen ganz normalen Satz in der Abhandlung haben, unabhängig vom Gedankenexperiment und den zugrunde liegenden Berechnungen. Einen Satz, der auch für ein breiteres Publikum verständlich und zitierbar ist.«

»Sehr weise, Doxerl. Ich glaube, dieser Ansatz wird breite Anerkennung finden.«

»Wirklich? Und du meinst nicht, dass ich etwas umformulieren sollte, Jonzerl?« Obwohl meine Theorien zur Relativität im Prinzip ganz simpel waren, fiel es nicht leicht, das gesamte Konzept tatsächlich zu verstehen. Es widersprach allem, was man bisher gelehrt und gelernt hatte, und die Berechnungen überstiegen den durchschnittlichen Menschenverstand. Ich musste ganz sichergehen, dass ich die Essenz herausdestilliert hatte.

»Ja, vielleicht müssen wir noch an der Formulierung feilen, aber das ist ganz normal. Wenn man

Neuland betritt, kann nicht gleich alles perfekt sein«, brummte er geistesabwesend. Das sagte Albert in letzter Zeit ziemlich oft. Mit diesem Aufsatz von mir und den beiden anderen Abhandlungen, an denen wir gemeinsam arbeiteten, brachten wir sehr viele neue Theorien hervor. Wir scherzten hin und wieder, dass nicht nur die Aufsätze an sich ein Wunder waren, sondern dass es auch ein Wunder brauchen würde, die Menschen dazu zu bringen, die revolutionären Ideen zu akzeptieren.

»Stimmt.« Zwischen zwei Bücherstapeln hindurch reichte ich ihm meine Blätter. »Bitte sieh dir meine Berechnungen zur Lichtgeschwindigkeit im leeren Raum noch ein letztes Mal an.«

»Doxerl, wir sind deine Berechnungen jetzt schon hundertmal durchgegangen. Sie sind perfekt. Und außerdem bist du der Mathematiker in dieser Familie, nicht ich. Ich verlasse mich darauf, dass du *meine* Berechnungen korrigierst!«, rief er gespielt verzweifelt.

»Pssst«, machte ich und kicherte. »Du weckst sonst den Kleinen auf.« Albert hatte recht. Wir hatten in den letzten anderthalb Jahren an drei Aufsätzen gearbeitet, wobei der über die Relativität vor allem meiner gewesen war. Die anderen beiden – einer über Lichtquanten und den photoelektrischen Effekt und einer über Brownsche Bewegung und Atomtheorie – hatten wir gemeinsam geschrieben. Das hieß, dass Albert in groben Zügen die Theorie entworfen und ich die mathematischen Berechnungen angestellt hatte, die diese untermauerten. Aber natürlich kannte ich die Theorien und Alberts Texte in- und auswendig.

»In ein paar Tagen wollen wir den Aufsatz bei *Annalen der Physik* einreichen. Da will ich sicher sein, dass alles perfekt ist.«

»Ich weiß, mein Hexchen«, sagte Albert, und ich lächelte. Es war lange her, seit er mich zuletzt sein Hexchen genannt hatte. In den letzten beiden Jahren war unsere Ehe durchaus gut gewesen, aber im rauen Alltag waren die früher üblichen Albernheiten und Neckereien etwas auf der Strecke geblieben. »Aber wir haben ihn ja auch schon Besso gezeigt. Ja, ich weiß, er ist kein studierter Physiker, aber er ist genauso klug wie all die anderen Spaßvögel, die mit uns studiert haben. Und er findet, alles hat Hand und Fuß.«

Ich nickte. Albert besprach unsere Aufsätze regelmäßig mit Michele Besso, der sich als ein ganz hervorragender kritischer Berater erwiesen hatte. Da Michele nun auch im Patentamt arbeitete – er war technischer Berater wie Albert, nur einen Grad höher –, und da die beiden jeden Abend nach der Arbeit zusammen nach Hause gingen, hatte Michele viel Zeit, über unsere Theorien nachzudenken. Ich wusste, dass Albert recht hatte, aber ich neigte nun mal zur Sorge und zum Perfektionismus.

Er gähnte. »Wollen wir für heute Schluss machen, Doxerl? Ich bin müde.«

Komisch, ich war überhaupt nicht müde. Dabei war ich – wie jeden Tag – sogar noch vor Albert aufgestanden, um für ihn und Hans Albert Frühstück zu machen. Wie üblich hatte ich den Tag damit verbracht, zu kochen, zu putzen und mich um unseren einjährigen Sohn zu kümmern, einen zauberhaften, aber auch anstrengenden kleinen Burschen. Sobald Albert nach Hause kam, beeilte ich mich, Abendessen zu machen, während er ein paar wertvolle Minuten mit dem Kleinen tollte. Nachdem ich den Tisch ab-, die Küche aufgeräumt und Hans Albert ins Bett gebracht hatte, kam häufig die Akademie Olympia und setzte die Debatte des Vorabends fort – mal über Sophokles' Drama *Antigone*, mal über David Humes *Untersuchung über den menschlichen Verstand*, mal über Henri Poincarés *Wissenschaft und Hypothese*. Erst wenn die Akademiemitglieder gegangen waren, das Kind zu Bett gebracht und die Wohnung sauber war, befassten Albert und ich uns mit unserer eigentlichen Arbeit.

Und erst dann erwachte ich richtig zum Leben.

Nicht, dass der Rest des Tages mir keinerlei Vergnügen bereitete. Nein, mit dem lieben braunäugigen Hans Albert war eine große Freude in mein Leben getreten. Mich um ihn zu kümmern und mit ihm all das zu unternehmen, was ich eigentlich mit Lieserl hatte machen wollen – Spaziergänge zum Markt und durch den Park, ja, sogar das abendliche Baden –

waren Balsam auf die Wunden gewesen, die Lieserls Tod in mein Herz und meine Seele geschlagen hatte. Je intensiver meine Gefühle für Hans Albert – oder Hanserl, wie wir ihn manchmal nannten – wurden, desto mehr ließ mein Zorn auf Albert nach. Unsere Familie und unsere kleine Wohnung in der Kramgasse 49, einer der schönsten Straßen im mittelalterlichen Stadtkern Berns, machten mich sehr glücklich. Ich genoss es in vollen Zügen, mit Hans Albert unsere Straße hinunterzuspazieren und ihm die Sehenswürdigkeiten zu zeigen: den »Zytglogge«, den berühmten Uhrturm, den Kreuzgassbrunnen mit dem Obelisken, den Simsonbrunnen mit Samson und dem Löwen und den Zähringerbrunnen mit dem gepanzerten Bären. Ich hatte Helene geschrieben, wie glücklich ich war, und sie, die in den letzten Jahren so viele traurige Briefe von mir erhalten hatte, antwortete sehr erleichtert.

»Geh du nur ins Bett, Jonzerl. Ich werde mir den Aufsatz ein allerletztes Mal durchlesen, und dann komme ich auch.« Ich zog die Öllampe näher an mich heran und begann, die mir inzwischen so vertrauten Zeilen zum hundertsten Mal zu lesen.

Albert legte mir die Hand auf die Schulter, und ich sah zu ihm auf. Seine Augen schimmerten im spärlichen Licht, und ich spürte, wie stolz er auf mich war, weil ich so eifrig arbeitete. So hatte ich ihn lange nicht gesehen. Einen kurzen, seligen Moment lang strahlten wir einander an.

»Jetzt haben wir genau das Leben, von dem wir während des Studiums immer geträumt haben, oder?«, sagte ich. »Du hast immer gesagt, wir würden das Studium der Naturwissenschaften niemals aufgeben, damit wir auf keinen Fall zu Spießbürgern werden. Und du hast recht behalten.«

Er schwieg eine mir ewig vorkommende Sekunde und sagte dann: »Ganz recht, mein Gassenbub.« Auch diesen Kosenamen hatte er lange nicht benutzt. Er strich mir zärtlich übers Haar, dann flüsterte er: »Das ist unser Jahr der Wunder.«

Er entfernte sich Richtung Schlafzimmer. Lächelnd sah ich ihm nach. Es war die richtige Entscheidung gewesen, unsere Beziehung wieder auf die wissenschaftliche Ebene zu lenken, denn was Albert anging, so folgte die Liebe der Wissenschaft.

Die winzigen Zahlen begannen vor meinen angestrengten Augen zu verschwimmen. Ich strich die Titelseite des Aufsatzes glatt: »Zur Elektrodynamik bewegter Körper«. Und gleich darunter unsere Namen: Albert Einstein und Mileva Marić Einstein. Das Meiste stammte zwar von mir, aber mir war klar, dass Alberts Name nötig war, weil ich weder ein Diplom noch einen Doktortitel hatte.

Meine neue Theorie zur Relativität hatte gezeigt, dass Zeit möglicherweise gar nicht so statisch war wie

Newton und fast alle anderen Physiker und Mathematiker nach ihm angenommen hatten. Dabei hatte selbst einer der großen römischen Philosophen diesen einen Aspekt der Zeit bereits sehr gut verstanden. Schon Seneca sagte nämlich: »Was die Vernunft nicht heilen kann, hat die Zeit oft geheilt.« Die Zeit und die meinem Lieserl gewidmete Arbeit mit Albert hatte viele Wunden geheilt.

Kapitel 28

22. August 1905
Novi Sad

Helene nahm meine Hand und drückte sie. Unsere Kinder rannten auf dem Platz vor dem Café Kaiserin Elisabeth herum, wo wir beiden saßen und dünnen Kaffee tranken. Julka führte die fröhliche Schar an, gefolgt von Zora und schießlich Hans Albert, der noch etwas unsicher auf den Beinen war. Immer wieder verschwanden sie zwischen Passanten und tauchten wieder auf, und ich musste meinen Mutterinstinkt sehr im Zaum halten, um nicht ständig aufzupassen, dass Hans Albert nicht hinfiel.

Ich sah zu meiner Freundin hinüber, die im Sonnenlicht blinzelte. Zwischen ihren dunklen, schweren Augenbrauen standen tiefe senkrechte Falten und ließen sie älter aussehen, als sie war. Und obwohl ihre Sorgen ihr ins Gesicht geschrieben standen, blickten ihre blaugrauen Augen genauso sanft und gütig wie immer.

Ich erwiderte den Händedruck und sagte: »Die

Tage mit dir sind ein wahres Geschenk gewesen, Helene.«

»Das sehe ich ganz genauso, meine Liebe«, sagte Helene und seufzte zufrieden. »Ich bin so froh, dass du uns überredet hast, noch mit nach Novi Sad zu kommen.«

Vor nur zwei Tagen hatten wir am Ufer der Plitvicer Seen gestanden und geweint. Unsere Ehemänner und Kinder verwirrte das, schließlich hatten wir doch gerade eine ganz wunderbare Woche gemeinsamen Urlaubs verbracht. »Warum weint ihr?«, fragte die kleine Julka. Helene und ich erklärten ihr, wir seien traurig, nun wieder auseinandergehen zu müssen. Was wir ihr nicht sagten, war, dass unsere gemeinsamen Tage an den Plitvicer Seen, umgeben von roten Bergen und grünen Feldern mit blauen Immergrünsprenkeln, fast schon zu perfekt gewesen waren. Unser jeweiliges Leben in Bern und Belgrad wirkte dagegen so trostlos. Das Leben von Hausfrauen unter den ausdruckslosen Blicken anderer Hausfrauen, die uns seltsam und viel zu akademisch fanden.

Ich hatte Helene vorgeschlagen, unsere gemeinsame Reise zu verlängern, indem sie und ihre Familie uns nach Novi Sad begleiteten, und sie hatte sich nicht lange bitten lassen. Albert war in all den Jahren nie in meiner Heimat gewesen, meine Eltern kannten ihn immer noch nur aus Erzählungen und Briefen. Der Stachel, dass dieser Mann ihre Tochter schwängerte, bevor er sie heiratete, und dann nicht ein einziges Mal anreiste, um das inzwischen verstorbene Enkelkind zu sehen, saß immer noch tief, und ich fürchtete, ihre erste Begegnung würde recht heikel werden. Davon, dass Helene, Milivoje und ihre Kinder uns begleiteten, versprach ich mir eine Entschärfung der Situation, und die Rechnung ging tatsächlich auf. Natürlich auch, weil meine Eltern sich unbändig freuten, den kleinen Hans Albert kennenzulernen.

»Ich denke oft daran, wie wir damals in Zürich jeden Tag so sorglos die Plattenstraße entlanggeschlendert sind. Ich war mir damals nicht im Klaren darüber, wie wunderschön das eigentlich war.« Helenes Miene wirkte gedankenverloren.

»Mir geht es genauso. Ich stelle mir oft vor, ich würde in meinem kleinen Zimmer in der Pension Engelbrecht sitzen und lernen. Ist es nicht seltsam, dass ich so oft und so gerne an diese Zeit denke?«

»Nein«, antwortete Helene und lächelte sehnsuchtsvoll. »Wünschst du dir eigentlich manchmal, wir hätten uns an unseren Pakt gehalten?«

»An welchen Pakt?« Kaum hatte ich die Frage ausgesprochen, fiel es mir wieder ein. Natürlich, unser Pakt. Ich hatte nur schon so lange nicht mehr daran gedacht.

»An den, mit dem wir uns schworen, uns ganz und gar der Wissenschaft zu verschreiben und niemals zu heiraten«, sagte sie.

Mir kam es vor, als sei dieser Pakt schon unendlich lange her, und als sei ich damals ein völlig anderer Mensch gewesen. Ein unversehrter Mensch – unversehrt vom Geburtsschmerz und von dem erbarmungslosen Schmerz über den Verlust eines Kindes. Das Mädchen, das einst diesen Pakt schloss, war so unschuldig gewesen, hatte an der Schwelle zu einer verheißungsvollen Zukunft gestanden und hatte keine Ahnung gehabt, dass es sich eines Tages anpassen und seine eigenen Ziele würde opfern müssen, um in dieser Welt zu bestehen.

Ich sah Helene an. »Ich kann nicht leugnen, dass ich mir hin und wieder mal gewünscht habe, wir hätten uns an den Pakt gehalten. Ich habe mit Lieserl dunkle Zeiten durchgemacht und hatte große Angst.« Meine Augen füllten sich mit Tränen. Helene war der einzige Mensch, mit dem ich offen über Lieserl sprechen konnte. »Aber ich habe mir nie gewünscht, dass es sie nicht gegeben hätte. Obwohl sie mir so viel Angst und Schmerzen bereitet hat. Obwohl ihr Leben so kurz war.«

Schweigend hielten wir uns an den Händen. Dann nickte ich in Richtung unserer Kinder und sagte: »Und wenn wir uns an unseren Pakt gehalten hätten, gäbe es die drei da jetzt nicht.«

»Stimmt.« Helene lächelte breit.

In dem Augenblick stolperte Hans Albert, der mit seinen vierzehn Monaten noch so wacklig auf den Beinen war wie ein junger Seemann auf einem schwankenden Schiff, und fiel mit einem spitzen Schrei hin. Ich wollte aufspringen, war aber zu langsam. Albert eilte bereits von einem der anderen Tische herbei, an dem er mit ein paar Physikstudenten Hof hielt, hob Hans Albert auf und schwang ihn sich über die Schulter.

»Eigentlich hätte Albert jetzt über jeder Schulter ein Kind haben sollen, Helene. Lieserl wäre jetzt dreieinhalb.« Ich sah Albert dabei zu, wie er mit unserem vor Vergnügen juchzenden Sohn herumspazierte.

Helene drückte meine Hand. »Ich weiß nicht, wie du das erträgst.«

»Ich auch nicht. Manchmal, wenn ich gerade furchtbar glücklich mit Hans Albert bin, tut sich Lieserls Abwesenheit unter mir auf wie ein riesiger dunkler Abgrund. Ich versuche dann, mich in die Arbeit zu flüchten.« Ich hatte Helene von Alberts und meiner gemeinsamen Arbeit erzählt, von den Aufsätzen, die wir schrieben, und der Theorie, auf die ich durch die Trauer um Lieserl gekommen war. Ich hatte ihr von unserer wissenschaftlichen Partnerschaft erzählt und davon, wie diese die Lücke füllte, die mein eigenes berufliches Scheitern hinterlassen hatte. In meiner freudigen Erregung war ich drauf und dran, ihr von der in nur wenigen Wochen bevorstehenden Veröffentlichung meines Aufsatzes in *Annalen der Physik* zu berichten, unterließ es dann aber doch. Ich wollte Helene, die ihren Abschluss in Geschichte in keiner Weise zur Anwendung brachte, nicht traurig stimmen.

Ich nippte an meinem Kaffee und kehrte zum eigentlichen Thema zurück. »Was ist mit dir, Helene? Wünschst du dir manchmal, wir hätten uns an den Pakt gehalten?«

Helene schien mir so rundum glücklich mit ihren Kindern, dass ich ein klares Nein erwartete. Doch sie sagte: »In letzter Zeit ja. Obwohl ich auch für nichts auf der Welt auf meine beiden Mädchen verzichten wollte. Aber Milivoje und ich haben ein paar Schwierigkeiten.«

»Oh, nein, Helene!«, rief ich und stellte meine Tasse darüber so ungeschickt ab, dass sich Kaffee über den Marmortisch ergoss. »Davon hast du in den ganzen letzten Tagen ja überhaupt nichts gesagt.«

»Milivoje war ja auch immer in Hörweite, Mitza. Und wenn nicht er, dann die Kinder. Ich muss aufpassen.«

»Was ist passiert?«

Mit zitternder Stimme flüsterte sie: »Wir haben uns auseinandergelebt.«

Bevor die beiden sich verlobten, hatten Milana, Ružica und ich in Zürich darüber geredet, ob sie wohl zusammenpassten. Ob der eher schroffe Milivoje unsere sanfte, intellektuelle Helene auf Dauer glücklich machen würde. Aber wir hatten unsere Bedenken für uns behalten – vielleicht war das ein Fehler gewesen.

»Oh, nein, Helene. Und was machst du jetzt?«

»Was ich jetzt mache? Ja, was schlägst du denn vor?« Mit Tränen in den Augen sah sie mich an.

Ich sagte nichts. Was sollte ich auch sagen? Ich wusste genauso gut wie Helene, dass sie und die Mädchen von Milivoje abhängig waren, und dass sie nichts tun würde, was das Wohl ihrer Kinder gefährden könnte. Schließlich wäre es nicht nur enorm schwierig für Helene, den Lebensunterhalt für sich und ihre Kinder selbst zu verdienen – eine Scheidung würde sie außerdem für immer stigmatisieren. Aber es musste doch einen anderen Ausweg geben.

Ich zermarterte mir das Gehirn auf der Suche nach einer Lösung und wollte ihr gerade vorschlagen, mit den Kindern nach Bern zu kommen und eine Weile bei uns zu wohnen, als mein Vater sich unserem Tisch näherte. Helene und ich waren so in unser Gespräch vertieft gewesen, dass ich gar nicht gesehen hatte, wie er über den Platz auf uns zukam. Und er kam nicht allein. Er war in Begleitung von Frau Desana Tapavica Bala, der Frau des Bürgermeisters von Novi Sad.

Wir erhoben uns von den schmiedeeisernen Stühlen, knicksten und begrüßten Frau Bala. Sie maß mich mit einem so kühl abschätzenden Blick wie meine Mutter auf dem Markt eine Rinderhälfte. »Ihr Vater ist stolz auf Sie, Frau Einstein. Ein Diplom in Physik, ein erfolgreicher Ehemann und ein gutes Leben in der Schweiz. Wie sollte er da auch nicht?«

Lächelnd sah ich zu ihm hin, dessen Brust bei Frau Balas Worten vor Stolz angeschwollen war. Mit den Angaben zu meinem Studium in der Schweiz hatte er ganz offensichtlich übertrieben, aber ich war erleichtert, dass meine Eltern nach allem, was sie wegen Lieserl und wegen meines Versagens am Polytechnikum durchgemacht hatten, doch noch ein Quäntchen Stolz für mich empfanden. Ihre ungewöhnlich begabte »missgebildete« Tochter hatte die Erwartungen aller übertroffen – sogar die ihrer eigenen Eltern. Und das hing in nicht unerheblichem Maße damit zusammen, dass wir Lieserls Existenz bis zu diesem Tag geheim gehalten hatten.

»Kommen Sie denn jemals dazu, von Ihrer wunderbaren Ausbildung Gebrauch zu machen, jetzt, wo Sie sich um einen Sohn und um einen Ehemann zu kümmern haben?« Frau Bala schlug einen unerwartet provokativen Ton an. Wollte sie damit sagen, dass meine ungewöhnliche Ausbildung angesichts der ganz normalen hausfraulichen Pflichten, die ich nun tagein, tagaus erfüllte, völlig nutzlos war?

Ich war mir des auf mir ruhenden Blickes meines Vaters sehr bewusst. Ich straffte die Schultern und sagte: »Ja, das tue ich, Frau Bala. Mein Mann und ich arbeiten gemeinsam an einer ganzen Reihe von wissenschaftlichen Aufsätzen und Studien. Kurz vor unserer Abreise haben wir eine sehr wichtige Arbeit abgeschlossen, die meinen Mann weltberühmt machen wird.«

Klang das zu sehr nach Angabe? Zu sehr nach Defensive? Frau Balas prüfender Blick und ihre seltsamen provokativen Fragen hatten mich gereizt, aber vor allem wollte ich, dass mein Vater immer noch das *mudra glava* in mir sah. Ich hatte in diesen zwei Tagen nicht viel Gelegenheit gehabt, ihm von meiner Arbeit zu erzählen.

»So, so. Dann ist es ja kein Wunder, dass ich Ihren Mann sagen hörte, Sie seien ihm absolut unentbehrlich, auch, was seine Arbeit beträfe. Er sagte, Sie seien die Mathematikerin in der Familie.«

»Das hat er gesagt?«, platzte es aus mir heraus, und ich ärgerte mich sofort darüber. So wollte ich Frau Bala und meinem Vater gegenüber nicht auftreten.

»Allerdings.« Sie weidete sich an meiner Reaktion. »Er sagte auch, dass er die Serben für ein brillantes Volk hält, ganz einfach, weil seine Frau so brillant sei.«

Ich machte nicht noch einmal den Fehler, mich angesichts dieser Aussage von Albert geschmeichelt zu zeigen, aber ein Erröten konnte ich nicht verhindern. Gott sei Dank hatte ich unsere Beziehung in den Bereich der Wissenschaft zurückgelenkt. Albert und ich hatten die Anfänge unseres Verhältnisses auf diese Glut gebaut, und bis heute nährte sie unser Feuer.

Kapitel 29

26. September 1905
Bern

Nach Bern zurückgekehrt, schrumpfte meine Welt wieder zusammen. Haushalt, Kind, Wissenschaft. Hans Albert, Albert und ich. Wir umkreisten einander wie in einer fixen Gravitationsschleife.

Helene fehlte mir entsetzlich. Unsere Kameradschaft, unser gegenseitiges Verständnis, die Einfühlung, mit der wir einander begegneten und akzeptierten, waren etwas, das ich sonst mit keinem anderen Menschen erlebte. Nicht mit den anderen Hausfrauen. Nicht mit meiner Familie. Nicht einmal mit Albert. Mit Helene hatte ich immer am meisten ich selbst sein können – in meiner Jugend und auch heute noch.

Stattdessen spielte ich tagein, tagaus eine Rolle. Während ich putzte, mich um Hans Albert kümmerte, kochte und Alberts Kleidung flickte, dachte ich an die Veröffentlichung des Relativitätsaufsatzes in der Herbstausgabe der *Annalen der Physik* und konnte es kaum abwarten, meinen Namen gedruckt zu sehen.

Ich konnte an fast gar nichts anderes mehr denken als an diese meine Hommage an Lieserl.

Ich fing wieder an, dem Postboten aufzulauern – eine Unart, die ich nach Lieserls Tod aufgegeben hatte. Tag für Tag schleppte ich mich die Treppen in den vierten Stock hinauf – abgesehen von dem wohlgenährten Hans Albert auf dem Arm mit leeren Händen. Ich hatte es schon fast aufgegeben, als es an der Tür klingelte. Außer der Akademie Olympia kam eigentlich nie jemand zu Besuch, da ich mich mit keiner der Berner Hausfrauen angefreundet hatte, es musste also die Post sein. Ich drückte mir den kleinen Wonneproppen an die Brust und humpelte die Treppe hinunter. Vor der Haustür und stand tatsächlich der ersehnte Postbote.

»Schönen guten Tag, Frau Einstein. Ich vermute, das ist das Päckchen, das Sie erwarten?« Er überreichte mir ein in braunes Papier gewickeltes Paket, das von Größe und Gewicht her unser Belegexemplar sein konnte und eine deutsche Absenderadresse trug.

»Ja, das ist es!«, rief ich erfreut. »Ich weiß gar nicht, wie ich Ihnen danken soll!«

Am liebsten hätte ich das Paket an Ort und Stelle aufgerissen, kehrte aber doch erst in die Wohnung zurück. Kaum angekommen, setzte ich Hans Albert zu seinen Holzklötzen und zerrte an dem braunen Papier. Die Titelseite der *Annalen der Physik* kam zum Vorschein, und ich zog den Band vorsichtig heraus. Ich schlug das Inhaltsverzeichnis auf, wo ich »Zur Elektrodynamik bewegter Körper« von Albert Einstein entdeckte. Dass mein Name nicht dort stand, focht mich nicht weiter an. Wahrscheinlich war im Inhaltsverzeichnis nur Platz für einen Namen, und Alberts stand meinem ja voran. Das hatten wir ganz bewusst so aufgesetzt, weil er von uns beiden derjenige mit einem akademischen Grad war.

Ich schlug die Seite 891 auf. Da war der Titel, an dem ich so gewissenhaft und unermüdlich gearbeitet hatte: »Zur Elektrodynamik bewegter Körper«. Gedruckt sah er noch viel großartiger aus, als ich es mir erhofft hatte. Ich ließ den Blick über den Rest der Seite wandern auf der Suche nach meinem Namen. Ich ging den Aufsatz Wort für Wort durch, vergeblich. Mileva Marić Einstein tauchte nicht einmal in einer Fußnote auf. Als Autor war nur ein Name angeführt: Albert Einstein.

Wie hatte das passieren können? Wieso hatte der Redakteur meinen Namen weggelassen, ohne Rücksprache mit uns zu halten? Weil ich eine Frau war? Das widerspräche dem Ehrenkodex wissenschaftlicher Veröffentlichungen.

Ich sank auf die Knie. Was war mit meiner Hommage an Lieserl passiert? Der Aufsatz war mein Versuch gewesen, ihrem traurigen, viel zu kurzen Leben und den vielen Monaten, die ich sie allein gelassen hatte, einen Sinn zu geben. Ich schluchzte. Jetzt hatte ich nicht nur meine geheime Tochter verloren, sondern auch noch das Denkmal, das ich ihr setzen wollte.

Hans Albert riss sich von seinen Bauklötzen los und kam zu mir gewackelt. Er drückte seinen warmen, pummeligen Körper an mich und streichelte mir unbeholfen den Rücken. »Mama«, sagte er traurig, was mich nur noch mehr weinen ließ.

Stunden später saß Hans Albert in der Porzellanwanne und setzte mit seinem fröhlichen Planschen die halbe Küche unter Wasser. Ich rieb ihn mit dem Waschlappen und Seife ab – die sanften Falten seiner Arme und die Speckpolster an seinen Beinen. Vergnügt strampelte er noch mehr und spritzte die bereitgelegten Handtücher nass. Dieses abendliche Bad, sonst einer der Höhepunkte meines Tages, machte mir zum ersten Mal keine Freude.

Ich kam einfach nicht über den Verrat durch die Herausgeber der *Annalen der Physik* hinweg.

Ich brachte Hans Albert ins Bett, machte das Abendessen fertig und wartete auf Albert. Es wurde sieben, es wurde acht. Wo blieb er nur? Die Akademie Olympia würde jede Minute da sein. Albert war manchmal etwas zerstreut und vergesslich, aber er war noch nie so viel später gekommen, ohne mir Bescheid zu geben. Ob ihm etwas zugestoßen war?

Ich ging im Flur unserer kleinen Wohnung auf und ab. Als ich endlich den Schlüssel in der Tür hörte und somit wusste, dass es Albert gut ging, schnappte ich mir die *Annalen der Physik* und nahm ihn an der Tür in Empfang. Ich hielt mich nicht mit meiner üblichen höflichen Begrüßung auf, fragte auch nicht, wo er so lange gewesen war. Ich spuckte einfach nur die Sätze aus, die den ganzen Tag über in meinem Kopf gereift waren.

»Albert, heute ist unser Belegexemplar von den *Annalen* gekommen, der Aufsatz zur Relativität ist tatsächlich drin, aber du wirst es nicht glauben: Da stehst nur du als Autor. Was fällt den Herausgebern denn ein? Du musst ihnen sofort schreiben und verlangen, dass sie das korrigieren!«

Albert legte den Finger auf die Lippen. »Psst, Mileva, nicht so laut. Sonst weckst du noch Hans Albert.«

Ich war schockiert von seiner Reaktion. Albert machte sich doch sonst nie Sorgen um Hans Alberts Schlaf. Das konnte nur eins bedeuten.

»Du hast das gewusst«, flüsterte ich und wich zurück.

Er ging auf mich zu. »Hör zu, Doxerl, es ist nicht, wie du denkst.«

»Kommst du deshalb heute so spät nach Hause? Du wolltest nicht nach Hause kommen. Weil du wusstest, dass ich wütend sein würde wegen des Aufsatzes.«

Er antwortete nicht, aber seine Miene sagte mir, dass ich recht hatte.

Ich wich wieder zurück, mehrere Schritte, bis ich im Wohnzimmer gegen eine Wand stieß. Am liebsten wäre ich durch sie hindurch verschwunden. Ich hätte alles getan, um von Albert wegzukommen. »Wie konntest du das zulassen? Und mir nichts davon sagen? Du weißt genau, wie ich auf die Idee kam. Du weißt, wie wichtig es mir war, Lieserl dieses Denkmal zu setzen. Und das kann ich nur, indem ich offiziell die Autorin dieses Aufsatzes bin.«

Er zuckte zusammen, als ich Lieserls Namen aussprach, und packte mich bei den Unterarmen. »Hör zu, Doxerl. Bitte. Einer der Herausgeber der *Annalen der Physik* schrieb mich an und erkundigte sich nach dir und deinen Zeugnissen. Ich erklärte ihm, dass du meine Frau bist und ebenfalls ausgebildete Physikerin, aber ohne Diplom. Aus seiner Antwort meinte ich ein gewisses Zögern herauslesen zu können.«

»Hat er dich gebeten, meinen Namen entfernen zu dürfen?«

»Nein«, sagte Albert langsam.

»*Du* hast *ihn* gebeten, meinen Namen zu entfernen?«, fragte ich ungläubig. Obwohl, so ungläubig auch wieder nicht. Denn auf einmal fiel mir ein, dass er ja schon einmal meinen Namen unter einem von uns beiden verfassten Aufsatz entfernt hatte. Unter dem über Kapillarität, den er dem Winterthurer Professor Weber vorlegte.

Ohne mich loszulassen, nickte er.

»Wie konntest du, Albert? Bei den anderen Aufsätzen hätte es mich auch nicht gefreut, aber ich hätte es verstanden. Aber das hier ist der Aufsatz über Relativität. Meine Hommage an Lieserl. Du hättest darauf bestehen müssen.«

»Was macht das denn schon, Doxerl? Hatten wir nicht gesagt, dass wir eine Einheit sind? Ein-Stein?«

Albert hatte in letzter Zeit öfter auf diese Art mit unserem Familiennamen herumgespielt, um damit unsere angebliche Zusammengehörigkeit zu betonen. In meiner unendlichen Naivität hatte ich mich in meinen Entscheidungen von dieser Süßholzraspelei beeinflussen lassen. Wie hatte ich mich in Sachen Lieserl bloß von seinen Worten, wir seien eins, und was dem einen guttue, tue auch dem anderen gut, einlullen lassen können? Hatte ich für diese Ein-Stein-Einheit nicht schon genug geopfert? Hatte ich diese dauerhafte Huldigung meiner toten Tochter nicht verdient?

Ich befreite mich aus seinem Griff. »Mag ja sein, dass wir *Ein-Stein* sind, Albert. Mag sein, dass wir in der Wissenschaft vereint sind. Aber im Herzen sind wir es nicht.«

Kapitel 30

4. August 1907 und 20. März 1908
Lenk und Bern

»Mit diesem Maschinchen könnten wir kleinste Elektrizitätsmengen messen«, erklärte Albert den Herren Paul und Conrad Habicht bei einer Tasse starken Kaffees im Restaurant unseres Gasthofes. Die Brüder waren von Bern nach Lenk gekommen, wo Albert, Hans Albert und ich im August zehn Tage Urlaub machten. Albert und ich hatten eine Idee für eine ganz neue Erfindung, und Albert hoffte, die Akademie Olympia ohne den nach Paris verzogenen Maurice zu neuem Leben erwecken zu können, um mit ihrer Hilfe die Idee in die Wirklichkeit umzusetzen.

»Und wozu?«, fragte Paul. Der talentierte Maschinenbauer, der Bruder Conrads, des Gründungsmitglieds der Akademie, war im Vergleich zu diesem eher praktisch veranlagt. Er hatte in den vergangenen Jahren hin und wieder an den Treffen der Akademie teilgenommen und die Diskussionen stets mit seinen Fragen nach der Praktikabilität belebt.

»Um kleinste Spannungsdifferenzen zu registrieren, natürlich«, antwortete Albert herablassend.

Paul guckte immer noch verständnislos, darum unternahm ich einen Erklärungsversuch. »Das Gerät würde es uns ermöglichen, minimale Elektrizitätsmengen zu verstärken und zu messen. Das würde Wissenschaftlern auf der ganzen Welt helfen, ihre verschiedenen Molekulartheorien zu überprüfen.« Conrad war es gewöhnt, dass ich mich bei unseren regelmäßigen Akademietreffen zu Wort meldete und die oft sehr knappen Aussagen von Albert in normales Deutsch übersetzte, aber ich war mir nicht sicher, ob auch Paul für meine Kommentare aufgeschlossen war. Ich konnte nie wissen, wie ein Mann darauf reagierte, wenn ich als Frau mich in wissenschaftlichen Dingen äußerte.

»Aha«, sagte Paul, der nun offenbar verstand, was unser »Maschinchen« mit einer der ganz großen Debatten unter Physikern zu tun hatte: der Frage, aus welchem »Stoff« die Welt gemacht war. Dass ich mich einmischte, schien ihn nicht weiter zu stören, vielleicht hatte sein Bruder ihn bereits darauf vorbereitet. Oder er erinnerte sich noch an meine kurzen Anmerkungen bei anderen Akademietreffen, denen er sporadisch beigewohnt hatte.

Conrad, dem sofort klar war, wie lukrativ ein solches Gerät sein konnte, warf ein: »Jedes Labor würde eins haben wollen.«

»Ganz genau«, sagte ich lächelnd.

Ich gab Hans Albert an Albert weiter und rollte die von mir angefertigten Rohzeichnungen aus, die sich vor allem auf elektrische Formeln und Schaltkreisdiagramme konzentrierten. Ich ging die Pläne mit den Brüdern durch und schlug einen Ablaufplan für die weitere Arbeit vor. Albert war es gelungen, in einem Berner Gymnasium einen Raum zu organisieren, in dem wir das Gerät zusammenbauen konnten.

»Werden Sie mit uns daran arbeiten?« Ich schickte ein stilles Stoßgebet an die Jungfrau Maria, als die Brüder einander ansahen. Ich rief Maria nicht oft an, die Gewohnheit war mir wieder abhandengekommen, seit ich nicht mehr so viel Zeit mit meiner Mutter verbrachte, aber wenn ich mir etwas ganz dringend wünschte, fiel sie mir doch wieder ein. Albert und ich waren ausgewachsene Theoretiker und brauchten die praktischer veranlagten Habicht-Brüder, um unser Maschinchen Wirklichkeit werden zu lassen.

»Und die damit erwirtschafteten Gewinne teilen wir uns?«, fragte Paul.

»Natürlich. Fünfundzwanzig Prozent für jeden«, sagte ich. »Wenn Sie einverstanden sind, werde ich einen Rechtsanwalt bitten, einen entsprechenden Vertrag aufzusetzen. Wenn das Gerät ausgereift und fertig ist, wird Albert sich darum kümmern, es patentieren zu lassen. Damit kennt er sich ja aus.« Ich lächelte Albert an.

Er erwiderte mein Lächeln und war offenbar sehr zufrieden damit, wie geschickt ich mit den Habicht-Brüdern umging. Er hatte sich zwar dafür entschuldigt, dass mein Name bei allen vier 1905 in den *Annalen der Physik* erschienenen Aufsätzen von uns – aber insbesondere bei dem Aufsatz über die Relativität – weggelassen worden war, aber so einfach hatte ich ihm nicht verziehen. Ich hatte Albert monatelang angeschwiegen, bis er begriff, dass der Schlüssel zur Vergebung darin lag, mich weiter in seine Arbeit einzubeziehen. Das Projekt rund um unser Maschinchen, das wir uns im Laufe des letzten Jahres ausgedacht hatten, und in dem Albert mir mehr oder weniger die Führungsrolle überlassen hatte, war die einzige Form der Wiedergutmachung, die ich akzeptieren wollte. Nur so konnte ich Alberts reuigen Worten wirklich Glauben schenken und ihm verzeihen. Zumindest theoretisch.

Mehrere Monate nach unserem Treffen in Lenk stand ich vor Albert und den Habicht-Brüdern und wartete gespannt darauf zu sehen, welche Früchte unser Gespräch getragen hatte. Albert hatte sich über das Wochenende mit Conrad und Paul verkrochen, um an dem Gerät zu arbeiten, und rieb sich jetzt den Dreitagebart. Sein Gesicht war in letzter Zeit schmaler geworden, seine runden Wangen wirkten hohl. Er sah plötzlich viel älter aus und gar nicht mehr wie der Student, den ich einst kennengelernt hatte.

Das Hinterzimmer des Berner Gymnasiums war ein einziges Chaos aus Drähten, Batterien, Blechen sowie unzähligen undefinierbaren Teilen, ganz zu schweigen von zahllosen benutzten Kaffeetassen und Tabakkrümeln, die sich seit dem Sommer angesammelt hatten. Ich setzte Hans Albert in einer mir sicher erscheinenden Ecke ab und begutachtete das Maschinchen genauer.

Der Zylinder sah genauso aus wie auf meinen Zeichnungen. Sieben Monate lang hatten Albert, Paul und Conrad fast jeden Abend an der Realisierung des Gerätes gearbeitet, und jetzt hatten die Herren mich zum großen Moment des ersten Testlaufs dazugebeten.

»Wollen wir?«, fragte ich.

Albert nickte, und Paul und Conrad machten sich daran, Drähte zu verbinden und Schalter anzubrin gen. Dann setzte Albert das Gerät in Gang. Zunächst stotterte es ein wenig und von einer der Leitungen stieg Rauch auf, aber dann lief es.

»Die beiden stromführenden Platten haben eine Spannung erzeugt, und die Streifen haben das tatsächlich gemessen. Es funktioniert!«, rief ich.

Die Herren klopften einander auf die Schultern und verneigten sich in meine Richtung. Conrad wollte gerade eine verstaubte Flasche Wein hinter einem ganzen Haufen von Kabeln hervorholen, als das Maschinchen ein ganz fürchterliches Geräusch von sich gab – um dann gänzlich zu verstummen.

Die Herren stürzten sich auf das Gerät und befassten sich bestimmt eine Stunde lang mit den Leitungen. Ich spielte Hoppe Reiter mit Hans Albert, um ihn bei Laune zu halten – er hätte längst im Bett sein müssen – und sagte: »Da haben wir uns wohl zu früh gefreut.«

Paul sah mich an. »Warum sagen Sie das?«

Ich deutete auf das immer noch rauchende Maschinchen.

»Das ist überhaupt kein Problem«, widersprach er. »Da fehlt nur ein bisschen Isolierung. Das kriegen wir im Nullkommanichts hin.«

»Wirklich?«, fragte ich erleichtert.

»Wirklich«, antwortete Conrad für seinen Bruder. »Und sobald das Ding sicher läuft, werden wir das Patent beantragen. Albert hat die Unterlagen schon größtenteils vorbereitet, inklusive Durchschläge. Richtig, Albert?«

Das hatte Albert mir gegenüber noch gar nicht erwähnt. Ich staunte, wie weit er bereits gekommen war. Vermutlich war die Vorbereitung des Antrags das gewesen, womit er, der Theoretiker, sich befasst hatte, während die Habicht-Brüder die Maschine zusammenbauten.

»Können wir uns die Unterlagen mal ansehen, Albert?«, fragte Conrad.

Mit völlig zerzausten Haaren sah Albert erstaunt

auf, als hätte er vergessen, dass wir anderen auch da waren. »Sicher«, sagte er und ging zu einem mit elektrischen Teilen bedeckten Tisch, suchte ein wenig und zog schließlich einen unordentlichen Stapel Papiere hervor.

»Hier. Ist eher ein Entwurf, aber die Grundidee ist klar«, sagte er und breitete die Papiere vor mir und den Habichts aus.

Die Skizzen entsprachen exakt der aktuellen Version des Maschinchens, und die für den Antrag nötige Beschreibung war sehr präzise. Paul und Conrad schlugen ein paar kleinere Änderungen vor, waren ansonsten aber sehr zufrieden. Ich sagte nichts, da ich von den Einzelheiten eines Patentverfahrens keine Ahnung hatte. Alles schien seine Ordnung zu haben. Jetzt mussten wir nur noch sicherstellen, dass das Maschinchen auch wirklich stabil funktionierte, bevor wir den Antrag einreichten.

»Warum steht Milevas Name nicht in dem Antrag?« Verwundert sah Paul Albert an.

Mein Blick wanderte zurück auf die Papiere. Paul musste sich irren – Albert würde mich nicht noch einmal auf diese Weise hintergehen. Nicht, nachdem er monatelang meinem Schweigen ausgesetzt gewesen war. Mein Name musste irgendwo stehen. Ich überflog die Seite mit den Informationen über die Antragsteller und stellte fest, dass Paul recht hatte. Der Name Mileva Einstein tauchte nirgendwo auf.

Wie konnte er es wagen?

Es wurde totenstill. Albert, Paul und Conrad begriffen, welch ein Affront das war und warteten betreten auf meine Reaktion. Selbst der sonst so quirlige Hans Albert hielt inne, als spürte auch er die angespannte Stimmung.

Am liebsten hätte ich Albert angeschrien, weil er so gedankenlos und feige war. Er hätte meine Reaktion voraussehen können, wenn er denn überhaupt mal einen Gedanken an mich verschwendet hätte. Hatte er Angst gehabt, mit mir unter vier Augen über die Namen der Antragsteller zu sprechen, die er aufgelistet hatte? Zog er es wirklich vor, das vor den Augen anderer mit mir auszumachen? Wenn Albert im privaten Rahmen mit mir darüber gesprochen und mir erklärt hätte, dass die Patentierung bessere Chancen hatte, wenn unter den Antragstellern keine Frau ohne Studienabschluss war, dann wäre ich nicht glücklich darüber gewesen, aber mich hätte milde gestimmt, dass er mir diese Peinlichkeit vor Paul und Conrad ersparen wollte und ich ihm also doch immerhin ein wenig bedeutete.

Ich wollte nicht zulassen, dass Albert mich demütigte, weder privat noch öffentlich. Nicht schon wieder. Ich rang mir ein Lächeln ab, als hätte ich längst gewusst, dass mein Name nicht aufgeführt werden würde, und sagte ganz ruhig: »Wieso sollte mein Name dastehen, Paul? Albert und ich sind doch Einstein – *ein Stein.*«

»Natürlich«, sagte Paul etwas zu schnell.

Albert schwieg.

Ich sah ihn durchdringend an. Mein Vertrauen in ihn war bis ins Mark erschüttert. Ich spürte, wie sich etwas in mir verhärtete, und sagte: »Stimmt es nicht, Albert? Dass wir *ein Stein* sind?«

Kapitel 31

4. Juni 1909
Bern

In den Monaten nach Erteilung des Patentes für unser Maschinchen – die Erfindung, von der ich gehofft hatte, dass sie uns ein regelmäßiges Einkommen bescheren würde – brachten Albert und ich Bewegung in die Welt der Physik. Briefe von Wissenschaftlern aus der ganzen Welt flatterten uns ins Haus in der Kramgasse. Doch keiner der Briefe enthielt eine Bestellung für unsere Erfindung – in den Laboren zeigte man sich skeptisch gegenüber dem Maschinchen. Dafür begann Europas angesehenster Physikprofessor Max Planck, die Relativität in seine Lehre aufzunehmen, und andere Physiker stellten Fragen zu den vier Artikeln, die wir 1905 in den *Annalen der Physik* veröffentlicht hatten, insbesondere zu meinem Aufsatz über die Relativität. Aber da mein Name nirgendwo auftauchte, waren diese Briefe nicht an mich adressiert, sondern allesamt an Albert.

Wie eine Spinne war Albert damit beschäftigt, sich im Zentrum des komplizierten Netzes europäischer Physiker einen Namen zu machen. Verschiedene Fachzeitschriften wandten sich an ihn mit der Bitte um weitere Aufsätze und Kommentare zu den Theorien anderer Physiker. Einladungen zu Physik-Konferenzen und -Tagungen begannen sich zu stapeln. Wildfremde Menschen sprachen ihn mitten auf der Straße in Bern an, nachdem sie erfahren hatten, wer er war. Doch was Alberts Netz fehlte, war ein sicherer Platz für mich und Hans Albert.

Tag für Tag kümmerte ich mich um den Haushalt, um Albert und um Hans Albert. Ich nahm sogar Studenten zur Untermiete in unseren beiden freien Zimmern auf und kochte und putzte auch für sie. Die zusätzliche Arbeit tat meinen ohnehin schmerzenden Beinen und Hüften, die sich von Lieserls Geburt nie ganz erholt hatten, nicht gut, aber ich beklagte mich nicht, denn ich wartete darauf, dass Albert mich wieder in die geheime Welt der Physik einlud, die einst unsere gemeinsame Welt gewesen war. Die Akademie Olympia hatte sich im Prinzip aufgelöst, als Maurice nach Paris zog und Conrad nach Schaffhausen zurückkehrte, und so war Albert der Einzige, der mir Zutritt zu dieser Welt verschaffen konnte. Ich dachte, wenn ich seine finanziellen Sorgen ein wenig linderte, indem ich die Zimmer untervermietete, hätte er vielleicht wieder den Kopf frei, um neue Theorien zu ersinnen, über die er dann automatisch mit mir sprechen würde. Es ärgerte mich, dass ich zu solchen Maßnahmen greifen musste, aber ich sah keinen anderen Weg, wie ich zur Wissenschaft zurückkehren könnte.

Doch auch Monate nach der Fertigstellung unseres Maschinchens hatte Albert mich nicht wieder als Wissenschaftlerin angesprochen. Nach Zusammenarbeit stand Albert nicht mehr der Sinn, ganz gleich, wie sehr ich ihm den Rücken freihielt. Ab und zu, wenn er Briefe von anderen Physikern beantwortete, die sich auf unsere vier Aufsätze in den *Annalen der Physik* bezogen, oder wenn er Kritiken zu den Aufsätzen anderer Wissenschaftler in Fachzeitschriften schrieb, bat er mich eiligst um Rat, was die Einzelheiten der Relativitätstheorie oder mathematische Berechnungen anging. Ich war stets darauf vorbereitet, wieder in den wissenschaftlichen Diskurs mit ihm einzusteigen – ich las laufend die neuesten Ausgaben der einschlägigen Zeitschriften sowie die Lehrbücher, die Albert zu Hause herumliegen ließ, aber nach und nach kam uns die Sprache der Wissenschaft abhanden – die Sprache, in der wir uns einst hatten verständigen können. Stattdessen plapperten wir in Kleinkindsprache mit Hans Albert und murmelten Sorgenvolles zu unserer Finanzlage.

Das Vertrauen, das durch die Auslassung meines Namens im Patentantrag für das Maschinchen erschüttert worden war, kehrte nicht zurück, und innerlich erkaltete ich ihm gegenüber immer mehr. Der

Funke Hoffnung, Albert und ich könnten unsere gemeinsamen wissenschaftlichen Projekte wiederaufleben lassen, entzündete nun flammenden Zorn in mir. Nur Helene gegenüber konnte ich offen sein: Durch den Ruhm hatte Albert das Interesse an seiner Frau verloren, und ich fürchtete, mit zunehmender Berühmtheit würde jegliche Menschlichkeit aus ihm weichen.

Ich hatte mich in die spießige Hausfrau verwandelt, die ich nie sein wollte. Über die Albert sich immer lustig gemacht hatte. Ich führte nicht das unkonventionelle Leben, von dem wir geträumt hatten – aber hatte er mir eine Wahl gelassen?

Hoffnung für unsere eheliche und wissenschaftliche Beziehung keimte in mir auf, als Albert ein interessantes Stellenangebot bekam. Im Kielwasser seiner zunehmenden Anerkennung in der Welt der Physik trug man Albert eine Dozentur an, wie er sie sich seit unserem Studium gewünscht hatte. Nach einer längeren Debatte über seinen jüdischen Hintergrund hatten die Professoren der Universität Zürich sich darauf geeinigt, dass Albert nicht die »beunruhigenderen der typischen jüdischen Merkmale« trug, und ihn zum außerplanmäßigen Assistenzprofessor für Physik berufen. Wir wollten ein paar Monate vor Beginn des Wintersemesters nach Zürich ziehen. Ich fing wieder an, zur Jungfrau Maria zu beten. Ich bat sie um einen guten Neuanfang in der Stadt, in der wir gemeinsam studiert hatten. In der Stadt, in der ich eine andere Mileva gewesen war.

Während Albert auf das Ende seiner Tätigkeit im Patentamt hinarbeitete, blieb alles Praktische rund um den Umzug natürlich mir überlassen. Eines Tages, nachdem ich den lernbegierigen fünfjährigen Hans Albert ans Klavier gesetzt hatte, wandte ich mich den wachsenden Papierstapeln zu, die Albert auf dem Esstisch, der Küchenanrichte und dem Schlafzimmerfußboden verteilt hatte, unter ihnen auch Unterlagen, die er aus dem Patentamt mit nach Hause gebracht hatte. Das Ganze hatte etwas von der Brotkrumenspur aus »Hänsel und Gretel«. Es war ein heilloses Durcheinander, und ich machte mich daran, die Aufsätze, Notizen und anderen Papiere nach Kategorien zu sortieren.

Und dabei fand ich sie. Die Postkarte. Sie steckte zwischen zwei Seiten eines Artikels, den man Albert zur Prüfung geschickt hatte.

Sehr geehrter Herr Professor Einstein,

ich hoffe, Sie sehen es einer alten und sicher längst vergessenen Freundin nach, wenn sie Ihnen ein paar Zeilen schickt, um Sie zu beglückwünschen. Wie Sie sich vielleicht erinnern, bin ich die Schwägerin des Eigentümers des Hotels Paradies in Mettmenstetten, vor zehn Jahren verbrachten wir einige schöne Som-

merwochen miteinander. Wie ich in unserer Baseler Zeitung las, werden Sie als außerplanmäßiger Professor für Theoretische Physik an die Universität Zürich berufen, und ich wollte Ihnen für Ihre neue Stelle alles Gute wünschen. Ich denke oft an Sie und erinnere mich sehr gerne an die Zeit, die wir in unserer Jugend im Hotel Paradies verbrachten.

Mit den allerherzlichsten Grüßen,
Anna Meyer-Schmid

Fast hätte ich über diese vor Sentimentalität triefende Nachricht gelacht. Ich hatte mich daran gewöhnt, dass Albert schmeichlerische Post von Wissenschaftlern wie von Normalsterblichen erhielt – immer wieder fand ich derlei beim Aufräumen in der Wohnung. Eine Nachricht von einer ehemaligen Freundin war allerdings bisher noch nicht dabei gewesen. Vielleicht würde ich beim Abendessen einen kleinen Witz darüber machen.

Ich sortierte weiter, bis ich eine weitere Postkarte mit derselben Handschrift fand:

Sehr geehrter Herr Professor!

Welch eine Freude, so schnell Antwort von Ihnen zu erhalten! Ich hätte nie erwartet, dass ein Mann Ihres Ansehens und mit einem so vollen Terminkalender wie Sie sich die Zeit nehmen würde, einer einfachen Baseler Hausfrau so schnell zu antworten. Es überrascht und freut mich, dass auch Sie sich gerne an die Wochen im Paradies erinnern. Haben Sie vielen Dank für Ihre Einladung, Sie in Ihrem Büro in Zürich zu besuchen, sobald Sie dort angekommen sind. Es wäre mir eine Ehre, den Professor in seinem neuen Büro zu sehen. Ich werde ein paar Daten für unser Rendezvous vorschlagen.

Von ganzem Herzen,
Anna Meyer-Schmid

Mein Herz raste. Albert hatte dieser Frau geantwortet. Und in diesem Antwortbrief musste er sie eingeladen haben, ihn in Zürich zu besuchen. Darüber würde ich beim Abendessen keinen Witz machen können. Das hier war der Anfang einer handfesten Affäre.

Ich war außer mir vor Wut. Ich hatte meine eigenen Ambitionen hintangestellt, hatte sogar einen Großteil der ohnehin knapp bemessenen Zeit mit meiner Tochter geopfert – für Albert. Ich hatte seine Wünsche und Bedürfnisse meinen eigenen vorangestellt. Er war mein Leben geworden, mein Weg zu Liebe und Arbeit, auch wenn er mir letzteren zurzeit versperrte. Mein Banditenblut, wie mein Vater es nannte, kochte. Wenn Albert glaubte, dass ich ihn kampflos einer Baseler Hausfrau überlassen würde, irrte er sich gewaltig.

Ich nahm mir Stift und Papier und machte mich daran, einen Brief an Herrn Georg Meyer, den Ehemann dieser Frau, zu schreiben. Die Adresse hatte sie ja freundlicherweise angegeben. Ich schrieb: »Ihre Frau hat einen Brief an meinen Ehemann geschrieben –«

Die Tür fiel ins Schloss. So früh hatte ich nicht mit Albert gerechnet. Mein erster Impuls war, die Postkarten und den angefangenen Brief zu verstecken, aber dann überlegte ich es mir anders. Wieso sollte ich? Ich hatte mir nichts zuschulden kommen lassen, ich hatte nichts zu verbergen.

Als Albert nach mir rief, antwortete ich: »Ich bin im Schlafzimmer«, und schrieb weiter.

Ich hörte seine Schritte sich nähern, und dann seine Stimme. »Was machst du, Doxerl?«

Ohne aufzusehen, antwortete ich: »Ich schreibe einen Brief an Anna Meyer-Schmids Mann und unterrichte ihn über eure Korrespondenz.«

Nach einer langen Pause sagte er mit zitternder Stimme: »Ich weiß nicht, wovon du redest.«

»Ich habe beim Aufräumen und Packen zwei Postkarten von Frau Meyer-Schmid gefunden, aus denen hervorgeht, dass ihr beiden ein kleines Rendezvous in Zürich plant. Und da dachte ich mir, Herr Meyer hat ein Recht darauf, das zu erfahren.«

»Es ist nicht, was du denkst«, stammelte er.

»Ich glaube, die Ausrede habe ich schon mal gehört.« Ich schrieb weiter, den Blick fest aufs Papier gerichtet. Ich hatte Angst, weich zu werden, wenn ich ihn ansah.

»Wirklich, Doxerl. Ihre Karte kam mir gänzlich unschuldig vor – man kann doch einem alten Freund gratulieren. Und ich weiß nicht, was sie dazu veranlasst hat, dann noch einmal zu schreiben.«

»Du hast ihr also nicht geantwortet und sie nach Zürich eingeladen?«

»Doch, aber auf eine ganz unverfängliche Weise, wie man eben einen Freund einlädt.«

»Gut. Das freut mich zu hören.« Ich glaubte ihm nicht. Ich kannte diesen Klang in seiner Stimme. »Dann hast du ja sicher nichts dagegen, wenn ich das ihrem Mann erläutere.«

Er polterte los. »Was fällt dir ein, die Sache an die große Glocke zu hängen?«

»Was mir einfällt? Was fällt dir ein, ein Treffen mit einer alten Freundin zu arrangieren! Und was fällt dir ein, zu versuchen den Spieß umzudrehen?«

Er wurde wieder etwas ruhiger. »Es ist nicht, was du denkst.«

»Das sagtest du bereits. Dann dürftest du ja nichts dagegen haben, dass ich diesen Brief schreibe.«

Die Stille im Raum war ohrenbetäubend. Ich wusste genau, warum Albert auf gar keinen Fall wollte, dass ich diesen Brief abschickte – weil er mich angelogen hatte. Ich musste ihn zwingen, Farbe zu bekennen und dieses Verhältnis zu beenden, bevor es richtig anfing. Dieses Mal sah ich ihm direkt in die Augen und hielt seinem Blick stand. Ich sagte nichts.

»Gut. Schreib den Brief, Mileva, und schick ihn ab. Tu, was du immer schon getan hast: mir in den entscheidenden Momenten meines Lebens Schwierigkeiten bereiten. Schon damals, als ich kurz davor war, die Stelle im Patentamt zu bekommen, und du ein Kind kriegtest. Und jetzt, wo ich endlich eine Universitätskarriere anfangen kann, schießt du wieder quer. Du denkst immer nur an dich.«

Kapitel 32

14. August 1909
Engadin

»Komm, ich nehme ihn dir mal ab, Doxerl«, sagte Albert und meinte damit den müden Hans Albert auf meinem Arm.

Fast hätte ich Nein gesagt, wie ich zu praktisch allem auf dieser Reise Nein gesagt hatte. Seit wir im Engadin angekommen waren, um dort unseren Sommerurlaub zu verbringen, war ich seiner betonten Freundlichkeit, mit der er sich für die Angelegenheit mit Anna Meyer-Schmid entschuldigen wollte, sehr reserviert begegnet. Aber der Anstieg und das Gewicht des kleinen Hans Albert setzten meinem Bein und meiner Hüfte wirklich sehr zu, und darum gab ich nach.

Der Hang wurde immer steiler, je näher wir dem Gipfel kamen. Auf dem letzten Stück hätte ich fast aufgegeben. Aber ich zwang mich weiterzugehen, angetrieben von meinem noch immer nicht abgeklungenen Zorn über Anna Meyer-Schmid und Alberts hasserfüllte Worte. Ich wollte keine Schwäche zeigen.

Alberts Zuneigungsbekundungen beeindruckten mich nicht mehr. Dieser Urlaub als Entschädigung für seinen Flirt mit Anna Meyer-Schmid, das Maschinchen-Projekt als Sühne dafür, dass er meinen Namen unter dem Relativitätsaufsatz weggelassen hatte. Dabei wusste er doch genau, was die einzige Währung war, mit der er all das wiedergutmachen konnte: wissenschaftliches Arbeiten. Ich zog mich in mein Schneckenhaus zurück. Ich brauchte einen harten Panzer, um die Turbulenzen durchzustehen, die ich an Alberts Seite durchmachte.

Das wunderschöne Engadin breitete sich vor mir aus und erlöste mich kurzfristig von meinem inneren Aufruhr. Azurblau wand sich der Inn vor der Kulisse schneebedeckter Berge durch das sattgrüne Tal. Pittoreske Ortschaften mit Kirchtürmen lagen wie Tupfen da, und Pfade durchschnitten die Hügel wie großzügige Pinselstriche. Ich wusste genau, warum Albert mich hierhergebracht hatte: um Erinnerungen an schöne Tage und liebevolle Gefühle zu wecken. Gefühle, die kaum noch mehr waren als blasse Erinnerung. Gefühle, die mich über seine Fehler hinwegsehen lassen würden.

Albert legte den schlafenden Hans Albert auf ein weiches Mooskissen, zog sich die Jacke aus und deckte ihn damit zu. Ich wandte mich ab, bevor er mich dabei ertappen konnte, wie ich ihn beobachtete, und richtete den Blick wieder auf das Panorama. Albert trat an meine Seite und legte den Arm um mich. Ich versteifte mich.

»Hinter dem Bergrücken da liegt das Quellgebiet des Rheins, Doxerl.« Albert zeigte in die Ferne.

Ich rührte mich nicht. Glaubte er etwa, mich mit einem schlichten »Doxerl« besänftigen zu können? Ich war nicht mehr das arglose Mädchen von früher.

»Das da ist der Malojapass.« Albert zeigte zu einem Joch zwischen zwei Bergen. »Der verbindet die Schweiz mit Italien.«

Ich antwortete nicht.

»Und er ist gar nicht weit vom Splügenpass entfernt. Weißt du noch?« Er legte nun auch den zweiten Arm um mich und sah mir tief in die Augen. Ich hielt seinem Blick stand, schwieg aber weiter.

»Unsere unbürgerlichen Flitterwochen«, sagte Albert.

Diesen Hinweis auf unsere Comer Reise hätte er sich besser gespart. Sofort musste ich an Lieserl denken, an die zwei Jahre Wartezeit, bis wir endlich tatsächlich heirateten und in die Flitterwochen fuhren, und an die Zerstörung meiner beruflichen Laufbahn. Er wollte mich milde stimmen und erreichte das Gegenteil.

»Wieso schweigst du mich die ganze Zeit an, Doxerl?«

Ich hörte ihm seine Enttäuschung an. Wie konnte er es wagen, von mir enttäuscht zu sein? Ich hatte mich für das Schweigen entschieden, aber eine so dumme Frage konnte ich nicht unbeantwortet lassen. »Ich glaube, das weißt du ganz genau, Albert.«

»Hör zu, Doxerl. Ich habe einen Fehler gemacht. Die Postkarte von Frau Meyer-Schmid hat mich an meine Jugend erinnert, an einen Urlaub in Mettmenstetten, und hat alte Gefühle in mir wachgerufen. In meiner Antwort an sie habe ich darum etwas überreagiert. Ich weiß nicht, was ich noch sagen soll, außer dass es mir leidtut.«

Doch mein Zorn lag nicht nur in diesem Versuch einer Liebelei mit Anna Meyer-Schmid begründet. Seine flirtende Korrespondenz mit ihr war lediglich das Salz in eine bereits bestehende, tiefe Wunde gewesen. »Und was ist mit deinen harschen Worten mir gegenüber? Tun die dir auch leid?«

»Welche harschen Worte?«

Das konnte er doch nicht vergessen haben!

»Du glaubst doch nicht wirklich, dass die Schwangerschaft mit Lieserl ein Anfall von Hysterie war, von mir bewusst herbeigeführt, als du deine Arbeit im Patentamt antratst, oder?«, fragte ich.

Er ließ die Arme sinken und wurde kleinlaut. »Nein, Mileva, natürlich nicht. Sollte ich das gesagt haben, dann habe ich es jedenfalls nicht so gemeint.«

»Dir ist bewusst, wie schwierig diese Schwangerschaft für mich war, ja? Unverheiratet und allein, mit keinerlei beruflichen Aussichten? Lieserl hat mein

Leben verändert. Grundlegend und für immer. Im Guten wie im Schlechten.«

Ich hatte Albert gegenüber noch nie so offen über Lieserl gesprochen. Damals hatte ich viel zu viel Angst gehabt, ihn zu verlieren. Oder Lieserl.

»Ja, natürlich, ich weiß.« Seine Antwort kam viel zu schnell. Ich konnte merken, dass er nicht wirklich begriffen hatte, was für ein einschneidendes Ereignis diese Schwangerschaft, dieses Kind, für mein Leben gewesen war. Er wollte einfach nur seine Ruhe und hätte alles gesagt, um sie zu bekommen.

Offenbar konnte er die Dissonanz zwischen uns spüren, denn sogleich schlang er wieder die Arme um mich und sagte: »Liebes Doxerl. Können wir versuchen, aus dem Umzug nach Zürich einen Neustart zu machen? Lass uns noch mal ganz von vorne anfangen, mit der Liebe, der Wissenschaft und unserer Zusammenarbeit.«

Zusammenarbeit? Albert wusste, was ich mir wünschte. Ich gestattete mir, in seine kaffeebraunen Augen zu sehen. Und tief in ihnen sah ich eine andere Zukunft. Oder vielleicht wollte ich sie auch nur sehen.

Ich wollte so gerne Ja sagen, wollte Albert glauben, an ihn glauben, aber das wäre töricht gewesen. »Versprichst du mir, dass wir wieder zusammenarbeiten werden? Dass du dir in Zürich wieder Zeit nehmen wirst für Physikprojekte wie die, die wir für die *Annalen der Physik* betrieben haben? Die Aufsätze, die dich so berühmt gemacht haben, dass du nun diese neue Stelle in Zürich bekommen hast?« Ich musste ihn daran erinnern, mit wessen Unterstützung er die Ruhmesleiter so hoch hatte erklimmen können.

Er blinzelte, zögerte aber nicht. »Ich verspreche es.«

Sollte ich ihm glauben? War das überhaupt wichtig? Er hatte es mir versprochen, mehr konnte ich nicht erwarten. Also sagte ich: »Ja, wir fangen in Zürich noch mal von vorne an.«

Kapitel 33

20. Oktober 1910 und 5. November 1911
Zürich und Prag

Zürich vermochte es vom ersten Tag an wieder, mich zu verzaubern. Der Duft von Kaffee und Immergrün in der Luft, die in den Cafés über die neuesten Neuigkeiten debattierenden Studenten, die wunderbaren Spaziergänge durch die alten Straßen und entlang der Limmat verwandelten mich in eine jüngere, lebendigere Version meiner selbst. Ich wurde wieder die hoffnungsfrohe Mitza meiner jungen Jahre – auch als Albert sein Versprechen, wieder mit mir gemeinsam an einem Projekt zu arbeiten, nicht hielt.

Durch einen glücklichen Zufall fand ich nämlich eine andere Möglichkeit, meine wissenschaftlichen Bedürfnisse zu befriedigen. Friedrich Adler, der nach uns am Polytechnikum Mathematik und Physik studiert hatte und inzwischen der Leiter des Fachbereichs Physik an der Universität Zürich war, und seine Frau Katya Germanischkaya, eine in Litauen geborene Russin, die ebenfalls nach uns Physik am Polytechnikum studiert hatte, wohnten im selben

Haus in der Moussonstraße. Wir freundeten uns mit dem Paar an, aßen gemeinsam mit ihnen und ihren Kindern, musizierten und führten naturwissenschaftliche und philosophische Gespräche. Meine positive Stimmung wurde noch dadurch befördert, dass ich, nachdem ich jahrelang dafür gebetet hatte, endlich wieder schwanger war. Eine Zeit lang führten wir genau das wunderbar unkonventionelle Leben, von dem Albert und ich früher geträumt hatten – ich durfte nur nicht an seinen Wortbruch hinsichtlich des gemeinsamen Arbeitens denken.

Doch kein halbes Jahr nach unserem Umzug nach Zürich, als ich mich gerade wieder eingelebt hatte, kam der Ruf aus Prag. Die altehrwürdige deutsche Karl-Ferdinands-Universität lockte Albert mit einer ordentlichen Physik-Professur, dem doppelten Gehalt sowie der Position als Leiter des Instituts für Theoretische Physik. Ich wusste, er würde nicht widerstehen können. Und doch flehte ich ihn an, uns nicht aus dem glücklichen Leben, das wir in Zürich führten, herauszureißen – vor allem, nachdem unser zweiter Sohn Eduard am 28. Juli 1910 geboren wurde. Tete, wie wir ihn nannten, kam als sehr kränkliches Kind zur Welt, machte einen Infekt nach dem anderen durch und schlief nur sehr wenig. Ich machte mir Sorgen, wie es ihm wohl in Prag ergehen würde, wo die Luft durch die zunehmende Industrialisierung angeblich immer schlechter wurde. Fast ein Jahr lang fügte Albert sich meinen Wünschen und lehnte den Ruf ab, wurde dabei aber spürbar unzufriedener.

Ich versuchte, seiner Unzufriedenheit entgegenzuwirken, indem ich zusätzlich zu unserem Kontakt mit den Adlers regelmäßig sonntags Musikabende mit Adolf Hurwitz, Professor am Polytechnikum, und seiner Familie arrangierte. Ich wollte Albert deutlich machen, wie schön es in Zürich war, und hoffte, wir würden durch unsere gemeinsame Liebe zur Musik neu zueinanderfinden. Doch seine Stimmung verfinsterte sich zunehmend.

Er wollte unbedingt nach Prag – und darum wuchs seine Ablehnung Zürich gegenüber. Und weil ich mich gegen Prag sperrte, wuchs auch seine Ablehnung mir gegenüber.

Eines strahlenden Herbstnachmittags, die Limmat glitzerte in der Ferne, lag ein großer Umschlag in der Post. Adressiert an Albert in formvollendeter Schrift und mit schwedischem Absender. Wer mochte Albert wohl aus Schweden schreiben? Reichte seine Berühmtheit wirklich schon so weit?

Ich stieg die Treppe hinauf, legte Tete in seinen Stubenwagen und drückte Hans Albert ein Buch in die Hand. Da ich für unsere Finanzen zuständig war und mich darum auch um die gesamte Korrespondenz kümmern musste, schlitzte ich den Umschlag auf, obwohl er an Albert adressiert war. Erstaunt stellte ich fest, dass der Brief vom Nobelpreiskomitee kam.

Albert wurde darin darüber informiert, dass Wilhelm Ostwald, der Nobelpreisträger für Chemie des Jahres 1909, ihn für seinen Aufsatz von 1905 zur Relativität für den Nobelpreis vorgeschlagen hatte.

Zitternd ließ ich mich aufs Sofa sinken. Mein Aufsatz war für den Nobelpreis nominiert? Ganz gleich, wie sehr der Aufsatz in Fachkreisen bereits gelobt worden war, von einer solchen Ehrung und Anerkennung hätte ich niemals auch nur zu träumen gewagt. Selbst wenn niemand je davon erfuhr, welche Rolle ich bei der Entwicklung der Relativitätstheorie gespielt hatte, so empfand ich doch einen tiefen inneren Frieden, weil Lieserls Tod zu etwas so Großem geführt hatte.

Zugegeben, ein klein wenig schmerzte es mich, dass mir keinerlei Anerkennung zuteilwurde. Doch ich schluckte meine Enttäuschung herunter, als mir klar wurde, dass diese Auszeichnung womöglich genau das war, was ich brauchte: Vielleicht würde die Nominierung für den Nobelpreis Albert befrieden, vielleicht würde die angespannte Stimmung wegen des Lehrstuhls in Prag ein wenig nachlassen und Zürich für Albert wieder erträglicher werden. Vielleicht würde ihm klar werden, dass er Zürich nicht verlassen musste, um weitere wissenschaftliche Höhenflüge zu unternehmen.

Ich schenkte uns zur Feier des Tages ein Glas

Rotwein ein und erwartete ihn mit dem Brief in der Hand. Und wartete. Und wartete.

Fast zwei Stunden später als üblich kam er nach Hause. Statt ihn wegen seiner Verspätung zu tadeln, lächelte ich nur und übergab ihm Weinglas und Brief.

»Was ist das?«, fragte er unwirsch.

»Etwas, das dich freuen wird.«

Während er den Blick über die Seiten wandern ließ, hielt ich schon mein Glas bereit, um mit ihm anzustoßen, sobald er fertig gelesen hatte. Doch er leerte sein Glas einfach so in einem Zug und brummte nur: »Aha. Wurde auch Zeit, dass die alten Herren mich endlich würdigen.«

Mich würdigen? Hatte er das gerade wirklich gesagt? Als hätte er vollkommen vergessen, dass der Aufsatz, der nun für die Verleihung des Nobelpreises ins Rennen ging, im Grunde genommen mein Aufsatz war. Als hätte er die ganze Geschichte für sich dahingehend umgeschrieben, dass er der alleinige Autor war. Ich wusste vor lauter Verblüffung nicht, was ich sagen sollte. Der ganzen Welt gegenüber so zu tun, als stammte die Relativitätstheorie von ihm, war eine Sache – aber sich sogar mir gegenüber als ihr Urheber darzustellen, eine ganz andere.

»Du freust dich, dass das Komitee *deinen* Aufsatz würdigt?«

»Ja, Mileva, das freut mich.« Herausfordernd sah er mich an.

Wenn ich vorher verblüfft war, dann war ich jetzt schlicht sprachlos.

Und er fragte nur: »Ist das Essen fertig?«

In dem Augenblick begriff ich, dass ich für Albert nur noch eine Hausfrau war. Die Mutter seiner Kinder. Die Frau, die seine Wohnung putzte. Seine Wäsche wusch. Sein Essen kochte. Und mehr als das würde ich auch nie wieder sein.

Das waren die Brosamen, die Albert für mich übrig gelassen hatte. Und gleichzeitig verachtete er mich dafür, dass ich mich damit begnügte.

Ich hatte zwei Möglichkeiten. Ich konnte Albert verlassen und die Kinder mitnehmen, womit ich sie eines geordneten Familienlebens berauben und sie dem Stigma aussetzen würde, das eine Scheidung stets mit sich brachte – nur, weil ihr Vater mir gegenüber ein Versprechen gebrochen hatte. Oder ich konnte bleiben, versuchen, ihnen ein möglichst gutes Heim zu bieten, und mich endgültig von meinem Traum von einer wissenschaftlichen Partnerschaft mit Albert verabschieden. Einer Partnerschaft, die, wenn ich ehrlich war, schon vor langer Zeit ein Ende gefunden hatte. So oder so, wurde mir klar, brauchte ich mir keine Hoffnungen auf eine Zusammenarbeit mehr zu machen. Ich musste mich jetzt auf das Wohlergehen der Kinder konzentrieren. Meine Wünsche und Bedürfnisse spielten keine Rolle. Wir waren vollkommen abhängig von Albert und seinem Wohlwollen.

Albert marschierte ins Esszimmer, setzte sich an den Tisch und wartete demonstrativ darauf, dass ich ihm das Abendessen servierte.

»Albert?«, sagte ich.

»Ja?«, antwortete er, ohne mich eines Blickes zu würdigen.

»Ich finde, wir sollten nach Prag ziehen.«

*

Schwarzer rußhaltiger Rauch stieg aus den Prager Schloten und legte sich auf mich wie eine tiefe Depression. Ich hatte das Gefühl, durch Schlamm zu schwimmen, wenn ich mich mit den Jungs durch Prags dichtes Straßengewirr schob. Die unangenehme Atmosphäre der Stadt war für uns leider auch in anderer Hinsicht von Anfang an zu spüren: Die deutschsprachigen Machthaber und Eliten lehnten die slawischen Völker und die Juden ab – Antislawismus und Antisemitismus waren an der Tagesordnung. Man wollte sich in Zeiten zunehmender politischer Instabilität um jeden Preis von den Slawen distanzieren und an den eigenen germanischen Wurzeln festhalten. Prag lag damals im Reichsgebiet Österreich-Ungarns, und zum einen verschlechterten sich die Beziehungen des Habsburger Reiches zum Osmanischen Reich zusehends, während zum anderen die

Serben versuchten, innerhalb der österreichisch-ungarischen Grenzen eine eigene, südslawische Nation zu errichten. Wie sollte ich in einer solch feindseligen Umgebung, auf einem solchen Pulverfass ein Zuhause für meine Familie schaffen?

Ich versuchte es. Als aus den Hähnen unserer Wohnung im Bezirk Smíchov braunes Wasser kam, marschierte ich zu einem Brunnen am anderen Ende der Straße, schleppte von dort Wasser in unsere Wohnung und kochte es ab. Als sich Wanzen und Flöhe in unseren Betten einnisteten, warf ich alle Matratzen und das Bettzeug auf einen großen Haufen, zündete ihn an und beschaffte alles neu. Davon, dass es keine frische Milch, kein Obst und kein Gemüse gab, versuchte ich die Jungs abzulenken, indem ich ihre Aufmerksamkeit auf das enorme Musikangebot in den Konzertsälen und Kirchen lenkte sowie auf die großartige Prager Architektur, insbesondere die berühmte Astronomische Rathausuhr.

Ich hörte auf, Albert zu bitten, mich in seine Arbeit einzubeziehen, und versuchte mich in die Rolle der Hausfrau zu fügen, die er nun für mich vorgesehen hatte. Doch Albert war gar nicht oft genug zu Hause, um zu sehen, wie viel Mühe ich mir gab. Seine Tage waren angefüllt mit theoretischem Arbeiten, Vorlesungen und Konferenzen, und die Nächte verbrachte er auch nur selten zu Hause. Im Prinzip ließ er mich und die Jungs wochenlang am

Stück alleine. Die einzigen Hinweise darauf, dass er noch in derselben Wohnung wohnte, waren die auf dem Boden herumliegende Kleidung und seine Stimme, wenn er spätabends im Wohnzimmer seinen Kollegen Vorträge hielt, nachdem das Café Louvre sie hinausgeschmissen hatte oder der wöchentliche Salon bei Frau Berta Fanta am Altstadtring zu Ende gegangen war.

Aber er grenzte mich nicht ständig aus. Hin und wieder bemerkte Albert, dass er dabei war, den Bogen der Vernachlässigung zu überspannen, und zeigte sich ein paarmal zum gemeinsamen Abendessen. Dann tobte er mit den Jungs, wirbelte sie durch die Luft, kitzelte sie – und einmal deutete er sogar an, wir könnten wieder zusammenarbeiten: »Wollen wir uns nicht wieder mit der Relativität befassen, Doxerl? Wollen wir untersuchen, in welcher Beziehung Gravitation und Relativität zueinander stehen?« Doch am nächsten Tag agierte er, als hätte er das nie gesagt. Ich versuchte, mich davon nicht beirren zu lassen.

Manchmal hätte ich am liebsten aufgegeben, aber ich musste durchhalten – Hans Albert und Tete zuliebe. Wie sehr mich das alles belastete, wie sehr mich nach freundlichen Worten und Zuneigung hungerte, wie einsam ich im Grunde war, vertraute ich nur Helene an – und beteuerte ihr gleichzeitig, wie froh ich war, wenigstens sie zu haben. Sie war der einzige Mensch, demgegenüber ich ganz ich selbst sein konnte.

Ich dachte, ich trüge all das mit Fassung und einer gewissen Würde – bis ich mich eines Tages im Spiegel sah. »Wer ist diese Frau?«, fragte ich mich und starrte mir selbst entgegen.

Durch drei Geburten verbreiterte Hüften, die immer noch schmale Taille versteckt unter einem hässlichen Hauskleid. Dicke Nase und Lippen, buschige Augenbrauen. Die früher so strahlende Haut und das glänzende Haar stumpf. Ich war sechsunddreißig Jahre alt und sah aus wie fünfzig. Was war mit mir passiert? War mein vernachlässigtes Äußeres einer der Gründe dafür, dass Albert sich von mir abgewandt hatte?

Mir stiegen die Tränen in die Augen, als ich ein bellendes Husten aus Tetes Zimmer hörte. So leise wie möglich öffnete ich die Tür und betrachtete meinen schlafenden jüngsten Sohn. Mit seinen dunklen Haaren und den ernsten braunen Augen ähnelte er seinem großen Bruder sehr, von der Konstitution her allerdings unterschieden sie sich gewaltig. Hans Albert war schon immer ein kräftiges Kerlchen gewesen, Tete dagegen sehr empfindlich und anfällig für alle möglichen Krankheiten. Das verschmutzte Prag tat ihm alles andere als gut.

Seine Wangen waren rot und wirkten erhitzt, ich legte ihm die Hand auf die Stirn. Sie glühte. Angst packte mich. Ich lief zum Schreibtisch, verfasste eine Nachricht an den Arzt, bat eine Nachbarin, kurz auf Tete aufzupassen, und stürzte auf die Straße, um einen Boten zu finden. Weniger als eine Stunde später war der Doktor da.

»Vielen Dank, dass Sie so schnell gekommen sind, Herr Doktor. Viel schneller, als ich erwartet hatte.« Als Tete das letzte Mal Fieber hatte, hatte ich geschlagene acht Stunden auf den Arzt warten müssen.

»Ich war zufällig gerade in der Gegend. Sieht ganz so aus, als hätten wir es mit einer Typhusepidemie zu tun«, erklärte er.

Mein Herz raste. Typhus? Tete hatte unzählige Erkältungen, Mittelohrentzündungen und sogar schon ein paar Lungenentzündungen überlebt – aber Typhus? Dazu war er einfach zu schwach.

Der Arzt sah meinen panischen Blick. Er nahm meine Hände und sagte: »Lassen Sie ihn mich erst einmal untersuchen, Frau Einstein. Vielleicht hat er auch einfach nur eine ganz normale Grippe, wie ich sie ebenfalls täglich in Prag sehe. Es muss nicht unbedingt Typhus sein.«

Ich führte ihn in Tetes Zimmer, dankbar, dass Hans Albert noch in der Schule war, und sah dem Arzt dabei zu, wie er meinen apathischen Sohn untersuchte. Immer wieder flüsterte ich das Ave Maria vor mich hin und betete, es möge sich um eine normale Erkältung oder eine der üblichen Mittelohrentzündungen handeln, die Tete sich immer so leicht zuzog.

»Ich glaube nicht, dass er Typhus hat, Frau Einstein. Aber irgendeine Art von Infektion wird es wohl sein. Ich empfehle Eisbäder, um das Fieber zu senken. Und Sie müssen ihn genau beobachten. Schaffen Sie das?«

Dankbar nickte ich und bekreuzigte mich, dann strich ich Tete über das Haar. Plötzlich sah ich Lieserls fiebriges Gesicht vor mir, und mir blieb fast das Herz stehen. *Das ist nicht Lieserl,* ermahnte ich mich. *Das ist Tete, und er wird überleben. Er hat weder Scharlach noch Typhus, sondern nur eine ganz normale Grippe.* Gleichzeitig wusste ich, dass ich die Kinder nicht länger dem dreckigen Wasser, der verschmutzten Luft und den minderwertigen Lebensmitteln in Prag aussetzen konnte. Wir mussten weg.

Drei Tage nach diesem besorgniserregenden Zwischenfall mit Tete kehrte Albert aus Brüssel zurück, wo er gemeinsam mit dreiundzwanzig anderen der klügsten europäischen Köpfe der Naturwissenschaft an der ersten Solvay-Konferenz teilgenommen hatte. Ich achtete an jenem Abend ganz besonders auf mein Äußeres. Ohne ihm von Tetes Krankheit zu erzählen oder sonst irgendwie Druck auf ihn auszuüben, servierte ich ihm das Abendessen und ließ ihn Hans Albert und mir bei einer Pfeife in aller Ruhe von der Konferenz erzählen. Albert war seit unserem Umzug nach Prag so distanziert gewesen, dass ich erleichtert feststellte, wie begeistert er jetzt von den letzten Tagen erzählte. Alles, was in der Physik Rang und Namen hatte, war in Brüssel zusammengekommen, all jene, deren Theorien wir so viele Jahre lang gelesen und debattiert hatten – Walther Nernst, Max Planck, Ernest Rutherford, Henri Poincaré und viele mehr. Jedoch waren es nicht diese Naturwissenschaftler der alten Schule, die Albert beeindruckt hatten, nein, er fühlte sich viel mehr hingezogen zu der neuen Gruppe Physiker aus Paris – Paul Langevin, Jean Perrin und die berühmte Marie Curie, der während ihres Aufenthaltes in Brüssel der Nobelpreis verliehen worden war.

Ich hatte so viele Fragen zu Madame Curie, die schon lange eine Heldin für mich war. Ich bewunderte die wissenschaftliche Partnerschaft, die sie und ihr verstorbener Mann gepflegt hatten – genau die Art von Partnerschaft, von der ich einst glaubte, sie mit Albert haben zu können. Doch Albert redete und redete und redete. Ich dachte, selbst er müsste doch inzwischen das laute Husten von Tete gehört haben, und wurde immer ungeduldiger. Nach zwei Stunden brachte ich Hans Albert ins Bett und sah nach Tete, dann wagte ich den Sprung ins kalte Wasser und stellte Albert die große Frage: »Glaubst du, es gibt irgendeine Möglichkeit für uns, Prag zu verlassen, Albert? Könnten wir vielleicht nach Zürich zurückkehren oder in eine andere gesündere Stadt ziehen?«

Er hielt inne, eine steile Falte bildete sich zwischen seinen Augenbrauen. »Was für ein unglaublich engstirniges Ansinnen von dir. Ich weiß, dass Prag nicht ganz so komfortabel und fortschrittlich ist wie Zürich oder Bern, aber Prag war und ist ungemein wichtig für mich und mein berufliches Fortkommen. Ich finde das reichlich egoistisch von dir, Mileva.«

Mileva? So hatte er mich nicht genannt, seit wir vor zig Jahren in Zürich vom formellen »Fräulein Marić« und »Herr Einstein« zu unseren Vornamen übergegangen waren. Ich versuchte zu ignorieren, dass er mich zudem »engstirnig« und »egoistisch« nannte, und sagte: »Es geht mir dabei nicht um mich, Albert. Sondern um die Kinder. Ich mache mir Sorgen um ihre Gesundheit, insbesondere um Tetes. Er hat uns einen ganz schönen Schrecken eingejagt, während du in Brüssel warst.«

»Was meinst du?«

»Tete war letzte Woche sehr krank. Verdacht auf Typhus. Wahrscheinlich durch das verunreinigte Wasser hier.«

»Ich dachte, du holst Wasser vom Brunnen und kochst es ab.«

»Das hat leider nicht gereicht.«

Er sagte nichts. Fragte nicht einmal, wie es Tete jetzt ging.

Ich kniete vor Albert nieder. »Bitte Albert. Den Kindern zuliebe.«

Er fixierte mich mit seinen dunkelbraunen Augen. Ich fragte mich, was er wohl sah. Mein ausgezehrtes Gesicht und meine dicken Hüften? Oder erinnerte er sich noch an meinen scharfen Geist und meine tiefe Zuneigung? An das Doxerl, das er einst geliebt hatte?

In seiner Miene spiegelte sich weder Mitgefühl noch Sorge, sondern einzig Empörung. »Ich bin hier in Prag so produktiv wie schon lange nicht mehr, Mileva. Und du verlangst, dass ich das aufgeben soll?« Albert erhob sich so abrupt, dass ich das Gleichgewicht verlor und nach hinten fiel. Er half mir nicht auf, sondern marschierte einfach über mich hinweg in Richtung Küche. »Du denkst wirklich immer nur an dich.«

Kapitel 34

8. August 1912
Zürich

Bei Albert stieß mein Flehen, nach Zürich zurückzukehren, lange auf taube Ohren. Meine wieder recht regelmäßig gesprochenen Gebete schienen allerdings dennoch erhört zu werden, denn Zürich begann, Albert zu umwerben. Unsere Alma Mater, das Polytechnikum, das sich inzwischen Eidgenössische Technische Hochschule nannte, hatte Albert ein Angebot gemacht, das er nicht ablehnen konnte: Er sollte den Lehrstuhl für Theoretische Physik bekommen und Leiter des Departements werden. Ich ermahnte mich selbst, mir keine allzu großen Hoffnungen zu machen, und doch war ich zuversichtlich, dass die Rückkehr nach Zürich auch eine Rückkehr zu unserem früheren zumindest freundlichen Umgangston mit sich bringen würde.

Die Zeit in Prag hatte uns schwer zugesetzt, den Kindern und mir, körperlich wie psychisch. Aber auch unsere Beziehung untereinander hatte darunter gelitten – Alberts und meine als Mann und Frau, Alberts und die der Jungs als Vater und Söhne. Der Vorwurf, den ich Albert einst gemacht hatte – dass er und ich zwar in der Wissenschaft vereint seien, aber nicht im Herzen – hatte sich im ungastlichen Prag leider bestätigt. Aber im unkonventionellen Zürich würde Albert bestimmt wieder sanfter werden, und die Sprunghaftigkeit seines Herzens würde sicher nachlassen. Wir würden wenigstens zu zivilen Umgangsformen zurückfinden. Mehr erwartete ich schon gar nicht mehr.

Voll beladen mit meinen Einkäufen vom Markt, drückte ich die Tür zu unserer neuen Züricher Wohnung in der Hofstraße 116 auf. Vor dem Haus hatte ich kurz innegehalten und die Fassade des fünfstöckigen stuckverzierten Gebäudes bewundert, senffarben mit Erkerfenstern, rotem Ziegeldach, einem Eisentor und Blick auf den See, die Stadt und die Alpen. Wie weit wir es doch gebracht hatten seit unseren Studententagen.

»Hallo? Jemand zu Hause?«, rief ich auf dem Weg zur Küche. Ich hatte die Jungs eine halbe Stunde mit Albert alleingelassen, um fürs Abendessen einzukaufen, und es war seltsam still in der Wohnung. Die Jungs sahen ihren Vater nur selten, darum hatte ich erwartet, sie würden lautstark um seine Aufmerksamkeit buhlen.

Ich packte die Einkäufe weg und rieb mir immer wieder die schmerzenden Gelenke. Der Zustand meiner Beine und meiner Hüfte hatte sich über die letzten Monate deutlich verschlechtert, und die vielen Stufen bis zu unserer Wohnung waren eine echte Herausforderung für mich. Doch Albert gegenüber klagte ich nie über meine Schmerzen, dazu war ich viel zu glücklich, wieder in Zürich zu sein.

Als ich den letzten Behälter im Schrank verstaut hatte, hörte ich Stimmen aus dem Wohnzimmer. Nicht die hellen Jungenstimmen unserer Söhne, sondern dunkle Männerstimmen. Die eine war Alberts, aber die andere? Wir waren gerade erst eingezogen und hatten unsere zahlreichen Bekannten in Zürich noch nicht über unsere neue Adresse informiert. Dachte ich.

Ich hörte schallendes Lachen, das mir seltsam bekannt vorkam. Ob das wohl die Hurwitzes waren? Oder die Adlers? Wir hatten uns fest vorgenommen, schon bald unsere regelmäßigen Musikabende mit ihnen wiederaufzunehmen, aber eine konkrete Einladung hatte ich ihnen noch nicht zukommen lassen. Ich legte Paprika und Zwiebeln auf dem Küchentisch ab und ging ins Wohnzimmer.

Es war Marcel Grossmann, unser alter Studienkamerad. Er sah noch fast genauso aus wie früher, wenn man von den ergrauenden Schläfen und ein paar Fältchen um die Augen absah. Ich fragte mich, wie viel älter ich ihm wohl erscheinen musste – mein Haar war bereits von vielen grauen Strähnen durchzogen, und ich hatte deutlich mehr Falten im Gesicht. Dennoch machte mein Herz einen Hüpfer vor Freude. Herr Grossmann würde unser Züricher Dasein auf ganz wunderbare Weise bereichern. Ein Freund, der mich aus unseren gemeinsamen Studienzeiten kannte. Ein Mathematiker und Naturwissenschaftler, der einst *mich* um Rat gefragt hatte, wenn er mit einer Problemstellung nicht weiterkam. Jemand, der mich nicht nur als Hausfrau und Mutter kannte, sondern auch als kluge Studentin.

»Herr Grossmann!«, rief ich und herzte ihn. »Wie schön, Sie zu sehen!«

»Die Freude ist ganz meinerseits, Frau Einstein«, antwortete er und drückte mich an sich. »Wir haben uns alle sehr darauf gefreut, dass die Einsteins in ihr ehemaliges Revier zurückkehren.«

»Herr Grossmann, meinen Sie nicht, dass Sie nach so vielen Jahren der Bekanntschaft und Freundschaft endlich Mileva zu mir sagen könnten?«

Er lächelte. »Wenn Sie Marcel zu mir sagen?«

»Abgemacht. Also, Marcel, Albert hat mir erzählt, dass Sie jetzt der Vorsitzende des mathematischen Departements der ETH sind?«

»Ja, ich kann es selbst manchmal noch kaum glauben.«

»Herzlichen Glückwunsch! Sie sind zwar noch ziemlich jung für eine solche Stelle, aber ohne Frage qualifiziert.«

»Danke.« Er lächelte. »Und was ist mit Ihnen, Mileva? Halten die Jungs Sie rund um die Uhr auf Trab?«

Ich warf einen Blick auf Albert. Mir kam eine Idee. Wie wäre es, wenn ich Marcel von meiner früheren Zusammenarbeit mit Albert erzählte? Wenn er erführe, dass ich mich seit unserem Studium weiter intensiv mit Mathematik und Physik beschäftigt hatte, stünde es durchaus in seiner Macht, mir einen neuen Weg in die Naturwissenschaft zu eröffnen. Da ich keinen Abschluss hatte, konnte es natürlich nichts Offizielles sein, aber vielleicht konnte ich ein Tutorium halten oder bei wissenschaftlichen Recherchen Unterstützung leisten. Dann wäre ich in dieser Hinsicht nicht mehr allein von Albert abhängig. Und vielleicht würde das die Spannungen zwischen uns reduzieren.

»Albert und ich haben hin und wieder gemeinsam an ein paar Aufsätzen gearbeitet«, sagte ich.

»Ich wusste es!«, rief er und schlug sich auf den Schenkel. »Ich habe ein paar seiner Aufsätze rezensiert und wusste genau, dass Albert die vielen mathematischen Berechnungen nicht allein angestellt haben konnte. Sie sind in Mathe schon immer besser gewesen als er. Als die meisten von uns, wenn wir ehrlich sind.«

Ich errötete. »Das ist ein wunderbares Kompliment aus dem Mund des Leiters des Mathematik-Departements. Und doch bin ich nur eine einfache Hausfrau.«

»Die Leitung des Departements hätte in Ihren Händen liegen können, wenn dieser alte Knabe hier Sie nicht auf Abwege geführt hätte«, sagte Marcel und stupste Albert an.

Ich lachte. Mich hatte schon lange niemand mehr als etwas anderes wahrgenommen denn als Alberts Frau. Als Alberts scheue, seltsame, verkrüppelte Frau. Ja, das waren die Etiketten, die man mir im Tratsch überall, wo wir hinkamen, verpasst hatte. Irgendjemand meinte immer, mir irgendwie helfen zu müssen, mich in eine bessere, passendere Professorengattin zu verwandeln, die ähnlich aufgeschlossen und charismatisch war wie Albert. Natürlich kannten diese wohlmeinenden Seelen alle nur den Albert, der für die Öffentlichkeit bestimmt war.

»Apropos Mathematik, Marcel, Sie sind einer der Hauptgründe für meine Rückkehr nach Zürich«, schaltete Albert sich in unser Geplänkel ein und funkelte mich dabei wütend an.

Was hatte ich getan, um mir einen solchen Blick von ihm einzuhandeln? Vielleicht war er einfach nur wütend, weil ich mich so nett mit Marcel unterhielt. In letzter Zeit reagierte er sehr empfindlich, wenn ich mich so jugendlich-ausgelassen gab. Es gab keinen konkreten Grund für seine Irritation, schließlich hatte ich nicht gesagt, welche Teile seiner Aufsätze genau von mir stammten. Ich hatte Marcel gegenüber lediglich angedeutet, dass wir gemeinsam an den

1905 veröffentlichten Aufsätzen gearbeitet hatten – eine Tatsache, die niemanden, der uns aus unserer Studienzeit kannte, sonderlich überrascht hätte.

War es wirklich so verwerflich, dass ich selbst als Wissenschaftlerin arbeiten wollte? Dass solches Arbeiten einen Teil meiner Identität ausmachte? Es war das Bindeglied zwischen meiner lange vernachlässigten Spiritualität und meinen intellektuellen Fähigkeiten. Ohne die intensive Beschäftigung mit naturwissenschaftlichen Fragen fühlte ich mich von Jahr zu Jahr leerer. Wenn ich eigene Aufgaben auf dem Gebiet hätte, wäre die Wissenschaft vielleicht nicht länger das Schlachtfeld, das es derzeit zwischen mir und Albert war, nicht länger das Symbol für alles, was ich geopfert und vernachlässigt hatte. Vielleicht würde die Wissenschaft dann wieder ihren ursprünglichen, heiligen Platz in meinem Leben einnehmen.

»Ich?«, fragte Marcel erstaunt. »Was habe ich denn zu bieten, das Sie nach Zürich locken könnte? Ich dachte, der Lehrstuhl für Theoretische Physik an Ihrer Alma Mater wäre Anreiz genug gewesen?«

»Ich suche nach der Verbindung zwischen meiner Relativitätstheorie und der Gravitation. Danach, wie beides einander beeinflusst. Ich möchte den Aufsatz über die Relativität, der letztes und vorletztes Jahr für den Nobelpreis nominiert war, weiter ausbauen. Und dafür brauche ich ein mathematisches Genie wie Sie.«

Hatte ich gerade richtig gehört? Albert wollte, dass

Marcel ihm bei der weiteren Ausarbeitung *meiner* Theorie half?

»Müsste ich mich dafür mit Physik befassen?«

»Nein. Ich nehme mich der Physik an, wenn Sie sich um die Mathematik kümmern.«

Skeptisch betrachtete Marcel Albert – als versuche er, seine Erinnerung an den unzuverlässigen Studenten abzugleichen mit dem erfolgreichen Physiker, der jetzt vor ihm saß.

»Bitte. Ich brauche Sie, Grossmann«, bettelte Albert. Er sah mich herablassend an. »Verglichen mit diesem Problem ist die ursprüngliche Relativitätstheorie der reinste Kinderkram.«

Marcel antwortete immer noch nicht. Dann fragte Albert ganz direkt: »Werden Sie mit mir zusammenarbeiten?«

Offenbar hatte Marcel sich von dem erfolgreichen Physiker überzeugen lassen, denn schließlich sagte er Ja.

Grossmann also würde in Zukunft mit Albert zusammenarbeiten, nicht ich. Obwohl Albert mir das so lange versprochen hatte. Ich hatte mir eingeredet, ich hätte meine Hoffnung bereits begraben, aber jetzt mit eigenen Augen zu sehen und mit eigenen Ohren zu hören, wie Albert mich überging und die mir zugesagte Arbeit einem anderen übertrug, war schier unerträglich. Wie konnte Albert nur? Wie konnte er mich vor meinen Augen der gleichberechtigten

Partnerschaft berauben, von der er von Anfang an gesprochen und die er mir versprochen hatte? Und der Theorie, die ich erdacht hatte? Er musste wissen, wie sehr mich das schmerzte. Seit er an Ostern in Berlin gewesen war, um seine weitläufige Verwandtschaft zu besuchen, war er spürbar rücksichtsloser geworden. Aber ich hätte nie gedacht, dass er so grausam sein könnte.

Kapitel 35

14. März 1913
Zürich

»Alles Gute zum Geburtstag, Papa!«, krähten Hans Albert und Tete, die ihrem Vater einen Kuchen ins Wohnzimmer brachten. Albert legte seine Pfeife ab, um ihn entgegenzunehmen. Die Jungs und ich hatten eine kleine Überraschungsfeier für ihn vorbereitet, bevor wir zu unserem wöchentlichen Musikabend bei den Hurwitzes gingen.

»Oh, der sieht aber lecker aus. Darf ich den ganz alleine essen? Ist schließlich mein Geburtstag«, neckte Albert sie. In Augenblicken wie diesem, in denen echte Familienzusammengehörigkeit spürbar und er so selten unbekümmert war, wusste ich wieder, warum ich bei ihm blieb. Trotz des Verrates, den er zugunsten von Marcel an mir geübt hatte. Und trotz so vieler anderer Vertrauensbrüche.

»Nein!«, protestierte Hans Albert. »Der ist für uns alle!«

»Genau. Für uns alle«, echote Tete piepsig.

Ich schnitt den Schokoladenkuchen in großzügige

Stücke. Später räumte ich die Teller ab und brachte sie in die Küche. Ich hörte, wie Tete vor Vergnügen quietschte – vermutlich warf Albert ihn in die Luft. Ich freute mich. Tete war bis vor Kurzem ein so empfindliches Kind gewesen, dass Albert fast gar nicht mit ihm gespielt hatte. Seine Beziehung zu unserem kräftigeren, ernsthaften Sohn Hans Albert war schon immer intensiver gewesen. Ganz gleich, wie sehr ich von Albert enttäuscht, ja, wie wütend ich auf ihn war – ich wollte, dass die Jungs eine starke Beziehung zu ihrem Vater hatten. So wie ich früher zu meinem.

»Vorsicht«, rief Hans Albert, als Albert weiter den kleinen Tete herumwarf. Unser Großer war sehr reif für sein Alter und nahm die väterliche Rolle, die ihm während Alberts Abwesenheiten so häufig zufiel, sehr ernst.

Mein Leben hatte sich in den vergangenen sieben Monaten in Zürich nicht ganz so entwickelt, wie ich es mir erhofft hatte. Die vertraute Umgebung und die vielen alten Freunde – vor allem unsere Musikabende bei den Hurwitzes – trugen aber immerhin dazu bei, dass Albert und ich freundlich miteinander umgingen. Ansonsten verbrachte er seine freie Zeit meist mit Marcel. Während ich den Abwasch machte, Hans Alberts Hausaufgaben kontrollierte, den Jungs vorlas und sie bettfertig machte, konnte ich hören, wie Albert und Marcel bis in den späten Abend arbeiteten. Am Anfang befassten sie sich aufgeregt und fieberhaft mit ihrer These, dass die Gravitation die Raum-Zeit-Geometrie verzerrt und sie sogar verbiegt. Doch je länger sie die Köpfe zusammensteckten, als desto schwieriger erwiesen sich die ihre These untermauernden Berechnungen, und umso verzagter wurden sie. Und umso verzweifelter. Sie befassten sich eingehend mit einer von Georg Friedrich Riemann entwickelten Version der Raum-Zeit-Geometrie und spielten mit verschiedenen Vektoren und Tensoren. Sie arbeiteten mühselig auf eben das Ziel hin, das ich mir nach dem Tod von Lieserl gesetzt hatte: eine allgemeine Theorie von Relativität, die das Prinzip der Relativität auf alle Beobachter ausdehnte, ganz gleich, wie sie sich im Verhältnis zueinander bewegten, und die die relative Natur von Zeit postulierte.

Und genau an diesem Punkt steckten sie fest. Es gelang ihnen nicht, zum Kern der Sache vorzudringen, die – so hatte Albert sich inzwischen eingeredet – überhaupt erst von ihm entdeckt worden war. Er und Marcel bereiteten einen Aufsatz mit dem Titel »Entwurf einer verallgemeinerten Relativitätstheorie und einer Theorie der Gravitation« vor, in dem sie die Anfänge ihrer Theorie erläuterten, jedoch eine Schwäche einräumten: dass sie bisher keine mathematische Methode gefunden hatten, um diese Theorie zu beweisen.

Ich hätte ihnen die Antwort liefern können. Zwar hatte Albert mich seit Jahren – seit unserem Maschinchen – nicht an seiner theoretischen Arbeit teilhaben lassen, aber ich hatte mich in dieser Zeit durchaus auch mit anderen Dingen als nur Kochen, Putzen und Windelwechseln beschäftigt. Ich hatte stets wissenschaftliche Aufsätze gelesen und darüber nachgedacht und im Verborgenen weiterführende Gedanken zu meiner Relativitätstheorie aufgeschrieben. Ich wusste, dass Albert und Marcel sich davon frei machen mussten, ein physikalisches Gesetz finden zu wollen, das für alle Beobachter im Universum galt, und sich stattdessen darauf konzentrieren mussten, was Gravitation und Relativität für rotierende Beobachter bedeutete, und was für Beobachter, die sich stetig bewegten. Dazu mussten sie einen anderen Tensor anwenden. Aber ich hatte keine Lust, mein Wissen preiszugeben, solange ich nicht dazu eingeladen wurde. Wenn Albert mich nicht aufforderte, wollte ich auch nicht für ihn tanzen.

Ich sah ihnen weiter dabei zu, wie sie sich abmühten. Es war ein stiller Akt der Rebellion gegen Alberts zunehmend zur Schau getragenen Verdruss mit mir.

Je niedergeschlagener er wurde, desto mehr zog auch ich mich zurück. Nur Helene gegenüber gestand ich ein, dass sich ein dunkler Nebel auf mein Gemüt gelegt hatte. Ich erklärte ihr, die Jungs und ich spielten in Alberts Leben nur noch eine untergeordnete Rolle, seit er ein anerkannter Physiker und ein wichtiges Mitglied der wissenschaftlichen Gemeinde war.

Nachdem ich das Geschirr abgewaschen, die Küche aufgeräumt sowie Instrumente und Noten bereitgelegt hatte, blieb mir noch ungefähr eine Stunde, um mich um die Papierstapel im Esszimmer zu kümmern, bevor wir zu den Hurwitzes gingen. Chaotisch wie eh und je hatte Albert die Unterlagen zu seiner Arbeit mit Marcel auf dem gesamten Esstisch verteilt zurückgelassen. Sosehr ich mich nach außen auch in meine Rolle als Hausfrau fügte – es ging mir auf die Nerven, ständig das Hausmädchen für ihn zu spielen. Wie hatte es nur so weit kommen können?

Ganz oben auf einem Haufen von Notizen in Marcels Handschrift lagen einige an Albert adressierte Geburtstagsbriefe. Arbeitskollegen wie Otto Stern, alte Freunde wie Michele Besso, Alberts Schwester Maja, seine Mutter Pauline, ja, sogar seine Cousine Elsa hatten an den Geburtstag des berühmten Professors gedacht. An meinen dachte niemand. Nicht einmal Albert.

Elsa war die Cousine, bei der Albert letztes Jahr in den Osterferien gewohnt hatte, als er lieber in Berlin bleiben statt die Feiertage mit uns verbringen wollte. Ich war neugierig auf sie.

Liebster Albert,

bitte sei nicht böse, dass ich gegen unsere Abmachung verstoße und dir nun doch schreibe. Aber ich möchte dir doch zum Geburtstag gratulieren! Ich denke jeden Tag an unseren Ausflug zum Wannsee letztes Jahr an Ostern – und an deine Worte der Liebe. Da du ein verheirateter Mann bist und ich dich also nicht haben kann – darf ich wenigstens teilhaben an deiner Arbeit? Kannst du mir ein Buch über die Relativität empfehlen, das auch Laien verstehen können? Und könntest du mir eine Fotografie von dir schicken, bitte?

Hingebungsvoll,
Deine Elsa

Mir wurde schwindelig, ich musste mich setzen. Schlagartig empfand ich wieder genau das, was ich schon bei der Lektüre von Anna Meyer-Schmids Nachrichten empfunden und seither unterdrückt hatte. Doch dieses Mal gesellte sich eine neue Komponente hinzu – panische Angst. Hier ging es nicht um eine aufkeimende Affäre. Hier ging es um eine bereits stattfindende Affäre. Dieses Mal konnte ich nichts mehr verhindern.

In der stillen Hoffnung, etwas missverstanden und überreagiert zu haben, las ich die Zeilen noch einmal. Doch da gab es nichts misszuverstehen.

Ich fing an zu weinen. Der letzte Strohhalm, an den ich mich immer noch geklammert hatte – dass Albert, wenn schon nicht mehr mein Partner in der Wissenschaft, so doch wenigstens noch mein Ehepartner war – löste sich in Nichts auf. Albert liebte eine andere.

Er kam ins Esszimmer. »Was ist los, Mileva?« So nannte er mich jetzt immer. Mileva. Nicht Doxerl. Nicht einmal Mitza.

Wortlos erhob ich mich. Ich wollte weg, weg von ihm, raus aus dieser Wohnung, so schnell es ging. Ohne Mantel und trotz der glatten Straßen.

Aber ich musste an Albert vorbei. Mein Arm streifte seinen, und er packte meine Hand. »Ich habe dich etwas gefragt, Mileva. Was ist los?«

Ich gab ihm den Brief und versuchte, mich an ihm vorbeizudrücken, raus, auf die Straße, in ein Café, nur raus aus dieser Wohnung. Doch er ließ mich nicht los und zerrte mich zurück. »Wo willst du hin?«

»Ich muss hier raus. Weg von dir.«

»Warum?«

Ich warf einen Blick auf den Brief in seiner Hand. Eine stumme Einladung, ihn zu lesen.

Ohne seinen Griff zu lösen, überflog er die Zeilen. »Du weißt es also?« Er stieß einen Seufzer aus, der fast erleichtert klang.

Wie konnte er das hier als Erleichterung empfinden?

Ich konnte mich nicht länger beherrschen. »Wie kannst du es wagen? Nach dieser Anna, nach allem, was du mir im Engadin versprochen hast! Wie kannst du mich jetzt schon wieder betrügen! Und noch dazu mit deiner Cousine!«

»Du hast mich dazu getrieben, Mileva. Du mit deinen ewig vorwurfsvollen Blicken und deiner ständigen Trübsal. Das ist doch nicht zum Aushalten! Und als ich dann letztes Jahr in den Osterferien in Berlin war, und Elsa war so beschwingt und fröhlich – wie hätte ich mich da nicht von ihr angezogen fühlen können?«

Berlin. Ostern. Elsa. Seine zunehmende Kaltherzigkeit. Jetzt passte alles zusammen.

Ich fing an zu schreien und wollte mich von ihm losreißen. Er packte mich bei den Schultern und zischte: »Mach jetzt bloß keine Szene vor den Jungs.«

Ich entwand mich ihm, stürzte zur Tür, doch er holte mich ein und hielt mich abermals fest. Ich befreite mich wieder und stieß ihn von mir. Er wollte mich packen, doch ich schlug seine Hände weg.

Es war ein wahres Hand- und Armgemenge, bis ich seine Hand flach und mit Wucht im Gesicht spürte. Eine Ohrfeige, ob mit Absicht oder aus Versehen, konnte ich nicht sagen. Ich spürte nur eins: Schmerz.

Ich schlug die Hände vors Gesicht und sank auf die Knie. Der Schmerz durchschnitt mich wie einst die Pein der Geburten, die meinen Körper zugrunde gerichtet hatten. Ich konnte kaum atmen vor Schmerz, geschweige denn schluchzen. Etwas Warmes lief über meine Wangen. Ich senkte die Hände und betrachtete sie. Blut.

Zwei Paar Kinderfüße tapsten durch den Flur.

»Mama? Was ist passiert, Mama?«, rief Hans Albert mit zitternder Stimme.

»Ist alles in Ordnung, meine Süßen. Mama geht es gut«, antwortete ich und schlug schnell wieder die Hände vors Gesicht, damit die Kinder das Blut nicht sahen. Ich wollte nicht, dass sie Angst bekamen.

Tete jammerte: »Mama hat Aua«, und krabbelte auf mich zu.

Ich wollte nicht, dass die Jungs sahen, was Albert getan hatte, darum stand ich auf und sagte: »Nein, nein. Mama geht es gut. Ich habe nur … solche Zahnschmerzen. Ich lege mich ein bisschen hin, bis sie nachlassen, ja?«

Auf meinem Weg den Flur hinunter hörte ich Albert sagen: »Kommt, ihr beiden, wir schreiben eine Nachricht an die Hurwitzes, dass wir heute Abend leider nicht kommen können, weil eure Mutter Zahnschmerzen hat. Und dann essen wir noch mehr Kuchen, ja?«

Ich zog mich ins Schlafzimmer zurück und musste unwillkürlich an Newton und seine Gesetze denken. Insbesondere an die Regel, dass ein Objekt sich immer weiter auf der einmal eingeschlagenen Bahn bewegt, bis eine äußere Kraft auf es einwirkt. Ich hatte mich jahrelang immer weiter auf der Bahn bewegt, die »Alberts Frau« hieß, aber jetzt wirkten gleich drei Kräfte von außen auf mich ein, die ich nicht ignorieren konnte: Marcel, Elsa und Alberts Hand in meinem Gesicht. Jetzt musste der Kurs meiner Bahn sich ändern.

Izgubio sam se. Ich war verloren. Aber das war ein Zustand, den ich mir nicht mehr leisten konnte.

Teil III

Kräfte treten immer paarweise auf. Übt ein
Körper A auf einen anderen Körper B eine
Kraft aus (actio), so wirkt eine gleich große,
aber entgegengerichtete Kraft von Körper B
auf Körper A (reactio).

– Sir Isaac Newton –

Kapitel 36

15. März 1913
Zürich

Das Klopfen dröhnte durch die ganze Wohnung. Ich erstarrte mitten in der Bewegung, hielt inne mit dem Schrubben der Töpfe. Mein Magen zog sich zusammen. Wer mochte das sein? Ich erwartete keinen Besuch. Ich erwog, nicht aufzumachen, doch die Jungs spielten so laut, dass sie ganz sicher auch im Treppenhaus zu hören waren.

Ich öffnete die Wohnungstür einen Spalt. Draußen standen Frau Hurwitz und ihre Tochter Lisbeth, die einzigen Menschen in Zürich, die ich ansatzweise als Freunde bezeichnen konnte. Was sollte ich bloß tun?

»Guten Tag, Frau Einstein. Wir haben Sie gestern Abend vermisst, und wir wollten nachsehen, wie es Ihnen geht. Wegen Ihrer Zahnschmerzen«, sagte Frau Hurwitz.

»Vielen Dank, wie aufmerksam von Ihnen«, antwortete ich, ohne die Tür weiter zu öffnen. »Ich habe immer noch Schmerzen, aber ich komme zurecht.«

»Können wir Ihnen irgendwie helfen? Dürfen wir hereinkommen?«

»Nein, danke, uns geht es gut. Vielen Dank.«

»Frau Einstein. Bitte.«

Wie konnte ich mich weigern, sie hereinzubitten? Was würden die Leute sagen, vor allem in den akademischen Kreisen Zürichs? Entweder würde man sich darüber das Maul zerreißen, dass die ohnehin als widerspenstig und merkwürdig geltende Mileva Einstein freundliche Besucher an der Tür abwies – oder über ihr geschwollenes, grün und blau schillerndes Gesicht. Im einen Fall würde ich selbst schlecht dastehen, im andern Albert.

Ich beschloss, lieber Albert schlecht dastehen zu lassen.

»Selbstverständlich. Entschuldigen Sie bitte«, sagte ich, entriegelte die Tür und ließ die beiden herein. »Ich hatte keinen Besuch erwartet, darum trage ich noch mein Hauskleid. Verzeihen Sie.«

Die beiden Frauen reagierten entsetzt, als sie den Flur betraten. »Frau Einstein! Ihr Gesicht!«, rief Frau Hurwitz und hielt sich die Hand vor den Mund.

Instinktiv wandte ich mich ab. »Kein schöner Anblick, ich weiß. Zahnschmerzen können wirklich grausam sein. Jetzt werden Sie verstehen, warum ich gestern Abend nicht kommen konnte.«

Die beiden starrten mich schweigend an. Sie wussten genau, dass der Zustand meines Gesichts nichts mit Zahnschmerzen zu tun hatte. Von Zahnschmerzen bekam man keine blauen Flecken und keine Schwellungen. Mein Vater hätte Albert erwürgt, wenn er mich so gesehen hätte.

»Kann ich den Damen etwas Tee und Kuchen anbieten? Ich habe gerade einen Strudel aus dem Ofen geholt«, stammelte ich in das Schweigen hinein.

Frau Hurwitz erholte sich von ihrem Schrecken. »Nein, danke, Frau Einstein. Wir wollen keine Umstände machen. Und schon gar nicht heute. Wir wollten einfach nur nachsehen, wie es Ihnen geht.«

»Nun« – ich deutete auf mein Gesicht –, »es geht mir den Umständen entsprechend. Vielen Dank für Ihren Besuch.« Ich knickste. Die beiden taten es mir nach, dann verabschiedeten wir uns voneinander.

Der Braten schmorte im Ofen und verbreitete seinen behaglichen Duft in der ganzen Wohnung. Die Jungs bauten im Wohnzimmer auf dem Fußboden ein Fort – Hans Albert hatte das Sagen, Tete war sein Assistent. Die Bücher, aus denen ich ihnen vorgelesen hatte, lagen neben dem Sofa auf dem Boden. Alles wirkte so heimelig und harmonisch, doch unter der Oberfläche brodelte es.

Albert schlug die Tür hinter sich zu. Als Erstes begrüßte er die Jungs, kitzelte sie und fragte sie, was sie den ganzen Tag gemacht hätten. Ich hörte, wie er sie flüsternd fragte: »Wie geht es eurer Mama heute?«

Aber ich wollte nicht lauschen und machte mich daran, den Tisch im Esszimmer zu decken.

Danach kehrte ich in die Küche zurück und wäre fast mit Albert zusammengestoßen, der dort auf mich wartete. Er hatte dunkle Ringe unter den Augen und hielt einen Strauß Alpenrosen und Mehlprimeln in der Hand. Außer an unserem Hochzeitstag hatte Albert mir noch nie Blumen geschenkt.

»Es tut mir leid, Doxerl.« Er nickte in Richtung meines Gesichts und reichte mir den Strauß.

Wortlos nahm ich ihm die Blumen ab und suchte nach einer Vase – aber nicht, weil ich damit seine Entschuldigung annahm, sondern weil ich nicht wollte, dass die wunderschönen, zarten Blumen vergingen.

Albert folgte mir. »Es tut mir schrecklich leid, was mit deinem Gesicht passiert ist. Und mit Elsa.«

Schweigend machte ich mich daran, die Blumenstängel einzukürzen und in die blau-weiße Porzellanvase zu stecken, die laut Albert das Geschenk eines wissenschaftlichen Bewunderers gewesen war. Jetzt fragte ich mich, wer sie ihm wohl tatsächlich geschenkt hatte. Und wie oft er mich sonst noch angelogen hatte. Wie viele andere Frauen es in seinem Leben gab. Ob überhaupt irgendetwas in meinem Leben noch der Wahrheit entsprach.

»Ich habe den Kontakt zu Elsa wenige Wochen nach Ostern abgebrochen, Mileva. Ich schwöre es dir. Das kannst du sogar aus ihrem Brief herauslesen.«

Ich nickte, antwortete aber nicht, während ich das Abendessen vorbereitete. Ich schnitt Brot, den Braten und die rote Bete und verteilte alles auf Teller. War das nicht genau die Dienstleistung, die Albert von mir erwartete? Er konnte mich genauso gut als Haushälterin einstellen. So, wie er sich gebärdete, hatte ich darüber hinaus offenbar keinen Wert mehr für ihn. Für ihn war ich nichts als eine nützliche Hülle.

»Nun sag doch bitte etwas, Mileva.«

Was erwartete er? Was sollte ich sagen? Dass ich ihm verzieh? Das tat ich nicht. Ich verzieh ihm nicht, dass er mich geschlagen hatte, ob es nun Absicht gewesen war oder nicht. Ich verzieh ihm weder die Sache mit Elsa, noch die mit Marcel, und schon gar nicht die mit Lieserl. Und am allerwenigsten verzieh ich ihm, dass er mir eine gleichberechtigte Ehe und eine wissenschaftliche Partnerschaft versprochen und dieses Versprechen vor meiner gestern noch blutigen Nase gebrochen hatte.

»Bitte, Mileva. Ich möchte alles wiedergutmachen. Ich bin gebeten worden, in Paris vor der Französischen Physikalischen Gesellschaft einen Vortrag über Fotochemie und Thermodynamik zu halten, und Marie Curie hat uns eingeladen, bei ihr zu wohnen. Du hast sie doch schon immer gerne mal kennenlernen wollen, und in Paris waren wir auch noch nie. Möchtest du mich begleiten?«

Ich starrte Albert an, sah aber nicht ihn, sondern

Bilder von Paris und Fotos von Marie Curie, die 1903 mit dem Nobelpreis für Physik und 1911 mit dem Nobelpreis für Chemie ausgezeichnet worden war. Ich bewunderte die berühmte Wissenschaftlerin schon lange.

Ich wusste nicht, was ich tun sollte, aber diese Reise wollte ich unbedingt unternehmen. Allerdings einzig und allein, um selbst davon zu profitieren. Albert war mir dabei egal.

Kapitel 37

April 1913
Paris

Ich hatte immer gedacht, Zürich sei das Epizentrum der akademischen und gebildeten Welt. Und verglichen mit Novi Sad, Kać, Prag und sogar Bern war es das sicher auch. Aber während ich so an Alberts Arm und an der Seite von Marie Curie, ihren Töchtern und einigen als Beschützern fungierenden männlichen Verwandten durch die glitzernden Straßen von Paris zum Abendessen flanierte, wurde mir klar, dass Zürich im Vergleich zur Hauptstadt Frankreichs doch reichlich provinziell war.

Bei einem längeren Spaziergang durch den Bois de Vincennes, einen riesigen, enorm gepflegten Park direkt an der Seine, hatte Albert gefragt, warum so wenige Menschen im Park unterwegs seien. Madame Curie erklärte: »Die meisten Menschen halten sich zwischen drei und fünf Uhr nachmittags hier auf. Nun haben wir es ja schon etwas später. Tut mir leid, wenn Sie gehofft hatten, einen Blick auf die neueste Pariser Mode werfen zu können.«

»Mode hat uns noch nie sonderlich interessiert, nicht wahr, Mileva? Wie steht es mit Ihnen, Madame Curie?«

Die sonst so ernsthafte Madame Curie überraschte mich mit einem Glucksen. »Ob ich mich für Mode interessiere? Mon Dieu, nein, mein lieber Albert, das kann man mir nun wirklich nicht vorwerfen. Ganz im Gegenteil. Und wie oft muss ich Sie noch bitten, mich Marie zu nennen?«

Ihre Antwort überraschte mich weniger als ihr Glucksen. Dass Mode für sie ein Fremdwort war, sah man ihr auf den ersten Blick an. Mit ihren meist wirren, ungekämmten grauen Haaren und ihrem schlichten schwarzen Kleid wirkte sie stets mürrisch und strahlte eine Düsterkeit aus, die mir Unbehagen bereitete. Ihre slawische Herkunft war ihr anzusehen, zumal im Kontrast zu den Pariser Trends.

Wir traten auf einen der eleganten breiten Boulevards, für die Paris zu Recht so berühmt war. Während wir über den Bürgersteig an hohen, penibel beschnittenen Bäumen vorbeischlenderten, meinte ich den Boden unter meinen Füßen vibrieren zu spüren. Erschrocken sah ich Albert an, doch bevor ich fragen konnte, was das war, sagte Madame Curie bereits: »Das ist unsere unterirdische elektrisch betriebene Straßenbahn, die Metro. Mit ihr können die Menschen in einem dreizehn Kilometer langen

Bogen von einem Ende der Stadt zum anderen fahren – und wieder zurück, wenn sie möchten.«

Kaum war das Stichwort Elektrizität gefallen, tauschten Albert und Madame Curie sich auch schon über diese so schwer zu fassende Kraft aus, und Albert erzählte, wie seine Familie glücklos versucht hatte, eine Fabrik für elektrische Geräte aufzubauen. Madame Curie lachte über Alberts anekdotenhaften Bericht vom Scheitern seiner Familie, und ich konnte ihr ansehen, dass sie Albert nicht nur für seinen Intellekt schätzte, sondern auch für seine lockere Art. Vermutlich stellte sein entspanntes, charmantes Gebaren eine willkommene Abwechslung dar inmitten des feierlichen Ernstes, mit dem der Nobelpreisträgerin sonst stets begegnet wurde. Ihn so zu sehen, so charismatisch, als hätte er einen Schalter umgelegt, erinnerte mich an den Albert meiner Jugend, den ich, wenn wir unter uns waren, nun nie mehr zu Gesicht bekam.

Madame Curies Augen fingen an zu leuchten, wenn sie und Albert sich so angeregt über die Wissenschaft unterhielten. Ich konnte in ihrem Gesicht die jugendliche Maria Sklodowska erkennen, die sie einst gewesen war – die junge polnische Studentin, fest entschlossen, sich in einer bis dahin Jungs und Männern vorbehaltenen Disziplin zu beweisen. So wie ich in jungen Jahren.

Ich rechnete nicht mehr damit, von Albert in

das Gespräch über Elektrizität einbezogen zu werden. Stattdessen schwieg ich respektvoll und gestattete mir, die Omnibusse und die Trambahnen zu bestaunen, die auf dem Boulevard an uns vorbeisausten. Wie antiquiert und langsam sich die Pferde und Einspänner auf Zürichs Straßen dagegen ausnahmen. Ähnliches ging mir bezüglich der vielen Cafés durch den Kopf, an denen wir auf unserem Weg zum Restaurant vorbeikamen. Jetzt, da ich die zahlreichen Bistros voller angeregt plappernder Gäste sah, fand ich plötzlich, dass es in Zürich nur wenige und nur langweilige Cafés gab.

Madame Curie wandte sich mir zu: »Was halten Sie von dem, was Ernest Rutherford bei der Solvay-Konferenz über den inneren Aufbau von Atomen gesagt hat, Frau Einstein?«

Wollte Madame Curie tatsächlich meine Meinung dazu hören? Ich geriet in Panik, da ich ihrem Gespräch mit Albert nicht genau zugehört hatte. »Wie bitte?«

»Herr Rutherford hat die Hypothese aufgestellt, dass Atome fast völlig leer sind und lediglich in ihrer Mitte über winzige, von Elektronen umkreiste Nuklei verfügen. Er stützt diese Hypothese auf seine Experimente mit radioaktiven Alphastrahlen. Was ist Ihre Meinung dazu?«

Früher hätten Albert und ich Rutherfords Idee besprochen und unsere eigenen Schlüsse gezogen. Aber die Zeiten waren vorbei. Ich war auf Madame Curies Frage überhaupt nicht vorbereitet. Ich stammelte: »Es war mir leider nicht vergönnt, Herrn Rutherfords Vortrag bei der Konferenz zu hören.«

»Verstehe. Aber Ihr Mann hat Ihnen doch sicher von Herrn Rutherfords Theorien erzählt. Außerdem hat Herr Rutherford seine Theorie seit der Konferenz in diversen Aufsätzen untermauert, die Sie doch sicher gelesen haben. Viele halten seine Ansätze für Unsinn, aber ich habe mir noch kein Urteil gebildet. Was meinen Sie?«

Ich durchforstete mein Gedächtnis auf der Suche nach wenigstens bruchstückhafter Information zu Rutherfords Ideen, die ich von Albert und durch das Überfliegen seiner Arbeiten aufgeschnappt haben könnte. »Ich frage mich, ob die Vorstellung, dass Licht aus Quanten besteht, wie Albert meint, sich vielleicht auch auf die Struktur von Masse übertragen ließe. Das würde Herrn Rutherfords Hypothese zum Aufbau von Atomen unterstützen.«

Madame Curie schwieg, während Albert mich entsetzt ansah. Hatte ich etwas ganz und gar Idiotisches gesagt? Hätte ich nicht antworten sollen? Es war mir gleich, was Albert dachte, aber es war mir ganz und gar nicht gleich, was Madame Curie dachte.

Dann, endlich, ergriff sie das Wort. »Gut gesagt, Frau Einstein. So hatte ich das noch gar nicht betrachtet. Klingt revolutionär, aber ich stimme Ihnen durchaus zu. Was meinen Sie, Albert? Eine hochinteressante Brücke zu unseren eigenen Theorien. Womöglich das Fundament für einen weiteren Ausbau derselben.«

Alberts Ausdruck wandelte sich von peinlicher Berührtheit in Stolz. Aber inzwischen war es mir egal, was er über meine intellektuellen Fähigkeiten dachte. Ich hatte mit Madame Curie gesprochen und meine eigene Meinung vertreten. Nur das zählte.

Am Vormittag des nächsten Tages waren Madame Curie und ich zum ersten Mal unter uns. Wir saßen unter dem grünen Laubdach einer Rosskastanie in ihrem Garten und tranken Tee, während Albert seinen Vortrag vor der Französischen Physikalischen Gesellschaft hielt. Obgleich ich am Abend zuvor einen substanziellen Beitrag zur Unterhaltung geleistet hatte, bekam ich schweißnasse Hände bei der Vorstellung, ein Vieraugengespräch mit einer Legende der Wissenschaft zu führen, und befürchtete, meine Teetasse fallen zu lassen. Worüber sollte ich mit dieser erstaunlichen Frau sprechen? Ich hatte ihren jüngsten Aufsatz über Polonium gelesen, aber da ich mich so lange nicht intensiv mit den Wissenschaften befasst hatte, scheute ich mich, das zu thematisieren. Eigentlich war ja auch eher die Chemie ihre Königsdisziplin, aber damit kannte ich mich überhaupt nicht aus. Am Vorabend, auf dem Weg zum Abendessen im Tour d'Argent, dem ältesten – und einem der besten –

Restaurants in Paris, hatten wir bis auf die Sache mit Herrn Rutherfords Hypothesen kaum ein Wort miteinander gewechselt.

Ich sah Madame Curie an, die mich gebeten hatte, sie Marie zu nennen, und brachte es nicht über mich, sie anders als mit Madame anzureden. Schließlich sagte ich einfach, was mir als Erstes einfiel. »Ich habe auch mal Physik studiert.«

Sie nickte, ohne zu antworten. Hatte ich etwas Dummes gesagt?

»Damit wollte ich natürlich nicht sagen, dass ich mich in irgendeiner Weise mit Ihnen vergleichen möchte«, beeilte ich mich zu sagen. Ich wollte auf keinen Fall anmaßend erscheinen.

Sie sah tief in ihre Teetasse, dann sagte sie: »Frau Einstein, Ihre weiterführende Ausbildung und Ihre intellektuellen Fähigkeiten sind mir bekannt. Ich weiß, dass Sie am Polytechnikum in Zürich ein komplettes Studium der Mathematik und der Physik absolviert haben. Aber ich verstehe nicht, wieso Sie nie in den Schoß der Wissenschaft zurückgekehrt sind. Ihr Geist ist so wach, so wissenschaftlich interessiert. Wie können Sie ihn auf ein Dasein als Hausfrau verschwenden?«

Ich war sprachlos. Madame Curie machte mir Komplimente? Wie sollte ich ihr erklären, warum ich meine wissenschaftliche Karriere nicht weiterverfolgt hatte? Konnte ich es wagen, ihr zu verraten, dass ich an den jetzt weltberühmten Aufsätzen von 1905 mitgearbeitet hatte? Nein. Albert würde mich umbringen.

Ich entschied mich für die einzige Erklärung, die Albert nicht gegen mich aufbringen würde. »Das war sehr schwierig mit den Kindern. Und bitte nennen Sie mich doch Mileva.«

Madame Curie nippte an ihrem Tee und antwortete nachdenklich: »Gerne, Mileva. Wissen Sie, ich werde oft und vor allem von Frauen gefragt, wie ich das Familienleben mit meiner Arbeit als Wissenschaftlerin vereinbare. Sicher, einfach ist das nicht gewesen. Aber nichts ist einfach für Menschen wie Sie und mich. Osteuropäerinnen, die in Ländern leben, die auf unsere Heimatländer herabsehen. Wir sind Frauen, von uns erwartet man, zu Hause zu bleiben, nicht im Labor zu stehen oder an Universitäten zu lehren. Unsere Kompetenz in Mathematik und Physik, Disziplinen, die bisher ausschließlich Männern vorbehalten waren. Noch dazu scheuen wir beide uns, öffentlich aufzutreten. Verglichen mit alldem waren die Herausforderungen, die das Familienleben mit sich brachte, doch immer die leichtere Übung.«

Was sollte ich darauf antworten? Glücklicherweise sprach sie gleich weiter.

»Sie und ich sind gar nicht so verschieden. Wir haben lediglich unterschiedliche Entscheidungen getroffen.« Sie gluckste. »Und uns natürlich unterschiedliche Männer ausgesucht.«

Ich verschluckte mich ob dieser unerwarteten, ja nachgerade unpassenden Bemerkung beinahe an meinem Tee. Madame Curies verstorbener Mann Pierre war dafür bekannt gewesen, die Karriere seiner Frau stets unterstützt zu haben. Wollte sie andeuten, dass Albert in dieser Hinsicht nicht so war wie Pierre? Ich hatte oft über die Ehe dieser beiden Wissenschaftler nachgedacht und sie um ihr gemeinsames Wirken beneidet. Vor vielen Jahren hatte ich daran geglaubt, dass dies auch das Ehemodell sein würde, das Albert und ich leben würden.

»Leider habe ich Ihren Gatten nie kennengelernt, aber ich habe gehört, dass er Sie und Ihre Arbeit stets unterstützt hat. Er muss ein außergewöhnlicher Mann gewesen sein.« Das war die einzige diplomatische Aussage, die mir in den Sinn kam, die einzige Möglichkeit, keinen direkten Vergleich zwischen Albert und Monsieur Curie zu ziehen. Einen Vergleich, in dem Albert denkbar schlecht abgeschnitten hätte.

»Ich weiß nicht, wie Albert und Sie die Arbeit unter sich aufteilen, aber mein Mann hat meine Karriere von Anfang an gefördert. Als das Nobelpreiskomitee 1903 die Eingabe erhielt, meinen Namen von der Liste der Nominierten zu streichen, trat Pierre öffentlich für mich ein. Er unterstrich einflussreichen Mitgliedern des Komitees gegenüber, dass die Idee zu unserer Forschung meine gewesen war, dass ich die Experimente konzipiert und die Theorien zur Natur von Radioaktivität entwickelt hatte – weil es der Wahrheit entsprach. Jeder Mann von geringerem Format jedoch hätte sich nicht derartig für mich eingesetzt.« Sie sagte es nicht explizit, aber zwischen den Zeilen schwang die Frage mit, ob Albert wohl ähnlich gehandelt hätte.

Ich versuchte, ihre Frage mit dem nötigen Respekt, aber dennoch vage zu beantworten. »Unsere Verhältnisse waren von Anfang an so, dass ich es mir nicht erlauben konnte, außer Hauses zu arbeiten. So gerne ich es getan hätte.«

Madame Curie schwieg eine geschlagene Minute. »Die Wissenschaft braucht praktisch veranlagte Männer, aber sie braucht auf jeden Fall auch Träumer. Mir scheint, Ihr Mann ist so ein Träumer. Und Träumer brauchen meist jemanden, der sich um sie kümmert, nicht wahr?«

Ich lachte. Unterhielt ich mich wirklich gerade mit Marie Curie über den Zustand meiner Ehe und Karriere? »Das stimmt.«

»Ob Albert nun Ihre wissenschaftlichen Ambitionen unterstützt hat oder nicht, ich kann jedenfalls nicht über mangelnde Unterstützung von ihm klagen. Wussten Sie, dass er sich letztes Jahr für mich einsetzte, als diese unangenehme Geschichte mit meinem Nobelpreis aufkam?« Madame Curie hielt kurz inne. Sie ahnte, dass mir diese »unangenehme Geschichte«

bekannt war. Man hatte sie des Nobelpreises für unwürdig bezichtigt, als ihre Affäre mit dem verheirateten Physiker Paul Langevin ans Licht kam.

Ich schüttelte den Kopf. Das hatte Albert mir nicht erzählt. Interessant, dass er sich lieber für eine öffentlich als Ehebrecherin geltende – wenn auch brillante – Wissenschaftlerin einsetzte als für seine eigene hart arbeitende Ehefrau, die sich ebenfalls sehr verdient gemacht hatte. Was sagte mir das über seine derzeitigen Moralvorstellungen und seine Auffassung von Loyalität?

Sie fuhr fort. »Vielleicht würde er, wenn Ihre Verhältnisse es zuließen, Sie wieder ermuntern, wissenschaftlich tätig zu werden.«

»Vielleicht«, sagte ich leise, da ich genau wusste, wie wenig Albert sich für meine Arbeit interessierte.

»Denken Sie an meine Worte, Mileva, wenn Sie in Ihren häuslichen Alltag zurückkehren. Sie und ich, wir sind gar nicht so verschieden. Wir haben lediglich unterschiedliche Entscheidungen getroffen. Und vergessen Sie nicht, dass man jederzeit eine neue Entscheidung treffen kann.«

Kapitel 38

14. Juli bis 23. September 1913
Zürich, Kać und Wien

Gerade erst hatten Madame Curies Worte mein Selbstvertrauen gestärkt, da erhielt Albert einen Ruf nach Berlin: Man bot ihm eine von Lehrverpflichtungen befreite Professur an der Berliner Universität an sowie die besoldete Mitgliedschaft in der Preußischen Akademie der Wissenschaften – neben dem Nobelpreis die größte Ehrung und Anerkennung, die einem Wissenschaftler zuteilwerden konnte. Über das hohe Prestige und das viele Geld, das ihm angeboten wurde, und für das er nichts weiter tun sollte als *denken*, vergaß Albert völlig, wie sehr er das Berlin seiner Jugend verabscheut hatte. So sehr hatte er die Stadt und ihre Menschen damals gehasst, dass er mit Anfang zwanzig die deutsche Staatsbürgerschaft ablegte, um die schweizerische anzunehmen.

Oder vielleicht war es auch etwas ganz anderes, das ihn seine frühere Ablehnung vergessen ließ.

Für mich war Berlin ausschließlich mit Angst verbunden. Berlin stand für Alberts Familie, die mich nach wie vor verachtete. Berlin war bekannt dafür, Osteuropäern und Slawen gegenüber feindselig zu sein, und ich war offenkundig keine Arierin. Doch vor allem stand Berlin für Elsa, die ich im Verdacht hatte, hinter dem Ruf an die Berliner Universität zu stecken. Ganz gleich, wie sehr Albert mir gegenüber beteuerte, die Affäre mit ihr beendet zu haben – ich vermutete, dass Elsa mit offenen Armen auf ihn wartete, und fürchtete, dass Berlin der Todesstoß für meine Ehe sein würde.

Doch Albert behauptete, keine Wahl zu haben. Früher hatten wir neue Stellenangebote und damit Umzüge in andere Städte oder gar Länder stets gemeinsam beratschlagt, aber nicht so dieses Mal. Nachdem Max Planck und Walther Nernst eigens nach Zürich gekommen waren, um ihn davon zu überzeugen, das einzigartige Angebot anzunehmen – die Stelle, betonten sie höchst dramatisch, würde für die Zukunft der Wissenschaft von entscheidender Bedeutung sein – teilte Albert mir mit, dass wir nach Berlin zögen. Zuerst flehte ich ihn an, davon abzusehen, aber er ließ sich nicht beirren. Fortan sagte ich nur noch wenig zu dem Thema und biss auch nicht an, wenn er versuchte, mich zu ködern. Fast kam es mir vor, als hoffte er, ich würde mich weigern mitzuziehen, weil er dann ohne mich nach Berlin gehen könnte.

Weiterem, größerem Ruhm entgegen. Und direkt in Elsas Arme, war ich mir sicher.

Und doch klammerte ich mich an ihn. Ich wusste selbst manchmal nicht, warum. Lag es daran, dass ich so viel für ihn geopfert hatte, und dass darum die Vorstellung, ihn zu verlieren, mir vorkam, als verlöre ich restlos alles? Lag es an meiner Sorge um die Zukunft der Jungs als gebrandmarkte Scheidungskinder? Begann ich langsam all die schlechten Sachen zu glauben, die Albert über mich sagte? Je passiver ich mich in Sachen Umzug nach Berlin gab, desto verächtlicher behandelte er mich, als wollte er einen Streit provozieren, um mich verlassen zu können. Eines Tages herrschte er mich vor den Jungs an: »Du schaffst es, einem wirklich jeden erfreulichen Anlass zu vermiesen.« Ein anderes Mal nannte er mich vor den Hurwitzes »Sauertopf«. Doch wenn ich in die unschuldigen Augen meiner beiden süßen Jungs blickte, frage ich mich, wie sie mit dem Stigma einer Scheidung zurechtkommen würden, und blieb.

Zu meiner Überraschung stimmte Albert einem Urlaub im August zu, bevor der Umzug im Herbst konkret wurde. Ich hätte nie geglaubt, dass er sich bereit erklären würde, meine Eltern in Kać zu besuchen – schließlich hatte er sich, seit Hans Albert ganz klein gewesen war, geweigert, und meine Eltern hatten den dreijährigen Tete deshalb zuletzt als Säugling gesehen. Doch jetzt sagte er sofort Ja, was mir fast schon verdächtig vorkam. Kaum in Kać angekommen, brach er einen Streit über Berlin nach dem anderen vom Zaun, und mir dämmerte, wieso er so bereitwillig mitgereist war. Er hatte gehofft, mich so sehr gegen ihn aufzubringen, dass ich bei meinen Eltern in Kać bleiben wollen würde. Auf die Weise hätte er mich reinen Gewissens verlassen können. Meine Eltern hätten mich und die Jungs natürlich darin unterstützt zu bleiben, nachdem sie gesehen hatten, wie schlecht Albert mich behandelte.

Doch nichts von dem, was er sagte oder tat, konnte mich erschüttern. Denn er hatte mir bereits zugesagt, ihn nach unserer Reise nach Kać zu einer Konferenz in Wien begleiten zu dürfen. Und Wien hieß für mich vor allem eins: Ich würde mich mit Helene treffen können.

Wie Schiffbrüchige im Sturm klammerten wir beide uns aneinander, als wir uns endlich trafen.

»Die Wiedersehensfreude ist ganz meinerseits, meine Damen, aber wir müssen langsam los«, frotzelte Albert und paffte an seiner Pfeife. Erstaunlich, wie schnell er wieder auf sein für alle anderen gedachtes, charmantes Ich umstellen konnte, nachdem er mich doch gerade erst angeherrscht hatte, ich solle gefälligst hinter ihm gehen, nicht neben ihm. Ich war ihm peinlich.

Doch Helene und ich ließen uns nicht beirren. »Du hast mir so gefehlt, Mitza.«

»Du mir auch, Helene«, murmelte ich in ihr Haar. Ihre einst rotbraunen Locken waren von Grau durchzogen, und die Falten zwischen ihren Brauen hatten sich in tiefe Furchen verwandelt. Kein Wunder. Helene und ihre Familie litten seit zwei Jahren unter den Balkankriegen, durch die ihre Grundversorgung empfindlich gestört und Reisen praktisch unmöglich war.

Meine Dankbarkeit, Helene sehen zu können, war grenzenlos. Wir würden uns drei herrliche Tage machen, während Albert Vorträge hielt, Konferenzen beiwohnte und mit seinen Kollegen fachsimpelte. Helene und ich würden die meiste Zeit ohne ihn verbringen. Lediglich seine Vorlesungen wollte Helene besuchen – aus Höflichkeit, wie ich vermutete. Und da ich die Jungs bei meinen Eltern in Kać gelassen hatte, würden wir tatsächlich ganz unter uns sein.

»In all den Jahren, seit wir uns zuletzt sahen, habe ich jeden Tag mit dir geredet«, erzählte ich. »Im Geiste bespreche ich alles Mögliche mit dir.«

Helene kicherte und klang dabei wie das Schulmädchen von früher. »Ich auch mit dir, Mitza.«

»Meine Damen. Wir müssen jetzt wirklich los«, unterbrach Albert uns abermals. »Der 85. Kongress der Deutschen Naturforscher und Ärzte wartet. In weniger als einer Stunde soll ich meinen Vortrag halten.«

Wir verließen den Bahnhof, wo wir Helene getroffen hatten, und bestiegen eine Droschke. Wir tauschten uns lebhaft über Helenes Mädchen und meine Jungs aus, wobei Albert immer wieder Anmerkungen zur vielversprechenden intellektuellen Entwicklung unserer Söhne einwarf. Die Fahrt zum physikalischen Institut verging wie im Fluge, und ehe ich mich versah, saßen wir bereits im Hörsaal und warteten gespannt auf Alberts Auftritt.

Staunend sah Helene sich im bis auf den letzten Platz besetzten Hörsaal um. Zwar hatte ich ihr stets von Alberts wachsender Bekanntheit geschrieben, aber nun sah sie zum ersten Mal mit eigenen Augen, wie berühmt er inzwischen war. Ich blickte mich nach bekannten Gesichtern um, entdeckte jedoch keinen der freundlichen Professoren aus Zürich, Prag oder Bern, die ich im Laufe der letzten Jahre kennengelernt hatte. In diesem Dickicht aus Schnurr- und Vollbärten waren wir die einzigen Frauen.

»Und die sind alle wegen Albert hier?«, fragte Helene.

»Ja.« Ich versuchte zu lächeln. »Er ist ein richtiger Star geworden.«

Kaum erklomm Albert die Stufen zu seinem Rednerpult, brach donnernder Applaus los. Albert sonnte sich in dem Beifall und gab den etwas verschmitzten, exzentrischen Studenten – eine Rolle, die er immer öfter kultivierte. Helene begriff seinen Rollenwechsel sofort und drückte meine Hand.

Es brauchte keine Worte zwischen uns, selbst nach so vielen Jahren.

Er räusperte sich und sprach laut und deutlich zu seinem Publikum: »Ich grüße Sie, verehrte Kollegen. Haben Sie vielen Dank für Ihre Einladung, hier beim 85. Kongress der Gesellschaft Deutscher Naturforscher und Ärzte zu sprechen. Wie von Ihnen gewünscht, werde ich mich bei meinem Vortrag heute auf meine neue Gravitationstheorie konzentrieren, die eine Erweiterung meiner 1905 veröffentlichten speziellen Relativitätstheorie darstellt.«

»War das nicht dein Aufsatz?«, flüsterte Helene.

Ich nickte.

Entsetzt sah sie mich an. Sie war neben Albert der einzige Mensch, der wusste, wie umfassend mein Beitrag zu dem Aufsatz von 1905 gewesen war – und dass es sich dabei für mich um eine Hommage an Lieserl handelte. Sie wusste, wie sehr es mich geschmerzt hatte, als Autorin eliminiert worden zu sein. Mir kamen die Tränen angesichts ihrer Anteilnahme. Mitgefühl dieser Art war ich schon lange nicht mehr gewöhnt. Ich richtete den Blick gegen die Decke, um die Tränen zurückzuhalten. Hier sollte mich niemand weinen sehen.

Albert erklärte, woran Marcel und er seit Jahren arbeiteten. Er schrieb ihre Berechnungen an die Tafel und verglich die Entwicklung seiner Gravitationstheorie mit der Geschichte des Elektromagnetismus.

Als er die beiden Relativitätstheorien erläuterte und dann seine eigene Theorie präsentierte, wurde das Publikum unruhig. Kaum eröffnete Albert die Fragerunde, schossen zahllose Hände nach oben, und Professor Gustav Mie aus Greifswald erhob sich, ohne aufgerufen worden zu sein. Der ungeduldige Herr behauptete, Alberts Theorie entspräche nicht dem Äquivalenzprinzip, was ein ziemlich schwerer Vorwurf war.

Auch nach dem Ende der Fragerunde, als Albert das Pult verlassen hatte, wurde er von Wissenschaftlern umlagert. Manche wollten Antworten auf esoterische Fragen, andere wollten sein Autogramm auf verschiedenen seiner Aufsätze. Als der Andrang nachließ, kam er auf uns zu.

»Na, was sagen Sie, Helene?«, fragte er. Unglaublich, dass er nach so viel Lob und Aufmerksamkeit um noch mehr Zuspruch bat. Von allen außer von mir.

»Sehr beeindruckend, Albert.« Genau das hatte Albert hören wollen. Ihm entging dabei völlig, dass Helene damit lediglich die vielen Zuhörer und deren Begeisterung für Alberts Person meinte, nicht seine fachlichen Ausführungen. Die konnte sie überhaupt nicht beurteilen, schließlich hatte sie nicht Mathematik und Physik studiert, sondern Geschichte.

Auf dem Weg aus dem großen Hörsaal und schließlich hinaus auf die Straße plauderten Helene und

Albert weiter. Ich hörte, wie sie sich nach Berlin erkundigte, und wie er begeistert antwortete.

Ich hielt mich, wie von Albert gewünscht, stets ein paar Schritte hinter ihnen. Wenn er von Kollegen angehalten wurde, die noch Fragen oder Kommentare zu seinem Vortrag hatten, sprachen sie Helene als »Frau Einstein« an, ganz gleich, wie sehr sie sich um Richtigstellung bemühte. Mich, den dunklen Schatten hinter Alberts strahlender Erscheinung, nahmen sie überhaupt nicht wahr.

An einer Straßenecke ließ er sich auf eine Debatte mit dem recht hartnäckigen Professor Mie ein, und Helene und ich entfernten uns. Albert hatte ohnehin weitere Termine und Verpflichtungen. Wir setzten uns in ein behagliches Café an einer der nächsten Straßenecken und bestellten Kaffee und Linzer Torte.

Helene lehnte sich zurück, während sie sich einen Mundvoll der köstlichen Komposition aus Nüssen, Gewürzen und roter Johannisbeere auf der Zunge zergehen ließ, dann sagte sie: »Es ist eine Ewigkeit her, seit ich etwas so Dekadentes gegessen habe.«

»Du hast wirklich viel durchgemacht, Helene.« Mir war aufgefallen, dass ihr blaues Kleid – sicher das beste, was sie ihm Schrank hatte – mehrfach geflickt und repariert war.

»Du hast es aber auch nicht leicht gehabt, Mitza.«

»Immer noch leichter als du. Ich muss wenigstens nicht um unsere Grundversorgung bangen. Und ich muss nicht in ständiger Kriegsangst leben. Mir geht es gut. Bis auf die ehelichen Schwierigkeiten, die du ja auch kennst.« Sie hatte zwar länger nicht von ihren Eheproblemen gesprochen, aber ich dachte oft daran.

»Du hast recht, Mitza, wenn du sagst, dass du nicht unter dem Krieg und seinen Folgen für den Alltag zu leiden hast, aber auch deine Situation ist furchtbar. Was glaubst du wohl, warum ich hier bin? Ich habe mir nach deinen Briefen so große Sorgen gemacht, dass ich alle Hebel in Bewegung gesetzt habe, um nach Wien kommen zu können. Und jetzt, wo ich dich und Albert vor mir sehe – und dir in die Augen blicken kann –, habe ich den Eindruck, dass es dir noch viel schlechter geht, als du mir in deinen Briefen geschildert hast. Schlechter als nach Lieserls Tod.«

Ich war hin- und hergerissen. Ich wollte protestieren, darauf bestehen, dass es mir gut ging, so, wie ich es mir selbst seit Jahren versuchte einzureden, und wie ich es meinen Eltern gegenüber behauptete. Doch meine wahren Gefühle brachen sich Bahn. Ich fing an zu weinen.

»Mitza, du gehst mehrere Schritte hinter Albert wie eine Bedienstete. Seine Kollegen sprachen mich als Frau Einstein an, und weder Albert noch du hast sie korrigiert, Herrgott noch mal! Ganz gleich, wie problematisch meine Ehe zwischendurch auch war, in der Öffentlichkeit behandelt mein Mann mich stets mit Respekt. Wie konnte es nur so weit kommen?«

»Ich weiß es nicht, Helene«, sagte ich tränenerstickt. »Ich weiß es nicht.«

»Ich mag Albert nicht mehr«, sagte Helene. »Diesen Menschen, der aus ihm geworden ist. Ich mag ihn nicht.«

Mir war, als sei eine große Bürde von mir genommen worden. Niemand sonst sah den Mann hinter der offiziellen Maske. »Ist das wahr, Helene? Ach, dafür könnte ich dich küssen. Alle anderen Freunde bewundern ihn weiterhin für seine wissenschaftlichen Leistungen, auch wenn sie mitbekommen haben, wie er mich behandelt. Als hätten sie ihre Bewunderung für seine fachliche Kompetenz unwiderruflich umgewandelt in persönliche Zuneigung, ganz gleich, wie unmöglich er sich aufführt.«

Helene nahm meine Hand und zwang mich, ihr in die Augen zu sehen. »Mitza! Wo bist du? Wo ist das hochbegabte, blitzgescheite Mädchen, das ich in der Pension Engelbrecht kennenlernte? Du warst damals still, aber stets bereit, dich äußerst geistreich zu Wort zu melden. Wo ist dieses Mädchen? Du musst es wiederfinden!«

Heftige Schluchzer schüttelten mich. Die feinen Cafégäste glotzten herüber, doch das störte mich nicht. »Ich weiß es nicht, Helene«, weinte ich.

»Du musst sie wiederfinden, Mitza. Sie ist immer noch ein Teil von dir, aber du hast sie all die Jahre vor sich hin schlummern lassen. Ich bin zwar keine Wahrsagerin, aber einer Sache bezüglich deiner Zukunft bin ich mir ganz sicher: Du wirst kämpfen müssen.«

Kapitel 39

18. Juli 1914
Berlin

Sechs Tage war Albert nun schon weg, ohne mir zu sagen, wo er sich befand. So lange war er noch nie verschwunden, seit wir nach Berlin gezogen waren. Sechs Tage lang fragten Hans Albert und Tete immer wieder, wo ihr Vater sei. Sechs Tage lang begegnete ich immer wieder Alberts Kollegen, die gerade von grandiosen Mittag- und Abendessen mit dem gefeierten Professor kamen. Sechs Tage lang tat ich, als würde alles wieder gut werden, wenn er sich denn endlich bequemte, in unsere gemeinsame Wohnung in der Ehrenbergstraße 33 zurückzukehren, die er fluchtartig verlassen hatte, nachdem ich ihn einfach nur gefragt hatte, ob er zum Abendessen zu Hause sein würde.

Aber es konnte nicht alles wieder gut werden, wenn – oder falls – er zurückkehrte. Auf Helenes Drängen hin und inspiriert von Madame Curies Beispiel, hatte ich die in mir schlummernde, starke Mitza wiedererweckt. Ich würde mich nicht länger von Albert erniedrigen lassen, weder privat noch beruflich. Wenn ihm die demütige Gehilfin nicht gefallen hatte, die in den letzten Jahren aus mir geworden war – die gescheiterte Physikerin, an deren Ideen er sich skrupellos bedienen konnte, und die Ehefrau, die alles tat, was er sagte – dann würde er die neue Mileva ganz sicher hassen. Aber genau diese Mileva war es, die ihn begrüßen würde, wenn er von seiner Geliebten zurückkehrte, zu der er so feige geflohen war.

Der bloße Gedanke an die blondierte und stets parfümierte Elsa, die das Abbild genau der verwöhnten Spießbürgerin war, über die Albert immer gespottet hatte, ließ Übelkeit in mir aufsteigen. Jedoch weniger, weil sie mir Albert »weggenommen« hatte, als vielmehr aufgrund ihrer Perfidie.

»Bitte, Frau Einstein, lassen Sie mich Ihnen helfen.« Elsa hatte unterwürfig gelächelt, als die Jungs und ich kurz nach Weihnachten nach Berlin fuhren, um eine Wohnung zu suchen. Albert hatte sie mir, ohne mich vorgewarnt zu haben, ins Hotel geschickt, um mir zu »assistieren«.

Ich starrte auf ihr rubinrot gemaltes Lächeln und brachte kein Wort heraus. Ihre Dreistigkeit, mir, der Frau, mit deren Mann sie ein Verhältnis hatte, bei der Wohnungssuche helfen zu wollen, verschlug mir die Sprache.

Doch Elsa – sie hatte darauf bestanden, dass wir sie Elsa nannten – fuhr unbeirrt fort: »Ich kenne die besten Immobilienmakler in Berlin. Es wäre mir eine große Freude, Ihnen dabei zu helfen, die perfekte Wohnung für Sie zu finden«, schnurrte sie. Als wäre ihr freundliches Hilfsangebot ganz selbstlos und nur zu meinem und dem Vorteil der Jungs gedacht – nicht, um sicherzustellen, dass Albert sie von dieser Wohnung aus gut besuchen konnte.

Tete zerrte an meinem Arm, und Hans Albert beäugte die fremde Frau misstrauisch. Meine Söhne hatten gesehen, was ihr Vater nicht sah. Was für ein Mensch musste man sein, um jemandem ins Gesicht zu sehen, den man hintergangen hatte, und demjenigen vorgebliche Rettung anzubieten? Ich lehnte dankend ab.

Die Tür fiel ins Schloss. Die Jungs klammerten sich an mich. Ich hatte ihnen nie erzählt, was zwischen Albert und mir los war, aber sie konnten es spüren. Ihre Beschützerinstinkte setzten ein. Ich sah in ihre schokoladenbraunen Augen, die denen von Albert so sehr ähnelten, und flüsterte ihnen zu, dass alles gut werden würde. Dann schickte ich sie in ihr Zimmer. Ganz gleich, was ich für Albert empfand, ich wollte nicht, dass sie Zeugen des folgenden Gesprächs wurden.

Albert begrüßte niemanden von uns und verzog sich sofort in sein Arbeitszimmer. Ich folgte ihm.

»Elsa hat dich mir also endgültig weggenommen, ja?«, sagte ich sehr nüchtern. Wieso sollte ich ein Blatt vor den Mund nehmen? Ich hielt es für das Beste, wenn wir jetzt alle klar Position bezogen.

Er drehte sich zu mir um, die Augenbrauen überrascht hochgezogen. Seit wir nach Berlin gezogen waren, hatte ich sehr deutlich gemacht, was ich in Sachen Treue von ihm erwartete, ohne jedoch Elsa jemals explizit zu erwähnen. Ich brachte es nicht über mich, ihren Namen auszusprechen, ich begriff einfach nicht, was er in dieser langweiligen, ungebildeten Matrone sah. Aber nachdem er nun sechs Tage weg gewesen war – Tage, in denen ich hörte, wie seine Kollegen in der Stadt über mich tuschelten, weil viele unserer Bekannten in Berlin auch zu Elsas Kreisen gehörten –, spielte das alles keine Rolle mehr.

»Elsa kann dir nichts wegnehmen, das dir nicht gehört«, erwiderte er kalt.

Die alte Mileva hätten diese Worte hart getroffen, aber ich ließ mich nicht beirren. Ich blieb ruhig und sagte: »Gut, ich formuliere es anders. Du hast mich und die Kinder für Elsa verlassen. Korrekt?«

Albert antwortete nicht.

»Nun ja, ich würde sagen, du lässt uns nicht zum ersten Mal im Stich. Schließlich hast du uns schon vor langer Zeit für eine ganz andere Liebe verlassen – für die Wissenschaft. Habe ich recht?«

Wütend schrie er: »Ich habe dich überhaupt nicht verlassen! Nicht für die Wissenschaft und nicht für andere Frauen! Im Gegenteil – du hast mich verlassen! Mit deiner Eifersucht und deinem Liebesentzug. Du hast mich Elsa in die Arme getrieben!«

Kopfschüttelnd lächelte ich angesichts seiner infantilen Sicht der Dinge. Kreiste er wirklich so sehr um sich selbst, dass er glaubte, ich hätte ihm *als Erste* meine Liebe entzogen? Dass ich zuerst zu neuer Selbstachtung gefunden und angefangen hatte, mich selbst zu schützen, *bevor* er mich betrog und mich, was meine wissenschaftlichen Ambitionen anging, ausbluten ließ? Dass ich ihn in Elsas weit ausgestreckte Arme getrieben hätte? Das war so lächerlich, dass ich nicht einmal Lust hatte, darauf zu antworten. Da hätte ich genauso gut mit einem Wahnsinnigen streiten können. Einem Wahnsinnigen, dem der eigene Erfolg zu Kopf gestiegen war.

»Warum grinst du so?«, fragte er gereizt.

»Was du da gerade gesagt hast, bestätigt nur, was ich schon lange beobachtet und vermutet habe: dass du immer nur an dich denkst. Aber ich nehme das nicht mehr länger hin.«

»Ach, ja? Ich habe da etwas vorbereitet, von dem dir dein blödes Grinsen schon noch vergehen wird!« Er hielt mir ein Stück Papier vor die Nase.

»Tatsächlich?« Ich nahm ihm das Papier ab.

»Ja, tatsächlich«, spottete er. »Sieh es dir ruhig an.«

»Was ist das?«

»Eine Liste der Bedingungen, unter denen ich mit dir und den Jungs in dieser Wohnung bleiben werde.

Und zwar nur, um die Verbindung zu den Jungs nicht zu verlieren. Was unsere Ehe betrifft, so will ich, dass sie ab sofort nichts weiter ist als eine Formalie, und dass wir nicht mehr privat miteinander verkehren.«

»Ist das dein Ernst?«, fragte ich. Glaubte er wirklich, ich sei Teil seines Eigentums, das er vertraglich regeln konnte? Helene hätte laut aufgeschrien, wenn sie in dem Moment dabei gewesen wäre und seine Forderung gehört hätte. Und mein Vater … ich wagte es mir nicht vorzustellen. Doch selbst meine Mutter hätte nicht gewollt, dass ich in dieser Konstellation ausharrte.

»Mein vollkommener Ernst. Wenn du diesen Bedingungen nicht zustimmst, bleibt mir nichts anderes übrig, als mich offiziell von dir zu trennen.«

Ich warf einen Blick auf das Papier. Es war über und über mit Alberts krakeliger Handschrift bedeckt und unterschied sich kaum von den Protokollen für physikalische Experimente, von denen wir so viele zusammen geschrieben hatten. Doch je näher ich es betrachtete, desto deutlicher wurde mir, dass es sich hochgradig von allem unterschied, was Albert je geschrieben hatte. Was überhaupt je ein Mensch geschrieben hatte.

Es war ein Vertrag darüber, wie ich mich zukünftig zu verhalten hatte. Absatz für Absatz las ich dieses unsägliche Dokument, und mit jedem Absatz geriet ich mehr in Rage. Albert hatte aufgelistet, welche haushaltlichen Pflichten ich weiter für ihn erfüllen musste: Wäsche waschen, Essen kochen und ihm in seinem Zimmer servieren, Schlaf- und Arbeitszimmer putzen, wobei ich seinen Schreibtisch jedoch nicht anrühren durfte. Noch unglaublicher war die Liste darüber, wie ich ihm persönlich begegnen sollte. Er verbat sich jede Art von Interaktion mit ihm, wenn er zu Hause war. Er wollte bestimmen, wo und wann ich was ihm und den Kindern gegenüber sagen durfte. Insbesondere verlangte er, dass ich auf jede körperliche Intimität mit ihm verzichtete, und ihm ganz generell »gehorchte«.

Mit diesem Dokument wollte er mich tatsächlich in sein Eigentum verwandeln.

Ich spürte Helene, spürte ihre Solidarität, und fragte: »Wie um alles in der Welt kommst du darauf, dass ich das akzeptieren könnte? Dass ich bereit sein könnte, mich noch weiter von dir erniedrigen zu lassen?«

»Wenn du es nicht akzeptierst, ziehe ich aus«, sagte er triumphierend. Und da wurde mir klar, dass er gewonnen hatte – ganz gleich, ob ich zustimmte oder nicht. Ganz gleich, ob ich blieb oder nicht.

Ich gab ihm das Blatt zurück, traurig, weil ich die meisten seiner Bedingungen ja ohnehin bereits erfüllte. Wie tief war ich doch gesunken.

Ich holte tief Luft und sagte ruhig: »Du brauchst dir keine Sorgen zu machen.«

Ungläubig sah er mich an. »Du wirst den Bedingungen zustimmen?«

»Oh, nein, Albert, ich würde diesen Bedingungen nie im Leben zustimmen. Nein, du brauchst dir deshalb keine Sorgen über das Zusammenleben in dieser Wohnung zu machen, weil *wir* ausziehen werden.«

Kapitel 40

29. Juli 1914
Berlin

Tete klatschte vergnügt in die Hände, als das Pfeifen des Zugführers ertönte. Mein jüngster Sohn begriff die Tragweite dieses Abschieds nicht. Für ihn traten wir nur eine weitere Reise von vielen an.

Für mich war diese Zugfahrt zurück nach Zürich die bedeutsamste Reise seit Langem. Für mich stand Zürich für alte Freunde, für meine ehemalige Hochschule, für die Möglichkeit, eine Arbeit zu finden, für ein gesundes Klima und eine stabile politische Situation für die Jungs sowie für die Möglichkeit, ohne Albert glücklich zu werden.

Die Reisenden drängten zum Zug, während wir mit Albert auf dem Bahnsteig standen. Er drückte Tete an sich und versuchte dann mehrfach, Hans Albert in den Arm zu nehmen. Doch mein ältester Sohn sträubte sich. Er war schon deutlich verständiger als sein kleiner Bruder – oder deutlich weniger versöhnlich.

Die Zugtüren öffneten sich, und flugs hatte ich

einen Jungen an jeder Hand. Albert ging in die Knie, um sich ein letztes Mal von ihnen zu verabschieden. Seine Augen schwammen. Dies war das erste Anzeichen von Traurigkeit oder Reue, das ich bei ihm gesehen hatte, seit wir nach Berlin gekommen waren.

»Warum bist du traurig, Papa?« Tete streckte die freie Hand nach ihm aus.

Die zärtliche Geste löste offenbar etwas aus, das er lange zurückgehalten hatte. »Ihr werdet mir fehlen«, schluchzte er.

Ich hatte Albert in all den Jahren nur ein einziges Mal weinen sehen, und das war, als sein Vater starb.

Bereute er nun doch endlich sein Verhalten? Würde er merken, wie viel wir ihm bedeuteten, wenn wir erst voneinander getrennt waren? Nein. Albert würde sich nie ändern. Schluss jetzt, ermahnte ich mich selbst. Solche Gedanken würden zu nichts Gutem führen. Ich würde nur wieder schwach werden. Aber ich konnte seine Tyrannei nicht länger ertragen. Dies war der Abschied von unserer Ehe.

Tete ließ meine Hand los und umarmte seinen Vater. »Nicht traurig sein, Papa. Wir sehen uns bald wieder.«

Hans Albert zeigte sich unbeeindruckt von Alberts erkennbaren Seelenqualen und drückte stattdessen meine Hand noch fester. Nicht einen Millimeter bewegte er sich auf seinen Vater zu.

»Richtung Zürich bitte einsteigen!«, rief der Lokführer aus dem Zugfenster.

»Komm, Tete«, sagte ich. »Wir müssen los.«

Ich nahm ihn bei der Hand und brachte die Jungs zum Zug, ohne mich noch einmal umzusehen. Wir sicherten uns ein leeres Abteil, und während ich den beiden ihre Plätze anwies, sie mit etwas Proviant und Büchern versorgte, und der Zugbegleiter unser Gepäck verstaute, sah ich Albert immer noch auf dem Bahnsteig stehen, tränenüberströmt.

Wo kamen diese Tränen auf einmal her? Jahrelang hatte er keinerlei Mitgefühl oder Verständnis für mich, die Jungs oder Lieserl gezeigt. Selbst während unserer Trennung in den letzten Wochen hatte ich nicht die Spur von Traurigkeit über das Scheitern unserer Ehe oder die bevorstehende Trennung von seinen Söhnen an ihm bemerkt. Der arme Fritz Haber, Professor der Chemie und ein gemeinsamer Bekannter von uns, hatte sich bereit erklärt, die Bedingungen unserer Trennung, auf die wir uns nach langem Hin und Her geeinigt hatten, schriftlich festzuhalten: Das Sorgerecht für unsere Kinder fiel mir zu, Albert musste Unterhalt zahlen. In den Ferien durften die Jungs ihn besuchen, Elsa durfte aber nicht dabei sein. Der gesamte Hausrat wurde mir nach Zürich geschickt. Sollte Albert den Nobelpreis verliehen bekommen, was nicht unwahrscheinlich war, da er in den letzten fünf Jahren viermal nominiert gewesen war, bekäme ich das Preisgeld. Bei der Aushandlung dieses letzten Punktes hatte Albert zum ersten und einzigen Mal im Verlauf unserer Trennung emotional reagiert – mit Wut. Anfangs hatte er sich dagegen gewehrt, das Nobelpreisgeld an mich abzutreten, das ihm für jeden der vier 1905 erschienenen, von uns gemeinsam verfassten Aufsätze zugesprochen werden könnte – doch ich hatte darauf bestanden. Er hatte eigenmächtig meinen Namen aus diesen Aufsätzen getilgt, meine Urheberschaft verleugnet und so verhindert, dass ich selbst mit dem Nobelpreis ausgezeichnet würde. Da stand mir wohl zumindest das Geld zu.

Über mein Gesicht lief keine einzige Träne. Ich war wie betäubt.

Ich bedachte meine aufgeregten Jungs mit einem Lächeln, um sie zu beruhigen. Das in rotem Samt ausgeschlagene Abteil quoll fast über von unseren Habseligkeiten, und doch fühlte es sich seltsam leer an. Hatten wir etwas vergessen? Fehlte etwas? Unsere Koffer und Reisetaschen waren sicher über unseren Köpfen verstaut, Handtaschen und Rucksäcke standen auf den Sitzbänken. An Alberts Abwesenheit konnte es nicht liegen, die Jungs und ich waren es gewöhnt, ohne ihn zu reisen. Ja, ohne ihn zu leben. Warum also hatte ich das Gefühl, dass etwas fehlte? War es Lieserl, die ich vermisste? Nein, sie war ja bei mir, sie folgte mir wie ein Schatten, war irgendwie immer präsent, ohne zugegen zu sein. Vielleicht war es mein altes Ich, das ich in Berlin zurückgelassen hatte. Zum ersten Mal seit langer, langer Zeit war ich wieder Mitza.

Der Zugführer blies erneut in seine Trillerpfeife, und ich sah aus dem Fenster. Albert stand noch immer da. Schnaufend und knarrend fuhr der Zug an und verließ den Bahnhof. Er fuhr schneller und schneller, Albert wurde kleiner und kleiner. Wie ein Quant. Oder ein Atom. Bis er eins wurde mit dem Äther und verschwand.

Epilog

4. August 1948
Huttenstraße 62
Zürich

Ein Körper verharrt im Zustand der Ruhe oder der gleichförmigen Bewegung, sofern er nicht durch von außen einwirkende Kräfte zur Änderung seines Zustands gezwungen wird. Für mich ist dieses erste Newtonsche Gesetz der Bewegung wunderschön und wahr und eine elegante Aussage über eine von Menschen offengelegte Wahrheit Gottes. Als ich jung war, dachte ich, dieser Grundsatz würde nur für unbelebte Objekte gelten. Später erkannte ich, dass er sich auch auf Menschen anwenden ließ. Gleichförmig ging ich meinen als Kind eingeschlagenen Weg in Richtung Mathematikerin, Wissenschaftlerin und Einzelgängerin – bis eine äußere Kraft auf mich einwirkte. Diese Kraft war Albert.

Und Alberts Kraft machte mit mir genau das, was das zweite Newtonsche Gesetz der Bewegung besagt: Sie riss mich mit, in seine Richtung, in seiner Geschwindigkeit. Seine Kraft übertrug sich auf mich. Und während ich in die Rolle seiner Geliebten, der Mutter seiner Kinder, seiner Ehefrau und seiner geheimen wissenschaftlichen Partnerin schlüpfte, ließ ich es zu, dass er die Teile meiner Persönlichkeit amputierte, die nicht in seine Vorstellung passten. Andere Teile dagegen ließ ich wachsen, um ihm bei der Verwirklichung seiner Träume zu helfen. Ich litt still vor mich hin, wenn meine Wünsche und Bedürfnisse nicht zu seinen passten. So opferte ich beispielsweise meine eigenen beruflichen Ambitionen zugunsten seines kometenhaften Aufstiegs. Und ich verzichtete auf Lieserl.

Bis ich mich Alberts Kraft nicht mehr unterordnen wollte. Das dritte Newtonsche Gesetz der Bewegung machte sich geltend: Ich übte eine gleich starke Kraft aus, aber in der entgegengesetzten Richtung. Ich eroberte mir meinen eigenen Raum zurück. Ich verließ Albert.

Seither habe ich ausgeharrt und allen Grundgesetzen der Bewegung getrotzt. Ich habe dabei zugesehen, wie Europa nicht nur von einem, sondern von zwei Kriegen heimgesucht wurde, und habe in diesen Zeiten immer wieder die Hilfe meiner lieben, weise vorausschauenden Helene angenommen. Als ich, wie es in der Scheidungsvereinbarung stand, das Nobelpreisgeld bekam, das dem Unterhalt meiner beiden Söhne dienen sollte – der kluge Hans Albert wurde Ingenieur, den kränklichen Tete suchte die Schizophrenie heim –, entdeckte ich meinen wachen Geist und meine Leidenschaft für die Wissenschaft wieder und begann, hoff-

nungsvollen jungen Wissenschaftlerinnen Privatunterricht zu erteilen. Jungen Frauen, wie Lieserl vielleicht eine geworden wäre. Jungen Frauen, wie ich eine gewesen war. Vielleicht werden diese Talente die Reste von Gottes Plan in der Wissenschaft entdecken und eines Tages meine Geschichte erzählen.

Ich wurde Zeugin von Alberts Aufstieg zu einer Art weltlichem Heiligen. Aber ich habe mir nie gewünscht, wieder seine Frau zu sein. Mein größter Wunsch in all den Jahren war, mein Lieserl wiederzubekommen.

Hätte ich etwas tun können, um Lieserls Tod zu verhindern? Wenn ja – wann und wo hätte ich ansetzen sollen? Bei der jungen, unschuldigen, ehrgeizigen Physikstudentin? Bei der jungen Mutter, die von Albert ohne Kind nach Bern zitiert wurde? Bei der verzweifelt besorgten Mutter, die auf dem Weg zu ihrem kranken Kind den Zug verpasste? Wie kann ich je zu meinem Lieserl zurückfinden?

Dann endlich begreife ich. Ich sehe die Uhr. Den Zug.

Ich muss gar nichts ändern. Denn ich bin der Zug. Ich bewege mich schneller als das Licht, und die Zeiger der Uhr bewegen sich rückwärts. Da ist es, mein Lieserl.

Mitza

Anmerkung der Autorin

Offen gestanden: Als ich anfing, dieses Buch zu schreiben, beschränkte sich mein Wissen über Albert Einstein auf das, was quasi jeder über ihn weiß. Und von seiner ersten Frau, Mileva Marić, hatte ich noch nie gehört. Das änderte sich, als ich meinem Sohn Jack dabei half, einen Aufsatz über die ganz wunderbare Einstein-Biografie für Kinder, *Who was Albert Einstein?*, zu schreiben, in der am Rande erwähnt wurde, dass Albert Einsteins erste Frau ebenfalls Physikerin gewesen war.

Das fand ich hochinteressant. Wer war diese unbekannte Frau, diese Physikerin in Zeiten, als verschwindend wenige Frauen überhaupt studieren konnten? Und welche Rolle hatte sie wohl bei den großen Entdeckungen dieses einzigartigen Wissenschaftlers gespielt?

Als ich anfing, mich mit Mileva zu befassen, erfuhr ich, dass sie so unbekannt gar nicht war. Zumindest in Physiker-Fachkreisen war sie Gegenstand heißer Debatten. Dass sie einen Anteil an Alberts bahnbrechenden Theorien von 1905 gehabt haben könnte, wurde leidenschaftlich diskutiert, vor allem, als 1986 der Briefwechsel von Mileva und Albert aus den Jahren 1897 bis 1903 auftauchte – also aus der Zeit ihres Studiums und bis zu ihrer Eheschließung. In diesen

Briefen tauschten Albert und Mileva sich über die Projekte aus, an denen sie gemeinsam arbeiteten, und das führte zu einem Aufruhr in der Welt der Physik. War Mileva lediglich eine geeignete Gesprächspartnerin gewesen, bei der Albert seine immer neuen Ideen antesten konnte, wie einige Wissenschaftler immer wieder betonten? Hatte sie ihm nur bei den komplizierten mathematischen Berechnungen geholfen, wie andere behaupteten? Oder hatte sie durchaus eine zentralere Rolle gespielt, wie einige wenige glaubten?

Je mehr ich mich mit Mileva beschäftigte, desto klarer wurde mir, dass sie selbst eine hochinteressante Persönlichkeit war – und nicht nur eine Fußnote in Albert Einsteins Leben. Wie sie es vom hinterwäldlerischen, frauenfeindlichen Serbien in die ausschließlich von Männern bevölkerten Physik- und Mathematiksäle einer Schweizer Hochschule geschafft hatte, war schlicht sensationell. Für mich wurde die Frage danach, welche Rolle sie tatsächlich in Alberts »Wunderjahr« 1905 gespielt hatte, zu einem regelrechten Forschungsprojekt zum Thema, wie Mileva nach Schwangerschaft, Prüfungsversagen und Heirat dazu gezwungen war, ihre eigenen akademischen Ambitionen und ihre eigene geistige Größe Alberts Aufstieg unterzuordnen. Ihre Geschichte war in mehrfacher Hinsicht die Geschichte vieler intelligenter, gebildeter Frauen, die ihre eigenen hehren Ziele dem Fortkommen ihrer Ehemänner hatten opfern müssen. Und ich fand, es war an der Zeit, solche Geschichten zu erzählen.

Die eine oder andere Leserin von *Frau Einstein* mag sich

nun fragen, wie viel von dieser Geschichte Dichtung und wie viel Wahrheit ist. Ich habe versucht, mich hinsichtlich Daten, Orten und Figuren so weit wie möglich an die Fakten zu halten, mir aber hier und da künstlerische Freiheiten erlaubt. Ein Beispiel für diese Freiheiten ist, dass Mileva in Zürich nicht von Anfang an in der Pension Engelbrecht wohnte, sondern erst später dort einzog. Die Szene, in der Mileva und ihr Vater anfangs den Engelbrechts begegnen, ist also reine Fiktion, wie auch viele andere frühe Szenen mit Mileva und ihren Freundinnen in der Pension meiner Fantasie entspringen – obwohl sie so durchaus etwas später in ihrem Leben hätten passiert sein können. Und natürlich gibt es weitere Stellen, an denen ich gewisse Ereignisse, von denen mir nur ganz wenige Fakten bekannt waren, mit Leben gefüllt habe. Wer sich einen Eindruck von den verschiedenen in diesem Buch dargestellten Menschen machen möchte, dem sei die großartige Website http://einsteinpapers.press.princeton.edu empfohlen, auf der zahlreiche Aufsätze und Briefe von und über Albert Einstein und Mileva Marić online einsehbar sind.

Natürlich ist ein großer Teil der in *Frau Einstein* erzählten Geschichte reine Spekulation – das Buch ist und bleibt ein Roman und somit Fiktion. Das genaue Schicksal von Lieserl zum Beispiel ist bis heute ein Rätsel – allerdings nicht, weil sich niemand um dessen Lösung bemüht hätte. Michele Zackheim hat jahrelang vergeblich versucht, Lieserl auf die Spur zu kommen, und darüber ein wunderbares Buch mit dem Titel *Einsteins Tochter* geschrieben. Wurde Lieserl zur

Adoption freigegeben? Mir erschien es recht wahrscheinlich, dass Lieserl ihrer Scharlacherkrankung erlag, aufgrund derer Mileva von der Schweiz aus nach Serbien eilte.

Auch Milevas tatsächlicher Beitrag zu den 1905 veröffentlichten und Albert Einstein zugeschriebenen Theorien ist ungewiss, obwohl immerhin niemand ernsthaft bestreitet, dass Mileva Albert in jener entscheidenden Zeit eine wichtige emotionale und intellektuelle Stütze war. Doch wäre es nicht auch möglich, dass Mileva so, wie sie die Welt sah, und so innig, wie sie Lieserl vermutlich geliebt hatte, durch den Verlust ihrer Tochter auf jene Gedanken gekommen war, die dann zur speziellen Relativitätstheorie führten? Mit *Frau Einstein* wollte ich eine Reihe dieser Fragen, auf die es keine Antworten gibt, einige der vielen »Was wäre, wenn«-Überlegungen wenigstens fiktional beantworten.

Beim Schreiben dieses Buches und der Recherche dafür war mir die bereits erwähnte Website der Princeton University, Albert Einsteins Wirkungsstätte von 1932 bis zu seinem Tod 1955, mit ihrem riesigen Schatz an Unterlagen eine enorme Hilfe. Ganz besonders hilfreich und inspirierend waren dabei folgende Titel: *Am Sonntag küss' ich dich mündlich: Die Liebesbriefe 1897–1903*, herausgegeben von Jürgen Renn und Robert Schulmann; *Einstein in Love: A Scientific Romance* von Dennis Overbye; *In Albert's Shadow: The Life and Letters of Mileva Maric, Einstein's First Wife* von Milan Popovic; *Einstein: Genie und Popstar* von Walter Isaacson sowie *Einstein's Wife: Work and Marriage in the*

Lives of Five Great Twentieth-Century Women von Andrea Gabor – um nur einige wenige zu nennen.

Es ist nicht das Ziel des vorliegenden Romans, Albert Einsteins Beitrag zur Wissenschaft und seinen Verdienst an der Menschheit zu schmälern, sondern die menschliche Seite hinter seinem wissenschaftlichen Arbeiten zu beleuchten. *Frau Einstein* will die Geschichte einer hochintelligenten Frau erzählen, deren Licht im überlebensgroßen Schatten von Albert Einstein unsichtbar wurde – die Geschichte von Mileva Marić.

Dank

Viele Menschen haben mir dabei geholfen, Mileva Marić aus dem Schatten ihres berühmten Ehemanns Albert Einstein zu holen und in *Frau Einstein* ins Rampenlicht zu rücken. Meine unermüdliche Agentin, Laura Dail, gab den Startschuss, und meine wunderbare Sourcebooks-Lektorin, Shana Drehs, spielte von Anfang an mit. Das gesamte Team bei Sourcebooks – ganz vorneweg Dominque Raccah, flankiert von Valerie Pierce, Heidi Weiland, Heather Moore, Lathea Williams, Stephanie Graham, Heather Hall, Adrienne Krogh, Will Riley, Danielle McNaughton, Travis Hasenour und vielen anderen – haben die Entstehung von *Frau Einstein* in jeglicher Hinsicht und jederzeit mit großer Begeisterung unterstützt.

Auch der Beistand meiner großartigen Familie und meiner Freunde war für mich unentbehrlich – um nur einige wenige zu nennen: meine Sewickley-Crew, meine Schreibfreundinnen »Lucky Eight«, Illana Raia, Kelly Close und Ponny Conomos Jahn. Aber ohne meine Jungs Jim, Jack und Ben hätte *Frau Einstein* niemals das Licht der Welt erblickt. Ihnen gilt mein unendlicher Dank.

Die Arbeit der Übersetzerin am vorliegenden Text wurde durch ein Stipendium der Berliner Übersetzerwerkstatt im Literarischen Colloquium Berlin unterstützt.